나의 안토니아

나의 안토니아
My Ántonia

윌라 캐더 장편소설   전경자 옮김

MY ÁNTONIA
by WILLA CATHER (1918)

이 책은 실로 꿰매어 제본하는 정통적인 사철 방식으로 만들어졌습니다.
사철 방식으로 제본된 책은 오랫동안 보관해도 손상되지 않습니다.

가장 행복한 날들이…… 가장 먼저 사라진다

베르길리우스

서문	9
제1부 쉬메르다 가족	13
제2부 품팔이 시골 처녀들	141
제3부 레나 린가르드	245
제4부 개척자 여인의 이야기	281
제5부 쿠작의 아들들	307
역자 해설 틀 없는 세계	351
윌라 캐더 연보	355

서문

 지난여름 지독한 열기 속에서 나는 우연히 짐 버든과 같은 기차를 타고 아이오와를 지나가게 되었다. 우리 두 사람은 오랜 친구다. 어린 시절을 같은 마을에서 지냈기 때문에 할 이야기가 많았다. 끝없이 펼쳐져 있는 누런 밀밭을 획획 밀어제치면서, 밝은 색깔 꽃으로 뒤덮인 목초지와 더위에 늘어진 떡갈나무 숲을 뒤로 보내며 달리는 기차 안에서 우리는 손도 댈 수 없을 정도로 뜨겁고 먼지가 겹겹이 쌓인 전망차 칸에 앉아 있었다. 먼지와 열기와 뜨거운 바람은 어린 시절의 날들을 생각나게 했다. 밀과 옥수수에 파묻힌 작은 읍에서 어린 시절을 보낸다는 것이 어떤 것인지, 날씨라고는 온 세상이 눈부신 하늘 아래 녹색으로 파도치고 억센 잡초와 추수를 기다리는 농작물의 색깔과 냄새로 숨이 막힐 것 같은 불타는 여름, 주위가 온통 회색 철판처럼 벌거벗은 데다 눈은 거의 내리지 않고 바람만 매섭게 휘몰아치는 겨울 속에서 어린 시절을 보낸다는 것이 어떤 것인지에 대해 이야기했다. 초원에 묻힌 작은 읍에서 어린 시절을 보내지 않은 사람은 그것이 무엇을 의미하는지 알 수 없다는 데에 우리는 생각을 같이했다. 그건 일종의 프리메이슨이라고 우리는 말했다.

짐 버든이나 나나 뉴욕에 살고 있기는 하지만 거기서는 내가 짐을 만나는 일이 별로 없다. 짐은 서부 철도 회사 소속 법률 고문이어서 한 번에 몇 주씩 사무실을 비우는 일이 잦았다. 그것이 우리가 거의 만나지 못하는 두 가지 이유 중의 하나다. 다른 하나는 내가 그의 아내를 싫어한다는 점이다. 잘생기고 활동적이고 수준 높지만 내가 보기에는 감수성이 없고 기질적으로 열정이 결여된 여자다. 남편의 조용한 취향에는 짜증을 내면서, 진보적인 아이디어에다가 재능은 이류에 속하는 젊은 시인들이나 화가들의 후원자 노릇을 하는 것은 가치 있는 일이라고 생각하는 여자다. 자기 소유의 막대한 재산이 있고 자기만의 삶을 살고 있으면서도 어쩐 까닭에서인지 〈미시즈 제임스 버든〉으로 행세하기를 원한다.

짐으로 말하자면 여러 가지 실망스러운 일들을 겪으면서도 예전이나 다름없다. 어렸을 때 아주 재미있는 남자애로 보이게 했던 낭만적인 성향이 그를 성공으로 이끌어 준 가장 중요한 요소가 되었다. 자신이 일하는 철도 회사의 노선과 지선(支線)이 통과하는 서부의 거대한 초원을 개인적인 열정을 가지고 사랑했으며 그 지역에 대한 믿음과 지식이 그곳의 발전에 지대한 역할을 했다.

아이오와를 지나갈 때 타는 듯이 뜨겁던 그날, 우리의 대화는 그 옛날 우리 둘이 함께 알고 지냈던 보헤미아 여자아이에 관한 이야기로 자꾸만 되돌아갔다. 우리가 기억하는 다른 그 누구보다도 우리에게는 그 여자아이가 바로 그 시골이고 그 상황이고 그 시절의 모든 모험을 의미했다. 나는 그녀의 소식을 전혀 못 들었지만 짐은 오랜 세월이 지난 후에 그녀를 다시 만나게 되어 그에게는 무척 소중한 그녀와의 우정을 되찾았다. 그날 짐의 마음은 그녀로 가득 차 있었다. 나에게 그녀를 다시 보게 해주고 그녀의 존재를 느끼게 해주고 그녀에 대한 나의 옛정을 모두 되살아나게 해주었다.

「이따금 안토니아에 대해 기억나는 것들을 적어. 중서부를 지나는 긴 여행에서는 객실에서 그런 걸 쓰면 기분이 좋아.」

읽어 보고 싶다고 했더니 꼭 보여 주겠다고 했다. 언제고 끝나기만 하면.

몇 달 후 눈보라가 몰아치는 어느 날 오후, 짐이 서류철을 들고 내 집에 나타났다. 거실로 들어와 손을 녹이면서 선 채로 말했다.

「여기 있어. 아직도 읽고 싶어? 어젯밤에 끝냈어. 시간을 들여 정리하면서 쓴 게 아니라 그 이름을 생각하면 떠오르는 것들을 그냥 그대로 적어 놓은 거야. 일정한 형식도 없을걸. 아직 제목도 없는걸.」 그러고는 옆방으로 가서 내 책상에 앉아 서류철 겉장에 〈안토니아〉라고 썼다. 순간 얼굴을 찡그리더니 이름 앞에 한 자를 첨가했다. 〈나의 안토니아〉. 그러고는 비로소 만족해하는 것 같았다.

제1부
쉬메르다 가족

1

 북미의 거대한 중부 평원을 가로지르며 끝없이 이어지는 여행길에서 나는 처음으로 안토니아에 대한 이야기를 들었다. 그때 나는 열 살이었는데 아버지와 어머니를 1년 사이에 모두 잃고 나서 버지니아 친척들이 주선하는 대로 네브래스카에 살고 계신 조부모님께 가고 있던 중이었다. 나를 데리고 함께 여행길에 오른 사람은 제이크 마폴이라는 산동네 사람으로, 예전에는 블루리지 아래 위치한 우리 아버지 농장의 일꾼이었으나 이제는 우리 할아버지 댁에서 일을 하려고 서부로 가는 중이었다. 제이크는 나만큼이나 세상 경험이 없는 사람이었다. 새로운 세상에서 우리의 앞날을 펼쳐 보기 위하여 둘이 함께 여행길에 올랐던 그날 아침에야 난생처음 기차라는 것을 타본 위인이었다. 여행이 계속될수록 몸은 점점 더 더러워지고 끈적끈적해지면서 우리는 네브래스카까지 보통 열차를 타고 갔다. 제이크는 신문팔이 소년들이 팔고 다니는 사탕, 오렌지, 놋쇠 단추, 시곗줄 등 별의별 물건들을 모조리 샀고 나한테는 『제시 제임스의 생애』라는 책을 한 권 사주었는데 그것은 내가 여태껏 읽은 책 중에서 가장 마음에 드는 책의 하나로, 지금도 기억에 남아 있다. 시카고를 지난 다음부터는 친절한 차장 한 사람이 우리를 보살펴 주었다. 마침 그는 네브래스카에 대해서는 모르는 게 없는 사람이었는데 우리만 알고 있으라면서 많은 조언을 해주었다. 안 가본 데가 없을 정도로 여행을 많이 해서 세상 물정에 훤한 사람이라 우리한테 이야기하는 중에도 멀고 먼 어느 주나 도시 이름을 아무렇지도 않게 툭툭 내뱉었다. 그리고 자신이 속해 있는 각종 회합의 상징인 반지나 배지나 핀을 옷에다 주렁주렁 달고 다녔다. 심지어 커프스에까지 상형 문자가 새겨져 있었으며 이집트의 오벨리스크가 무색할 만큼 수많은 장식들로 몸을 치장하고 있었다.

한번은 잡담을 하려고 자리에 앉더니 우리 앞 칸인 이민자용 객차에 우리와 같은 행선지로 가고 있는 〈물 건너온〉 가족이 있다고 했다.

「어린 계집애를 빼고는 아무도 영어를 할 줄 모르는 집안인데, 걔가 할 줄 아는 말이라고는 〈우린 네브래스카 블랙 호크로 가요〉가 다야. 너보다 나이도 별로 많지 않아, 글쎄, 열둘, 열셋? 밤톨처럼 야무지더라. 지미, 가서 한번 만나 보고 싶지 않아? 갈색 눈이 참 예쁘더라!」

그 마지막 말에 수줍어져서 나는 머리를 가로흔들고는 다시 『제시 제임스의 생애』를 읽기 시작했다. 제이크는 나의 결정이 마음에 든다는 듯 고개를 끄덕이면서 외국인들에게서는 자칫 잘못하면 병이나 옮기 십상이라고 한마디 했다.

미주리 강을 건넜던 일이나 네브래스카를 통과하며 지루했던 그날 여행에 대해서는 기억나는 것이 아무것도 없다. 그때쯤 해서는 강을 하도 많이 건넜기 때문에 강이라는 것이 지루하게만 느껴졌으리라. 네브래스카에서 두드러지게 눈에 띄는 유일한 것은 정적이었다. 하루 종일 고요했다, 네브래스카는.

블랙 호크에 도착할 때까지 나는 빨간 천으로 씌워 놓은 좌석에 몸을 잔뜩 웅크린 채 잠만 잤다. 제이크가 나를 깨우고 손을 잡았다. 그러고는 사람들이 등불을 들고 분주하게 돌아다니는 목재 측선으로 비틀거리며 뛰어내렸다. 도시는커녕 먼발치에서 비쳐 오는 불빛도 없었다. 암흑이었다. 오랫동안 달려온 후라서 엔진은 심하게 헐떡거리고 있었고 화통에서 흘러나오는 불그레한 불빛 아래 플랫폼에 짐 꾸러미와 상자들을 아무렇게나 늘어놓고 대여섯 명이 웅크리고 서 있었다. 차장이 말했던 바로 그 이민 가족이라는 걸 알 수 있었다. 술이 달린 숄을 머리에 둘러 묶은 여자 어른은 자그마한 양철 트렁크를 어린 아기나 되는 듯이 양팔로 끌어안고 있었다. 나이 든 남자는 키가 크고 등이 구부정했다. 거의 다 자란 남자아이 둘하고 여자아이는 유포로 싼 꾸러미를 들고 있었고 아주 어린 여자애는 엄마 치맛자락을 잡고 있었다. 잠시 후 등불을 든 남자가 다가오더니 엄청나게 커다란 소리로 떠들어 댔다. 외국 말을 들어 보기는 그때가 평생 처음이어서 나는 두 귀를 쫑긋 세웠다.

또 다른 등불 하나가 다가왔다. 이어서 장난기 어린 목소리가 소리쳤다.

「안녕들 하슈? 버든 씨 친척유? 혹 그러타믄 댁들이 찾구 있는 사람이 바로 나유. 내 이름은 오토 훅스구. 난 버든 씨 밑에서 일하는 사람인데, 태워들 가려구 마차 가지구 왔수다.

어이, 지미, 이렇게 멀리 서쪽으로 오니까 겁나지?」

　나는 등불 속에 드러난 그 새로운 얼굴에 흥미를 느끼면서 올려다보았다.『제시 제임스의 생애』속에서 걸어 나온 듯한 인물이었다. 넓적한 가죽띠에 번쩍이는 버클이 달린 멕시코풍 모자를 쓰고 있었고 양쪽으로 뻣뻣하게 말려 올라간 콧수염은 작은 뿔을 연상시켰다. 활기차고 사나워 보이는 인상에다가 파란 많은 과거라도 있는 사람처럼 보였으며 한쪽 뺨을 가로지르는 기다란 상처가 입 모서리를 잡아당기고 있어서 흉악한 분위기를 자아냈다. 왼쪽 귀 윗부분은 사라져 버렸고 피부색은 인디언처럼 갈색이었다. 죽음을 두려워하지 않는 자의 얼굴임이 분명했다. 굽 높은 장화를 신고 우리 트렁크를 찾으러 역 안을 돌아다니는 걸 보면서 나는 그가 꽤 홀쭉한 편에 민첩하고 강인한 사람이라는 걸 알아보았다. 이제 한밤중에 먼 길을 가야 하니 서두르는 게 좋을 거라면서 그는 농장 마차 두 대를 매어 놓은 말뚝으로 우리를 데리고 갔다. 그중 한 마차 속에는 좀 전에 본 외국인 가족이 비좁게 들어앉아 있는 것이 보였다. 다른 한 대는 우리 마차였다. 제이크는 오토 훅스하고 나란히 마차 앞자리에 앉았고 나는 물소 가죽을 덮어쓰고 마차 바닥 밀짚 위에 자리를 잡았다. 이민 가족이 공허한 어둠 속으로 덜컹거리며 사라지자 우리도 그 뒤를 따라갔다.

　잠을 자려고 애썼지만 마차가 심하게 흔들리는 통에 혀를 깨물었고 얼마 가지 않아 온몸이 쑤시기 시작했으며 부스스했던 밀짚은 내 몸에 눌려 납작하고 딱딱해졌다. 나는 물소 가죽 밑에서 조심조심 몸을 빼낸 다음 무릎을 짚고 일어나 앉아 마차 밖을 살펴보았다. 아무것도 보이지 않았다. 울타리도 없고, 냇물도 없고, 나무도 없고, 언덕이나 들판도 보이지 않았다. 도로가 있었다고 하더라도 그날 밤의 희미한 별빛으로는 알아볼 수가 없었다. 눈에 들어오는 것이라고는 땅뿐이었다. 시골이 보이는 것이 아니라 시골이 있을 수 있도록 만들어 주는 땅만 있었다. 그렇다, 땅 이외에는 아무것도 없었고 그나마도 울퉁불퉁한 땅이었다. 바퀴가 움푹 들어간 땅에 빠졌다가 나올 때마다 마차가 기우뚱거리며 삐걱거리는 소리를 냈기 때문에 땅이 고르지 않다는 걸 알 수 있었다. 우리는 이제 세상을 등지고 세상 끄트머리를 지나 인간의 관할 지역 밖에 와 있다는 기분이 들었다. 하늘을 올려다보았을 때 낯익은 산등성이가 눈에 띄지 않는 하늘을 바라보기는 그때가 난생처음이었다. 그 순간 내 시야에 들어온 것은 오직 둥그런 하늘뿐이었다. 죽은 엄마 아빠가 그 위에서 나를 내려다보고 있다고는 믿을 수 없었다. 엄마 아빠는 지금도 시냇가 아래쪽에 있는 양 우리나 산등성이 목초지로 이어지는 하얀 길가에서 나를 찾고 있을 것만 같았다. 나는 엄마 아빠의 영혼까지도 뒤에 남겨 놓고 떠나왔던 것이다. 마차는 내가 알지도 못하는 목적지를 향하여 덜커덩거리면서 달려갔다. 지금 돌이켜 생각해 보면 그때 내가 그리워하고 있었던 것이 고향이었던 것 같지는 않다. 그 어느 곳에도 도착하지 않고 끝없이 계속 달려가기만 했더라도 나로서는 안타까울 것이 없었으리라. 눈앞에 보이는 땅덩이와 하늘 사이에서 나라는 존재는 지워지고 사라져 버리는 느낌뿐이었다. 그날 밤 나는 기도를 드리지 않았다. 이곳에서는 모든 일이 나와는 무관하게 일어나리라는 기분이 들었기 때문이다.

2

 일에 지친 말들이 끄는 마차를 타고 30킬로미터 이상을 달려와 날이 밝기 전에 할아버지 농장에 도착은 했지만 그때의 일이 지금 내 기억에는 없다. 눈을 떴을 때는 오후였다. 방은 내가 누워 있는 침대보다 별로 크지도 않을 듯싶었고 머리맡 차양은 따듯한 실바람에 가볍게 팔락이고 있었다. 검은 머리에 피부는 갈색에다 주름투성이인 키 큰 노인이 나를 내려다보며 서 있었다. 내 할머니라는 걸 알았다. 울고 있었던 게 분명했지만 내가 눈을 뜨니까 미소를 지어 보였다. 그러고는 걱정스러운 눈빛으로 나를 들여다보면서 침대 발치에 앉았다.

 「지미, 푸욱 잘 잤니?」 쾌활한 음성으로 그렇게 묻고 나서 〈세상에, 제 아비를 쏙 빼닮았구나!〉라고 커다랗게 하는 혼잣말은 완전히 다른 목소리였다.

 아빠가 할머니의 막내아들이었다는 사실이 떠올랐다. 아빠가 늦잠을 잘 때마다 할머니는 지금처럼 아빠 방에 들어와서 아빠를 깨웠으리라.

 「여기 깨끗한 옷 있다.」 갈색 손으로 이불을 토닥거리면서 할머니가 말했다. 「우선 나하고 부엌에 내려가 화덕 뒤에서 따끈한 물로 목욕부터 하자꾸나. 네 물건들 가지고 내려가렴. 아래층엔 아무도 없단다.」

 〈부엌으로 내려간다〉는 말이 나한테는 이상하게 들렸다. 우리 집에서는 항상 〈부엌으로 나간다〉였다. 나는 신발과 양말을 집어 들고 할머니를 따라 거실을 지나 지하실로 통하는 계단을 내려갔다. 지하실은 둘로 나뉘어 계단 오른편은 식당이고 왼편은 부엌이었다. 둘 다 회반죽으로 하얗게 칠한 방이었고 방공호 벽을 바르듯이 흙벽 위에 회를 발라 놓았다. 바닥은 딱딱한 시멘트 바닥이었다. 목재 천장 아래에는 왼쪽으로 하얀 커튼이 달린 창문들이 나 있었고 깊숙이 들어간 창턱에는 제라늄과 덩굴꽃이 담긴 화분들이 가지런히 놓여 있었다. 부엌에 들어서자 생강 빵 굽는 냄새가 달콤하게 풍겼다. 반짝거리는 니켈로 장식된 커다란 화덕 뒤에는 나무 벤치가 벽에 바싹 붙어 놓여 있었고 양은 빨래 통도 하나 있었는데 할머니는 그 통에다 뜨거운 물과 찬물을 부어 넣었다. 할머니가 비누와 수건을 가져오자 나는 목욕은 혼자서 해왔노라고 말했다.

「귀도 혼자 닦을 수 있겠니? 자신 있냐? 그렇담, 지미, 넌 정말 똑똑한 아이구나!」

부엌 안은 아늑해서 기분이 참 좋았다. 서쪽으로 뚫린 외쪽 창문을 통해 햇빛이 목욕물을 환히 비추었고 커다란 몰티즈 고양이 한 마리가 나타나 신기하다는 듯이 나를 바라보면서 목욕통에 몸을 비벼 댔다. 내가 몸을 열심히 닦고 있는 동안 할머니는 식당에서 분주하게 일을 하다가 〈할머니, 케이크 타는 거 같아요!〉라고 걱정스럽게 소리치면, 그제야 닭을 쫓아내듯이 앞치마를 펄렁펄렁 흔들어 대면서 소리 내어 웃으며 달려왔다.

할머니는 가냘픈 몸매에 키가 크고 등은 약간 굽은 편이었고 무엇인가에 집중해 있는 자세로, 마치 멀리 있는 물건을 보려고 하거나 먼 데서 들려오는 소리에 귀를 기울이는 듯이 항상 머리를 앞쪽으로 내민 자세로 걸었다. 점차 나이가 들어가면서 나는 할머니의 그러한 자세가 실은 항상 멀리 떨어진 곳에서 일어나는 일에 대해 마음을 쓰며 살아왔기 때문에 생긴 버릇이라는 것을 알았다. 할머니의 모든 행동은 민첩하고도 활기에 넘쳤고 목소리는 높고 가느다란 편이었다. 모든 일이 질서 정연하고도 조화롭게 풀리기를 바라는 마음이 지나치게 강해서 근심 띤 어조로 말을 할 때가 많았다. 웃음 역시 소리가 높아서 약간 귀에 거슬리게 들릴 수도 있지만 그래도 그 속에는 생기를 띤 지성이 돋보였다. 그 당시 쉰다섯에 건강하고 남다르게 인내심이 강한 여인이었다.

옷을 입고 나서 부엌 옆에 있는 기다란 창고를 자세히 살펴보았다. 지붕 한쪽 밑을 파서 만들어 놓았는데 말쑥하게 회칠도 하고 시멘트도 발라 놓았다. 사람이 드나들 수 있도록 계단과 바깥문도 있고 일을 하고 돌아와서 손을 씻을 수 있도록 창문 아래에 세면대도 마련되어 있었다.

할머니가 저녁 준비로 바쁜 틈을 타서 나는 화덕 뒤에 놓인 벤치에 앉아 고양이하고 놀았다. 그 고양이는 생쥐만 잡는 게 아니라 땅다람쥐도 잡는다고 했다. 바닥을 비추던 노란 햇살 조각이 어느새 층계 쪽으로 옮겨 갔다. 내 여행에 대해서 그리고 새로 도착한 보헤미안 가족에 대해서 이야기하자 할머니는 그 가족이 우리와 가장 가까운 곳에 사는 이웃이 될 거라고 말했다. 할머니에게 오랜 세월 동안 고향이었던 버지니아 농장에 대해서는 할머니도 나도 입을 열지 않았다. 그러다가 일꾼들이 들에서 돌아온 다음 우리 모두가 저녁 식탁에 자리를 잡고 앉자 그제야 할머니는 옛 농장과 우리 친구들과 지금도 그곳에 살고 있는 이웃들에 대해서 제이크한테 물어보았다.

할아버지는 말씀이 별로 없는 분이었다. 집에 들어서면 나에게 키스를 해주고 다정하게 말을 붙였지만 자신의 감정을 드러내 보이는 일이 없었다. 신중한 성격과 위엄은 피부로 느껴졌고 약간 두려운 마음도 들 정도였다. 얼굴에서 제일 먼저 눈에 띄는 것은 눈처럼 희고 오글오글한 아름다운 턱수염이었다. 어느 선교사가 할아버지 수염이 아랍 교주의 수염 같다고 말하는 걸 들은 적이 있다. 대머리로 인해서 턱수염은 더욱더 인상적이었다.

할아버지의 눈은 전혀 노인네 눈 같지 않았다. 밝은 푸른색 두 눈에는 신선한 서리 같은 광채가 서려 있었다. 희고 가지런한 치아는 워낙 튼튼해서 평생 치과라고는 가본 적이 없는 분이었다. 그러나 피부는 햇볕이나 바람에 쉽사리 거칠어지는 섬세한 피부였다. 젊었을 때는 머리와 수염이 모두 붉은색이었다는데 눈썹만은 아직도 구릿빛이었다.

식탁에 앉자 오토 훅스와 나는 서로 상대방을 은밀한 눈길로 훔쳐보았다. 저녁을 준비하면서 할머니가 나한테 들려준 이야기에 의하면 오토 훅스는 오스트리아에서 태어나 어린 나이에 우리나라에 와서 극서 지방 광산촌과 소 장신구 대장간에서 모험적인 생활을 해왔다. 그의 강철 같은 체질이 산에서 걸린 폐렴으로 어느 정도 손상되었기 때문에 잠시 온화한 지역에서 살려고 할머니가 살고 있는 곳으로 흘러 들어왔다. 할아버지 집 북쪽에 위치한 독일 이주민들의 정착지인 비스마르크에는 오토의 친척들이 살고 있었지만 지난 1년 동안 오토는 할아버지 댁에서만 일을 하면서 살아왔다.

저녁 식사가 끝나자마자 오토는 나를 부엌으로 데리고 가서 나한테 주려고 세일에서 사놓은 조랑말이 헛간에 있다고 귓속말로 일러 주며, 혹시라도 그 조랑말에게 나쁜 버릇이 있는지 알아보려고 자기가 직접 타보기까지 했는데 녀석은 〈완벽한 신사〉였고 이름은 듀드라고 했다. 혹스는 내가 알고 싶어 하는 것들을 모조리 알려 주었다. 자기가 마부로 지냈던 시절이나 와이오밍의 눈보라 속에서 한쪽 귀를 잃게 된 이야기도 해주었고 올가미 밧줄을 던지는 방법도 가르쳐 주었다. 그리고 다음 날 해 지기 전에 나를 위해서 수송아지 한 마리를 밧줄로 묶어 주겠노라는 약속도 했다. 그러고 나서 자기 〈단짝〉과 은빛 박차를 꺼내 나하고 제이크한테 보여 주었고 장화 윗부분을 대담한 디자인으로 수놓은 최고품 카우보이 장화도 보여 주었다. 장화에 놓은 수에는 장미와 진정한 애인을 상징하는 매듭과 발가벗은 여자들이 있었는데 혹스가 엄숙하게 말한 바에 의하면 그 여자들은 천사들이었다.

잠자리에 들기 전에 제이크와 오토는 기도를 드리기 위해서 거실로 호출되었다. 할아버지는 은테 안경을 끼고 「시편」을 낭송했다. 그 음성이 나의 마음에 강렬하게 와 닿았고, 어찌나 재미나게 읽던지 「열왕기」에서 내가 제일 좋아하는 장을 하나 골라 읽어 주기를 속으로 몹시 바랐다. 〈셀라Selah〉라는 단어를 발음할 때는 할아버지의 억양에 나도 모르게 경외감을 느꼈다. 「야훼께서는 우리를 위하여 우리의 유산을 선택하시리니, 이는 당신께서 사랑하신 야곱의 탁월함이니라. 셀라.」 나는 〈셀라〉라는 말의 의미를 전혀 몰랐다. 어쩌면 할아버지도 몰랐을지 모른다. 그러나 할아버지가 그 단어를 입에 올리면 그 말은 신탁처럼 권위 있게 들렸으며 세상의 모든 말들 중에서 가장 성스러운 말로 변했다.

다음 날 나는 주변을 돌아보려고 아침 일찍 밖으로 달려 나갔다. 내가 듣기로는 블랙 호크 서쪽에서는 우리 집이 유일한 목조 건물이었다. 노르웨이 부락에 가면 나무로 지은 집들이 대여섯 채 있었지만. 우리 이웃들은 토담집이나 땅굴에서 살았는데 그런 집들은 편안하기는 했지만 비좁았다. 지하실 위로 한 층하고도 반 층이 더 있는 우리가 사는 하얀 집은 농장이라고 불러도 손색이 없을 정도로 넓은 지대의 동쪽 끝에 있었고 부엌문 옆에는 풍차도 있었다. 풍차가 서 있는 자리에서부터는 서쪽으로 경사가 져서 헛간과 곡창과 돼지우리가 있는 곳까지 비스듬히 아래로 기울어져 있었다. 이 비탈길은 사람들이 노상 지나다녀서 단단하게 다져져 있었고 비로 인해 흙이 씻겨 내리면서 구불구불한 도랑도 만들어 놓았다. 옥수수 창고 너머 얕은 계곡 밑에는 녹병 걸린 버드나무들로 둘러싸인 흙탕물 연못이 하나 있었다. 우체국에서 시작되는 도로는 곧장 우리 집 앞을 지나 농가를 가로질러 이 작은 연못을 돌아 서쪽으로 이어지는 야생 평원으로 기어오르다가 거기에서 서쪽 지평선을 따라 이제까지 내가 본 그 어떤 들판보다도 더 거대한 옥수수밭을 둘러싸고 뻗어 있었다. 이 옥수수밭과 헛간 뒤에 있는 수수밭만이 유일한 개간지였다. 사방 어디를 보나 내 키만큼이나 자란 거칠고 마른 붉은 잡풀 이외에는 아무것도 없었다.

우리 집 북쪽으로 밭이랑처럼 일구어 놓은 방화대 안에서 빽빽이 줄지어 자라고 있던 작달막하고 잎이 무성한 단풍나무들은 벌써 노랗게 물들어 가고 있는 중이었다. 이 단풍나무 울타리는 거의 4백 미터나 될 만큼 길었지만 무척 열심히 살펴보아야만 그렇다는 걸 알아볼 수 있었다. 장대같이 높다란 잡풀들이 단풍나무 울타리와 뗏장을 얹은 닭장 뒤에 있는 자두 밭을 완전히 덮어 버릴 정도로 무성했기 때문이다. 주변을 둘러보면서〈물이 곧 바다이듯이 이곳에서는 풀이 곧 이 고장이구나〉라는 기분이 들었다. 거대한 목초지 전체를 포도주색으로 물들여 놓은 붉은 풀밭은 어찌 보면 파도에 휩쓸려 방금 해변으로 밀려온 해초 색깔 같기도 했다. 그리고 풀밭은 잠시도 가만히 있지 않았다. 어찌나 끊임없이 넘실거리던지 시골 전체가 어디론가 달려가고 있는 듯이 보였다.

머리에는 햇볕을 막는 모자를 쓰고 손에는 곡식 자루를 들고 밖으로 나오는 할머니를 보는 그 순간까지 나는 나한테 할머니가 있다는 사실을 까맣게 잊고 있었다. 저녁에 먹을 감자를 캐러 채마밭에 가는 길인데 같이 가지 않겠느냐고 물으셨다.

기이한 일이지만 채마밭이라는 데가 집에서 4백 미터나 떨어져 있어서 거길 가려면 외양간을 지나 야트막한 골짜기까지 올라가야 했다. 손잡이가 구리로 장식된 히커리 나무 지팡이가 할머니 허리띠에 가죽끈으로 묶여 매달려 있는 것이 나의 눈길을 끌었다. 할머니 말씀이, 방울뱀을 쫓아 버리는 데 사용하는 지팡이였다. 그리고 그 묵직한 막대기나 옥수수 자르는 칼 없이는 절대로 채마밭에 가면 안 되었다. 채마밭을 오가는 길에 할머니는 그동안 엄청 많은 방울뱀들을 죽였다. 블랙 호크 로드에 살던 어느 여자애는 방울뱀한테 발목을 물려 여름 내내 호되게 앓았다.

이른 9월 그날 아침 마차 바퀴자국이 희미하게 남아 있는 길을 따라 할머니 옆에서 걸어가며 바라본 시골 정경이 나에게는 지금도 눈에 선하다. 오랜 동안 열차를 타고 왔던 기분이 그때까지도 가시지 않았던 탓인지 눈앞에 펼쳐진 풍경이 움직이고 있다는 강한 인상을 받았다. 서서히 불어오는 신선한 아침 바람 속에서도 움직임을 느꼈고 느슨한 가죽처럼 보이는 덥수룩한 풀 밑에서 야생 물소 떼가 질주라도 하고 있는 듯이 대지 자체도 움직이고 있는 것처럼 느껴졌다.

나 혼자서는 그 채마밭을 절대로 찾아내지 못했을 것이다. 막상 도달해 보니 시들어 가는 덩굴 옆에 아무렇게나 널려 있는 커다란 누런 호박을 제외하고는 채마밭에서 나의 흥미를 끄는 것은 별로 없었다. 차라리 붉은 풀밭을 지나서 그리 멀지 않은 곳에 있을 듯싶은 세상 끄트머리까지 곧장 걸어가고 싶었다. 세상은 바로 여기서 끝난다고 주변에서 불어오는 산들바람이 속삭였다. 오로지 땅과 태양과 하늘이 있을 뿐이고 좀 더 앞으로 나아가면 태양과 하늘만 남게 되며, 그러다 보면 풀밭 위에 그림자를 떨어뜨리면서 우리 머리 위에서 서서히 맴돌고 있는 황갈색 매처럼 우리도 태양과 하늘 속으로 훌쩍 날아 떠오르리라. 할머니는 밭고랑에 세워 놓은 갈퀴로 감자를 캐내고, 나는 부드러운 갈색 흙 속에서 캔 감자를 집어 자루에 넣으면서도 시선은 줄곧 허공에 던지며 나도 자기들 못지않게 쉽사리 해낼 수 있을 듯싶은 일을 하고 있는 매들을 올려다보았다.

감자 다 캤으니 이제 집에 가자는 할머니한테 나 혼자서 채마밭에 좀 더 있다 가고 싶다고 말했다.

할머니는 모자 아래로 나를 물끄러미 내려다보았다.

「너, 뱀 무섭잖니?」

「좀 무섭긴 하지만, 그래도 여기 좀 더 있고 싶어요.」

「그럼, 혹 뱀이 나오걸랑 아무 짓도 하지 말고 그냥 내버려 둬라. 커다란 황갈색 뱀들은 사람을 해치지 않아. 황소뱀이라고 하는 것들인데, 땅다람쥐를 잡아먹어서 사람한테는 오히려 도움이 되지. 그리고 저기 저 둑에 있는 구멍 보이지? 거기서 뭐가 나오면 무서워할 거 없다. 오소리 구멍이니까. 덩치는 들쥐만큼 크고, 얼굴에는 흑백 줄무늬가 있어. 가끔 닭을 훔쳐 가기는 하지만, 그래도 일꾼들이 그놈을 해치지는 못하게 내가 막는다. 낯선 곳에서 살다 보면 짐승들한테 정이 들게 된단다. 밭에서 일을 하고 있는데 그 녀석이 밖으로 나와서 날 빤히 바라보면 기분이 좋아.」

할머니는 감자 자루를 어깨에 걸머지고 상체를 약간 앞으로 내민 자세로 오솔길을 내려갔다. 오솔길은 구불구불한 골짜기를 따라 아래로 이어졌다. 길이 굽어지는 지점에서 할머니는 나한테 손을 흔들어 보이고는 시야에서 사라졌다. 나는 혼자 남아 있게 되었다. 처음 느껴 보는 홀가분하고도 만족스러운 기분이었다.

뱀이 내 눈에 띄지 않고는 나한테 접근할 수 없는 채마밭 한가운데서 따뜻한 누런 호박에 등을 기대고 앉았다. 밭이랑을 따라서 열매가 잔뜩 달린 꽈리 덤불이 자라고 있었다. 열매를 감싼 종이 비슷한 삼각형 엽초를 벗겨 내고 서너 개 따 먹었다. 주위에는 이제껏 내가 본 메뚜기보다 두 배나 커다란 메뚜기들이 말라빠진 덩굴 사이에서 묘기를 부리며 재주를 넘고 있었다. 땅쥐들이 밭고랑 위아래로 빨빨거리며 움직이는 모습도 보였다. 바람 소리도 들렸고 훌쩍 큰 풀들이 나부끼는 모습도 볼 수 있었다. 내가 앉아 있는 땅바닥은 따뜻했고 손가락으로 부스러뜨려 보는 흙도 따스했다. 기이하게 생긴 붉은 색깔의 작은 벌레들이 기어 나와 내 주위로 서서히 몰려들었다. 등은 검은 점박이에 반질반질한 주홍빛이었다. 나는 꼼짝도 않고 가만히 앉아 있었다. 아무 일도 일어나지 않았다. 무슨 일이 일어나리라고 기대하지도 않았지만. 마치 호박처럼 나는 태양 아래 누워서 햇볕을 즐기는 존재였을 뿐이며 그 이상의 것이 되기를 원하지도 않았다. 지극히 행복했다. 모르긴 해도 아마 우리가 죽어서 태양이나 공기, 선이나 지식 같은 완전한 존재의 일부가 되었을 때의 기분이 그러하리라. 어쨌거나 내가 느낀 것은 행복이었다. 완전하고도 위대한 것 속으로 융해되었을 때의 기분이었다. 그러한 행복이 우리를 찾아올 때는 마치 수면처럼 자연스럽게 다가온다.

3

일요일 아침 오토 훅스는 우리를 보헤미안 새 이웃과 사귀게 해주려고 마차에 태우고 나섰다. 채마밭도 없고 닭장도 없고 개간된 땅이라고는 거의 없는 황야에서라도 살려고 미국으로 이민해 온 가족이어서 그 사람들한테 줄 양식을 가지고 갔다. 훅스는 저장실에서 감자 한 자루와 훈제 돼지고기를 꺼내 왔고 할머니는 토요일에 구운 빵 서너 덩어리와 버터 한 통과 호박 파이 몇 개를 마차 안 짚단 속에 챙겨 넣어 주었다. 우리는 마차 앞자리에 기어올라 앉았고 마차는 덜커덩거리면서 작은 연못을 지나 거대한 옥수수밭을 향하여 경사진 길을 따라 올라갔다.

옥수수밭 너머에 과연 무엇이 있는지 보고 싶어서 나는 조바심이 나 있었다. 높다란 마차 의자에서는 아주 먼 데까지도 바라다볼 수 있었건만 눈에 들어오는 것이라고는 우리 주변에 있는 붉은 풀밭뿐 다른 것은 아무것도 없었다. 길이 넓기는 했지만 얕은 골은 그대로 건너 이어지고 깊은 골은 피해

가면서 정신없이 꾸불꾸불했다. 그 길을 따라 해바라기가 주욱 늘어서 있었다. 그중에서도 넓적하고 거친 잎사귀에 꽃이 수십 개나 달려 있는 해바라기들은 덩치가 거의 작은 나무만큼이나 컸다. 노랑 해바라기 꽃들은 거대한 목초지를 가로지르는 황금빛 띠를 이루고 있었다. 마차를 끌고 가던 말들 중 한 마리가 이따금씩 꽃이 만발한 꽃나무를 이빨로 물어뜯어 우물우물 씹으면서 걸어가노라면 한 입씩 베어 먹을 때마다 가지에 달린 꽃들이 고갯짓을 하듯 흔들거렸다.

마차를 타고 가면서 할머니가 나에게 알려 준 바에 의하면, 우리가 보러 가는 쉬메르다 가족은 피터 크라이에크라고 하는 자기 나라 사람에게서 제값보다 더 비싼 값에 농토를 구입했다. 부인의 친척뻘이 되기도 하는 어떤 사촌을 통해서 본국을 떠나기 전에 크라이에크와 이미 계약을 체결했었다. 쉬메르다 가족은 이 지역으로 이주해 온 최초의 보헤미안 가족이었다. 그들의 유일한 통역자였던 크라이에크는 자기 마음대로 전하고 싶은 내용만 통역해 주었다. 쉬메르다 집안 사람들은 영어를 전혀 못 하기 때문에 아주 급박한 상황에서도 다른 사람들한테 도움을 청할 수조차 없었다. 혹스의 말에 의하면, 아들 하나는 이제 다 자랐고 건장하여 밭일을 할 수 있었지만 아버지 되는 사람은 늙고 쇠약한 데다가 농사에 대해서는 아는 것이 전혀 없었다. 원래 직업은 직조공으로 장식용 벽걸이와 가구 덮개를 만드는 숙련공이었다. 고국에서는 바이올린으로 돈푼깨나 손에 넣기도 했었다. 그래서 이주해 올 때 바이올린을 가지고 왔지만 이곳에서는 바이올린이란 별로 소용이 없는 물건이었다.

「혹 착한 사람들이라면 그런 사람들이 굴속 같은 크라이에크 집에서 한겨울을 보낸다는 게 생각만 해도 언짢구나.」할머니가 말했다. 「오소리 구멍보다 나을 게 없어, 집이라고 할 수가 없다고. 게다가 듣자 하니, 크라이에크가 10불도 안 되는 낡은 요리용 스토브를 가지고 그 사람들한테서 20불이나 뜯어냈다더라.」

「그랬습죠, 마님.」혹스가 말했다. 「그리고 자기 수소하고 비쩍 바른 늙은 말 두 필은 튼튼한 말 값을 받고 팔아먹었다더군요. 보탬이 될 거라고 생각했더라면 그 말들에 대해서는 내가 나서서 간섭을 했을 테지만 — 노인네가 독일 말은 좀 알더라고요 — 한데 보헤미아 사람들은 오스트리아 사람들을 원래부터 싫어하거든요.」

할머니는 오토의 이 말에 관심을 보였다.

「그래? 그건 또 왜?」

이맛살을 찌푸리고 콧등을 찡그리면서 혹스가 대답했다.

「글쎄요, 뭐, 정치적인 거죠. 설명드리자면 길어집니다.」

길은 갈수록 거칠어졌다. 우리 일행은 스쿠어 크리크라는 계곡에 가까워지고 있었다. 그 계곡 때문에 쉬메르다네 농토 서쪽 부분이 절단되어 농사를 지을 수가 없게 되었다고 한다. 얼마 가지 않아 잡풀에 뒤덮인 진흙 벼랑이 시야에 들어왔고 그것으로 미루어 시냇물이 굽이쳐 흐르리라는 것을 알 수 있었으며 협곡 밑에서 잎양버들과 사시나무 꼭대기가 반짝이는 모습도 볼 수 있었다. 사시나무 중에서는 벌써 단풍이 든 것도 있어서 노란 잎사귀와 눈부시게 흰 나무껍질이 마치 동화 속에 나오는 금 나무와 은 나무처럼 보였다.

우리는 쉬메르다 씨 집에 가까워지고 있었으나 눈앞에 보이는 것이라고는 여전히 거칠고 붉은 흙더미들과 완만하게 경사진 둑이 있는 골짜기와 흙이 무너져 내린 곳에 삐져나온 기다란 나무뿌리밖에 없었다. 이윽고 둑을 등지고 사방 어느 곳에서나 무성한 자줏빛 풀로 지붕을 엮은 오두막집 비슷한 것이 눈에 들어왔다. 그 옆에는 엉망으로 부서지고 바퀴도 없는 풍차 한 대가 비뚜름하게 서 있었다. 우리는 이 풍차 해골까지 마차를 몰고 가서 거기에다 말들을 묶어 두었다. 그러고 나서야 나는 둑 속으로 깊숙이 내려앉은 대문과 창문을 보았다. 문이 열리더니 여자 어른 한 사람과 열네 살쯤 되어 보이는 여자아이가 달려 나와 기대에 찬 눈으로 우리를 올려다보았다. 조그만 계집애 하나가 뒤를 따라 나왔다. 여인은 일전에 블랙 호크 기차역에 내렸을 때 걸치고 있었던 바로 그 비단 술이 달린 수놓은 숄을 걸치고 있었다. 그다지 늙은 편은 아니었으나 그렇다고 젊은 편도 결코 아니었다. 생기 있는 얼굴에 눈이 작고 예리했으며 턱은 무척 뾰족했다. 여인은 할머니의 손을 잡고 힘차게 흔들어 댔다.

〈아주 반갑습니다, 아주 반갑습니다!〉라고 외친 다음 자기가 방금 나온 둑을 손가락으로 가리키면서 덧붙였다.「집, 안 좋습니다, 안 좋습니다.」

「조금 지나면 편안하게 자리 잡을 거예요! 좋은 집 지어서요!」

할머니는 외국인들에게 이야기할 때는 귀머거리한테 말하듯이 소리를 질러 댔다. 어쨌든 할머니는 우리의 방문이 호의적인 의도에서라는 것을 쉬메르다 부인한테 이해시켰고 보헤미아 여인은 빵 덩어리를 어루만져 보고 냄새까지 맡아 본 다음 무척 생경스럽다는 듯이 파이를 이리저리 살펴보더니 〈많이 좋습니다, 많이 감사합니다!〉라고 외치면서 다시 할머니 손을 쥐어 잡고 흔들었다.

큰아들 암브로쉬가(식구들은 보헤미아 식으로 〈암브로취〉라고 발음했다) 움막에서 나와 자기 어머니 곁에 섰다. 나이는 열아홉이었고 작은 키에 어깨가 넓고 머리는 짧게 바싹 깎아 버렸으며 머리통은 밋밋했고 얼굴은 넓적하니 펑퍼짐했다. 담갈색 눈은 자기 어머니처럼 작고 예리했으나 어머니 눈보다는 더 교활하고 의심이 많아 보였다. 두 눈은 우리가 가져간 음식에서 떠나지 않았다. 온 가족이 사흘 동안 옥수수빵하고 수수죽만 먹었다.

어린 여자애는 퍽 예뻤다. 그러나 안토니아는(식구들은 〈안〉 자를 무지 강하게 발음했다) 훨씬 더 예뻤다. 기차에서 차장이 그 애의 눈에 대해 한 말이 생각났다. 부드러우면서도 빛으로 가득 차 있는 커다란 갈색 눈은 마치 깊은 숲 속 갈색 연못 위에 환히 빛나는 태양 같았다. 피부도 갈색이어서 뺨은 좀 더 짙은 갈색으로 빛났고 곱슬곱슬한 갈색 머리는 아무렇게나 헝클어져 있었다. 율카라는 어린 여동생은 예쁘기도 했지만 착하고 순해 보였다. 내가 이 두 여자애들을 마주하고 어색해하며 서 있는데 크라이에크가 무슨 일이 일어나고 있는지 보려고 헛간에서 나왔다. 크라이에크와 함께 쉬메르다 집안 아들 한 명이 나타났다. 이 사내아이는 먼발치에서 봐도 뭔가 좀 이상스러운 점이 있다는 걸 알 수 있었다. 우리에게 다가오면서 기괴한 소리를 내더니 양손을 쳐들어 자기 손가락을 펼쳐 보여 주었다. 손가락이 첫째 마디까지 피막이 연결되어 있어서 마치 오리발 같았다. 내가 뒤로 흠칫 물러서자 수탉처럼 〈꾸우, 꾸-꾸, 꾸우, 꾸우!〉 외치며 좋아했다. 아이 어머니는 낯을 찡그리면서 엄한 음성으로 〈마렉!〉 하고 외친 다음 크라이에크에게 보헤미아 말로 뭐라고 아주 빠르게 말했다.

「저 애는 절대로 누굴 해치지는 않는다고 전해 달랍니다, 버든 부인. 날 때부터 저랬죠. 다른 애들은 모두 똘똘해요. 암브로쉬는 훌륭한 농붓감이고요.」

그렇게 말하면서 크라이에크가 암브로쉬의 등을 탁 치니까 암브로쉬는 무슨 말을 했는지 알아듣겠다는 듯이 미소를 지어 보였다.

바로 그 순간 쉬메르다 씨가 움막에서 나왔다. 모자는 쓰고 있지 않았고 숱이 많은 철회색 머리는 이마에서부터 뒤로 반듯하게 빗어 넘겨져 있었다. 머리가 너무 길어서 귀 뒤로 삐져나올 정도였고, 그래서인지 얼굴에서 풍기는 분위기가 예전에 버지니아에서 본 적이 있는 옛날 초상화하고 비슷했다. 키가 크고 홀쭉했으며 깡마른 어깨는 구부정했다. 상황을 이해하는 표정으로 우리를 바라보고 나서 할머니의 손을 잡고 몸을 굽혀 인사했다. 그의 두 손이 얼마나 희고 곱게 생겼는지를 나는 그때 알게 되었다. 전문 기술을 지닌 듯이 보이는 침착한 손이었다. 눈썹 밑에 깊숙이 자리 잡은 두 눈은 우울한 빛을 띠고 있었고 얼굴이 거칠게 생겼는데도 불구하고 마치 어떤 물체에서 모든 열기와 빛이 죽어 버리고 남은 재 같은 인상을 주었다. 그러나 나이 든 이 남자의 모든 것은 그의 위엄 있는 태도 속에 스며 있었다. 옷차림도 단정했다. 코트 속에 회색 털조끼를 입었고 칼라 대신에 짙은 청록색 비단 스카프를 얌전하게 목에 두르고 그 위에 붉은 산호 핀을 꽂았다. 크라이에크가 쉬메르다 씨의 말을 통역하고 있는 동안 안토니아가 나에게 다가와 예쁘게 웃으면서 손을 내밀었다. 다음 순간 우리 둘은 가파른 골짜기를 따라 뛰어 올라갔고 어린 율카가 우리 뒤를 깡충거리며 쫓아왔다.

골짜기 위에 올라가 금 나무 꼭대기를 내려다볼 수 있게 되자 나는 손가락으로 그 나무들을 가리켰다. 그러자 안토니아는 내가 와주어서 얼마나 기쁜지를 말하기라도 하듯이 내 손을 꼬옥 잡았다. 우리는 스쿠어 크리크까지 함께 달려갔다. 땅 자체가 끊어지는 지점까지 쉬지 않고 줄곧 달렸다. 그러다가 지면이 어찌나 갑작스럽게 절벽으로 이어졌던지 한 발자국만 더 앞으로 달려 나갔더라면 우리 둘 다 나무 꼭대기 위로 떨어질 뻔했다. 계곡 끝에 서서 숨을 헐떡거리며 우리는 발밑에서 자라고 있는 나무들과 잡목들을 내려다보았다. 바람이 너무 세게 불어서 나는 모자를 붙잡고 있어야 했고 여자아이들의 치마는 앞으로 둥그렇게 부풀어 올랐다. 안토니아는 그걸 무척 재미있어하는 듯이 보였다. 율카 손을 잡고서 (내 귀에는 우리말보다 훨씬 속도가 빠르게 들리는) 자기네 말로 뭐라고 한바탕 재잘거렸다. 그러고는 말로는 전할 수 없는 이야기들을 두 눈에 가득 담은 채 나를 바라보았다.

「이름? 이름 무엇?」 안토니아가 내 어깨에 손을 얹으면서 물었다.

내가 이름을 말해 주니까 나를 따라서 반복해 보더니 율카한테도 내 이름을 발음해 보도록 시켰다. 그러고 나서 우리 앞에 있는 백양나무를 가리키며 〈이름 무엇?〉 하고 다시 물었다.

우리는 장다리 같은 붉은 풀섶 위에 자리를 잡고 앉았다. 율카는 아기 토끼처럼 몸을 동그랗게 웅크리고 앉아 메뚜기 한 마리하고 놀았다. 안토니아는 하늘을 가리키면서 눈빛으로 나한테 물어 왔다. 〈하늘〉이라고 가르쳐 주었더니 이에 만족하지 않고 이번에는 내 눈을 손가락으로 가리켰다. 〈눈〉이라고 일러 주니까 나를 따라 반복은 했지만 〈눈〉이 아니라 〈난〉처럼 들리게 발음했다. 안토니아는 하늘을 가리켰다가 다시 내 눈을 가리켰다가 또다시 하늘을 가리키는 등, 지독히 빠른 동작으로 되풀이하는 통에 나는 정신을 차릴 수가 없었고 도대체 그 애가 무슨 말을 하고 싶어 하는지 전혀 감을 잡을 수가 없었다. 그러자 안토니아는 무릎을 꿇고 일어나 앉아 두 손을 꽉 마주 잡았다. 그러더니 자기 눈을 손가락으로 가리키고는 고개를 좌우로 흔들어 보인 다음 이번에는 내 눈을 가리키고 이어 하늘을 가리키면서 고개를 위아래로 격렬하게 끄덕거렸다.

「아하!」 내가 소리쳤다. 「푸른색! 푸른 하늘!」

안토니아는 손뼉을 치면서 퍽 재미있다는 듯이 〈푸른 하늘, 푸른 눈〉을 계속 중얼거렸다. 바람을 피해 그 자리에서 아늑하게 앉아 있는 동안 새로운 단어를 수십 개나 배웠다. 안토니아는 영리했고 또 아주 열심이었다. 우리는 풀 속 깊숙이 앉아 있었기 때문에 머리 위 푸른 하늘과 바로 앞에 있는 금빛 나무 이외에는 아무것도 보이지 않았다. 형언할 수 없도록 즐거웠다. 새로 배운 단어들을 몇 번씩 되풀이해 본 후 안토니아는 가운데 손가락에 끼고 있던 무늬가 새겨진 은반지를 나에게 주고 싶어 했다. 나를 어르기도 하고 우기기도 했지만 나는 완강하게 거절했다. 안토니아의 반지를 갖고 싶지도 않았지만 처음 보는 남자아이한테 자기 반지를 주고 싶어 하는 안토니아의 태도가 어쩐지 경솔하고 지나치다는 생각이 들었기 때문이다. 그러한 행동이 보헤미아 사람들 사이에서는 아무렇지도 않은 일이라면, 그렇다면 쉬메르다 가족이 크라이에크에게 속아 넘어갔던 일도 이상스러울 것이 없었다.

우리가 반지를 가지고 옥신각신하고 있는데 어디선가 〈안토니아! 안토니아!〉 하며 처량하게 부르는 소리가 들려왔다. 안토니아는 산토끼처럼 발딱 일어났다. 〈타티넥! 타티넥!〉 하고 외치면서 우리와 함께 나이 든 어른한테 달려갔다. 그러고는 우리보다 먼저 다가가 손을 잡고 키스했다. 내가 다가가자 안토니아의 아버지는 내 어깨에 손을 얹고 내 얼굴을 자세히 살펴보며 한동안 말없이 나를 내려다보았다. 나를 당연하게 받아들여 주는 어른들에게만 익숙해 있었던 나는 약간 무안하고 어색한 기분이 들었다.

우리는 쉬메르다 씨와 함께 할머니가 나를 기다리고 있는 움막집으로 돌아왔다. 내가 마차에 오르기 전에 쉬메르다 씨는 주머니에서 책 한 권을 꺼내 영어와 보헤미아어가 나란히 쓰여 있는 페이지를 펴서 나에게 보여 주었다. 그러고는 그 책을 할머니 손에 쥐여 주고 간청하는 눈빛으로 할머니를 응시하면서 내가 평생 잊을 수 없는 진지한 음성으로 말했다.

「우리 안토니아, 가아르쳐 주셔요, 가아르쳐 주셔요.」

4

바로 그날 오후 나는 혹스의 도움을 받아 난생처음으로 조랑말을 타고 먼 길을 달려 보았다. 그 이후로는 듀드를 타고 집에서 10킬로미터나 떨어져 있는 우체국에 일주일에 두 번씩 다녀왔고 이웃에 심부름도 다닐 수 있게 되어 일꾼들의 시간을 퍽 많이 덜어 주었다. 물건을 빌려 와야 한다든가 우리

학교 강당에서 설교가 있을 예정이라는 말을 전하는 일은 항상 내 몫이었다. 예전에는 그런 종류의 일들은 훅스가 자기 일을 끝낸 후에 처리했었다.

　많은 세월이 흘렀으나 눈부시게 아름다웠던 그 첫 가을의 기억은 지금도 내 가슴속에 생생하게 살아 있다. 새로운 땅덩이가 열 살 난 내 앞에 펼쳐져 있었으며 그 당시에는 울타리라고는 전혀 없었기 때문에 조랑말이 나를 집으로 다시 데려다 주리라고 믿으면서 풀 덮인 고지를 마음 내키는 대로 한껏 돌아다녔다. 어떤 때는 해바라기가 늘어선 도로를 따라 달리기도 했다. 훅스가 들려준 바에 의하면 해바라기는 모르몬교인들에 의해서 처음으로 이 지방에 소개된 꽃이었다. 박해를 받던 시절에 모르몬교인들은 미주리를 떠나 자기네 방식대로 하느님을 찬양할 수 있는 장소를 찾아 이곳 황야로 흘러들어 왔으며 그 첫 답사 팀이 유타로 이어지는 평원을 가로지르며 해바라기 씨를 뿌렸단다. 그다음 해 여름 부녀자들을 가득 태우고 이곳에 도착한 마차들의 긴 행렬은 해바라기 행렬을 따라 움직일 수 있었다. 식물학자들은 훅스의 이야기에 동의하지 않고 해바라기란 원래부터 이 평원에서 자라는 식물이라고 주장하리라는 것쯤은 나도 알고 있다.

　그럼에도 불구하고 전설 같은 그 이야기는 내 마음속 깊이 새겨져서 해바라기가 일렬로 늘어선 길은 언제나 나에게는 자유로 향하는 길로 여겨진다.

　나는 노르스름한 옥수수밭 가장자리를 헤매며 떠돌아다니기를 무척 즐겼다. 그러다 보면 이따금씩 습기가 많은 곳이 눈에 띄었고 그런 곳에서는 버들여뀌가 진한 구릿빛으로 변하고 나무줄기에서 불거져 나온 마디에는 가느다란 잎사귀가 마치 누에고치처럼 동그랗게 돌돌 말려서 매달려 있었다. 가끔 남쪽으로 내려가 독일에서 이민해 온 이웃들도 찾아보고 개오동나무 숲도 구경하고 땅속 깊이 갈라진 틈에서 자라나와 나뭇가지에 매 둥지를 달고 있는 거대한 느릅나무도 구경했다. 나무들이 무척 귀한 지역인 데다 나무를 키운다는 것이 엄청 힘든 일이었기 때문에 우리는 나무의 안녕에 대해서 염려스러워했고 마치 사람인 양 나무를 찾아가 보기도 했다. 그 황갈색 풍경 속에서는 섬세한 것이라고는 찾아보기 어려웠기 때문에 섬세한 것이 그토록 소중하게 여겨졌으리라.

어떤 때는 프레리도그들이 떼를 지어 사는 북쪽에 위치한 프레리도그 마을까지 말을 타고 가서, 늦은 오후에 밤색 땅올빼미들이 허공을 향해 날아올라 프레리도그들과 함께 땅속에 있는 보금자리로 내려가는 모습을 지켜보기도 했다. 안토니아 쉬메르다는 나하고 같이 다니는 걸 무척 좋아했다. 우리 둘한테는 땅올빼미들이 땅속에서 산다는 사실이 무척 신기했다. 그 지역에서는 언제 어디서 방울뱀이 튀어나올지 몰랐기 때문에 항상 정신을 똑바로 차리고 있어야만 했다. 방울뱀들은 자기들에게 맞서 싸울 능력이 없는 땅올빼미와 프레리도그한테 나타나 그네들의 보금자리를 빼앗고 땅올빼미 알과 새끼 프레리도그를 잡아먹으면서 아주 편한 생활을 했다. 우리는 땅올빼미들이 불쌍했다. 해 질 무렵 자기들 집으로 날아와 땅 밑으로 사라지는 땅올빼미들의 모습을 우리는 항상 애처로운 마음으로 지켜보았다. 날개가 있으면서도 그런 식으로 살아가는 걸 보면 땅올빼미는 분명히 머리가 무척 나쁜 짐승일 것이라는 생각도 들었다. 이 프레리도그 마을은 연못이나 개울에서 아주 멀리 떨어져 있었다. 훅스는 10여 킬로미터 이내에는 물이 전혀 없는 사막에서 프레리도그들이 오밀조밀 모여 살고 있는 걸 본 적이 있다고 했다. 그리고 프레리도그들이 파놓은 구멍 중에는 깊이가 50미터나 되는 것도 있으니까 그렇게 깊게 내려가면 분명히 땅속 물줄기하고 연결되었을 거라고 훅스는 우겼다. 안토니아는 오토의 말을 믿지 못하겠다면서 프레리도그들은 토끼들처럼 이른 아침 이슬을 핥아 먹을 거라고 말했다.

안토니아는 모든 일에 대해서 자기 나름대로의 생각을 가지고 있었고 얼마 지나지 않아 그러한 자기 생각들을 영어로 표현할 수 있게 되었다. 나와 함께 읽기 공부를 하려고 거의 매일 초원을 달려서 우리 집에 왔다. 쉬메르다 부인은 툴툴거리기는 했지만 집안 식구 중 한 명은 영어를 배워 두어야 한다는 것만은 알고 있었다. 공부가 끝나면 우리는 채마밭 뒤에 있는 수박밭으로 올라갔다. 내가 낡은 칼로 수박을 반으로 갈라 속을 파내면 우리 둘은 손가락 사이로 수박 물을 줄줄 흘리면서 수박을 먹었다. 하얀색 크리스마스 멜론은 신기해서 손도 대지 않고 구경만 했다. 그것들은 서리가 내린 후에야 따 들여서 겨울용으로 보관해 두었다. 쉬메르다 가족은 거의 한 달 동안을 바다에서 보내고 난 뒤라 모두들 과일에 굶주려 있었다. 안토니아와 율카는 덩굴앵두를 찾느라고 몇 킬로미터나 되는 옥수수밭 가장자리를 훑으면서 돌아다녔다.

안토니아는 우리 할머니 부엌일을 도우면서 요리도 배우고 살림살이도 배우는 걸 무척 좋아했다. 할머니 곁에 서서 할머니의 일거일동을 지켜보았다. 안토니아의 엄마는 자기 나라에서는 훌륭한 주부였겠지만 이제 새로운 환경에 처하게 되자 매사에 서툴렀다. 게다가 이 새로운 환경이라는 것은 실로 열악했다.

쉬메르다 부인이 자기 가족들에게 먹으라고 내놓은 잿빛 빵을 보고 우리가 얼마나 기겁을 했던지 지금도 잊히지 않는다. 헛간에서 사용하던 낡은 양철통에다 밀가루를 반죽했다는 것은 나중에야 알았다. 양철통에서 반죽을 꺼내 구울 때 통 가장자리에 눌어붙은 반죽을 그대로 남겨 둔 채로 통을 화덕 뒤에 있는 선반 위에 놓아 두어 밀가루 반죽 찌꺼기를 발효시켰고, 다음번에 빵을 만들 때는 이 시큼해진 반죽을 긁어모아서 이스트 대용으로 새 밀가루 반죽에 넣었던 것이다.

처음 몇 달 동안 쉬메르다 가족은 한 번도 읍내에 나가지 않았다. 블랙 호크에 가면 기묘하게 돈을 잃게 된다고 믿게끔 크라이에크가 속닥거려 놓았기 때문이다. 가족 모두가 크라이에크를 끔찍이 싫어했지만 그래도 크라이에크만이 자기들과 언어가 통하는 유일한 인간이어서 그를 통해서만 정보를 얻을 수 있었기 때문에 부득이 그에게 매달릴 수밖에 없는 형편이었다. 크라이에크는 쉬메르다 씨와 그의 아들 둘하고 헛간에서 소들하고 같이 나란히 잠을 잤다. 프레리도그와 갈색 땅올빼미가 방울뱀을 처치할 방법을 모르기 때문에 자기들 보금자리에 방울뱀이 기거하도록 내버려 둘 수밖에 없는 것과 마찬가지로, 쉬메르다 가족들도 크라이에크를 쫓아낼 방법을 알지 못했기 때문에 그를 먹여 주면서 토굴 같은 그 집에 그냥 머물게 해주었다.

5

 우리의 보헤미안 이웃이 무척 고생스럽게 살고 있다는 것은 알고 있었지만 두 딸은 아주 명랑했고 무엇에건 불평하는 일이 없었다. 집안 걱정거리를 머릿속에서 떨쳐 버리고 나하고 같이 평원을 뛰어다니며 토끼들을 놀라게 하거나 메추리 떼를 놀래 주어서 허공으로 날려 보내며 놀았다.

 어느 날 오후 안토니아가 우리 집 부엌으로 뛰어 들어와 흥분하면서 소리치던 장면이 지금도 기억난다.

「우리 아빠, 북쪽에서 친구 찾아요, 러시아 남자들. 어젯밤 아빠 날 데리고 가요. 나 아주 많은 말 알아들어요. 좋은 남자들, 할머니. 한 남자 뚱뚱하고, 항상 웃어요. 모두 다 웃어요. 우리 아빠 이 나-아라에서 웃어요, 나 처음 봐요. 아, 아주 좋아요!」

 혹시 그 사람들이 프레리도그 보금자리 근처에 사는 러시아 남자 둘이냐고 내가 물어보았다. 그쪽 방향으로 말을 타고 지나갈 적마다 그 사람들을 만나 보고 싶은 충동을 느꼈지만 그중 한 남자가 사납게 생겨서 겁을 먹고 있던 터였다. 러시아라는 나라는 나한테는 다른 어떤 나라보다도 훨씬 더 먼 곳에 있는 나라처럼 느껴졌었다. 중국보다도 더 멀고 북극만큼이나 먼 나라로 여겨졌었다. 고국을 떠나 이곳에 정착한 낯선 사람들 중에서 그 두 러시아인들이 가장 이상스럽고 가장 도도한 사람들이었다. 성은 도저히 발음할 수가 없어서 우리는 그냥 파벨과 피터라고 불렀다. 그들은 주로 몸짓과 손짓으로 의사 표시를 했고 쉬메르다 가족이 오기까지는 친구라고는 전혀 없었다. 크라이에크는 러시아어를 약간 알고 있었지만 어떤 일에서 크라이에크한테 사기를 당한 이후로 그들은 크라이에크를 피해 왔다. 둘 중에서 키가 큰 남자가 파벨이었는데, 사람들 말에 의하면, 그는 무정부주의자였다. 자신의 견해를 남한테 말로는 전할 수가 없어서 대신 사용했던 과격한 손짓이나 열띤 반항적 태도 때문에 그렇게들 생각한 것 같았다. 한때는 무척 건장한 남자였겠으나 뼈마디 굵은 거대한 체격이 지금은 쇠약해진 듯이 보였고 피부는 툭 튀어나온 광대뼈 위로 바싹 달라붙어 있었다. 파벨은 숨 쉬는 소리도 거칠었고 항상 기침을 했다.

파벨의 친구 피터는 완전히 다른 종류의 사람으로, 키는 작달막하고 안짱다리에 버터처럼 비곗덩어리였다. 길에서 사람들을 만나면 남녀를 가리지 않고 모자를 벗어 들고 환하게 웃으며 반갑게 인사했다. 머리와 수염이 연한 아마색이어서 햇빛 속에서는 흰색으로 보였기 때문에 마차를 타고 가는 그를 먼발치에서 보면 노인네처럼 보였다. 머리와 수염은 모두 양털처럼 숱이 많고 곱슬곱슬했다. 들창코에다가 양털 속에 묻혀 있는 분홍빛 얼굴은 마치 잎사귀들에 싸여 있는 멜론처럼 보였다. 사람들은 그를 〈꼽슬이 피터〉라고 부르거나 〈루시아 피터〉라고 불렀다.

이 두 러시아인들은 훌륭한 농군이었다. 여름이면 함께 밖에 나가서 일을 했다. 다른 이주민들은 귀찮은 일은 안 하려고 깡통 우유를 사용했건만, 피터는 밤만 되면 소젖을 짜러 집에 간다고 이웃 사람들이 껄껄대며 말하는 걸 들은 적이 있다. 피터는 흙으로 지은 학교 건물에 와서 예배를 보기도 했다. 내가 피터를 처음 본 것도 거기에서였다. 그는 헝겊 모자를 손에 들고 맨발을 송구스러운 듯이 벤치 밑에 밀어 넣은 채 문가에 있는 낮은 벤치에 앉아 있었다.

러시아인들을 사귀고 난 이후로 쉬메르다 씨는 거의 매일 밤 그들을 만나러 갔다. 어떤 때는 안토니아를 데리고 가기도 했다. 안토니아 얘기로, 그 사람들은 보헤미아어와 별 차이가 없는 말을 사용하는 지역에서 왔기 때문에 혹시 내가 그 사람들 집에 가보고 싶으면 자기하고 같이 가면 된다고 했다. 어느 날 오후 서리가 심하게 내리기 전에 우리는 내 조랑말을 타고 함께 그 집에 갔다.

러시아인들은 푸른 언덕 위에 깔끔한 통나무집을 지어 놓았고 집 옆에는 기계로 두레박을 감아올리는 우물도 있었다. 계곡을 따라가다 보니 멜론하고 호박하고 오이가 풀 위에 뒹굴고 있는 채마밭도 있었다. 피터는 부엌 뒤에서 빨래 통에 몸을 구부리고 어찌나 열심히 빨래를 하고 있었던지 우리가 다가오는 소리도 듣지 못했다. 빨래를 비벼 대며 문지를 때마다 몸 전체가 위아래로 움직였고, 덥수룩한 머리와 굽은 다리로 그렇게 움직이는 모양을 뒤에서 보고 있노라니 퍽 우스웠다. 우리를 맞이하느라고 몸을 쭉 펴자 땀방울이 두툼한 코를 타고 굴러 내려 곱슬곱슬한 턱수염으로 떨어졌다. 젖은 손을 닦는 표정이 빨래를 중단하게 되어서 기뻐하는 것 같았다. 그러고는 우리를 데리고 나가서 닭 구경도 시켜 주고 언덕에서 풀을 뜯고 있는 소도 보여 주었다. 자기 나라에서는 부자들이나 소를 가질 수 있는데 여기서는 소를 기르고 싶으면 아무나 소를 가질 수 있다고 안토니아한테 말했다. 자주 아픈 파벨에게는 우유가 몸에 좋고, 시큼한 크림은 나무 주걱으로 휘저어서 버터를 만든다는 말도 했다. 피터는 자기 소를 무척 귀여워했다. 소고삐를 잡고 끌고 가서 새 자리에 밧줄을 걸어

놓는 동안 연신 소 옆구리를 다독거리며 러시아어로 소한테 말을 걸었다.

우리한테 채마밭도 구경시켜 주고 나서 피터는 손수레에 멜론을 가득 싣고 언덕 위로 올라갔다. 파벨은 우물 파는 작업을 도와주려고 어딘가로 가고 집에 없었다. 남자 둘이서만 사는 집치고는 퍽 안락해 보였다. 부엌 옆에 거실이 있고 거실에는 널찍한 2인용 붙박이 침대가 한쪽 벽에 놓여 있었다. 푸른 광목 이불과 베개도 가지런히 정돈되어 있었다. 창문이 달린 조그마한 창고도 있었는데 그 속에는 소총, 말안장, 연장, 헌 옷, 장화 등이 들어 있었다. 그날은 채마밭에서 거둬들인 콩, 옥수수, 굵은 노란 오이 등을 겨울에 먹으려고 마룻바닥에 좌악 깔아 놓고 말리고 있던 중이었다. 집 안에는 칸막이나 차양이라고는 하나도 없고 문이란 문은 창문까지도 모두 활짝 열려 있어서 파리들이 햇빛하고 같이 자유롭게 드나들었다.

피터는 유포를 덮어 놓은 식탁 위에다 멜론을 한 줄로 나란히 늘어놓은 다음 식칼을 휘둘러 대면서 멜론을 내려다보았다. 칼날이 미처 깊숙이 박히기도 전에 무르익은 멜론은 쩍 하고 맛 좋은 소리를 내면서 제풀에 반으로 갈라졌다. 우리한테 접시는 안 주고 칼만 주었기 때문에 잠시 후 식탁은 멜론 물과 멜론 씨로 엉망이 되었다. 피터만큼 멜론을 많이 먹는 사람을 나는 그때까지 한 번도 본 적이 없었다. 멜론은 사람 몸에 좋다고, 약보다 더 좋다고 누누이 말하면서 자기 나라에서는 이맘때면 사람들이 멜론만 먹고 살기도 한다는 말도 했다. 그는 우리가 찾아간 것을 아주 기뻐했다. 명랑한 사람이었는데 안토니아를 바라보면서 문득 한숨을 짓더니, 자기가 러시아에 그냥 있었더라면 지금쯤은 자기한테도 안토니아 같은 예쁘장한 딸이 하나 있어서 음식도 만들어 주고 집 안 청소도 해주었을 거라고 말했다. 〈큰 사고〉 때문에 자기 나라를 떠났다는 말도 했다.

집으로 돌아가려고 자리에서 일어서자 피터는 우리가 재미있어할 만한 것을 찾아보려고 황망히 주위를 둘러보았다. 그러더니 창고로 달려가 요란스럽게 색칠한 하모니카를 꺼내 와서 벤치에 앉아 그 뚱뚱한 다리를 좌악 벌리고는 마치 악단 전체가 연주하듯 하모니카를 불어 대기 시작했다. 아주 구슬프거나 신나는 곡만 불었고 이따금 노래도 곁들여 불렀다.

떠나는 우리에게 피터는 쉬메르다 부인 몫으로 잘 익은 오이를 자루에 담아 주면서 오이 요리할 때 쓰라고 우유도 기름통 하나 가득 주었다. 오이를 우유로 요리한다는 말을 나는 그때 처음 들었지만 안토니아는 그게 아주 맛있다고 일러 주었다. 우유를 쏟지 않으려고 우리는 집에까지 조랑말을 걸려서 왔다.

6

어느 날 오후 안토니아와 나는 오소리들이 사는 따뜻하고 풀이 무성한 둑에 앉아서 읽기 공부를 하고 있었다. 노란 햇살은 있었지만 대기에는 다가오는 겨울의 냉기가 서려 있었다. 그날 아침 말에게 물을 먹이는 작은 연못에 살얼음이 얼어 있는 것을 보았고 안토니아와 함께 채마밭을 지나오면서 붉은 열매가 달린 아스파라거스들이 푸르죽죽한 곤죽이 되어 무더기로 땅에 쓰러져 있는 것도 보았다.

토니는 맨발에다 무명옷을 입고 덜덜 떨다가 따가운 햇빛으로 구워진 땅에 앉고 나서야 비로소 편안해했다. 그 무렵 토니는 거의 모든 것을 영어로 말할 수 있을 정도가 되어 있었다. 우리들 친구인 오소리를 자기네 나라에서는 얼마나 귀중한 동물로 여기는지, 그리고 오소리 사냥에 이용하려고 다리가 아주 짧은 특별한 종류의 개를 어떻게 훈련시키는지에 대해서도 이야기해 주었다. 이 개들은 오소리를 쫓아 구멍 속으로 들어가 땅속에서 치열한 격투를 벌인 끝에 오소리를 죽이는데 그 와중에 개 짖는 소리와 오소리 비명 소리가 땅 위에까지 들린다고 했다. 그러고 나서 개가 오소리한테 물리고 할퀸 몸뚱이를 끌고 기어 나오면 개 주인은 녀석을 쓰다듬어 주면서 칭찬을 해주었고, 오소리 한 마리 죽일 때마다 목걸이에 별 하나씩 얻어 달았던 개도 있었단다.

그날 오후따라 토끼들이 유난히 활기를 띠었다. 사방에서 쉴 새 없이 깡충거리며 뛰어올랐다가는 마치 무슨 게임이라도 하고 있는 듯이 쏜살같이 계곡 아래로 달려 내려갔다. 그러나 풀숲에서 웅웅거리며 살았던 작은 벌레들은 이미 모두 죽고 없었다. 한 마리만 제외하고. 창백하기 그지없고 연약하기 짝이 없어 보이는 초록색 곤충 한 마리가 물소풀 속에서 괴로워하며 겅중 튀어나와, 누렇게 죽어가는 풀밭 속으로 뛰어들려고 애를 쓰다가 빗맞아서 뒤로 벌렁 나자빠지더니 다시 일어나 마치 그 무엇인가가 다가와 자기 목숨을 끝내 주기를 기다리고 있는 듯 기다란 다리 사이에 머리를 처박고 더듬이를 바들바들 떨며 앉아 있었다. 토니는 녀석을 손 위에 올려놓고 보헤미아 말로 뭐라고 다정하게 말을 붙였다. 그러자 가냘프고 지친 소리로 녀석은 우리를 위해 노래를 부르기 시작했다. 토니는 녀석을 귓가에 바싹 대고 웃는 얼굴로 녀석의 노래에 귀를 기울였지만 눈에 눈물이 고이는 걸 나는 보았다. 자기가 살던 고향 마을에 숲에서 캐낸 약초와 나무뿌리를 팔러 돌아다니는 늙은 여자 거지가 있었는데, 사람들이 그 여자를 집 안으로 불러들여 따뜻한 불가에 앉혀 주면 그 여자는 지금 이 벌레처럼 쉬어 갈라진 목소리로 아이들한테 옛날 노래들을 불러 주었단다. 사람들은 그 여자를 하타 할머니라고 불렀고, 하타 할머니가 오는 것을 반가워하는 아이들은 할머니를 위해서 자기들이 먹을 사탕이나 과자를 아껴 두었단다.

건너편 계곡에 있는 둑 위로 그림자가 살며시 드리워지기 시작하는 것을 보고 우리는 집으로 돌아갈 시간이 되었다는 것을 알았다. 해가 떨어지면 날씨가 급속히 추워졌고 안토니아의 옷은 얇았다. 좀 전에 죽었을 텐데 헛된 바람에서 살려 놓은 이 작고 연약한 벌레를 어떻게 해야 좋을까? 내 주머니 속에 넣자고 했더니 토니는 머리를 가로저어 보이고는 자기 머리카락 속에 조심스레 집어넣고서 커다란 손수건으로 곱슬머리를 아주 느슨하게 묶었다. 나는 스쿠어 크리크가 보이는 지점까지 토니와 함께 갔다가 되돌아서 집까지는 뛰어가겠다고 말했다. 늦은 오후의 신비스러운 햇살 속에서 우리는 아주 행복한 기분으로 느릿느릿 마냥 걸었다.

그 시절 늦가을의 오후란 모두 같은 것이었건만 나에게 똑같은 오후는 하나도 없었다. 붉은 구릿빛 풀이 하루 중 그 어느 때보다도 더욱 강렬하게 햇빛에 젖은 채 우리 시야가 닿는 곳까지 수 킬로미터나 뻗어 있었다. 노란 옥수수밭은 석양빛 아래에서 붉은 황금빛을 띠었고 높이 쌓아 놓은 건초 더미들은 장밋빛을 발하면서 기다란 그림자를 늘어뜨리고 있었다. 넓고 넓은 초원 전체가 꺼지지 않으면서 계속 타오르는 불꽃처럼 보였다. 그 시각은 마치 젊은 나이에 영광스럽게 죽어 간 어느 영웅의 승리에 가득 찬 종말에서 볼 수 있는 환희를 내포하고 있었다. 그 시각은 하루의 돌변한 변형이요, 하루를 가장 높이 끌어올려 주는 순간이었다.

초원의 그 장엄한 정경 속에서 안토니아와 나는 그 얼마나 숱한 오후를 함께 거닐었던가! 그러노라면 검붉은 풀밭 위에 어두운 반점을 만들면서 두 개의 기다란 검은 그림자가 우리를 앞서거니 뒤서거니 하며 따라왔다.

우리는 오랫동안 아무 말 없이 걷고 있었다. 태양의 끄트머리는 점점 더 초원으로 가까이 내려가고 있는데 웬 남자가 어깨에 총을 메고 고지 끝에서 움직이는 모습이 눈에 띄었다. 정처 없이 거니는 사람처럼 발을 질질 끌면서 아주 천천히 걷고 있었다. 우리는 그를 따라잡으려고 뛰기 시작했다.

「우리 아빠 아파, 항상.」 토니가 날듯이 달려가면서 숨 가쁘게 외쳤다. 「짐, 우리 아빠 지금 아파 보여!」

쉬메르다 씨에게 가까워지면서 토니가 더 큰 소리로 외치자 쉬메르다 씨는 고개를 쳐들고 주위를 둘러보았다. 토니는 아빠한테 달려가 손을 붙잡고는 잡은 손을 자기 뺨에 대고 꼬옥 눌렀다. 식구들 중에서 안토니아만이 그 노인이 항상 빠져 있는 듯이 보이는 무기력한 상태에서 깨어나게 할 수 있는 유일한 존재였다. 쉬메르다 씨는 허리띠에서 자루를 풀어 자기가 쏘아 잡은 토끼 세 마리를 우리에게 보여 주더니 우수가 깃든 미소를 지으며 안토니아를 바라보면서 보헤미아 말로 뭐라고 했다.

안토니아가 나를 돌아보며 외쳤다,

「우리 타티넥이 가죽으로 내 모자 만든다! 겨울에 쓰라고 모자 만든다! 고기는 먹고 가죽은 모자 만들고!」 토니는 손가락을 꼽아 가면서 한 가지씩 읊었다.

쉬메르다 씨가 딸의 머리에 손을 올려놓자 안토니아는 뭐라고 재빨리 지껄이면서 아버지의 손목을 잡아 조심스럽게 자기 머리에서 들어 올렸다. 토니가 하는 말 중에서 〈하타 할머니〉라는 말은 나도 알아들었다. 쉬메르다 씨는 토니의 머릿수건을 끄르고 머리칼을 헤집더니 초록색 곤충을 내려다보면서 묵묵히 서 있었다. 곤충이 들릴락 말락 한 소리로 울어 대기 시작하자 토니 아버지는 마치 아름다운 소리인 양 그 소리에 귀를 기울였다.

나는 쉬메르다 씨가 떨어뜨린 총을 주워 들었다. 총신이 짧고 묵직하며 격철에는 수사슴 머리가 새겨져 있었다. 자기 나라에서 가지고 온 이상스럽게 생긴 총이었다. 내가 총을 자세히 살펴보고 있자 쉬메르다 씨는 마치 먼 곳을 바라보는 듯한 그 특유의 시선으로 나를 바라보았다. 그러한 시선을 받을 때마다 나는 자신이 우물 바닥에 있는 듯한 기분이 들었다. 나에게 상냥하면서도 엄숙하게 하는 이야기를 안토니아가 통역해 주었다.

「우리 타티넥이 니가 어른 되면 이 총 너한테 준대. 아주 좋아, 보헤미아 거야. 아주 훌륭한 사람 거였어, 아주 부자구. 여기 그런 사람 없어. 밭도 많구, 숲도 많구, 큰 집도 많구. 우리 아빠 그 사람 결혼식에서 바이올린 했어. 그래서 그 사람이 아빠한테 좋은 총 주었구, 그리고 우리 아빠가 나중에 너한테 줄 거야.」

그 제안이 먼 앞날에나 일어날 일이라는 사실이 다행이다 싶었다. 쉬메르다 가족처럼 자기들이 갖고 있는 것을 모조리 남에게 주고 싶어 하는 사람은 우리 주변에 아무도 없었다. 안토니아의 어머니까지도 항상 나에게 무엇이건 주려고 했다. 물론 그 답례로 다른 선물을 기대하고 있다는 걸 내가 모르는 바는 아니었지만. 안토니아의 머리카락 속에서 거처를 정한 나약한 음유 시인이 갈라진 음성으로 계속 노래를 부르고 있는 동안 우리 세 사람은 다정한 침묵 속에 서 있었다. 귀를 기울여 그 소리를 듣고 있는 쉬메르다 씨의 얼굴에 떠오른 미소는 슬픔과 만물에 대한 동정으로 가득 차 있었다. 그날 이후로 나는 그 순간 그의 미소를 결코 잊을 수가 없었다. 해가 지자 기온이 갑자기 떨어지면서 흙냄새와 마른 풀 냄새가 강하게 밀려왔다. 안토니아는 자기 아버지 손을 잡고 걸어갔고 나는 윗옷 단추를 채우고 그림자와 함께 집으로 달음질쳤다.

7

나는 안토니아를 무척 좋아하기는 했지만 손윗사람 어투로 나를 대할 때에는 정말 싫었다. 나보다 네 살 더 많았고 세상 구경도 분명히 더 많이 했을 테지만 그래도 자기는 여자고 나는 남자인데 나를 보호해 주는 태도는 비위에 거슬렸다. 가을이 지나가기 전에 안토니아는 나를 자기하고 동등하게 대하기 시작했고 읽기 공부 이외의 다른 일에 있어서도 내 의견을 따르게 되었다. 이 변화는 우리 둘이 어떤 모험을 함께 겪고 난 후에 일어났다.

 어느 날 말을 타고 안토니아 집에 갔더니 마침 안토니아는 암브로쉬가 쓸 삽을 빌리러 러시아인 피터네 집에 걸어서 가려던 참이었다. 내 조랑말에 태워 데려다 주겠다고 했더니 얼른 내 뒤에 올라탔다. 전날 밤 심한 서리가 또 한차례 내렸기 때문에 공기는 포도주처럼 맑고도 싸했다. 꽃들로 만발했던 길들은 일주일 사이에 모두 망가지고 수백 킬로미터나 이어지던 노란 해바라기들은 이제 모두 까실까실한 갈색 줄기로 변해 버렸다.

 피터는 감자를 캐고 있었다. 우리는 집 안으로 들어갈 수 있게 되어 기뻐하며 부엌 화덕 앞에서 몸을 녹이고 피터가 겨울에 먹으려고 저장실에 그득 쌓아 놓은 크리스마스 멜론과 호박을 구경했다. 삽을 빌려 가지고 돌아오는 길에 안토니아는 프레리도그 마을에 들러 땅 구멍 하나를 파보자는 제안을 했다. 구멍이 아래로 곧장 뚫려 있는지 아니면 두더지 구멍처럼 옆으로 뻗어 있는지 알아보고, 땅 밑에서 구멍들이 서로 연결되어 있는지도 알아보고, 땅올빼미들이 땅속에다 깃털로 벽을 두른 집을 지어 놓고 사는지도 알아보자는 제안이었다. 어쩌면 새끼 프레리도그나 땅올빼미 알이나 뱀가죽을 얻게 될지도 모른다면서.

 프레리도그의 거주지는 거의 1만 평이 넘는 땅에 걸쳐 널려 있는 엄청나게 큰 지역이었다. 그 넓은 지역에는 풀이 무성하지 않았다. 프레리도그들한테 야금야금 뜯어 먹힌 풀이 짧고도 고르게 퍼져 있어서 그 일대는 주위의 다른 지대처럼 풀이 무성하거나 붉은색이 아니라 회색빛으로 벨벳처럼 부드러워 보였다. 프레리도그들이 파놓은 구멍이 5~6미터 간격으로 규칙적으로 배열되어 있는 것이 마치 큰 도로와 작은 길로 구획되어 있는 듯 보였다. 질서 있고 지극히 사회성 있는 삶이 이루어지고 있다는 느낌을 주는 정경이었다. 나는 조랑말 듀드를 골짜기에다 매어 놓고 안토니아와 함께 파기 쉬워 보이는 구멍을 찾으면서 이리저리 돌아다녔다. 여느 때와 마찬가지로 수십 마리나 되는 프레리도그들이 자기들 집 앞에 나와 뒷다리로 받치고 앉아 있었다. 우리가 가까이 다가가자 녀석들은 한바탕 짖고 나서 꼬리를 좌우로 흔들어 보이더니 땅 밑으로 쏜살같이 사라져 버렸다. 구멍 어귀에는 땅속에서 파헤쳐 올려놓은 것으로 보이는 모래와 자갈이 소복하게 쌓여 있었다. 어느 구멍에서나 5~6미터 떨어진 지점에서는 큼직한 자갈 더미가 눈에 띄었다. 프레리도그들이 땅을 파헤칠 때 긁어 낸 흙더미라면 그렇게 멀리까지 과연 어떻게 운반했을까? 내가 모험을 겪게 된 것도 바로 이 자갈밭 위에서였다.

우리는 입구가 두 개나 있는 커다란 구멍을 살펴보고 있었다. 구멍이 부드럽게 경사졌기 때문에 땅 밑에서 서로 연결되는 두 개의 통로가 땅 위에서도 보였고 땅바닥은 마치 통행이 번잡한 작은 고가 도로처럼 프레리도그들의 빈번한 사용으로 먼지가 많았다. 내가 웅크린 자세로 뒷걸음질을 치고 있는데 갑자기 안토니아가 비명을 질렀다. 나를 마주 보고 서 있던 안토니아가 손가락으로 내 뒤를 가리키면서 보헤미아 말로 뭐라고 외쳤다. 몸을 획 돌려 보니 마른 자갈 더미 위에 내가 그때까지 본 것 중 제일 큰 뱀 한 마리가 있었다. 놈은 추운 밤을 지내고 나와서 햇볕을 쪼이고 있던 중이었다. 안토니아가 비명을 질렀을 때는 잠을 자고 있었던 것이 분명했다. 내가 몸을 돌렸을 때는 길고 느슨한 〈W〉 자 모양을 하고 누위 있었다. 그러다가 순간 몸을 꿈틀거리더니 서서히 감아올리기 시작했다. 그냥 크기만 한 게 아니라 서커스에서나 볼 수 있는 괴물이라는 생각이 들었다. 끔찍하게 억센 근육이 징글맞게 꿈틀거리는 모습을 보니 속이 메슥거렸다. 몸통은 내 넓적다리만큼 굵었고 맷돌로 내려친다고 해도 놈의 역겨운 생명력을 으스러뜨리지는 못할 것 같았다. 흉측스럽게 작은 대가리를 꼿꼿이 쳐들더니 무서운 속도로 꼬리를 흔들었다. 달아날 생각은 떠오르지도 않았다. 나는 꼼짝도 않고 그대로 서 있었다. 돌담에 등을 대고 서 있었다고 하더라도 그 순간보다 더 궁지에 몰린 기분은 아니었으리라. 뱀의 똬리가 탄탄해지고 있었다. 이제 곧 튀어 오를 참이었다. 뱀은 자신의 길이만큼 위로 튀어 오른다는 말이 생각났다. 나는 놈의 머리통을 겨냥하면서 앞으로 달려 나가 목을 정통으로 가로질러 삽으로 힘껏 내리쳤다. 다음 순간 구불구불한 원을 그리며 놈은 내 발밑에 축 늘어졌다. 이번에는 혐오감에서 다시 한 번 더 내려쳤다. 맨발인 채로 안토니아가 내 뒤로 뛰어왔다. 놈의 흉측한 머리통이 납작해지도록 연거푸 내려쳤는데도 몸통은 계속 꿈틀거리면서 감겼다가 풀어지고 움츠러들었다가는 다시 제풀에 쓰러지곤 했다. 나는 그 자리에서 물러서며 등을 돌렸다. 토할 것만 같았다.

안토니아가 쫓아오면서 소리쳤다.

「지미! 그게 너 안 물었어? 너, 괜찮니? 내가 말할 때 왜 도망 안 갔니?」

「보헤미아 말로 씨부려서 어쩌겠다는 거야?」 내가 성깔을 부리면서 말했다. 「내 뒤에 뱀이 있다고 영어로 했어야지!」

「알아, 내가 잘못했어, 나, 너무 무서웠어.」

안토니아는 내 주머니에서 손수건을 꺼내 내 얼굴을 닦아 주려고 했지만 나는 손수건을 낚아챘다. 속이 안 좋았던 것 못지않게 내 얼굴빛도 나빴던 모양이다.

「지미, 난 니가 그렇게 용감한 줄 몰랐어.」 안토니아가 부드러운 목소리로 말했다. 「넌 꼭 어른 같아. 뱀이 머리를 쳐들 때까지 기다렸다가 덤볐잖아. 아주 쪼끔도 안 무서웠어? 저 뱀, 집에 가지고 가서 사람들한테 보여 주자. 니가 죽인 저거만큼 큰 뱀, 이 나라에서 본 사람 아무도 없을 거야.」

안토니아는 그런 식으로 계속 떠들어 댔다. 그러자 이거야말로 내가 오랫동안 고대해 왔던 기회라는 생각이 들어서 반갑게 그 기회를 받아들였다. 우리는 조심조심 뱀한테로 다시 돌아갔다. 놈은 징그러운 배를 위로 향한 채 아직도 꼬리를 꿈틀거리며 감고 있었다. 몸에서는 악취가 희미하게 풍겼고 부서진 대가리에서는 녹색 액체가 한 줄기 흘러나오고 있었다.

「이것 봐, 이게 뱀독이야.」

그렇게 말하며 나는 주머니에서 기다란 줄을 꺼냈다. 안토니아가 삽으로 뱀 대가리를 받쳐 들고 나는 그걸 올가미로 씌워 묶었다. 그러고 나서 쭉 늘어뜨려 놓고 내 말채찍으로 길이를 재어 보았다. 무려 1미터 60센티미터나 되었다. 방울은 열두 개였지만 끝이 점점 가늘어지기 전에 잘려 나간 것으로 미루어 원래는 방울 수효가 분명히 스물네 개였을 거라고 내가 우겼다. 그리고 어찌하여 이 숫자가 그 뱀이 24년 묵은 뱀이라는 것을 의미하는지, 또 어째서 그것이 인디언과 물소들이 살던 시대부터 시작해서 백인들이 최초로 이곳에 도착했을 때에도 이 뱀은 분명히 여기 있었다는 것을 의미하는지를 안토니아한테 설명해 주었다. 뱀을 뒤집어 보면서 나는 그 나이와 크기에 대해 일종의 존경심을 느꼈고 그놈이 자랑스럽기도 했다. 가장 나이 많은 고대 악마처럼 보였다. 뱀이라는 종족이 모든 온혈 동물들에게 끔찍한 기억을 뿌리 깊게 심어 놓은 것은 사실이었다. 우리가 뱀을 질질 끌고 계곡으로 내려오자 듀드는 전신을 부들부들 떨면서 자기한테 가까이 다가오지 못하게 묶인 줄을 팽팽하게 당기며 우리를 멀리했다.

안토니아는 듀드를 타고 가고 나는 걸어가기로 했다. 맨다리를 조랑말 옆구리에 대고 흔들면서 안토니아는 사람들이 얼마나 놀라겠느냐며 뒤에다 대고 연방 소리쳤다. 나는 삽을 어깨에 걸쳐 메고 뱀을 질질 끌면서 따라갔다. 안토니아가 하도 기뻐해서 그 기쁨이 나한테도 전염이 되었다. 그 거대한 토지가 그토록 광대하고 자유로워 보이기는 그때가 처음이었다. 붉은 풀밭이 온통 방울뱀으로 가득 차 있다고 하더라도 나는 그것들 전부를 대적할 수 있었다. 그러면서도 한편으로는 내가 처치한 뱀보다 더 나이 들고 더 커다란 죽은 뱀의 짝이 복수심에 불타 뒤에서 날 쫓아오고 있지는 않은지 확인하려고 이따금 뒤를 힐끗힐끗 훔쳐보았다.

채마밭에 도착했을 때 태양은 기울어져 계곡으로 내려가고 있었다. 제일 먼저 마주친 사람은 오토 훅스였다. 저녁 식사 전에 평화롭게 파이프를 한 대 피우면서 가축들에게 물을 먹이는 연못 가장자리에 앉아 있었다. 안토니아가 빨리 와서 보라고 소리쳤다. 훅스는 뱀을 보고도 잠시 아무 말도 않으면서 머리만 긁적거리다가 이윽고 장화 발로 뱀을 뒤집어 보았다.

「이 근사한 놈 어디서 만났냐?」

「프레리도그 마을에서요.」 짧지만 의미심장하게 대답했다.

「너 혼자서 죽였냐? 어쩐 일로 너한테 무기가 다 있었지?」

「러시아 사람 피터네 집에 갔었어요, 암브로쉬가 쓸 삽을 빌리러요.」

오토는 파이프에서 재를 떨어내 버리고 쭈그리고 앉아 방울 수를 세어 보았다. 그러고 나서 신중하게 말했다.

「네가 삽을 갖고 있었던 게 천만다행이다. 세상에! 난 이런 놈하고는 가까이 할 생각 전혀 없다. 기다란 말뚝이라도 갖고 있다면 몰라도. 너네 할머니 뱀 잡는 지팡이로는 이런 놈은 간지럼이나 태우다 말겠다. 아마 우뚝 일어나서 말을 걸 게다. 정말 그럴걸. 놈이 무섭게 덤비데?」

안토니아가 끼어들었다.

「굉장히 무섭게 달려들었어요! 지미 장화를 친친 감고. 내가 도망가라고 소리쳤지만 지미는 그냥 미친 듯이 뱀을 내려치고 또 치고 그랬어요.」

오토가 나한테 눈을 찡긋해 보였다. 안토니아가 조랑말을 타고 떠나자 오토가 다시 입을 열었다.

「머리통을 후려쳐서 한 방에 때려눕혔지, 그치? 그거 잘한 짓이다.」

우리는 풍차 위에 뱀을 걸어 놓았다. 그러고 나서 부엌으로 내려가 보니 안토니아가 부엌 바닥 한가운데 서서 뱀 잡은 이야기를 굉장히 덧붙여 늘어놓고 있었다.

그 후로 수차례 방울뱀을 접해 보고 나서야 최초로 내가 방울뱀을 만났을 때의 상황이 얼마나 다행스러운 것이었던지 비로소 깨달았다. 내가 잡은 엄청 큰 그 방울뱀은 몹시 늙은 데다가 너무 편안하게 살아왔기 때문에 싸울 기력이 별로 없었다. 모르긴 해도 아마 그놈은 먹고 싶을 때는 언제든지 통통한 프레리도그를 잡아먹으면서 깃털 침대까지도 곁들였을 땅올빼미 집에서 수년간을 살아왔을 터이며, 그러다 보니 세상이 방울뱀들 덕분에 돌아가는 것은 아니라는 사실을 그만 잊어버렸으리라. 그만한 크기에 싸울 태세까지 되어 있는 방울뱀이었다면 사내아이로서는 도저히 대적할 수 없었을 것이다. 그러므로 실은 가짜 모험이었다. 용을 살해하는 많은 모험가들의 이야기에서처럼 나의 모험 또한 내가 이기도록 상황이 이미 설정되어 있었던 것이다. 나는 피터에 의해서 적절히 무장되어 있었고 뱀은 늙고 게으른 놈이었다. 게다가 내 곁에는 나의 능력을 감탄하며 칭찬해 줄 안토니아가 있었다!

뱀은 가축우리 담장에 며칠 동안 매달려 있었다. 그것을 구경하러 온 이웃 사람들은 그 지역에서 잡은 방울뱀 중 가장 큰 놈이라고 입을 모았다. 그것으로 안토니아에게는 충분했다. 그 이후로 안토니아는 나를 더 좋아했고 나한테 거만한 태도를 취하는 일도 다시는 없었다. 나는 커다란 뱀을 죽인 남자였다. 이제 나는 다 자란 남자였다.

8

풀밭과 옥수수밭에서 가을빛이 점점 엷어져 가고 있을 무렵 우리 러시아 친구들의 형편은 나빠지고 있었다. 피터는 자신의 걱정거리를 쉬메르다 씨에게 털어놓았다. 11월 1일이 마감 날인 어음을 지불할 능력이 없으며, 계약을 갱신하려면 터무니없이 엄청난 할증금을 치러야 하고 게다가 돼지, 말, 젖소까지도 모두 저당 잡혀야 할 형편이라고 했다. 채권자는 블랙 호크에 사는 웍 커터라는 인정머리 없는 대금업자로서 그 지방에서는 악명 높은 인물이었다. 웍 커터에 대해서는 나중에 좀 더 언급하려 한다. 피터는 커터와의 거래에 대해서 분명하게 설명도 하지 못했다. 그가 아는 것이라고는 처음에 2백 불을 꾸었고 그다음에는 1백 불, 또 그다음에는 50불을 꾸었는데 그때마다 매번 원금에 추가 금액이 더해져서 빚은 자기가 심은 그 어떤 작물보다도 빠른 속도로 자라났다는 사실뿐이었다. 이제 피터의 모든 재산은 저당 잡혀 있었다.

피터가 어음 계약을 갱신하고 나서 얼마 안 되어 파벨은 헛간을 새로 지을 목재를 무리하게 들어 올리다가 대팻밥 위로 쓰러지면서 폐에서 어찌나 심하게 피를 쏟아 냈던지 함께 일하던 일꾼들은 파벨이 그 자리에서 죽는다고 생각했을 정도였다. 일꾼들이 그를 집으로 옮겨다 침대에 눕혀 놓았다. 그는 심하게 앓았다. 불운이 마치 사악한 새처럼 통나무집 지붕 위에 자리 잡고 앉아 날개를 퍼덕이면서 사람들을 멀리 쫓아내는 듯했다. 그 두 사람의 운이 어찌나 나빴던지 주위 사람들은 그들과 가까이하기를 꺼려하면서 그들에 대해서는 생각도 하고 싶어 하지 않았다.

어느 날 오후 안토니아가 자기 아버지와 함께 버터밀크를 얻으러 우리 집에 왔다가 늘 그랬듯이 그날도 해가 저물 때까지 떠나지 않고 있었다. 그러다가 그들이 막 떠나려는 참에 피터가 마차를 타고 도착했다. 파벨이 위독한데 쉬메르다 씨와 안토니아한테 꼭 하고 싶은 말이 있다고 했단다. 그래서 피터가 그 두 사람을 데리러 달려왔다. 안토니아와 쉬메르다 씨가 마차에 올라타자 나도 함께 가게 해달라고 할머니한테 졸랐다. 그날 저녁은 굶어도 좋고, 잠은 쉬메르다 씨 헛간에서 자고, 아침 일찍 집으로 달려오겠노라고 말했다. 내 계획이 무척 어리석게 들렸겠지만 우리 할머니는 남이 원하는 것을 들어주는 일에 무척 아량이 넓은 분이었다. 할머니는 피터한테 잠시만 기다려 달라고 하고는 부엌에 가서 우리가 먹을 샌드위치와 도넛을 봉지에 넣어 가지고 나왔다.

쉬메르다 씨와 피터는 마차 앞자리에 앉고 안토니아와 나는 뒷자리 밀짚 위에 앉아 덜커덩거리며 가는 동안 저녁을 먹었다. 해가 지고 나자 차가운 바람이 몰려와 구슬픈 소리를 내며 초원을 휩쓸었다. 날씨가 좀 더 일찍 그렇게 변했었더라면 나는 따라가지 못했을 것이다. 우리는 밀짚 밑으로 파고들어 바싹 웅크리고 앉아 서편으로 스러져 가는 성난 듯한 붉은 석양빛과 바람 부는 맑은 하늘에서 빛나기 시작하는 별들을 바라보았다. 피터는 줄곧 한숨을 쉬며 신음 소리를 냈다. 파벨이 영영 회복되지 않을까 봐 피터가 걱정하는 거라고 토니가 나에게 낮은 소리로 말했다. 우리는 이야기도 하지 않고 그냥 가만히 누워 있었다. 머리 위에서 별들은 점점 더 찬란하게 빛났다. 토니와 나는 비록 서로 무척 다른 세상에서 왔지만 그럼에도 불구하고 우리는 저 높은 곳에서 빛나는 별들의 무리가 살아 있는 것과 죽어 갈 것에 영향을 끼친다는 음울한 미신을 똑같이 믿고 있었다. 피터는 우리보다도 더 먼 곳에서 왔지만 아마 자기 나라로부터 그런 미신을 가지고 왔을 것이다.

언덕 위의 작은 통나무집은 컴컴한 밤 색깔과 너무도 흡사해서 계곡에 이르러서도 우리 눈에는 보이지 않았지만 불그레한 창문이 우리를 안내했다. 등잔불은 없었으니까 그 불빛은 부엌 화덕에서 나온 빛이었으리라.

우리는 조용히 안으로 들어갔다. 널찍한 침대에 누워 있는 남자는 잠이 든 것처럼 보였다. 토니와 나는 벽 옆에 있는 긴 의자에 앉아 앞에 놓인 탁자 위에 양팔을 올려놓았다. 불빛이 초가지붕을 떠받치고 있는 통나무에 떨어져 흔들거렸다. 파벨은 숨을 쉴 때마다 거친 쇳소리를 냈고 신음 소리도 끊이지 않았다. 우리는 기다렸다. 바람은 문과 창문을 성마르게 뒤흔들다가 거센 소리를 내면서 넓은 공간으로 다시 휘몰아쳐 갔다. 돌풍은 한 번 몰아칠 때마다 유리창을 덜거덕 소리가 나도록 흔들어 대고는 다른 거센 바람과 마찬가지로 어디론가 사라져 버렸다. 그런 바람들은 패배한 군대의 후퇴하는 모습을 연상시켰고 집 안으로 들어가려고 필사적으로 애를 쓰다가 신음 소리를 내며 사라지는 유령들을 연상시키기도 했다. 이윽고 돌풍이 흐느끼는 바람 소리가 잠시 중단되면 그 사이로 들개들의 처량한 울음소리가 들어섰다. 한 마리, 두 마리, 세 마리, 그러다가 겨울이 다가오고 있다고 말해 주듯 모두 한꺼번에 울부짖었다. 이 소리에 침대에서 응답해 왔다. 고통스러워하는 긴 외마디 소리로, 마치 악몽에 시달리고 있거나 혹은 지난날의 어떤 비참한 일이 다시 눈앞에 나타나기라도 한 듯이. 피터는 귀를 기울였지만 움직이지는 않고 부엌 화덕 옆 바닥에 앉아 있었다. 들개들이 다시 요란해졌다. 처음에는 단음절로 시작하다가 이어 높은 소리로 처량하게 울부짖었다. 파벨이 뭐라고 웅얼거리면서 팔꿈치로 버티며 자리에서 일어나려고 애를 썼다.

「늑대들이 무서워서 그래.」 안토니아가 나한테 속삭였다. 「파벨 나라엔 늑대가 아주 많아. 그리고 늑대가 여자, 남자 잡아먹어.」

우리는 긴 의자에서 서로 자리를 좁혀 더 바싹 붙어 앉았다.

나는 침대에 누워 있는 남자에게서 눈을 뗄 수가 없었다. 셔츠는 열어젖힌 채였고 거칠고 노란 털로 뒤덮인 앙상한 가슴이 섬뜩하게 위로 솟아올랐다가 내려앉았다. 그리고 기침을 하기 시작했다. 피터가 부스럭거리며 일어나 찻주전자를 가져와서 뜨거운 물에 위스키를 섞어 파벨에게 주었다. 독한 위스키 냄새가 방 안에 퍼졌다.

파벨은 컵을 낚아채어 들이켠 다음 피터한테서 뺏다시피 하여 손에 든 술병을 베개 밑으로 밀어 넣으며 마치 상대방이 자기 꾀에 속아 넘어갔다는 듯이 기분 나쁘게 싱긋 웃었다. 파벨의 눈은 경멸과 적의를 띠고 피터의 일거일동을 좇아 방 안을 훑었다. 내가 보기에는 피터가 너무 단순하고 양순하여 파벨한테서 멸시를 받고 있는 것 같았다.

이윽고 파벨은 들릴락 말락 한 소리로 쉬메르다 씨에게 말하기 시작했다. 이야기가 무척 길었다. 안토니아는 그가 말하는 동안 탁자 밑에 있는 내 손을 꼭 잡고 파벨의 이야기를 들으려고 몸을 앞으로 기울이며 귀를 쫑긋 세웠다. 파벨은 점점 더 흥분하면서 침대 주변을 두루 가리켰는데, 마치 거기에 무슨 물건이 있으니 쉬메르다 씨가 그걸 보았으면 한다는 것 같았다.

「늑대야.」 안토니아가 속삭였다. 「끔찍해, 이야기가.」

병자는 무섭게 화를 내면서 주먹을 휘둘렀다. 자기를 부당하게 취급한 사람들에게 저주를 퍼붓고 있는 듯이 보였다. 쉬메르다 씨가 그의 양어깨를 잡기는 했지만 침대에 얌전히 누워 있도록 붙잡을 기력은 없었다. 그러다가 환자는 숨이 넘어가는 듯한 기침을 심하게 하느라 말을 중단하고 베개 밑에서 헝겊을 끄집어내어 입으로 가져다 대었다. 헝겊은 즉시 선홍색으로 얼룩졌다. 그처럼 선명한 피는 나로서는 처음 본다는 생각이 들었다. 다시 자리에 누워 얼굴을 벽으로 돌리자 그때까지의 모든 분노가 그에게서 빠져나갔다. 위막성 후두염에 걸려 호흡이 어려운 아이처럼 그는 숨을 쉬려고 무진 애를 쓰면서 누워 있었다. 쉬메르다 씨는 이불을 걷고 파벨의 뼈만 남은 앙상한 다리를 계속 주물러 주었다. 우리가 앉은 자리에서도 파벨이 얼마나 여위었는지가 보였다. 척추와 어깨뼈는 들판에 버려진 죽은 수송아지의 가죽 밑에 남은 뼈다귀처럼 불룩 튀어나와 있었다. 날카로운 등뼈 때문에 누워 있을 때는 무척 고통스러웠으리라.

점차로 우리 모두는 마음이 놓였다. 최악이 무엇이었건 간에 어쨌든 최악은 지나갔다. 쉬메르다 씨는 파벨이 잠들었노라고 우리에게 눈짓으로 알려 주었다. 피터는 한마디 말도 없이 자리에서 일어나 램프에 불을 켰다. 우리를 데려다 줄 마차를 준비하러 나가려는 참이었다. 쉬메르다 씨가 피터를 따라 나갔다. 안토니아와 나는 감히 숨소리도 크게 내지 못하고 푸른색 이불 속에서 불룩 솟아 나온 길고 굽은 파벨의 등을 바라보았다.

집으로 가는 길에 안토니아는 덜거덕거리며 요란스레 움직이는 마차 소리 와중에도 할 수 있는 한 자세하게 파벨의 이야기를 들려주었다. 그리고 그때 얘기하지 못한 부분은 나중에 해주었다. 그 후 며칠 동안 우리는 그 이야기만 했다.

파벨과 피터가 청년 시절에 가족들과 러시아에서 살고 있을 때의 일이었다. 그들은 다른 마을의 예쁜 아가씨와 결혼하게 될 친구의 신랑 측 들러리가 되어 달라는 부탁을 받았다. 때는 한겨울이어서 신랑 측 사람들은 썰매를 타고 결혼식에 갔다. 피터와 파벨은 신랑의 썰매를 타고 갔고 신랑 친척들과 친구들을 태운 여섯 대의 썰매가 그 뒤를 따랐다.

교회에서 식을 끝낸 후 신랑 측 손님들은 신부 부모가 마련한 만찬에 참석했다. 만찬은 오후 내내 계속되고 그러다가 저녁 식사로 이어져 밤늦도록 계속되었다. 모두들 춤도 많이 추었고 술도 무척 마셨다. 자정이 되자 신부 부모는 딸에게 작별 인사를 하며 축복해 주었다. 신랑은 신부를 번쩍 들어 안고 썰매로 가서 담요로 신부를 감싸 놓았다. 그러고는 자기도 잽싸게 뛰어올라 신부 곁에 자리를 잡았고 파벨과 피터(우리의 파벨과 피터!)는 앞자리에 앉았다. 파벨이 썰매를 몰았다. 신랑 썰매를 선두로 일행은 노래를 부르고 종소리도 울려 가며 출발했다. 썰매꾼들 모두가 축하연에서 마신 술 때문에 다소 해이해져 있었고 신랑은 신부에게 정신이 팔려 있었다.

그해 겨울에는 늑대들이 유난히 고약하게 날뛰었고 그러한 사실을 모두 알고는 있었지만 늑대 울음소리가 최초로 들려왔을 때 썰매를 몰고 가던 사람들은 별로 놀라지 않았다. 모두들 맛난 음식으로 배가 부른 데다가 술까지 마시고 난 후였던 것이다. 최초의 울음소리는 또 다른 울음소리로 이어져 메아리쳐서 되울려 왔고, 늑대의 울음소리는 점점 더 간격을 좁혀 되풀이되면서 이어졌다. 늑대들이 떼 지어 몰려오고 있었다. 달은 없었지만 별빛으로 눈 위가 환히 밝았다. 시꺼먼 무리가 언덕을 넘어 결혼식 일행 뒤로 다가왔다. 그림자처럼 휙휙 달려왔다. 몸집은 개보다 더 커 보이지는 않았지만 수백 마리가 넘는 수효였다.

맨 뒤에서 오던 썰매에 일이 벌어졌다. 썰매를 몰던 사람이 균형을 잃었고(모르긴 해도 술에 몹시 취해 있었으리라) 말들이 길에서 벗어나는 통에 썰매가 나무숲에 걸려 뒤집어졌다. 썰매에 타고 있던 사람들은 눈 위로 굴러떨어졌고 늑대 무리에서 가장 날렵한 놈들이 그들을 덮쳤다. 다음 순간 들려온 비명 소리에 모든 사람들은 정신이 번쩍 들었다. 썰매꾼들은 똑바로 서서 말에게 채찍을 휘둘렀다. 신랑은 가장 좋은 말들이 끄는 썰매에 타고 있었고 그 썰매는 가장 가벼웠다. 다른 썰매에는 여섯 명에서 많게는 열두 명까지 타고 있었다.

마부 한 사람이 또 균형을 잃었다. 말들의 비명 소리는 사람들의 아우성보다 더 끔찍했다. 늑대들을 막을 만한 것은 아무것도 없는 것 같았다. 행렬 끝에서 무슨 일이 일어나고 있는지 알 도리가 없었으며 뒤로 처지고 있는 사람들은 이미 목숨을 잃은 사람들 못지않게 처참하게 울부짖었다. 어린 신부는 신랑의 가슴에 얼굴을 파묻고 흐느꼈다. 파벨은 꼼짝 않고 앉아 말들을 지켜보았다. 눈으로 하얗게 덮인 길은 앞이 탁 트여 있었고 신랑의 세 마리 검정말들은 질풍처럼 달리고 있었다. 마음을 침착하게 먹고 말들을 신중하게 몰지 않으면 안 되었다.

마침내 썰매가 긴 언덕을 오르게 되자 피터는 자리에서 조심스럽게 일어나 뒤를 돌아다보았다.

「뒤에 썰매가 세 대밖에 안 남았어.」 피터가 나지막한 소리로 말했다.

「늑대는?」 파벨이 물었다.

「많아! 우릴 전부 잡아먹을 만큼 많아!」

파벨이 언덕 내리막길에 이르렀을 즈음에는 썰매 두 대만이 뒤를 따라 내려오고 있었다. 그 순간 언덕 꼭대기에는 흰 눈 위를 질주해 오는 검은 무리들이 보였다. 얼마 안 있어 신랑이 비명을 질렀다. 자기 아버지 썰매가 어머니와 누이들을 태운 채 뒤집히는 장면을 목격했던 것이다. 신랑은 뛰어내리려는 듯이 자리에서 벌떡 일어났으나 신부가 악을 쓰면서 붙잡아 말렸다. 때는 이미 늦은 후였다. 검은 그림자들은 이미 길 위에 나자빠진 마차 더미 위로 몰려들고 있었으며 말 한 마리는 마구를 걸친 채로 늑대들에게 쫓기면서 벌판을 가로질러 달려가고 있었다. 그러나 신랑의 동작을 보는 순간 파벨의 머릿속에서는 묘안이 떠올랐다.

마을까지는 이제 몇 킬로미터밖에 남지 않았다. 뒤따라오던 썰매 여섯 대 중 유일하게 남은 한 대는 그들에게서 그리 멀리 떨어져 있지 않았고 파벨의 중간 말은 지쳐서 헐떡거리고 있었다. 얼어붙은 연못 옆에서 마지막으로 남아 있던 썰매에 일이 벌어졌다. 피터는 그 광경을 똑똑히 볼 수 있었다. 커다란 늑대 세 마리가 말들 옆으로 바짝 다가붙자 말들이 미친 듯이 날뛰었다. 말들이 제각기 겅중거리며 날뛰는 통에 마구가 서로 엉켜 그만 썰매를 뒤엎어 놓았다. 뒤에서 들리던 비명 소리가 점차 사라져 가자 파벨은 낯익은 길 위에 이제는 자기 썰매만 남았다는 것을 깨달았다.

「아직도 쫓아와?」 파벨이 피터에게 물었다.

「응.」

「몇 마리나?」

「스물, 서른, 너무 많아.」

파벨의 중간 말은 이제 양쪽 두 마리 말들에 의해서 끌려

가다시피 움직이고 있는 형편이었다. 파벨은 고삐를 피터에게 넘겨주고 조심스럽게 썰매 뒷자리로 건너갔다. 그는 썰매의 무게를 줄여야만 한다는 사실을 지적했다. 그러고는 손가락으로 신부를 가리켰다. 신랑은 파벨에게 욕설을 퍼부으면서 신부를 더욱 꽉 껴안았다. 파벨은 신부를 끌어내리려고 애를 썼다. 서로 실랑이를 벌이던 중 신랑이 자리에서 일어났다. 파벨은 신랑을 후려쳐서 썰매 밖으로 밀어 버리고 신부도 번쩍 들어 던져 버렸다. 후에 그는 자신이 그 짓을 어떻게 했는지 정확히 기억할 수 없을 뿐만 아니라 그 후 무슨 일이 일어났는지도 전혀 기억할 수 없노라고 말했다. 앞자리에 웅크리고 앉아 있던 피터는 아무것도 보지 못했다. 얼마 후 두 사람이 최초로 의식했던 것은 청명한 대기 속에서 울려 퍼지는 새로운 소리였고, 다른 어느 때보다도 더욱 우렁차게 들려왔던 그 소리는 마을 수도회에서 새벽 기도를 위해 울리는 종소리였다.

파벨과 피터는 단둘이서만 썰매를 몰고 마을에 들어섰다. 그날 이후로 그 두 사람은 늘 외톨이였다. 파벨의 어머니는 아들을 쳐다보려고도 하지 않았다. 결국 그들은 마을에서 쫓겨났다. 낯선 고장만 찾아다녔지만 사람들은 그들의 고향을 알고 나면 혹시 신부를 늑대에게 먹이로 던져 준 두 남자를 아느냐고 으레 물어 왔다. 어디를 가든 그 이야기는 두 사람을 쫓아다녔다. 그들은 미국으로 갈 돈을 마련하느라고 5년 동안 저축했다. 그리고 미국에 와서는 시카고, 디모인, 포트 웨인 등 여러 도시에서 일을 했으나 불운은 그들 곁을 떠나지 않았다. 파벨의 건강이 극도로 악화되자 그들은 농사를 지어 보기로 결정했던 것이다.

마음의 짐을 쉬메르다 씨에게 털어놓은 지 이삼일 만에 파벨은 세상을 떠났고 사람들은 그를 노르웨이인 묘지에 묻었다. 피터는 모든 것을 팔아 버리고 러시아인들이 막노동을 하고 있는 철로 공사장에서 요리사로 일해 보겠다며 그곳을 떠났다.

피터가 팔려고 내놓은 물건 중에서 우리는 손수레와 마구 일부를 샀다. 경매가 진행되는 동안 피터는 단 한 번도 고개를 들지 않고 일을 치렀다. 아무것에도 관심이 없는 듯이 보였다. 피터의 가축을 저당 잡고 있었던 블랙 호크의 대금업자도 그 자리에 나타나서 1불 액면을 50센트 정도로 절감하여 약속 어음을 거의 반값에 사갔다. 자기 암소가 새 주인에게 끌려가기 전에 피터가 암소한테 키스를 해주더라고 사람들이 하나같이 말했다. 나는 피터가 소한테 키스하는 것은 보지 못했지만, 이거 하나만은 알고 있다. 구매자들이 가구 일체와 화덕이나 냄비 등 부엌 살림살이 전부를 들어내 가고 난 후, 남은 것이라고는 아무것도 없는 텅 빈 집이 되자 피터는 주머니칼을 들고 땅바닥에 주저앉아 겨울용으로 저장해 두었던 수박을 모조리 먹어 치웠다. 쉬메르다 씨와 크라이에크가 마차로 피터를 기차역까지 데려다 주려고 그 집에 와보니 턱수염에서 수박 물을 뚝뚝 떨어뜨리며 피터는 수북이 쌓인 수박 껍질에 둘러싸여 있었다.

친구 둘을 잃고 나자 늙은 쉬메르다 씨는 무척 의기소침해졌다. 사냥하러 나갔을 때는 으레 그 빈 통나무집에 들어가 생각에 잠겨 앉아 있곤 했다. 겨울철 눈으로 굴속 같은 자기 집에 갇혀 있게 될 때까지 그 오두막집은 그의 은신처였다. 안토니아와 나 사이에서 그 결혼식 파티 이야기는 끝이 없었다. 우리는 파벨의 비밀을 그 누구에게도 말하지 않았을 뿐만 아니라 남들이 알게 될까 봐 무척 신경을 쓰면서 그 비밀을 간수했다. 마치 오래전 그날 밤 우크라이나의 늑대들이 떼를 지어 모여들었던 일이나 결혼식에 참석했던 일행들이 희생당했던 일이 우리에게 고통스럽고도 특이한 기쁨을 주기 위해서였던 것처럼. 밤이면 잠들기 전에 나는 세 마리 말들이 끄는 썰매를 타고 네브래스카 같기도 하고 버지니아 같기도 한 지역을 질주하는 나 자신을 상상해 보곤 했다.

9

12월 초에 첫눈이 내렸다. 그날 아침 화덕 뒤에서 옷을 입으며 거실 창문으로 내다본 세상의 모습이 어땠었는지 나는 지금도 기억하고 있다. 낮은 하늘은 얇은 철판 같았고 황금빛 옥수수밭은 점점 빛을 잃어 가다가 마침내 흉측한 모습으로 변해 있었으며 작은 연못은 억센 버드나무 덤불 아래에서 얼어붙어 있었다. 큼직한 하얀 눈송이들이 만물을 휩쓸면서 붉은 풀밭 속으로 사라져 갔다.

연못 너머 옥수수밭으로 이어지는 언덕길에는 한때 인디언들이 말을 타고 달리던 거대한 동그라미 자국이 희미하게나마 풀밭 위에 새겨져 있었다. 인디언들이 원의 가장자리를 말을 타고 달렸을 때는 틀림없이 원 한가운데 말뚝에 포로들을 묶어 놓고 고문을 했을 것이라고 오토와 제이크는 자신 있게 말했지만 할아버지는 인디언들이 거기에서 단순히 말 달리기 경주를 했거나 아니면 말을 훈련시켰을 것이라고 했다. 석양

노을에 이 등성이를 바라보면 둥그런 원은 풀밭에 새겨진 일종의 무늬처럼 보였는데 그날 아침에는 첫눈이 가볍게 내려앉아 둥그런 원의 모양이 마치 캔버스 위에 흰색으로 선을 그어 놓은 듯이 아주 선명하게 두드러져 보였다. 그 오래된 형상은 다른 때와는 달리 나의 마음을 흔들어 놓았고 다가오는 겨울의 길조처럼 여겨졌다.

눈이 단단히 굳어지기가 무섭게 나는 오토 훅스가 나무 상자에 날을 달아 엉성하게 만들어 준 썰매를 타고 신이 나서 이리저리 돌아다니기 시작했다. 훅스는 예전에 찬장 만드는 일을 배운 적이 있었기 때문에 연장 다루는 솜씨가 보통이 아니었다. 내가 성화를 부리지 않았더라면 썰매도 훨씬 더 잘 만들어 놓았을 사람이었다. 썰매를 타고 제일 먼저 간 곳은 우체국이었고 그다음 날은 내 썰매에 태워 주려고 율카와 안토니아를 데리러 갔다.

화창하면서도 쌀쌀한 날이었다. 나는 들소 가죽과 짚단을 상자 속에 포개 넣고 뜨거운 벽돌 두 장도 낡은 담요에 싸가지고 떠났다. 쉬메르다 씨 집에 도착하자 문 앞으로 가지 않고 그냥 썰매에 앉은 채로 이름만 소리쳐 불렀다. 안토니아와 율카는 자기 아버지가 만들어 준 토끼 가죽 모자를 쓰고 뛰어나왔다. 내 썰매에 대해서는 암브로쉬한테서 이미 들었기 때문에 내가 왜 왔는지 알고 있었다. 두 여자애들이 구르듯이 뛰어 올라와 내 옆에 앉자마자 우리는 때마침 닦인 도로를 따라 북쪽을 향하여 달려 나갔다.

하늘은 찬란하게 푸르렀고 반짝이는 흰빛으로 길게 뻗어 있는 평원을 비추는 햇빛은 눈이 부셨다. 안토니아 말대로, 눈에 덮이니까 온 세상이 달라졌다. 우리는 줄곧 낯익은 표적을 찾아보았으나 모든 게 낯설어 보였다. 이제 스쿠어 크리크의 깊은 골짜기는 휘날려 쌓인 눈더미 사이에 있는 틈에 지나지 않았고 그 속을 내려다보면 아주 새파랬다. 가을 내내 황금빛이었던 나뭇잎들은 마치 다시는 절대로 생기를 지니지 않을 듯이 쭈글쭈글하고 비비 틀어져 있었다. 그런가 하면 작달막한 삼나무 서너 그루는 전에는 그토록 우중충하고 볼품도 없더니만 이제는 단단하고 짙은 초록빛으로 우뚝 서 있었다. 바람 속에는 신선한 눈의 짜릿한 맛이 담겨 있어서 누군가 탄산암모늄 병을 열어 놓은 것처럼 목구멍과 콧구멍이 알알했다. 추위는 살을 에는 듯 매서웠지만 그러면서도 무척 상쾌했다. 말이 내뿜는 숨결이 김처럼 무럭무럭 솟아올랐고 잠시 멈출 때마다 말은 전신에서 김을 뿜어 댔다. 눈부신 햇살 아래에서 옥수수밭은 제 색을 어느 정도 되찾아 희미한 황금빛을 띤 채 흰 눈 속에 서 있었다. 우리 주위는 온통 눈이 얄팍하게 얼어붙어 있었고 매서운 바람이 무섭게 휘몰아치는 모습 그대로를 보여 주면서 물결의 파문 같은 무늬가 만물의 가장자리에 매달려 있었다.

여자아이들은 무명옷을 입고 그 위에 숄만 두르고 있어서 들소 가죽을 덮고서도 계속 덜덜 떨며 조금이라도 온기를 느끼려고 서로 끌어안고 있었다. 그래도 누추한 움막과 어머니의 꾸중에서 벗어난 것만으로도 한없이 즐거웠기 때문에 나한테 계속 썰매를 몰아 달라고, 러시아인 피터네 집까지 쉬지 말고 몰아 달라고 애걸하다시피 졸랐다. 답답하고 후덥지근한 집 안 공기에서 벗어나 광막한 평원의 신선한 대기 속으로 나오자 여자애들은 야생 동물처럼 행동했다. 깔깔거리고 소리를 지르며 다시는 집에 돌아가기 싫다고 떠들었다. 피터네 집에서 그냥 눌러앉아 살 수는 없을까? 마을에 가서 살림에 필요한 물건들을 사오면 안 될까? 율카가 나한테 한 질문들이었다.

피터네 집으로 가는 길 내내 우리는 한없이 즐거웠지만 돌아오는 길에는, 오후 4시쯤 되었는데, 동쪽 바람이 점점 거세지면서 요란한 소리를 내며 불어오기 시작했다. 태양은 빛을 잃었고 하늘은 우중충해졌다. 나는 긴 양모 덮개를 벗어서 율카의 목에 둘러 주었다. 그래도 추워하기에 들소 가죽을 머리에 덮어씌워 주었다. 나는 안토니아와 함께 꼿꼿하게 앉아 있었지만 손이 너무 시려서 고삐도 엉성하게 잡은 채, 바람이 어찌나 거세게 몰아치던지 앞이 제대로 보이지도 않는 상태에서 그냥 달렸다. 안토니아 집에 도착했을 즈음에는 날이 어두워지고 있었고, 안으로 들어와 몸을 좀 녹이고 가라 했지만 불 가까이에 가면 손이 더 쓰리고 아플 것을 알기 때문에 그냥 거절했다. 율카가 깜빡 잊고 내 양모 덮개를 돌려주지 않아서 나는 맞바람을 맞으며 집까지 썰매를 몰아야만 했다. 다음 날 편도선염에 걸려서 거의 보름 동안 집 안에만 틀어박혀 있었다.

그 당시 지하실 부엌은 마치 겨울 바다에 떠 있는 작고 탄탄한 배처럼 더없이 아늑하고 따뜻했다. 옥수수 껍질을 까느라고 아침나절을 밭에서 보내다 정오가 되면 귀까지 푹 눌러 쓴 긴 모자에 붉은색 안감을 댄 투박한 덧신을 신고 돌아오는 일꾼들의 모습은 북국 탐험가들처럼 보였다. 오후에 할머니가 2층에 앉아 바느질을 하거나 옥수수 까는 장갑을 만들 때면 나는 할머니한테 『스위스 로빈슨 일가』를 커다란 소리로 읽어 드렸는데, 내 생각으로는 모험이 가득 찬 생활을 한다는 점에 있어서 로빈슨 가족은 우리만 못했다. 인간에게 가장 막강한 적은 추위니까. 식구들을 따뜻하고 편안하게 해주고 배부르게 먹을 음식을 마련해 주면서 집안을 이끌어 나가는 할머니의 명랑한 성격에 나는 탄복했다. 허기진 일꾼들이 돌아오면 주려고 음식을 준비하면서, 이 지역은 버지니아와는 달라서 여기에서는 〈요리사가 할 일이 거의 없다〉는 것이 할머니의 말씀이었다. 일요일이면 할머니는 우리 모두가 실컷 먹을 수 있도록 닭고기를 넉넉하게 준비했고 평일에는 햄이나 베이컨, 아니면 소시지를 마련했다. 그리고 날마다 파이나 케이크를 구워 주었고 변화를 주기 위해서 내가 제일 좋아하는 건포도 푸딩도 가끔 만들어 주었다.

몸을 녹이고 따뜻하게 있는 것 다음으로 우리가 생각할 수 있는 가장 중요한 일은 점심 식사와 저녁 식사였다. 우리 생활의 중심은 보온과 음식과 해 질 녘에 돌아오는 일꾼들이었다. 발은 꽁꽁 얼어서 감각도 없고 손은 갈라 터져 쓰라린 채로 들판에서 돌아오는 일꾼들을 보면, 어쩌면 그토록 양심적으로 모든 잡일을 성실하게 하는지 신기하기만 했다. 밭에서 돌아온 후에 말들한테 먹이를 주고, 물을 먹이고, 잠자리를 돌보아 주고, 소젖을 짜고, 돼지들을 보살펴 주는 등등의 일도 일꾼들이 했다. 뼛속까지 스며들었던 추위는 저녁을 먹고 나서도 한참이나 지난 후에야 비로소 가셨다. 할머니와 내가 설거지를 하고 할아버지는 2층에서 신문을 읽는 동안 제이크와 오토는 화덕 뒤에 있는 기다란 의자에 앉아서 덧신 속에 신는 장화를 녹이거나 갈라지고 튼 손에 양 기름을 발라 문질렀다.

토요일 저녁마다 우리는 옥수수를 튀겨 먹거나 사탕을 만들어 먹었고 오토 훅스는 툭하면 「나는 카우보이이기에 나의 잘못을 아노라」, 「쓸쓸한 초원에 나를 묻지 말아 다오!」 따위의 노래를 불렀다. 음성이 아주 듣기 좋은 바리톤이어서 예배를 보러 학교에 가면 항상 선창을 했다.

그 두 사람이 기다란 의자에 앉아 있는 모습이 지금도 눈에 선하다. 짧게 바싹 깎은 오토의 머리와 빗을 물에 적셔서 텁수룩한 머리를 뒤로 착 달라붙게 빗어 넘긴 제이크의 머리, 피로에 지쳐 흰 회벽에 기대고 있는 축 늘어진 어깨도 보인다. 그 얼마나 선량한 사람들이었으며, 그 얼마나 아는 것들이 많았으며, 또한 그 얼마나 많은 것들을 신뢰했던가!

오토는 카우보이로 시작하여 역마차 마부, 바텐더, 광부 등 그 넓은 서부 지역을 온통 헤매고 다니면서 가는 곳마다 힘든 일을 해냈지만, 할머니 말씀대로 뭐 하나 내세울 만한 일을 했던 것도 아니었다. 제이크는 오토보다 둔했다. 글이라고는 자기 이름이나 간신히 쓸 정도였는데 성질은 불같아서 가끔씩 정신 나간 사람처럼 행동할 때가 있었고 그럴 때면 제 성질에 못 이겨서 펄펄 뛰다가 실제로 병까지 날 정도였다. 그러나 마음은 또 어찌나 착해 터졌던지 아무나 그를 이용해 먹을 수가 있었다. 어쩌다, 자기 말마따나 〈얼이 빠져〉 할머니 앞에서 욕지거리를 하고 나면 그런 날은 온종일 기가 죽어 민망해하는 얼굴로 돌아다녔다. 두 사람 모두 겨울 추위와 여름 더위를 나름대로 즐겼으며 언제든지 가외로 일을 더 할 준비가 되어 있었고 급한 일이 있으면 앞장설 준비가 되어 있었다. 몸을 아끼지 않는다는 것은 그들에게는 자존심의 문제였다. 그럼에도 불구하고 어찌된 일인지 형편은 조금도 나아지지 않았으며 뼈 빠지게 일해야 하루에 1달러나 2달러를 받는 일꾼들이었다.

별들이 총총하고 추위가 매서운 밤, 우리에게 음식을 만들어 주고 우리의 몸을 녹여 주며 우리를 즐겁게 해주는 그 낡은 화덕 주위에 둘러앉아 있노라면 들개들이 가축우리 근처까지 내려와서 울부짖는 소리를 들을 수 있었다. 굶주린 들개들의 처량한 울음소리가 들리면 그 두 사람은 로키 산맥에 사는 회색 늑대와 곰 이야기나 버지니아 산악 지대에 사는 살쾡이와 표범 이야기 같은 재미있는 이야기를 해주었다. 한번은 오토가 자기 자신에게 일어났던 이야기를 들려주었는데 어찌나 우스웠던지 빵을 만들려고 반죽을 하고 있던 할머니는 너무 웃어서 흘러나오는 눈물을, 손은 밀가루투성이어서 맨팔뚝으로 닦아 냈던 일이 지금도 생각난다. 대강 이러한 이야기였다.

오토 훅스가 오스트리아를 떠나 미국으로 건너올 때 친척 중 한 사람의 부탁으로 시카고에 있는 남편에게 가려고 자기와 같은 배를 타고 미국으로 떠나는 어느 부인을 보살펴 준 일이 있었다. 출발 당시 그 부인은 아이 둘을 데리고 있었지만 보아하니 여행 도중에 식구가 늘어날 게 분명했다. 훅스는 〈아이들과 탈 없이 지냈고〉, 비록 언짢은 일을 당하기는 했지만 애들 엄마도 그런대로 맘에 들기는 했단다. 바다 한가운데에 이르러 아니나 다를까, 그녀는 아기를 낳았다. 그것도 하나가 아니라 셋을! 함께 여행하는 남자라는 이유로 훅스는 억울하게도 망신의 대상이 되었다. 삼등 선실 여승무원은 훅스에게 분개했고 의사는 수상쩍어하는 눈길을 보냈다. 산모를 위해 돈을 모아 기부했던 일등실 선객들은 훅스에게 관심을 보이면서 그를 볼 때마다 민망스럽게도 산모의 안부를 물어 왔다. 세 쌍둥이가 뉴욕에 상륙하자 훅스는 애들 중 몇을 자기 말마따나 〈운반〉해야만 했다. 시카고까지의 기차 여행은 바다 여행보다 훨씬 더 힘들었다. 기차에서는 아기들한테 먹일 우유를 구하기가 힘들었고 우유병을 깨끗하게 간수하는 일도 쉽지 않았다. 아기 엄마는 최선을 다했지만 정상적인 여자라서 갓난아기 셋한테 한꺼번에 젖을 먹일 수는 없었다. 시카고 어느 가구 공장에 취직하여 그럭저럭 생계를 꾸려 나가고 있던 남편은 기차역에 나와 자기 식구의 규모를 보고 기막혀하는 표정이었다. 남편 되는 사람 역시 어떤 면에서는 훅스 탓이라고 생각하는 것 같았다.

「난 정말이지 기뻤습죠. 그 남자가 자기 불만을 그 딱한 여자한테 쏟아붓지 않아서 말입니다. 한데 그 남자가 날 보는 눈이 전혀 곱지 않더군요, 정말입니다! 자아, 할머니, 어느 젊은이가 이렇게까지 재수 없었던 이야기 들어 본 적 있으세요?」

할머니 말씀이, 주님께서는 훅스가 행한 이 같은 선행을 일일이 기억하시고 훅스 자신은 깨닫지 못했겠지만 여러 가지 곤란한 상황에서 훅스를 보호하고 구해 주셨다고 했다.

10

썰매를 타고 돌아다녔던 날 이후로 몇 주일 동안 우리는 쉬메르다 집안 소식을 전혀 듣지 못했다. 나는 목이 부어서 밖에 나가지 못했고 할머니는 감기로 집안일도 힘겨워했다. 일요일이 되어 하루 쉴 수 있게 되자 할머니는 퍽 반가워했다. 그러던 어느 날 저녁 식사를 하면서 훅스는 쉬메르다 씨가 사냥 나온 걸 보았다는 말을 했다.

「토끼 가죽으로 만든 모자를 쓰고 외투에도 토끼 가죽으로 깃을 달았더라. 그 집에는 외투라고는 하나밖에 없어서 식구들이 돌아가며 번갈아 입는대. 그 집 사람들 추위는 되게 무서워하는 것 같아. 오소리들처럼 토굴 속에 틀어박혀서 안 나와.」

「그 미친 남자애는 예외더라.」 제이크가 한마디 했다. 「그 녀석은 절대 외투를 안 입어. 크라이에크가 그러는데 그 앤 무지 튼튼해서 견디지 못하는 게 없대. 어제 옥수수밭에서 일하고 있는데 암브로쉬가 지나가다 자기가 총으로 잡았다며 프레리도그 세 마리를 보여 주면서 맛있냐고 묻기에 내가 침을 탁 뱉고 얼굴까지 찡그리면서 녀석에게 겁을 좀 주려고 상대도 안 했더니, 그 녀석 제가 뭐 나보다 더 잘 안다는 듯이 그냥 자루에 도로 넣어 가지고 가버리더라.」

할머니가 놀란 얼굴로 할아버지를 바라보며 말했다.

「여보, 크라이에크가 설마하니 그 불쌍한 사람들이 프레리도그를 먹도록 그냥 내버려 두지는 않겠죠?」

「당신이 내일 직접 가서 보고 오는 게 좋겠군.」

그러자 훅스는 프레리도그란 깨끗한 짐승이라서 먹어도 괜찮겠지만 그 녀석들 혈통 관계를 생각하면 먹을 맛이 안 난다고 쾌활하게 한마디 던졌다. 그게 무슨 말이냐고 물으니까 한번 빙긋 웃고 나서 프레리도그는 쥐하고 혈통이 같다고 말했다.

다음 날 아침 아래층에 내려가 보니 할머니와 제이크가 부엌에서 광주리에 음식을 담고 있었다.

「자아, 제이크, 볏이 얼어붙은 그 늙은 수탉을 잡아서 목을 비틀어 오구려. 그것도 함께 갖다 주자고. 지난 가을에 쉬메르다 부인이 이웃에서 암탉 한 마리 얻어다 키웠어야지, 그럼 지금쯤은 닭장을 하나 가지고 있었을 텐데. 하긴 하도 정신이 없어서 무얼 어디서부터 시작해야 좋을지 몰랐을 게야. 나도 처음 여기 왔을 땐 어리둥절했었거든. 그래도, 제아무리 가진 게 없더라도 닭만은 꼭 길러야 한다는 건 잊지 않았는데.」

「옳은 말씀이세요, 할머니. 한데, 크라이에크도 이 늙은 수탉 다리 하나를 먹게 될 걸 생각하니 기분이 언짢네요.」

그는 기다란 지하실을 성큼성큼 걸어 나가 묵직한 문을 내리닫았다.

아침을 먹고 나서 할머니와 제이크와 나는 옷을 단단히 챙겨 입고 차가운 마차 앞자리에 올라앉았다. 쉬메르다 씨 댁에 가까워지자 펌프가 얼어서 삐걱거리는 소리가 들렸고, 안토니아가 머리를 묶어 올리고 무명옷을 바람에 펄럭이면서 전신의 무게를 펌프 손잡이에 올려놓은 채 펌프질을 하고 있었다. 우리 마차 소리를 듣고는 어깨 너머로 돌아다보더니 물이 잔뜩 담긴 양동이를 집어 들고 토굴로 부리나케 달려갔다.

제이크는 할머니를 부축해 마차에서 내려 드리고 자기는 말들을 담요로 덮어 주고 나서 음식을 가지고 들어가겠노라고 말했다. 우리는 언덕 등성이에 만들어 놓은 움푹 들어간 문을 향해 얼어붙은 길을 따라 천천히 걸어 올라갔다. 잡풀과 흰 눈 사이로 삐죽 솟아 나온 연통에서 푸른 연기가 뭉게뭉게 뿜어져 나오고 있었으나 바람이 세게 몰아치는 통에 금세 흩어져 휘날려 버렸다.

우리가 미처 문을 두드리기도 전에 쉬메르다 부인이 문을 열고 나와 할머니 손을 꼬옥 잡았다. 그러나 평소에 하듯 〈안녕요!〉 대신에 느닷없이 울음을 터뜨리더니 누더기로 묶은 자기 발을 가리키면서 자기 나라 말로 뭐라고 한바탕 쏟아부으며 모든 사람들을 원망스럽다는 듯이 둘러보았다.

쉬메르다 씨는 화덕 뒤에 놓인 통나무 의자에 앉아 마치 우리의 시선을 피하려는 듯이 잔뜩 웅크리고 있었다. 그의 발치에는 율카가 무릎에 고양이를 올려놓고 앉아 있었다. 율카는 나를 살짝 넘겨다보고 미소를 지었지만 자기 엄마를 올려다보더니 다시 숨어 버렸다. 안토니아는 어두운 구석에서 설거지를 하고 있었다. 정신이 이상한 사내아이는 하나밖에 없는 창문 아래에서 짚을 넣은 삼베 자루 위에 몸을 쭉 뻗고 누워 있다가 우리가 들어서자 문 밑 틈새를 곡식 자루로 틀어막았다. 토굴 안은 공기가 무척 탁하고 몹시 어두웠다. 화덕 위에 걸어 놓은 등불에서 희미한 노란빛이 흘러나왔다.

쉬메르다 부인은 문 뒤에 놓인 두 개의 뚜껑을 열어젖히고 우리에게 그 속을 들여다보라고 했다. 통 하나에는 얼어서 썩어 가고 있는 감자가 좀 들어 있었고 다른 하나에는 밀가루가 조금 들어 있었다. 할머니는 무안해하면서 뭐라고 중얼거렸으나 보헤미아 부인네는 말 울음소리 비슷하게 힝힝거리며 웃고는 선반에서 텅 빈 커피 통을 집어 들고 진심으로 미안하다는 표정으로 우리를 향해 흔들어 보였다.

할머니는 그들의 처절한 궁핍이나 쉬메르다 부인의 무능은 전혀 인정하지 않으면서 할머니 특유의 버지니아식으로 공손하게 계속 말씀을 이어 가고 있었다. 그때 제이크가 마치 쉬메르다 부인의 힐난에 직접 응답이라도 하듯 음식이 담긴 광주리를 들고 들어왔다. 그러자 그 가엾은 여인은 울음을 터뜨리고야 말았다. 마루에 털썩 주저앉아 미친 아들 곁에서 얼굴을 파묻은 채 처절하게 울었다. 할머니는 쉬메르다 부인에게 전혀 신경을 쓰지 않고 광주리에서 음식 꺼내는 일을 도와 달라며 안토니아를 불렀다. 토니는 마지못해하며 구석에서 나왔다. 토니가 그처럼 기죽어 있는 모습을 그때 처음 보았다.

「할머니, 불쌍한 우리 마멘카, 신경 쓰지 마세요. 우리 엄마, 너무 슬퍼서 그래요.」 속삭이듯 말하며 안토니아는 젖은 손을 치마에 닦고 나서 할머니가 건네주는 음식들을 받았다.

미치광이 사내애는 음식을 보더니 꼬르륵 소리를 내기 시작하면서 자기 배를 두들겼다. 제이크가 이번에는 감자 한 자루를 들고 들어왔다. 할머니는 당황해하면서 주위를 둘러보았다.

「안토니아, 집 밖에 광이나 움 같은 거 없니? 감자는 여기 다 두면 안 된단다. 저 감자들은 어쩌다 저렇게 얼어 터졌지?」

「우체국에서, 부쉬한테서 얻어 왔어요. 그 사람이 버린 걸 가져왔어요. 우린 감자 하나도 없어요, 할머니.」 토니가 서글프게 말했다.

제이크가 밖으로 나가자 마렉이 바닥을 기어가서 문틈을 다시 막았다. 그러자 화덕 뒤에서 쉬메르다 씨가 그림자처럼 소리 없이 나타났다. 마치 머리 주위에 몰려든 안개를 쓸어 버리려는 듯이 그는 부드러운 백발을 손가락으로 빗어 넘기며 서 있었다. 초록색 목도리에 붉은 산호 핀을 꽂은 모습은 여느 때와 다름없이 깨끗하고 단정했다. 그는 할머니의 팔을 잡고 방 깊숙이 있는 화덕 뒤쪽으로 모시고 갔다. 뒷벽에는 작은 골방이 또 하나 있었고 흙바닥에는 석유통만 한 크기의 둥그런 구멍이 파여 있었다. 등받이 없는 의자에 올라서서 그 구멍 속을 들여다보니 이부자리와 볏단 등이 눈에 띄었다. 연로한 쉬메르다 씨가 등불을 들고 나지막하면서도 처절한 음성으로 외쳤다. 「율카! 율카! 안토니아!」

할머니가 뒤로 물러서면서 물었다.

「그 애들이 저기서 잔다는 말씀인가요? 댁의 따님들이?」

쉬메르다 씨는 고개를 숙였다. 안토니아가 살그머니 자기 아버지 팔 밑으로 들어갔다.

「마룻바닥은 아주아주 추워요. 그리고 저기는 오소리 구멍처럼 따뜻해요. 나, 저기서 자는 거 좋아요, 할머니.」 토니는 극구 우겼다. 「우리 엄마 좋은 침대 있어요. 보헤미아 거위 털 베개도 있구, 봐, 그렇죠?」 이렇게 말하면서 그들 가족이 오기 전에 크라이에크가 자신이 사용하려고 벽에 붙여 만들어 놓은 좁다란 나무 침대를 손가락으로 가리켰다.

할머니는 한숨을 쉬었다.

「그렇고말고. 하긴, 네가 잘 데가 어디 있겠니? 저기가 따뜻할 게다, 암. 이제 조금만 참으면 좋은 집에서 살게 될 게고, 그러면, 안토니아, 지금 이 고생도 다 잊을 게다.」

쉬메르다 씨는 하나밖에 없는 의자에 할머니를 앉도록 하고 자기 아내에게는 그 옆에 있는 동그란 걸상을 가리켰다. 그러고는 안토니아의 어깨 위에 손을 얹고 두 여인네 앞에 서서 나지막한 음성으로 이야기했다. 안토니아가 통역했다. 우리는 고국에서는 거지가 아니었다, 나는 돈도 잘 벌었다, 가족들도 그곳에서는 존경받고 살았다, 보헤미아를 떠날 당시에는 여행 비용을 지불하고도 1천 달러 이상의 저축액이 있었다, 그러나 뉴욕에서 환전하다가 손해를 좀 보게 되었다, 그리고 네브래스카까지의 기차 삯이 예상보다 많이 들었다, 크라이에크에게 땅값을 지불하고 그의 말이며 황소며 낡은 농기구 등을 사고 나니까 남은 돈이 얼마 없었다, 그러나 아직도 조금은 지니고 있다, 이러한 사실을 할머니께서 알아주시기 바란다, 봄이 올 때까지만 버텨 낼 수 있으면 그때 가서 소도 사고 닭도 사고 채마밭도 시작할 것이다, 그렇게 되면 형편이 필 테고 암브로쉬와 안토니아는 둘 다 밭에서 일할 수 있을 만큼 자란 데다가 일도 열심히 할 자식들인데, 다만 눈과 고약한 추위 때문에 지금은 모두들 풀이 죽어 있다…….

안토니아는 봄이 되면 자기 아버지가 새 집을 지을 생각이라는 말을 덧붙였다. 아버지가 암브로쉬와 함께 집을 지을 나무들을 이미 베어 놓았으나 계곡을 따라 베어 놓은 나무들이 지금은 모두 눈 속에 파묻혀 있다고 했다.

할머니가 그들을 격려하고 조언해 주는 동안 나는 율카하고 같이 마룻바닥에 앉아 새끼 고양이를 구경했다. 마렉이 슬금슬금 우리 쪽으로 다가오더니 오리발처럼 생긴 자기 손가락들을 쫘악 펴 보였다. 나한테 괴상한 소리를 질러 보이고 싶어 하는 것 같았다. 개처럼 짖어 대거나 말처럼 힝힝거리고 싶어 했지만 어른들이 있어서 감히 그렇게 하지는 못했다. 가엾은 마렉은 마치 자신의 결함을 보충해야만 한다는 생각을 항상 지니고 있는 듯이 언제나 남들을 즐겁게 해주려고 애를 썼다.

우리가 집으로 돌아올 즈음 쉬메르다 부인은 훨씬 침착해져 있었고 안토니아가 통역을 하는 동안 간간이 자기 말도 끼워 넣었다. 그리고 말귀가 밝아서 영어로 이야기하는 소리를 들을 때마다 몇 마디씩 배웠다. 우리가 떠나려고 자리에서 일어서자 부인은 나무 궤짝을 열고 침대보로 만든 자루를 꺼냈다. 길이는 밀가루 부대만큼 길고 폭은 그 반 정도 되는 자루 속에는 뭔지 모를 것이 가득 들어 있었다. 자루를 보자 미치광이 마렉이 입맛을 다셨다. 부인이 자루를 열고 내용물을 손으로 휘저으니까 짭짤한 흙냄새가 토굴 방 속에서 풍기는 다른 냄새들보다 더 심하게 코를 찔렀다. 부인은 그것을 찻숟가락 하나 가득 퍼내어 자루 조각으로 싸가지고 할머니에게 매우 정중하게 건넸다.

〈요리할 때. 지금은 조금, 요리하면 아주 많고〉라고 설명하면서 마치 그 한 숟가락이 한 사발로 늘어난다는 것을 보여주기라도 하려는 듯이 양손을 벌려 보였다. 「아주 좋아요. 이 나라, 없어요. 우리나라, 이거 음식 먹기 더 좋아요.」

「그럴지도 모르죠, 쉬메르다 부인.」 할머니가 냉랭하게 말했다. 「나한텐 당신네 빵보다는 우리 빵이 더 좋다는 말밖에는 할 말이 없네요.」

안토니아가 나서서 설명했다.

「이거 아주 맛있어요, 할머니.」 그러고는 얼마나 맛이 좋은지 말로는 표현하기 어렵다는 듯이 두 손을 꼬옥 마주 잡았다. 「우리 엄마 말대로, 요리하면 아주 많아져요. 토끼 고기 요리에 좋고, 닭고기 요리에 좋고, 고기 국물에 넣어도 좋고. 아, 정말 맛있어요!」

집으로 돌아가는 동안 내내 할머니와 제이크는 착한 그리스도인들이 자기들의 형제를 보살펴 주어야 한다는 생각을 그 얼마나 쉽게 잊고 살아가고 있는지에 대해서 이야기했다.

「제이크, 내 말은 우리 형제자매들 중에는 돌보아 주기가 어려운 이들도 있다는 말이야. 그런 사람들은 도대체 어디서부터 돕기 시작해야 하지? 가진 거라곤 아무것도 없고, 게다가 상식도 없으니. 아, 상식이야 남이 가져다줄 수는 없는 거 아니겠수. 여기 이 우리 지미도 그 사람들 못지않게 농사일을 할 수 있을걸. 암브로쉬인지 하는 그 사내애, 기백은 있는 거 같수?」

「그러믄요. 진짜 일꾼이다마다요. 그리고 머리도 빨리 돌아요. 한데 야비합니다. 사람들은 출세하려고 얼마든지 야비할 수 있습죠. 하긴 그러다가 지나치게 야비해질 수도 있지만요.」

그날 저녁 할머니가 식사를 준비하는 동안 우리는 쉬메르다 부인이 할머니에게 준 꾸러미를 열어 보았다. 나무뿌리를 깎아 낸 것처럼 보이는 작은 갈색 조각들이 가득 들어 있었다. 깃털처럼 아주 가벼웠고 가장 두드러진 특징은 코를 찌르는 흙냄새였다. 우리로서는 그것이 동물성인지 식물성인지도 구별할 수 없었다.

「짐, 이건 무슨 이상한 짐승 고기를 말린 건지도 모르겠구나. 마른 생선은 아니고, 나무나 덩굴에서 자란 건 절대 아냐. 난 꺼림칙하다. 어쨌거나, 헌 옷이랑 거위 털 베개하고 몇 달 동안이나 같이 처박혀 있던 걸 먹을 생각은 전혀 없다.」

그렇게 말하면서 할머니는 그걸 화덕 속으로 던져 버렸지만 나는 손에 들고 있던 조각 하나를 귀퉁이만 조금 물어뜯어서 미심쩍은 기분으로 씹어 보았다. 결코 잊을 수 없는 이상스러운 맛이었다. 그러나 그 작은 갈색 조각들이, 쉬메르다 부인이 그토록 먼 곳에서 가지고 와서 그토록 소중하게 간직하고 있었던 그 작은 갈색 조각들이 실은 마른 버섯이었다는 사실을 알게 된 것은 그로부터 여러 해가 지난 후였다. 보헤미아의 어느 깊은 숲 속에서 뜯어 모은 버섯이었으리라…….

11

크리스마스를 한 주 앞두고 제이크가 시내에 가서 크리스마스에 필요한 우리 모두의 선물들을 도맡아 구입하기로 되어 있었기 때문에 집안 식구들 중에서 제이크가 제일 중요한 인물이 되었다. 그러나 12월 21일에 눈이 내리기 시작했다. 눈발이 어찌나 굵었던지 창문을 통해 밖을 내다보니 풍차 너머로는 아무것도 보이지 않고, 풍차도 그 윤곽만 그림자처럼 아련하게 보였다. 눈은 하루 종일 그치지 않고 밤에도 줄곧 내렸다. 추위는 심하지 않았으나 눈만은 조용히 끊임없이 계속 내렸다. 일꾼들도 헛간이나 가축우리 너머로는 나다니지 못했다. 마치 일요일처럼 하루의 대부분을 집 안에 들어앉아 구두에 기름을 바르거나 멜빵을 고치거나 채찍을 꼬면서 시간을 보냈다.

22일 아침 식사 때 할아버지는 크리스마스 장을 보러 블랙 호크에 가는 일은 불가능할 것이라고 말했다. 제이크는 자기가 말을 타고 가서 말안장 자루에 물건들을 싣고 돌아올 자신이 있다고 우겼지만 할아버지는 눈 때문에 길이 잘 보이지 않을 터이고 그 지방에 온 지 얼마 되지도 않은 사람에게는 길 잃기가 십상이라고 하면서, 어쨌거나 당신 말한테 그런 고생을 시킬 의사는 결코 없노라고 단호하게 말했다.

우리는 읍에서 물건을 사 오지 않고 시골식으로 크리스마스를 지내기로 결정했다. 사실 나는 율카와 안토니아한테 그림책을 선물하고 싶었었다. 율카도 이제는 글을 좀 읽을 줄 알게 되었기 때문이다. 할머니는 나를 얼음처럼 차가운 광으로 데리고 가서, 그곳에 둘둘 말아 놓은 무명과 옥양목을 네

모나게 잘라 차곡차곡 겹쳐 꿰맨 다음 앞뒤에다 두꺼운 마분지를 대고 한데 묶어 책으로 만들었고 마분지는 서커스 장면이 그려진 화려한 옥양목으로 쌌다. 집에는 유명한 그림들의 원색 사진이 들어 있는 오래된 잡지들이 많이 있었는데 그것들을 좀 잘라서 써도 된다는 허락을 받았기 때문에 이틀 동안 나는 식탁에 앉아 율카한테 주려고 이 헝겊 책에다 그림들을 잔뜩 붙였다. 맨 첫 번 그림으로는 「나폴레옹, 조세핀에게 이혼 선언하다」를 택했다. 하얀 페이지에는 〈내 고향〉에서 가져온 주일 학교 카드와 광고 카드 등을 모아서 붙였다. 오토는 양초 만드는 낡은 모형을 꺼내다가 수지 양초를 만들었다. 그리고 할머니는 과자 만드는 갖가지 틀을 찾아내어 사람이나 수탉 모양의 생강 과자를 구워 냈고 우리는 그것들을 누런 설탕과 빨간 계피 사탕으로 장식했다.

크리스마스 전날 제이크는 쉬메르다 씨 집에 보낼 물건들을 말안장 자루에 챙겨 넣고서 할아버지의 거세된 회색 말을 타고 길을 떠났다. 문 앞에서 말에 올라탈 때 보니까 허리띠에 손도끼가 매달려 있었고 할머니한테 의미심장한 눈길을 보내는 것으로 미루어 나를 놀라게 해줄 일을 꾸미고 있다는 것을 눈치챌 수 있었다. 그날 오후 내내 나는 거실 창문을 통해 열심히 밖을 내다보았다. 마침내 서쪽 언덕 위, 절반은 눈에 파묻혀 버린 옥수수밭 옆에 아직은 완전히 지지 않은 태양으로 인해 벌건 구릿빛으로 물든 하늘 아래 작은 검은 점이 움직이는 것이 눈에 띄었다. 나는 모자를 쓰고 제이크를 맞으러 달려 나갔다. 연못에 이르렀을 즈음에는 제이크가 안장 머리에 삼나무 한 그루를 비스듬히 얹어 싣고 오는 것이 보였다. 버지니아에 살았을 때 아버지가 나를 위해 크리스마스트리를 벨 때마다 아버지를 거들어 주었던 제이크는 내가 크리스마스트리를 얼마나 좋아했었는지를 잊지 않고 있었던 것이다.

차갑고 신선한 향내가 감도는 그 작은 나무를 거실 한구석에 가져다 놓고 보니 어느새 크리스마스이브였다. 저녁 식사 후 우리는 모두 거실에 모였고 식탁 옆에서 신문을 읽고 있던 할아버지까지도 이따금 다정한 눈빛으로 우리 쪽을 바라다보았다. 삼나무는 높이가 1미터 50센티미터 정도에다 생김새가 아주 보기 좋았다. 우리는 거기에다 동물 모양의 생강 과자와 줄에 엮은 팝콘, 오토가 마분지 구멍에 끼워 놓은 작은 양초 등을 매달았다. 그러나 진짜로 훌륭한 장식은 정말 뜻밖의 장소인, 오토의 카우보이 트렁크에서 나온 물건이었다. 내가 그 트렁크 속에서 본 물건들이라고는 뒤죽박죽으로 섞여 있는 낡은 장화와 박차, 권총, 노란색 가죽끈, 탄약통, 구두약 등이 전부였다. 그런데 이제 트렁크 안감 밑에서 높이가 10센티미터쯤 되고 혼자 설 수 있도록 뻣뻣한 종이로 만든 화려한 색깔의 인형들이 나왔다. 오스트리아에 계신 노모가 해마다 아들한테 보내온 것들이었다. 종이 레이스로 만든 금낭화, 화려한 복장의 동방 박사 세 사람, 소와 나귀와 목동들, 구유 속의 아기 예수, 노래하는 천사들, 그리고 동방 박사들의 흑인 노예들이 끄는 낙타와 표범. 우리 크리스마스트리는 가지마다 전설과 이야기가 새들의 둥지처럼 자리 잡고 있는 〈말하는 동화의 나무〉가 되었다. 할머니는 그 나무가 〈지식의 나무〉를 상기시켜 준다고 했다. 우리는 나무 밑에다 솜을 얇게 깔아서 눈 덮인 들판을 만들었고 얼어붙은 연못으로는 제이크의 손거울을 사용했다.

식탁 주변에 모여 등불 아래에서 크리스마스 장식을 만들던 제이크와 오토의 모습이 지금도 눈에 선하다. 이목구비가 하도 엉성하게 생겨서 어찌 보면 만들다가 만 것처럼 보이는 제이크의 얼굴. 한쪽 귀는 절반이 잘려 나가고 뺨에 있는 끔찍한 흉터 때문에 꼬부라진 콧수염 밑에서 윗입술이 흉측하게 뒤틀려 보이는 오토의 얼굴. 그 얼마나 제대로 간수하지 못한 얼굴들이었던가! 거칠고 난폭하다는 그 자체가 오히려 그들을 무방비하게 만들었다. 앞에 내걸고 상대방이 근접하지 못하게 할 수 있는 예법이라는 것을 따로 배운 적이 없는 사람들이었다. 그들이 세상에 맞서는 유일한 수단이라고는 자신들의 억센 주먹뿐이었다. 결혼도 안 하고 자식도 없는 떠돌이 노동자로 이미 낙착 지어진 오토였으나 그럼에도 그는 아이들을 그 얼마나 사랑했던가!

12

  크리스마스 아침 부엌으로 내려가 보니 오토와 제이크가 아침 일거리를 끝내고 들어오는 중이었다. 말과 돼지는 항상 우리보다 먼저 아침을 먹었다. 두 사람이 나한테 〈메리 크리스마스!〉라고 외치더니 화덕 위에 놓은 와플 틀을 보면서 서로 눈을 찡긋해 보였다. 할아버지가 흰 셔츠에 주일에만 입는 외투를 입고 내려왔다. 아침 기도가 평소보다 길었다. 할아버지가 「마태오의 복음서」에 나오는 그리스도 탄생에 관한 구절을 읽어 주는 것을 듣고 있으면 그 모든 일이 마치 최근에 가까운 곳에서 있었던 일처럼 여겨졌다. 기도 속에서 할아버지는 첫 번째 크리스마스에 대해 주님께 감사드렸고, 그 날 이후 온 세상 사람들한테 크리스마스가 갖는 의미에 대해서도 감사드렸다. 또한 우리에게 양식과 안식을 주신 것에 대해 감사드리면서 큰 도시에서 우리보다 훨씬 고생하며 살아가는 가난하고 헐벗은 사람들을 위하여 기도드렸다. 소박하면서도 감동적으로 표현하는 재능이 있음에도 불구하고 평소 말이 별로 없는 분이었기 때문에 어쩌다 하시는 말씀에는 특별한 힘이 들어 있었고, 노상 듣는 말이 아니어서 지루하거나 낡아 빠졌다는 기분도 들지 않았다. 할아버지는 기도드리는 당시에 당신이 생각하고 있는 바를 반영했기 때문에 우리는 할아버지의 감정이나 견해를 기도를 통해서 알 수 있었다.

식탁에 앉아 와플과 소시지를 먹기 시작하고 나서야 제이크는 쉬메르다 가족들이 선물을 받고 무척 기뻐하더라는 말을 전했고, 암브로쉬까지도 자기에게 다정하게 굴면서 크리스마스트리를 자르러 함께 샛강까지 갔었다는 말도 했다. 밖은 구름이 짙고 이따금씩 눈발 섞인 바람이 부는 음침한 날씨였다. 명절에는 항상 헛간에서 해야 할 잡일이 있었기 때문에 일꾼들은 오후까지 분주했다. 그러고 나서 나는 제이크와 도미노 게임을 했고 오토는 고국에 계신 어머니한테 긴 편지를 썼다. 자기가 어디에 있든 마지막으로 보낸 편지가 얼마나 오래전이었든 오토는 크리스마스에는 항상 어머니한테 편지를 쓴다고 했다. 오후 내내 그는 식당에 앉아 있었다. 편지를 쓰다가는 꽉 쥔 주먹을 식탁에 올려놓고 두 눈은 식탁보 무늬를 응시한 채 한동안 멍하니 앉아 있었다. 자기 나라 말로 말을 하거나 글을 쓰는 경우가 거의 없었기 때문에 오토한테는 편지 쓰기가 쉬운 일이 아니었다. 적절한 단어들을 기억해 내느라고 그는 온 정신을 쏟아부었다.

4시쯤 방문객이 한 사람 나타났다. 토끼털 모자에 토끼털 깃을 달고 자기 부인이 떠준 새 벙어리장갑을 끼고 나타난 사람은 쉬메르다 씨였다. 우리가 보낸 선물에 감사하고 할머니께서 자기 가족에게 베푼 친절에 감사하기 위해서 찾아왔다. 제이크와 오토도 지하실에서 올라와 우리와 함께 난롯가에 앉아 짙어 가는 잿빛 겨울 저녁과 할아버지 댁의 안락하고 평온한 분위기를 즐기고 있었다. 그러한 분위기에 쉬메르다 씨도 완전히 빠져들어 있는 듯이 보였다. 협소하고 소란스러운 토굴에서 살다 보니 평화와 질서가 이 지구 상에서 사라져 버렸거나, 아니면 자기가 떠나온 그 멀고도 먼 옛 세상에서나 존재한다고 느껴졌으리라. 그는 흔들의자 등에 머리를 기대고 팔걸이에 느긋하게 두 손을 올려놓은 채 아무 말 없이 묵묵히 앉아 있었다. 얼굴에는 고통이 가신 환자의 얼굴에서처럼 피로와 기쁨이 뒤섞인 표정이 떠올랐다. 추운 날씨에 먼 길을 걸어왔으니 버지니아 사과주를 한 잔 마시라고 할머니가 극구 권했다. 사과주를 한 잔 마시고 나자 뺨에 희미한 홍조가 떠올라 그의 이목구비는 마치 조개를 파서 만들어 놓은 듯이 아주 투명하게 맑아졌다. 말이 거의 없었고 좀처럼 미소도 짓지 않았으나 그래도 우리 모두는 그가 지극히 만족스러워하고 있다는 것을 느낄 수 있었다.

날이 점점 어두워지자 나는 등불을 켜기 전에 크리스마스트리에 먼저 불을 켜도 될지 물어보았다. 양초 꼭지에서 노란 불빛이 원추형으로 떠오르자 오스트리아에서 보내온 온갖 색깔의 모형들이 초록색 나뭇가지를 배경으로 각각의 뜻깊은 모습을 선명하게 드러냈다. 쉬메르다 씨는 자리에서 일어나 성호를 긋고 나서 크리스마스트리 앞에 무릎을 꿇고 앉아 고개를 깊이 숙였다. 그의 기다란 몸이 〈S〉자 모양을 형성했다. 할머니가 근심스러운 표정으로 할아버지를 바라보았다. 할아버지는 종교적인 문제에 대해서는 속이 퍽 좁은 편이어서 이따금 남의 감정을 상하게 하는 발언을 거리낌 없이 하는 분이었다. 조금 전까지만 해도 그 나무에 이상한 점이라고는 전혀 없었으나 이제 그 앞에 어떤 한 사람이 무릎을 꿇고 보니, 게다가 종교적인 그림들이며 촛불도 있고 보니…… 할아버지는 손가락 끝을 이마에 살짝 대고 점잖게 머리를 숙였고 그럼으로써 분위기를 프로테스탄적으로 만들어 놓았다.

우리는 쉬메르다 씨에게 함께 저녁을 먹은 후 떠나도록 권했다. 그는 쉽게 응낙했다. 식탁에 자리 잡고 앉자 나는 쉬메르다 씨가 우리를 바라보기를 좋아하며 우리 얼굴이 그에게는 펼쳐진 책과 같은 역할을 한다는 것을 깨달았다. 꿰뚫어 보는 듯한 그의 눈이 나에게 머무르자 그가 머나먼 나의 앞날까지, 앞으로 내가 걸어가게 될 길까지 내다보고 있다는 기분이 들었다.

9시에 쉬메르다 씨는 우리 집에 있는 등불 하나를 밝혀 들고 외투를 입고 털깃을 목에 두른 다음 협소한 현관에 서서 등불과 털모자를 팔에 끼고 우리와 악수를 나누었다. 할머니 손을 잡았을 때는 늘 하던 대로 몸을 굽히고는, 〈좋은 사-아-람〉이라고 느릿느릿 말했다. 그러고는 나를 향하여 성호를 긋고 모자를 쓴 다음에 어둠 속으로 사라졌다. 모두 다시 거실로 들어가려고 몸을 돌릴 때 할아버지는 나를 유심히 바라보더니 나지막한 음성으로 말했다. 「착한 사람들이 하는 기도는 다 좋은 거란다.」

13

 크리스마스 다음 주는 날씨가 포근해져서 새해 첫날 아침에는 온 세상이 회색빛 진창으로 변했고 풍차와 헛간 사이에 파놓은 도랑에는 검은 흙탕물이 흐르고 있었다. 도로변에는 부드러운 검은 흙이 여기저기 눈에 띄었다. 나는 다시 잔심부름을 맡아 하기 시작하여 오전에는 옥수수와 장작과 물을 집 안으로 나르고 오후에는 헛간에서 제이크가 옥수수 알을 까는 것을 구경했다.

 화창한 날씨가 계속되던 어느 날 아침 안토니아가 자기 어머니와 함께 볼품없는 늙은 말을 타고 우리 집에 왔다. 쉬메르다 부인이 우리 집에 온 건 그때가 처음이었다. 부인은 집 안을 돌아다니면서 양탄자와 커튼과 가구 등을 살펴보며 자기 딸에게 시기심에 찬 어투로 우리 집 물건들에 대해 뭐라고 줄곧 툴툴거렸다. 부엌에 들어가더니 화덕 뒤에 걸어 놓은 무쇠 냄비를 집어 들고 이번에는 영어로 말했다. 「당신 많아요. 쉬메르다 없어요.」 할머니가 그 냄비를 쉬메르다 부인에게 주는 것을 보고 우리 할머니는 마음이 참 약한 분이라는 걸 알았다.

 점심을 먹고 난 후 쉬메르다 부인은 설거지를 도우면서 이렇게 말했다. 「이 집, 요리하는 물건들, 많아요. 나, 이런 거 있으면, 음식 훨씬 잘 만들어요.」

 쉬메르다 부인은 워낙 자만심이 강하고 자기 자랑하기나 좋아하는 노인네여서 그동안 고생도 무척 많이 했건만 아직도 겸손한 사람과는 거리가 멀었다. 나는 기분이 너무 나빠서 안토니아한테까지 냉정하게 되어 그녀가 자기 아버지 건강이 좋지 않다는 이야기를 할 때도 냉담한 기분으로 들었다.

「우리 아빠, 고향 생각하고 슬퍼해. 건강 나빠. 아빠 이제 음악 안 해. 고향에서 항상 바이올린 했어. 결혼식 때, 춤출 때. 여기서 한 번도 안 해. 해달라고 말하면 고개 흔들어, 싫다구. 가끔 상자에서 바이올린 꺼내 손가락으로 줄을 건드려, 이렇게. 그래도 절대 하지는 않아. 아빤 이 나―아라 안 좋아해.」

「이 나라 좋아하지 않는 사람은 자기 나라에 있으면 되잖아. 우린 그런 사람들 억지로 여기 오게 만들지 않아.」 내가 냉랭하게 말했다.

「아빠 여기 오고 싶어 하지 않았어, 절대로!」 안토니아가 소리쳤다. 「우리 엄마가 아빠 오게 만들었어. 엄마는 매일매일 말했어. 〈아메리카 큰 나라, 돈 많고, 내 아들들이 일할 땅 많고, 내 딸들이 결혼할 남편 많다〉고. 우리 아빠, 친한 친구들, 함께 음악 하는 친구들, 떠나면서 울었어. 우리 아빠는 아주아주 친한 친구 있었어, 긴 호른 부는 어른이었어. 이렇게 말이야.」 안토니아는 슬라이드 트럼본을 부는 시늉을 해 보였다. 「같이 학교 다녔구, 아이 때부터 친구였어. 그렇지만 엄마는 암브로쉬가 부자 되기를 바라, 소도 많이 갖구.」

「너네 엄마는 남의 물건을 갖고 싶어 한다고.」 내가 성질이 나서 말했다.

「니네 할아버지는 부자야.」 안토니아가 사납게 반박했다. 「니네 할아버지, 왜 우리 아빠 안 도와주지? 암브로쉬 부자 될 거야, 앞으로. 그러면 갚아 줄 거야. 암브로쉬 똑똑해. 암브로쉬 때문에 우리 엄마 이 나라 왔어.」

암브로쉬는 쉬메르다 집안에서 중요한 인물로 떠받들어지고 있었다. 자기 어머니나 여동생 안토니아에게는 무뚝뚝하게 대하기 일쑤였고 자기 아버지에게는 경멸적인 태도를 보이기까지 하건만, 그럼에도 불구하고 쉬메르다 부인과 안토니아는 항상 암브로쉬 뜻에 따랐다. 안토니아는 그 누구보다도 아버지를 가장 사랑했지만 자기 오빠에 대해서는 일종의 경외감을 품고 있었다.

안토니아와 쉬메르다 부인이 초라하기 짝이 없는 말을 타고 우리 집 무쇠 냄비를 가지고 언덕을 넘어가는 것을 지켜보고 난 후, 나는 바느질을 다시 시작하는 할머니를 돌아보며 그 성가신 노인네가 우리 집에 다시는 오지 않았으면 좋겠다고 말했다.

할머니는 소리 내어 웃고는 반짝이는 바늘로 오토의 양말 구멍을 꿰맸다.

「너한테는 늙어 보이겠지만 실은 노인네가 아니란다. 그래, 그 사람이 다시는 오지 않는다고 해도 내 그리 섭섭하지는 않을 게다. 그러나 지미, 가난이라는 게 사람의 성격을 이상하게 만들 수도 있단다. 자기 자식이 원하는 물건을 보면 욕심이 생기는 게 엄마 마음이란다. 자아, 『다윗 가문의 왕자』나 읽어 다오. 보헤미아 사람들 이야기는 이제 그만하고.」

무척이나 온화하고 맑은 날씨가 3주간 계속되었다. 우리 안에 있는 가축들은 일꾼들이 껍질을 까대기가 무섭게 옥수수를 먹어 치웠고 우리는 녀석들을 곧 장에 내다 팔 수 있게 되기를 바랐다. 그러던 어느 날 아침 글래드스톤과 브리감 영이라는 이름을 가진 황소 두 마리가 봄이 온 줄로 착각하고는 둘을 서로 갈라놓은 가시 철망 너머로 장난을 치며 상대방을 뿔로 받기 시작했다. 그러다가 두 놈 다 화를 내더니 음매 소리를 지르면서 앞발로 부드러운 흙을 걷어차고 눈알을 굴리며 고개를 뒤흔들었다. 각자 자기 우리 한쪽 모퉁이로 물러났다가는 다시 한달음에 상대방에게 달려들었다. 서로 그 큰 대가리를 퍽퍽 소리가 나도록 치받는 소리가 우리한테도 들릴 정도였고 울부짖는 소리 또한 어찌나 대단했던지 부엌 선반에 놓인 냄비들이 다 흔들렸다. 뿔을 잘라 주지 않았더라면 두 놈이 서로를 갈가리 찢어 놓았을 뻔했다. 얼마 안 있어 살찐 수송아지들도 황소들이 하는 짓을 흉내 내가며 서로 밀치고 받으면서 장난치기 시작했다. 당장 제지하지 않으면 안 될 상황인 것이 분명했다. 순간 오토가 말을 타고 우리 안으로 달려 들어가 황소들을 쇠스랑으로 계속 찔러 대어 마침내 둘을 서로 갈라놓는 모습을 우리 모두는 옆에 서서 감탄하며 지켜보았다.

그해 겨울의 대단한 눈보라는 내 생일인 1월 20일에 시작되었다. 그날 아침을 먹으러 아래층으로 내려가니 제이크와 오토가 눈사람처럼 하얗게 눈을 뒤집어쓰고 들어와 손을 탁탁 털고 발을 쿵쿵 굴렀다. 그러고는 나를 보자 한바탕 유쾌하게 웃어 댔다.

「짐, 이번엔 분명히 생일 선물을 받는구나. 널 주려고 주문한 대형 눈보라다!」

눈보라는 하루 종일 계속되었다. 눈이 내린다기보다는 하늘에서 수천 개의 새털 이불속을 털어 땅으로 쏟아붓는 듯했다. 그날 오후 부엌은 목공소로 변했다. 일꾼들이 연장을 가지고 부엌으로 들어와 긴 손잡이가 달린 커다란 나무 삽을 두 개 만들었다. 할머니나 나나 눈보라 속으로 나갈 수가 없어서 제이크가 닭들에게 먹이를 주고 몇 알 안 되는 계란을 가지고 돌아왔다.

다음 날 우리 집 일꾼들은 헛간까지 가는 길을 내기 위해 정오까지 삽질을 해야만 했다. 눈은 여전히 내리고 있었다! 할아버지가 네브래스카에 온 지 10년이 되건만 이런 눈보라는 이번이 처음이라고 했다. 점심때 할아버지는 가축들을 살펴보러 가려고 애쓸 필요가 없다고 우리한테 말했다. 그동안 잘 먹여 둔 덕택에 하루 이틀 정도는 옥수수를 안 먹어도 죽지 않는다고, 그러나 내일은 먹이를 주고 물도 마실 수 있도록 얼어붙은 물통 꼭지를 녹여 주어야 한다고 덧붙였다. 눈보라 때문에 가축우리조차 보이지 않았지만 그래도 우리는 수송아지들이 북쪽 둑 아래에 웅크리고 한데 모여 있다는 것을 알고 있었다. 성질이 어느 정도 가라앉은 사나운 황소들은 이제는 서로서로 등을 맞대고 온기를 얻어 내고 있으리라.

「이 눈보라가 녀석들 독기를 없애 줄걸.」 오토가 신이 나서 말했다.

그날 정오에 우리는 암탉들에 대해서 알 길이 없었다. 점심 식사 후 오토와 제이크는 젖은 옷이 입은 채로 다 마르자 뻣뻣한 양팔을 한껏 뻗어 본 다음 다시 눈보라 속으로 뛰어 들어갔다. 두 사람은 눈을 파헤쳐 닭장까지 터널을 만들어 놓았는데, 터널 벽이 아주 단단해서 할머니와 나는 집에서 닭장까지 터널을 통해 다닐 수 있었다. 닭들은 잠을 자고 있었다. 아마 한번 찾아온 밤이 그냥 계속되고 있다고 생각했던 모양이다. 늙은 수탉 한 마리가 잠에서 깨어나 부스럭대면서 양철 물통에 있는 얼음덩어리를 주둥이로 쪼아 댔다. 우리가 닭들의 눈에다 등불을 비추었더니 암탉들이 요란한 소리로 꼬꼬댁거리면서 일어나 솜털을 흩뿌려 대며 퍼드득퍼드득 날아다녔다. 대가리가 뾰족하고 색깔이 얼룩덜룩한 암탉들은 갇혀 있는 걸 아주 싫어하는 성미라서 찢어지는 소리를 지르며 터널 속으로 달려 들어가 그 못생긴 얼룩덜룩한 얼굴을 눈 벽에다 쑤셔 넣으려고 기를 썼다. 5시쯤 해서 잡일이 끝났다. 그러나 5시는 그 모든 잡일을 또다시 시작해야 하는 시간이었다! 참으로 이상스럽고 기이한 하루였다.

14

22일 아침 나는 깜짝 놀라서 깨었다. 미처 눈을 뜨기도 전에 무슨 일이 일어났다는 걸 알았다. 부엌에서 흥분된 목소리들이 들려왔고, 할머니 음성이 째지듯 날카로운 것을 보면 뭔 일로 제정신이 아닌 것이 분명했다. 어떤 위기라도 새로운 것이라면 나는 반갑게 맞이할 준비가 되어 있었다. 후다닥 옷을 걸쳤다. 대체 무슨 일일까? 헛간이 타버렸나? 가축들이 얼어 죽었나? 누가 눈보라 속에서 행방불명이 되었나?

부엌에 내려가 보니 할아버지는 뒷짐을 지고 화덕 앞에 서 있었고 제이크와 오토는 장화를 벗고 털양말을 비벼 대고 있었다. 옷과 장화에서는 김이 무럭무럭 피어올랐고 두 사람 모두 지쳐 보였다. 화덕 뒤에 놓인 긴 의자에 웬 남자가 담요를 뒤집어쓴 채 누워 있었다. 할머니는 나한테 식당으로 들어가라는 시늉을 해 보였다. 나는 마지못해 하라는 대로 했다. 할머니는 입술을 꽉 깨물면서 혼잣말을 하듯 계속 중얼거렸다.

「오, 주여, 구세주시여, 당신께서는 아시나이다.」

잠시 후 할아버지가 식당에 들어와서 나한테 말했다.

「지미, 오늘 아침에는 할 일이 너무 많아서 아침 기도를 드리지 못할 게다. 쉬메르다 씨가 세상을 떠났다. 식구들은 비탄에 빠져 있고. 암브로쉬가 어젯밤에 여길 왔다 갔고 오토하고 제이크가 암브로쉬하고 같이 그 집에 갔다가 지금 돌아왔다. 두 사람 다 밤새 고생 많이 했으니 이것저것 물어보면서 귀찮게 하지 마라. 저 의자에서 자고 있는 게 암브로쉬다. 자아, 모두들, 이리 들어와서 아침 식사 하게나.」

제이크와 오토는 커피 한 잔을 훌쩍 마시고 나서 할머니의 눈총에도 아랑곳하지 않고 흥분하여 떠들어 대기 시작했다. 나는 아무 말도 하지 않았으나, 그 대신 단 한 마디도 빼지 않고 열심히 들었다.

할아버지가 묻는 간단한 질문에 훅스가 길게 대답했다.

「아닙니다, 아무도 총소리를 듣지 못했답니다. 암브로쉬는 길을 닦느라고 소들을 몰면서 밖에 있었고 여자들은 토굴 속에서 옴짝 않고 있었대요. 암브로쉬가 돌아왔을 때는 날이 어두워져서 아무것도 보이지 않았는데 소들이 왠지 좀 이상하게 굴더래요. 그중 한 마리는 암브로쉬가 쥐고 있던 고삐를 뿌리치고 한달음에 마구간 밖으로 뛰쳐나갔고, 그 바람에 암브로쉬는 고삐에 쓸려 손에 상처를 입었고요. 암브로쉬가 등불을 켜가지고 마구간에 다시 들어가서야 쉬메르다 노인이, 우리가 나중에 본 그 모습 그대로 거기 있는 걸 발견했답니다.」

「가엾어라, 가엾어!」 할머니가 탄식하듯 되뇌었다. 「절대 그런 짓을 할 사람이 아니었는데. 늘 사려 깊고 남에게 폐를 끼치고 싶어 하지 않더니만, 어쩌다가 이런 일을 저지를 정도로 정신이 나갔었담!」

「제가 보기엔, 정신이 나갔던 게 전혀 아니던데요.」 훅스가 말했다. 「모든 걸 아주 자연스럽게 했답니다. 아시다시피, 그 양반, 항상 꽤 깔끔한 편이었잖아요. 그런데 죽는 순간까지도 그랬다니까요. 점심을 먹은 후 면도를 하고 딸들이 설거지를 끝낸 다음에는 목욕을 했대요. 안토니아가 목욕물을 데워 주었다더군요. 그러고 나서 깨끗한 셔츠와 양말을 신고 옷을 다 차려입은 다음 안토니아하고 막내딸 율카한테 키스를 하고 나서 총을 집어 들더니 토끼 사냥을 하러 나간다고 하더래요. 그런데 아마 곧장 헛간으로 가서 일을 해치웠던 거 같아요. 외양간 옆에 놓인, 자기가 늘 자던 나무 침대에 누워 있더군요. 우리가 그 양반을 발견했을 땐 모든 게 단정했습죠. 다만……」 훅스는 이마를 찌푸리고 잠시 망설였다. 「다만, 그 양반으로서 미리 예측할 수 없었던 일들은 예외였지요. 코트는 말뚝에 걸려 있고 장화는 침대 밑에 있었고요. 언제나 두르고 다니던 실크 목도리는 얌전하게 접어서 핀을 찔러 놓고, 셔츠 뒷깃을 뒤로 젖히고 소매는 걷어 올렸더군요.」

「세상에! 어떻게 그런 짓을 할 수 있었을까?」 할머니는 여전히 그 말씀이었다.

「아니, 뭐, 그거야 아주 간단하죠.」 훅스는 할머니 말을 잘못 알아듣고 대답했다. 「엄지발가락으로 방아쇠를 당기면 되거든요. 옆으로 누워서 입안에다 총구멍을 집어넣고, 그러고 나서 한쪽 발을 들어 올려 발가락으로 더듬어 방아쇠를 찾아 눌러 버리는 거예요. 방아쇠를 찾긴 제대로 찾았더라고요!」

「글쎄, 그랬을지도 모르지만.」 제이크가 심각한 어조로 끼어들었다. 「실은, 그게 아주 이상스럽기 짝이 없다고.」

「아니, 제이크, 그건 또 무슨 소리지?」 할머니가 매섭게 물었다.

「실은, 할머님, 제가 보니까, 여물통 밑에 크라이에크의 도끼가 있더라고요. 그래, 그걸 집어 들고 시체 있는 데로 가봤더니 아 글쎄, 죽은 노인 얼굴에 생긴 움푹 파인 상처에 그 도끼가 딱 들어맞지 뭡니까. 그런데, 그때 창백해진 얼굴로 거기서 어물대고 있던 크라이에크가 도끼를 자세히 살펴보는 나를 보더니 〈제발, 그러지 마!〉라면서 우는 소리로 사정을 하더라고요. 내가 〈난 이걸 좀 자세히 알아볼 생각이야〉라고 하니까 그 소리에 쥐새끼처럼 비명을 지르면서 양손을 마주 잡고 비틀어 대며 이리저리 날뛰더라고요. 〈난 이제 교수형이야! 맙소사! 난 이제 분명히 교수형이야!〉라고 하데요.」

혹스가 듣다 못해 입을 열었다.

「크라이에크는 제정신이 아냐. 그리고 그건 자네도 마찬가지고. 그 노인네가 크라이에크더러 자기를 살해해 달라고 그 모든 준비를 해놨을 리가 있겠나, 응? 앞뒤가 안 맞잖아. 암브로쉬가 가보니까 총이 자기 아버지 바로 옆에 있더라던데.」

「크라이에크가 거기다 가져다 놓았을 수도 있지, 안 그런가?」 제이크도 지지 않았다.

「이봐, 제이크, 자살에다가 살인까지 덧붙여 놓으려고 하지 마.」 할머니가 흥분해서 끼어들었다. 「지금으로도 문제는 충분히 심각하다고. 오토가 자네한테 탐정 소설을 너무 많이 읽어 주더라니.」

「여보, 그거 다 쉽게 알아낼 수 있다오.」 할아버지가 조용히 말했다. 「사람들이 생각하는 대로 그 노인이 자살을 했다면 상처가 내부에서 터져 외부로 나타났을 테니까.」

「정말 그렇더군요, 영감님.」 혹스가 응수했다. 「기둥하고 지붕 가장자리에 있는 짚에 머리털 같은 것들이 잔뜩 붙어 있더라고요. 총에 맞았으니까 그런 것들이 터져 튀어 올라간 게 분명합니다.」

할머니는 당신도 할아버지와 함께 쉬메르다 씨 집에 가볼 생각이라고 말했다.

「당신이 할 일이라곤 아무것도 없는데.」 할아버지는 별로 반갑잖게 여기는 어조로 말했다. 「검시관이 올 때까지는 아무도 시체에 손을 댈 수 없고, 이런 날씨에 검시관을 데려오자면 여러 날 걸릴 거요.」

「그래도 음식이나 좀 가져다주고, 그 가엾은 어린 계집애들한테 위로의 말이라도 한마디 해줄래요. 맏딸은 아버지 귀염둥이였는데. 제 아버지 오른팔 구실도 했고. 모르긴 해도 죽을 때 아마 맏딸 생각을 했을 거예요. 이 험한 세상에 그 앨 혼자 남겨 두고 떠났으니 말이에요.」 그렇게 말하면서 할머니는 미심쩍어하는 눈초리로 암브로쉬를 힐끗 쳐다보았다. 암브로쉬는 부엌 식탁에서 아침을 먹고 있는 중이었다.

훅스는 추운 데서 밤을 거의 새우다시피 했건만 신부와 검시관을 데리러 블랙 호크까지 먼 길을 떠나려는 참이었다. 우리 집에서 제일 좋은 말인 회색 말을 타고 눈에 덮여서 길이라고는 하나도 보이지 않는 시골 벌판을 눈짐작으로 더듬어 가야 하는 형편이었다.

「제 걱정은 하지 마세요, 할머님.」 양말 두 켤레를 껴 신으면서 명랑하게 말했다. 「저는요, 원래 잠을 별로 안 자고도 멀쩡해요. 게다가 동서남북을 용케 알아내는 재간이 있거든요. 걱정되는 건, 우리 회색 말이에요. 할 수 있는 한 신경을 써줄 참이지만 그래도 이번 길이 녀석한테는 무척 힘들 겁니다. 암, 힘들고 말고요!」

「오토, 지금은 짐승한테 지나치게 신경 쓸 때가 아니네. 자네 몸이나 보살피도록 힘쓰라고. 스티븐스 과부 식당에 들러서 점심을 꼭 먹도록 해. 주인 여자가 좋은 사람이니까 자네한테 잘 대해 줄 걸세.」할아버지가 말했다.

혹스가 말을 타고 떠난 후 암브로쉬와 둘만 남게 되자 나는 암브로쉬에게서 그전까지는 보지 못했던 면을 보았다. 그는 신앙심이 무척 깊었다, 거의 비굴하게 보일 정도로. 단 한마디 말도 없이 앉아 묵주를 들고 조용히 기도드렸다가 큰 소리로 기도드렸다가 하면서 아침 내내 기도만 드렸다. 단 한순간도 묵주에서 눈길을 떼지 않았으며 성호를 그을 때를 제외하고는 손도 들어 올리지 않았다. 그 가엾은 친구는 앉은자리에서 몇 번인가 잠이 들었다가 화들짝 놀라 깨어나서는 다시 기도를 드리기 시작했다.

눈길을 닦아 놓기 전에는 마차로 쉬메르다 씨 집에 간다는 건 불가능한 일이었고 길을 닦으려면 하루는 족히 걸렸다. 할아버지가 헛간에서 큰 검정말을 타고 나오자 제이크는 할머니를 안아 올려 할아버지 뒤에 태워 드렸다. 할머니는 머리에 검은 모자를 쓰고 전신을 숄로 감고 있었다. 할아버지는 텁수룩한 흰 수염을 외투 속에 집어넣었다. 할아버지와 할머니가 말을 타고 떠나는 모습이 꼭 성서에 나오는 장면 같다는 생각이 들었다. 제이크와 암브로쉬는 검정말과 내 조랑말을 타고 쉬메르다 부인에게 주려고 모아 놓은 옷 꾸러미를 싣고 두 분의 뒤를 따라 떠났다. 나는 그들이 연못을 지나 눈발이 흩날리는 옥수수밭 옆 언덕을 넘어가는 것을 바라보았다. 그러고 나자 나는 처음으로 혼자 집에 있게 되었다는 것을 깨달았다.

나는 어른이 된 기분이 들었고 그러한 기분에 어울리는 일을 해내고 싶었다. 그래서 지하실 창고에서 옥수수 대와 장작을 날라다가 화덕과 난로를 가득 채워 놓았다. 그러다 보니 아침에 모두들 들떠서 서두르는 바람에 아무도 닭들 생각을 못 했고 계란도 모아 오지 않았다는 게 생각났다. 터널을 통해 나가서 닭들한테 모이를 준 다음 물통에서 얼음을 꺼내 버리고 새 물을 가득 넣어 주었다. 고양이한테 우유를 먹이고 나니 더 이상 할 일이 없어서 몸이나 녹이려고 자리에 앉았다. 주위가 고요한 것이 무척 마음에 들었고 똑딱거리는 시계는 함께하기에 참 좋은 동무였다. 『로빈슨 크루소』를 꺼내 읽어 볼까 했으나 크루소의 섬 생활은 우리 것에 비하면 오히려 싱겁게 여겨졌다. 잠시 후 안락한 거실을 흐뭇한 마음으로 둘러보다가 혹시 쉬메르다 씨의 영혼이 이 세상 어딘가에 아직도 머물고 있다면 생전에 우리 집을 무척 마음에 들어 했었으니까 어쩌면 지금 이 순간 바로 여기, 내 곁에 있을지도 모른다는 생각이 들었다. 그러자 크리스마스 날 우리와 함께 있었을 때 만족해하던 쉬메르다 씨의 얼굴이 떠올랐다. 우리와 함께 살 수 있었더라면 그 끔찍한 일은 절대로 일어나지 않았을 것이다.

쉬메르다 씨를 죽음으로 몰아간 것은 고향에 대한 그리움이었으며, 이제 자유로워진 그의 영혼은 틀림없이 자기 고향으로 돌아갈 거라는 걸 나는 알고 있었다. 시카고까지는 얼마나 멀까, 그리고 버지니아까지, 또 볼티모어까지, 그다음에 저 거대한 겨울 바다까지는 또 얼마나 멀까 하고 혼자 생각해 보았다. 아니다, 그토록 먼 여행길에 지금 당장 오르지는 않을 것이다. 추위에 지치고, 비좁은 집에서 사느라 지치고, 쉬지 않고 끝없이 내리는 눈과 싸우다 지칠 대로 지친 그의 영혼은 지금 이 조용한 집 안에서 쉬고 있는 중이라고 나는 믿었다.

겁이 난 것은 아니었지만 어쨌든 나는 아무 소리도 내지 않았다. 쉬메르다 씨를 방해하고 싶지 않았기 때문이다. 지하층에 따로 아늑하게 자리 잡고 있어서 우리 집의 심장이요 중심부로 여겨지는 부엌으로 가만가만 내려갔다. 부엌 화덕 뒤에 놓인 긴 의자에 앉아 나는 쉬메르다 씨에 대해서 생각하고 또 생각했다. 밖에서는 수백 킬로미터에 걸친 눈벌판을 휩쓸며 몰아치는 바람 소리가 들려왔다. 마치 내가 쉬메르다 씨를 춥고 괴로운 바깥 겨울 들판에서 우리 집 안으로 들어오도록 한 다음 부엌에서 함께 앉아 있는 기분이었다. 이 나라로 이민 오기 이전의 그의 삶에 대하여 안토니아가 내게 들려주었던 이야기들을 전부 다시 돌이켜 보았다. 결혼식이나 무도회 등에서 바이올린을 켜곤 했었다는 이야기, 트롬본 악사, 몹시 서러워하며 헤어졌던 친구들, 그리고 안토니아의 말에 의하면 달 밝은 밤이면 안토니아가 자기 엄마와 함께 나무를 훔쳐 내오곤 했다는, 사냥감으로 그득한 〈귀족들〉 소유의 그 거대한 숲에 대해서도 생각해 보았다. 그 숲 속에 흰 사슴 한 마리가 살고 있었는데 그 사슴을 죽이는 자는 교수형에 처해진다고 안토니아가 말했었다. 그토록 생생하게 그러한 장면들이 내 눈앞에 떠올려지는 것은, 쉬메르다 씨 생전에 그의 기억에서 줄곧 떠나지 않았던 일들이 아직 그의 영혼 주변에서 사라져 버리지 않았기 때문인지도 모른다.

식구들이 돌아왔을 즈음에는 이미 날이 어둡기 시작했고 할머니는 너무 피곤해서 곧장 침실로 갔다. 제이크와 저녁을 먹고 같이 설거지를 하는 동안 제이크는 굵은 목소리를 낮추어서 속삭이듯 쉬메르다 씨 집안 이야기를 들려주었다. 검시관이 도착할 때까지는 아무도 시체에 손을 댈 수 없었다. 만약 누군가 손을 대면 큰일 나는 게 분명했다. 시체는 〈꽁꽁 얼라고 일부러 밖에다 매달아 놓은 칠면조처럼〉 딱딱하고 뻣뻣했다. 시체가 완전히 얼어서 피 냄새가 나지 않을 때까지는 소나 말들이 헛간에 들어가지 않으려고 했다. 그러나 우마를 집어넣어 둘 장소가 따로 없어서 지금은 가축들이 시체하고 같이 헛간에 들어가 있다. 식구들은 쉬메르다 씨의 머리맡에 등불을 줄곧 켜놓았고, 암브로쉬하고 안토니아하고 쉬메르다 부인이 번갈아 내려가 시체 곁에서 기도를 드렸다. 미치광이 아들 마렉은 추위를 느끼지 못했기 때문에 함께 따라다녔다. 그 애도 다른 사람이나 마찬가지로 추위를 느꼈겠지만, 남들이 자기는 추위를 느끼지 않는다고 믿기를 바라는 마음에서 그렇게 행동했던 것 같다. 가엾은 마렉, 그 애는 항상 남들과 달라 보이고 싶어 했다.

암브로쉬는 제이크가 생각했던 것 이상으로 사람다운 감정을 보이기는 했지만 주로 신부를 데려오는 일과 자기 아버지의 영혼에 관한 일에만 관심을 보였다. 자기 가족과 신부가 아버지를 위해서 기도를 무척 많이 드려야만 아버지의 영혼이 고통스러운 연옥을 벗어나 천당에 갈 수 있다고 암브로쉬는 굳게 믿었다.

「내 생각으론, 그 사람 영혼을 연옥에서 빼내려면 기도를 몇 년 동안은 해야 될 것 같고, 지금 당장은 고통스러워하고 있을걸.」 제이크가 내린 결론이었다.

「난 그렇게 생각하지 않아요.」 나는 단호하게 말했다. 「그렇지 않다는 걸 난 알아요.」

물론 입 밖에 내지는 않았지만 쉬메르다 씨의 영혼은 자기 나라로 돌아가는 길에, 그날 오후 내내 바로 우리 집 부엌에

와 있었다고 나는 믿었다. 그런데도 잠자리에 들자 죄와 벌과 연옥에 대한 생각으로 무서워 몸이 오그라들었고 부자가 죽음의 세계에서 고통받는 성서 이야기가 생각나서 벌벌 떨었다. 그러나 쉬메르다 씨는 부자도 아니었고 이기심이 많은 사람도 아니었다. 다만 너무도 불행했기 때문에 도저히 더 이상 살아갈 수가 없었던 것이다.

15

오토 훅스는 그다음 날 정오에 블랙 호크에서 돌아왔다. 검시관은 그날 오후 쉬메르다 씨 집에 도착하겠지만 선교사 신부는 1백 킬로미터 이상 떨어진 교구 변두리에서 살고 있는데 거기는 기차가 운행을 못 하고 있는 형편이라고 전했다. 그리고 자기는 읍에 있는 마차 대여소 헛간에서 서너 시간 잘 수 있었지만 회색 말은 몹시 지쳐 있다면서 걱정을 했다. 아닌 게 아니라 우리 집 회색 말은 그 이후로 예전의 기백을 되찾지 못했다. 그 험한 눈 속을 그토록 오랫동안 달리느라고 있는 힘을 모두 써버렸던 것이다. 훅스는 젊은 보헤미아 청년 한 명을 데리고 왔는데 그 낯선 젊은이는 블랙 호크 근처에서 정착하여 살고 있었으나 곤경에 빠진 동포를 돕겠다는 생각으로 하나밖에 없는 말을 타고 훅스를 따라왔다. 내가 안톤 옐리넥을 본 것은 그때가 처음이었다. 20대 초반으로 건장한 체격에다 미남이요 다정한 성격에 생기발랄한 청년으로 암울한 상황에 마치 기적처럼 나타났다. 추위 때문에 두 눈과 뺨이 상기된 채 펠트 장화를 신고 늑대 가죽으로 만든 긴 외투를 입고 우리 집 부엌으로 걸어 들어오던 그의 모습이 지금도 생생하게 떠오른다. 할머니를 보자 그는 얼른 털모자를 벗어 들고 나이보다 더 점잖게 들리는 굵고 우람한 음성으로 인사를 올렸다.

「할머님, 우리나라에서 온 가엾은 사람들한테 그토록 고맙게 대해 주셔서 대단히 감사합니다.」

그는 농군처럼 우물쭈물하는 기색이 전혀 없이 상대방의 눈을 똑바로 마주 보면서 말했다. 행동이나 말이 모두 자연스럽고도 다정스러웠다. 진작부터 쉬메르다 씨 가족을 만나 보러 오려고 했었지만 가을 내내 옥수수 추수에 품팔이를 다니느라고 틈을 낼 수가 없었고, 겨울이 시작된 이후로는 제분소 옆에 있는 학교에 다니면서 어린아이들과 함께 영어를 배우고 있노라고 했다. 그리고 근사한 〈숙녀 선생님〉이 있어서 학교 다니는 것이 즐겁다고 나한테 말했다.

점심 식사 때 할아버지는 평소 낯선 사람들을 대할 때와는 달리 옐리넥하고 얘기를 많이 나누었다.

「우리가 신부님을 구해 오지 못하면 쉬메르다 식구들이 몹시 실망하겠지?」

할아버지의 질문에 옐리넥의 표정이 심각해졌다.

「네, 그렇습니다. 신부님을 모셔 오지 못하면 그 집 사람들은 무척 불행해할 겁니다. 그 집 아버지가 대죄를 지었으니까요.」 옐리넥은 할아버지를 똑바로 쳐다보았다. 「우리 주님께서 그렇게 말씀하셨어요.」

「우리도 그렇다고 믿네, 옐리넥. 허나, 신부님 없이도 쉬메르다 씨의 영혼은 우리 창조주께로 나아가리라고 믿는다네. 그리스도만이 우리의 유일한 중재자이시니까.」

젊은이는 고개를 좌우로 흔들었다.

「할아버지께서 어떻게 생각하시는지 압니다. 우리 학교 선생님이 설명해 주었어요. 그러나 나는 너무 많이 보았어요. 나는 죽은 사람들 위해 드리는 기도 믿습니다. 나는 너무 많이 보았어요.」

우리는 그에게 무슨 말을 하는 건지 물었다.

「내가 꼭 말하기를 원하세요? 내가 여기 이 아이만큼 어렸을 때 나는 신부님 복사를 했습니다. 나는 첫 영성체를 아주 어려서 했어요. 교회에서 가르치는 모든 말씀이 나한테는 아주 분명했습니다. 그러다 전쟁이 터졌어요. 프러시아 사람들이 우리하고 싸웠어요. 우리 마을 근처 막사에 아주 많은 군인들이 있었어요. 그런데 그 막사에서 콜레라가 생겼어요. 그래서 사람들이 파리처럼 죽었어요. 우리 신부님은 죽어 가는 사람들한테 성사 주려고 하루 종일 돌아다니셨어요. 나는 영성체 그릇을 가지고 신부님을 따라다녔어요. 그 막사 근처에 가는 사람들은 모두 콜레라에 걸렸어요. 신부님하고 나만 빼고. 우리는, 신부님하고 나는, 무섭지 않았어요. 우리는 그리스도의 피와 몸을 가지고 다녔으니까요. 그래서 보호를 받으니까요.」 그는 할아버지를 바라보면서 잠시 말을 멈추었다. 「할아버지, 그건 내가 압니다. 나한테 일어났던 일이니까요. 군인들도 모두 알아요. 길을 가다 보면 우리는, 신부님하고 나는, 말 타고 가는 장교들하고 걸어가는 군인들을 항상 만났어요. 내가 보자기를 덮어서 가지고 가는 게 뭔지 알고 나면 장교들은 말에서 내려 우리가 지나갈 때까지 무릎을 꿇고 앉아 있었어요. 그래서 우리나라 사람이 신부님한테 병자 성사도 받지 못하고 죽으면 난 마음이 아주 안 좋아요. 그리고 나쁜 방법으로 죽어서 영혼한테 좋지 않으면, 그럼, 그 가족들이 몹시 불쌍해요.」

우리는 옐리넥의 말을 주의 깊게 들었다. 그의 솔직하고도 담대한 신앙심에 감탄하지 않을 수 없었다.

「이런 일에 대해 심각하게 생각하는 젊은이를 만나서 아주 반갑소.」 할아버지가 말했다. 「그리고 나는 자네가 그 군인들 사이에 있었을 때 하느님의 보호 속에 있었던 게 아니라고 말할 사람은 절대 아니라네.」

점심을 먹고 난 후, 혹시 필요하다면 우리 집에서 쉬메르다 씨 집까지 마차가 다닐 수 있도록 하려는 생각에서 튼튼한 검정말 두 마리를 눈 치우는 도구에다 연결하여 길을 닦아 놓는 일은 옐리넥이 맡기로 결정을 보았다. 그리고 관을 짜는 일은 그 근방에서 목수 일을 할 줄 아는 유일한 인물이었던 훅스가 맡았다.

옐리넥은 기다란 늑대 가죽 외투를 입었다. 근사한 외투라고 칭찬하자 자기가 들개를 사냥해서 직접 가죽을 벗겼고 비엔나에서 털가죽 직공이었던 〈단짝〉 친구 얀 부스카가 그것으로 외투를 만들었단다. 그가 헛간에서 검정말 두 마리를 끌고 나와 눈길을 헤쳐 가며 옥수수밭을 향하여 언덕 중턱으로 오르는 모습을 나는 풍차 너머로 바라보았다. 이따금씩 그는 주위에서 뿌옇게 피어오르는 눈가루에 가려 전혀 보이지 않다가 다시금 말들과 더불어 검고 반짝이는 모습을 드러냈다.

우리는 목수 일에 사용하는 무거운 목수 대를 헛간에서 부엌으로 옮겨야만 했다. 그리고 훅스는 지난가을 할아버지가 귀리 통을 놓을 마루 창을 새로 만들려고 읍에서 고생스럽게 끌고 온 판자 더미에서 널빤지 몇을 골랐다. 목재와 연장이 모두 준비되자 찬바람이 들어오지 못하게 다시 문을 닫았다. 할아버지는 검시관을 만나 보기 위해 말을 타고 쉬메르다 씨 집으로 떠났고 훅스는 외투를 벗고 일을 시작했다. 나는 목수 대에 걸터앉아 훅스가 일하는 것을 구경했다. 처음에는 연장에는 손도 대지 않고 아주 오랫동안 종잇장에다 계산을 해본 후 널빤지를 자로 재보고 그 위에 표시를 해놓았다. 그렇게 일을 하면서 조용히 휘파람을 불기도 하고 이따금 장난스럽게 반쪽밖에 없는 귀를 잡아당겨 보기도 했다. 할머니는 방해가 되지 않도록 가만가만 걸어다녔다. 이윽고 그는 자를 접어 놓고 명랑한 표정으로 우리를 바라보았다.

「제일 힘든 일은 이제 끝났네요. 오랫동안 안 하다가 할 때 제일 힘든 건 머릴 써서 계산하는 일이거든요.」 그러고는 여러 가지 끌 중에서 하나를 골라 시험해 보며 이야기를 계속했다. 「내가 마지막으로 만든 관은 어떤 광부의 관이었어요. 콜로라도 주 실버타운 위쪽에 있는 블랙 타이거 광산에서 일하던 사람이었죠. 그 광산은 입구가 낭떠러지 한복판에 있었어요. 그래서 광부들을 양동이 안에 넣어 가지고 트롤리에 실어 갱도 속으로 밀어 넣었답니다. 그런데 그 양동이는 높이가 9백 미터에다 3분의 1일이 항상 물로 가득 차 있는 계곡을 가로질러 건너가야 했어요. 한번은 스웨덴 사람 둘이 양동이 밖으로 쏟아져서 그냥 물속으로 곧장 떨어졌죠. 선 채로요. 믿지 않으시겠지만, 할머님, 그 친구들 다음 날 일터에 나왔답니다. 스웨덴 사람들은 엔간해서 죽지 않거든요. 내가 거기 있는 동안 몸집이 작은 이탈리아 사람 하나가 그 높은 꼭대기에서 또 떨어졌는데, 그런데 이번엔 결과가 전 같지 않았어요. 그때도 지금처럼 눈 때문에 모두들 꼼짝 못 하고 갇혀 있었고 그 친구 관을 만들 수 있는 사람은 그 광산에서 나밖에 없었고요. 나처럼 이리저리 떠돌아다니려면 관 만들 줄 아는 기술도 편리할 때가 있답니다.」

「오토, 자네가 할 줄 몰랐더라면 우린 지금 아주 곤란할 뻔했네.」 할머니가 말했다.

「사실입지요, 할머님.」 약간 자랑스러워하면서 인정했다. 「물이 스며들지 않게 아주 탄탄한 상자를 만들 줄 아는 사람이 별로 없답니다. 나중에 날 위해서 이 일을 해줄 사람이 주위에 있게 될는지 모르겠다는 생각이 가끔 든답니다. 하지만 난 그런 일에 있어서는 전혀 까다롭지 않은 사람입니다.」

쓱싹거리는 톱질 소리와 기분 좋게 사악사악거리는 대패 소리가 오후 내내 집 안 어디에서고 들렸다. 무척 경쾌한 소리들이라서 살아 있는 사람들한테 뭔가 기쁜 것을 약속하는 소리처럼 들렸다. 그토록 깨끗하게 새로 대패질한 송판을 곧장 땅속에 묻어야 한다는 것이 좀 아쉬웠다. 목재에 서리가 심하게 끼어 다루기가 힘들었지만 노르스름한 대팻밥이 점점 수북이 쌓여 가자 판자에서 향긋한 송판 냄새가 풍겨 나왔다. 훅스가 만족해하면서 능숙한 솜씨로 일하는 걸 보니 그가 왜 처음부터 목공 일을 꾸준히 해오지 않았는지 의아했다. 그는 연장의 촉감을 즐기는 사람처럼 연장을 다루었고 대패질을 할 때에는 마치 널빤지를 쓰다듬어 주기라도 하는 듯이 손길이 위아래로 부드럽게 움직였다. 그러다가 지금 자기가 하는 일이 옛 시절을 생각나게 해주는 듯 이따금씩 입에서는 독일 노래도 흘러나왔다.

오후 4시에 우체국장 부쉬 씨가 동쪽에 사는 이웃 한 사람을 데리고 쉬메르다 씨 집으로 가는 길에 몸을 녹이려고 우리 집에 들렀다. 눈 때문에 교통이 두절되다시피 하였으나 쉬메르다 씨 집에서 일어난 사건은 이미 널리 알려졌다. 할머니는 이 손님들에게 슈가 케이크와 뜨거운 커피를 대접했다. 손님들이 떠나기 전 블랙 호크 도로변에 사는 과부 스티븐스의 남동생이 도착했고 뒤이어 남쪽으로 우리와 가장 가까운 지역에 사는 독일 가정에서 가장이 찾아왔다. 말에서 내린 사람들은 우리가 있는 거실로 들어왔다. 모두들 쉬메르다 씨의 자살에 대해서 자세히 알고 싶어 했고 그를 어디에다 묻을지에 대해서도 무척 걱정스러워했다. 제일 가까운 가톨릭 묘지는 블랙 호크에 있지만 마차로 가려면 눈이 녹을 때까지 몇 주일을 기다려야만 했다. 게다가 부쉬 씨와 할머니의 생각으로는 자살한 사람은 절대로 가톨릭 묘지에 매장될 수 없었다. 스쿠어 강 서쪽으로 노르웨이 교회 옆에 묘지가 있는데, 혹시 노르웨이 사람들이 쉬메르다 씨를 자기네 묘지에다 묻도록 허락해 줄지도 몰랐다.

손님들이 말을 타고 한 줄로 나란히 서서 언덕을 넘어가고 난 후 우리는 다시 부엌으로 돌아왔다. 할머니는 초콜릿 케이크에 바를 크림을 만들기 시작했고 집 안은 다시금 오토의 신나는 대패질 소리로 가득 찼다. 그 당시 즐거웠던 일 중의 하나는 모든 사람들이 평소보다 말을 많이 한다는 사실이었다. 우체국장이 〈오늘은 신문밖에 없습니다〉 혹은 〈편지가 한 뭉텅이나 왔습니다〉라는 말 이외의 다른 말을 하는 것을 나는 그날 오후 처음 보았다. 우리 할머니는 항상 말씀이 많은 분이었다. 들어 줄 사람이 없으면 혼자 중얼거리든지 아니면 주님을 상대로 말한다. 그러나 할아버지는 워낙 말수가 적은 분이었고 제이크와 오토는 저녁 식사 후에는 너무 지쳐 있었으므로 나는 마치 침묵의 벽에 둘러싸여 있는 기분이 들 때가 많았다. 그런데 지금은 모두들 이야기를 무척 하고 싶어 하는 눈치였다. 그날 오후 훅스는 나한테 블랙 타이거 광산에서 있었던 이야기, 처참한 죽음과 무심한 매장, 죽어 가는 사람들의 괴이한 공상 등등 많은 이야기를 쉬지 않고 들려주었다. 사람은 죽을 때의 모습을 보아야만 비로소 그 사람의 참모습을 알 수 있다는 말도 했다. 대부분의 남자들은 용감했기 때문에 아무런 불평 없이 세상을 떠났단다.

우체국장은 자기 집으로 가는 길에 우리 집에 잠시 들러 할아버지가 검시관을 그날 밤 우리 집에서 지내도록 데리고 온다는 말을 전해 주었다. 그리고 노르웨이 교회 대표들이 회의를 열어 결정한 결과 자기네들 묘지에 쉬메르다 씨를 받아들이지 않기로 했다는 사실도 알려 주었다. 할머니는 몹시 격분했다.

「이 외국인들이 그렇게까지 자기네 동족끼리만 상종하겠다면 우린 좀 더 개방적인 미국인 묘지를 마련해야 되겠군요. 봄이 오면 당장 하나 만들어 놓도록 남편한테 부탁하겠어요. 앞으로 내게 일이 닥쳐올 경우 노르웨이 사람들이 혹시 내가 자기들 사이에 누울 만큼 훌륭한 인물인지 알아내려고 나를 종교 재판에 부치게 하고 싶진 않군요.」

얼마 안 있어 할아버지가 그 중요한 인물인 검시관과 안톤 옐리넥을 데리고 돌아왔다. 검시관은 남북 전쟁 용사였으며 지금은 한쪽 소매가 텅 빈 채로 축 늘어져 있는 온화한 노인이었다. 어쨌거나 검시관은 이번 사건을 매우 당혹스럽게 생각하는 것 같았다. 그리고 우리 할아버지만 아니었더라면 자기는 크라이에크에게 구속 영장을 발부했을 것이라면서 한

마디 했다.

「녀석의 행동거지와 녀석의 도끼가 상처 자리에 꼭 들어맞는다는 사실만으로도 충분히 유죄가 됩니다.」

쉬메르다 씨가 자살했다는 것은 명백한 사실이었음에도 불구하고 크라이에크가 마치 죄 지은 사람처럼 행동했기 때문에 검시관과 제이크는 크라이에크가 어떤 식으로든 처벌을 받아야 마땅하다고 생각했다. 크라이에크는 실제로 무척 겁을 먹고 있었다. 어쩌면 죽은 노인의 불행과 고독에 무심했던 자신의 태도를 진심으로 후회하고 있었는지도 모른다.

저녁 식사에서 어른들은 굶주린 해적들처럼 먹어 댔다. 초콜릿 케이크만큼은 조각난 상태로라도 그다음 날까지 남기를 은근히 바라고 있었지만 두 번째로 주욱 돌리고 나니 완전히 없어져 버렸다. 어른들은 쉬메르다 씨를 어디다 묻어야 할지에 대해 대단히 흥분해서 이야기했다. 무슨 일이 생겨서 모두들 충격을 받았다는 것만은 나로서도 짐작할 수 있었다. 알고 보니 쉬메르다 부인하고 암브로쉬가 자기네 토지 서남쪽 모퉁이에다 쉬메르다 씨를 묻고 싶어 했다는 것이다. 실은 토지 경계 표시로 박아 놓은 말뚝 밑에다 시체를 묻겠다는 것이었다. 앞으로 울타리를 치고 도로를 세분하게 되면 바로 그곳이 도로가 엇갈리는 지점이 된다고 할아버지가 암브로쉬한테 설명해 주었건만 암브로쉬는 〈그래도 좋습니다〉라면서 막무가내였단다.

할아버지는 혹시 보헤미아에서는 자살한 사람을 십자가로에 묻는 미신이 있느냐고 옐리넥에게 물었다.

옐리넥은 잘 모르기는 하나 보헤미아에 한때 그런 풍습이 있었다는 말을 들은 적이 있는 것 같다면서 쉬메르다 부인은 이미 결심했다는 말을 덧붙였다.

「내가 말려 보려고 했어요. 그렇게 하면 이웃 사람들한테 부인이 나쁘게 보인다고 말해 줬어요. 그런데도 자기는 꼭 그렇게 해야만 한대요. 〈거기다 내 남편을 묻겠어. 내 손으로 직접 무덤을 파서라도〉라면서요. 그래서 내일 암브로쉬를 도와 같이 무덤을 파겠노라고 부인한테 약속할 수밖에 없었어요.」

수염을 쓰다듬는 할아버지의 표정이 신중해 보였다.

「그 문제는 다른 누구보다도 부인이 원하는 대로 결정되어야겠지. 하지만 자기 남편 머리 위로 사람들이 말을 타고 지나다니는 걸 살아생전에 보게 되리라고 생각한다면, 그건 잘못 생각한 거야.」

16

쉬메르다 씨의 시체는 나흘 동안 헛간에 누워 있다가 닷새째 되는 날 땅에 묻혔다. 금요일 하루 종일 옐리넥은 암브로쉬하고 같이 낡은 도끼로 얼어붙은 땅을 조각내어 무덤을 팠다. 토요일, 우리는 날이 밝기도 전에 아침을 먹고 관을 싣고 마차에 올랐다. 제이크와 옐리넥은 말을 타고 먼저 떠나 땅바닥에 꽁꽁 얼어붙은 피바다에서 시체를 떼어 놓았다.

할머니와 내가 쉬메르다 씨 집에 들어갔을 때는 여자들만 집 안에 있었고 암브로쉬와 마렉은 헛간에 있었다. 쉬메르다 부인은 난로 곁에 웅크리고 앉아 있었고 안토니아는 설거지를 하고 있었다. 나를 보자 안토니아는 어둠침침한 구석에서 달려 나와 양팔로 나를 감싸 안았다.

「아, 지미! 사랑하는 우리 아빠, 너무 불쌍해!」 나한테 매달리면서 흐느끼는 토니의 가슴이 무너지는 것이 나에게도 전해지는 것 같았다.

쉬메르다 부인은 난로 옆 통나무 의자에 앉아 문 쪽으로 고개를 돌려 이웃 사람들을 어깨 너머로 바라보고 있었다. 모두들 말을 타고 왔으나 우체국장만은 닦아 놓은 마찻길을 이용하여 집안 식구들을 마차에 태워 데리고 왔다. 과부 스티븐스는 블랙 호크 도로에서 13킬로미터나 떨어진 농장에서 말을 타고 찾아왔다. 추운 날씨 탓에 여자들은 모두 토굴 안으로 들어왔기 때문에 방 안은 사람들로 혼잡했다. 고운 싸락눈이 내리기 시작했다. 그러자 사람들은 또다시 눈이 심하게 퍼부을까 봐 두려워하면서 장례를 속히 끝내기 바랐다.

할아버지와 옐리넥이 집 안으로 들어와서 쉬메르다 부인에게 시작할 시간이 되었노라고 말했다. 안토니아는 이웃 사람들이 가져다준 옷으로 자기 어머니를 몇 겹씩 싸주고 나서 자기는 우리 집에서 가져온 헌 케이프와 자기 아버지가 만들어 준 토끼 가죽 모자를 썼다. 남자 네 명이 관을 들고 언덕으로 올라갔고 그 뒤를 크라이에크가 풀이 죽어 따라갔다. 관이 너무 커서 헛간으로 들어갈 수가 없었기 때문에 사람들은 관을 바깥 언덕바지에 내려놓았다. 나는 토굴에서 슬그머니 빠져나와 쉬메르다 씨를 구경했다. 쉬메르다 씨는 무릎을 오그린 채 옆으로 누워 있었다. 전신이 검은 숄로 싸여 있었고 얼굴은 미라처럼 흰 무명으로 둘둘 감겨 있었다. 길고 잘생긴 두 손만이 검은 천 위로 나와 있었다. 사람들이 볼 수 있는 쉬메르다 씨의 모습이란 그 손이 전부였다.

쉬메르다 부인이 밖으로 나왔다. 부인은 시체 위에다 기도

서를 펼쳐 올려놓고 붕대를 감듯이 흰 천으로 감아 놓은 머리에 대고 손가락으로 십자가를 그었다. 암브로쉬도 무릎을 꿇고 똑같은 손짓을 했고 뒤이어 안토니아와 마렉도 했으나 율카는 앞으로 나오지 않았다. 그러자 쉬메르다 부인은 보헤미아 말로 뭐라고 같은 말을 자꾸 되풀이하면서 어린 딸을 앞으로 밀었다. 율카는 무릎을 꿇고 두 눈을 꼭 감은 채 손을 앞으로 조금 내밀더니 다시 움츠러들면서 그만 엉엉 울음을 터뜨렸다. 흰 천으로 둘둘 감아 놓은 얼굴에 손을 대기가 무서웠던 것이다. 쉬메르다 부인은 율카의 어깨를 부여잡고 관 쪽으로 밀었다. 그 순간 우리 할머니가 끼어들어 말렸다.

「그러지 마세요.」 할머니가 단호하게 말했다. 「그러다가 애가 발작을 일으키겠어요. 너무 어려서 시키는 일을 이해하지 못해요. 그냥 내버려 두세요.」

할아버지가 눈짓을 하자 훅스와 옐리넥은 관에 뚜껑을 닫고 쉬메르다 씨 위로 못을 박았다. 나는 차마 안토니아를 바로 쳐다볼 수가 없었다. 안토니아는 율카를 양팔로 꼭 껴안고 있었다.

관을 마차에 싣고 우리는 모래 섞인 질풍처럼 얼굴을 따갑게 후려치는 차가운 눈발을 맞으면서 천천히 말을 몰았다. 도착해 보니 눈 덮인 벌판에서 그 무덤은 아주 작은 점에 지나지 않아 보였다. 남자들이 무덤 가장자리로 관을 들고 가서 밧줄을 사용하여 무덤 속으로 관을 내려뜨렸다. 우리는 그들이 하는 양을 지켜보며 서 있었다. 가루처럼 고운 눈이 남자들의 모자와 어깨 위에, 여자들의 숄 위에 떨어져 녹지 않은 채로 쌓였다. 옐리넥이 쉬메르다 부인에게 위로의 말을 건네고 나더니 할아버지를 돌아보았다.

「할아버지, 쉬메르다 부인이 부탁을 하네요. 할아버지께서 고인을 위해 영어로 기도를 해주시면 참 고맙겠다고요. 이 자리에 모인 이웃들이 모두 알아들을 수 있게요.」

할머니가 안타까운 표정으로 할아버지를 바라보았다. 할아버지는 모자를 벗었다. 그러자 모두들 할아버지를 따라 모자를 벗었다. 그날 할아버지의 기도는 지금도 내 기억에 남아 있다.

「위대하고 정의로우신 하느님, 우리들 중 어느 누구도 지금 여기 잠들어 있는 이가 알고 있는 것이 무엇인지 알지 못합니다. 또한 고인과 당신 사이의 일을 심판하는 것은 우리가 할 일이 아니옵니다.」

할아버지의 기도는 그렇게 시작되었다. 만약 그 자리에 있는 사람들 가운데 머나먼 타국에서 온 이방인들을 냉대한 자가 있다면 하느님께서는 부디 그를 용서해 주시고 그의 마음을 선량하게 만들어 주십사고 기도했고, 남편을 잃은 여인과 아버지를 잃은 자식들의 앞길이 평탄하도록 해주십사고 빌었고, 그리고 〈이들에게 의롭게 대해 주도록 사람들의 마음을 인도하여 주시옵소서〉라고 기도드린 후, 우리는 이제 쉬메르다 씨를 〈당신의 심판의 자리인 동시에 당신의 자비의 자리〉에 남겨 놓고 떠난다는 말로 기도를 맺었다.

할아버지가 기도를 드리는 동안 내내 할머니는 검은 장갑을 낀 손가락 사이로 할아버지를 지켜보다가 할아버지의 입에서 〈아멘〉이 흘러나오자 흡족한 표정을 지었다. 그러고는 오토를 돌아보면서 낮은 소리로 말했다.

「훅스, 찬송가 하나 선창할 수 있겠수? 찬송가를 부르면 좀 더 경건한 분위기가 될 텐데.」

훅스는 대부분 사람들이 할머니의 제안에 동의하는지 알아보려고 주위를 한번 둘러본 다음 「예수, 나의 영혼을 사랑하시니」를 부르기 시작했다. 그러자 모든 사람들이 남녀를 가리지 않고 훅스를 따라 불렀다. 그날 이후로 나는 이 찬송가를 들을 때마다 눈 덮인 그 하얀 벌판과 그 자리에 참석했던 몇 안 되는 사람들과 기다란 베일이 휘날리듯 소용돌이치며 흩뿌리는 고운 눈발로 가득 찬 푸르스름한 창공이 눈앞에 선하게 떠오른다.

> 파도는 가까이 넘실거리고
> 폭풍은 여전히 휘몰아치고

수년 후 가축들이 자유로이 풀을 뜯어 먹고 자라던 시절이 끝나고 붉은 풀이 무성했던 벌판은 풀뿌리까지 뽑혀 없어져 버릴 때까지 쟁기질이 가해지고 밭에는 모두 울타리가 세워지고 마구잡이로 뻗어 난 도로들이 토지 경계선을 따라 반듯하게 들어선 후에도, 쉬메르다 씨의 무덤은 축 늘어진 철망 울타리 안에 채색되지 않은 나무 십자가와 더불어 여전히 옛날 그 자리에 그대로 있었다. 할아버지가 예측했던 것과 달리 쉬메르다 부인은 자기 남편의 머리 위로 도로가 생기는 것을 생전에 보지 못했다. 북쪽에서 오는 길은 바로 무덤에서 동쪽으로 약간 구부러져 비켜 갔고 서쪽에서 오는 길은 남쪽으로 약간 휘어져 비켜 갔기 때문에 쉬메르다 씨의 무덤은 한 번도 손질한 적이 없는 기다란 붉은 풀에 덮여 마치 작은 섬 같았다. 황혼 녘이나 초승달이 비칠 때나 별들이 빛나는 맑은 밤하늘 아래에서 보면 먼지투성이의 그 길은 섬을 따라 흘러가는 연한 회색빛 강물처럼 보였다. 나는 단 한 번도 그곳을 무심히 지나쳐 본 적이 없었다. 그 넓디넓은 땅에서 나에게는 그곳이 가장 정다운 장소였다. 죽은 이의 혼을 위로해 주려는 마음에서 바로 그 자리에 무덤을 파게 했던 미신이 왠지 나는 싫지 않았다. 그리고 이 못지않게 내 마음에 드는 것은 차마 측량된 경계선대로 도로를 내지 못하고 무덤을 약간 비켜 나간 그 마음씨와, 해가 진 후 덜거덕거리며 집으로 돌아오는 마차들이 지나는 그 부드러운 흙길이었다. 피곤한 몸으로 그 나무 십자가 곁을 지나가는 마부라면 그 밑에서 잠들어 있는 이에게 평온한 안식을 기원하지 않은 이가 없었으리라.

17

그토록 힘든 겨울이 가고 봄이 오자 부드러운 공기에 대한 갈증이 삭혀지지 않았다. 매일 아침 나는 겨울이 끝났다는 사실을 새롭게 의식하며 자리에서 일어났다. 어릴 적에 살던 버지니아에서는 싹이 돋은 나무나 꽃이 핀 정원을 보고 봄이 찾아온 것을 알았지만 여기는 그러한 흔적이라고는 전혀 없었다. 있는 것이라고는 오로지 봄 그 자체였다. 봄의 약동, 봄의 가벼운 설레임, 봄의 활기가 도처에서 느껴졌다. 창공에, 재빨리 흘러가는 구름 속에, 부드러운 햇살 속에, 앞발을 들어 덤벼들었다가 다음 순간 쓰다듬어 주기를 바라고 벌렁 누워 버리는 커다란 강아지처럼 장난스럽게 느닷없이 치솟다가 다시 느닷없이 가라앉아 버리는 훈훈하고도 강한 봄바람 속에 넘쳐흘렀다. 눈을 가린 채 그 붉은 평원에 나가떨어졌다고 하더라도, 그렇다 하더라도 나는 때가 봄이라는 걸 알 수 있었을 것이다.

이제 사방에서 풀 태우는 냄새가 풍겼다. 이웃들은 새로 돋아나는 풀이 지난해 죽은 풀줄기와 섞이지 않도록 새 풀이 돋기 전에 미리 초원의 풀을 태워 버렸다. 우리 지역 일대를 휩쓸며 가볍게 타오르는 그 불길은 저녁 하늘 붉은 노을의 일부처럼 보였다.

그즈음 쉬메르다 가족은 새 통나무집에서 살고 있었다. 3월에 이웃들의 도움으로 예전에 살던 토굴집 바로 앞에 새 집을 지었고 토굴집은 광으로 사용했다. 쉬메르다 가족은 이제 흙과 씨름을 시작해 볼 정도로 제법 준비가 되어 있었다. 식구들이 거처하는 널찍한 방이 넷이나 있었고 (외상으로 구입한) 새 풍차도 있었으며 닭장하고 닭도 있었다. 쉬메르다 부인은 우리 할아버지한테 10달러를 지불하고서 첫 추수를 끝내는 즉시 15달러를 더 내기로 하고 젖소 한 마리를 사 갔다.

4월 어느 바람 부는 맑은 날 오후 나는 말을 타고 쉬메르다 씨 집에 갔다. 율카가 나를 맞으러 달려 나왔다. 이제 나한테서 읽기 공부를 배우는 사람은 율카였고 안토니아는 다른 일들로 바빴다. 조랑말을 묶어 놓고 부엌으로 들어갔더니 쉬메르다 부인이 양귀비 씨를 씹으면서 빵을 굽고 있었다. 그때쯤 해서는 부인의 영어가 꽤 늘어 우리 집 일꾼들이 밭에서 하는 일에 대해 나한테 많은 것을 물어보았다. 우리 집 어른들이 자기에게 도움이 되는 정보를 털어놓지 않는다고 생각해서 나를 통해 밭일에 대한 값진 비밀을 얻어 내려고 하는 것 같았다. 그날은 우리 할아버지가 언제 옥수수 씨를 뿌릴 계획이냐고 나한테 아주 교묘하게 물었다. 난 대답해 준 다음 한마디 덧붙였다.

「할아버지가 그러는데, 올봄에는 비가 많이 오지 않을 거래요. 그래서 옥수수 농사가 작년처럼 늦어지지 않을 거래요.」

쉬메르다 부인은 나를 쩨려보며 딱딱거렸다.

「니네 할아버지 예수님 아냐. 니네 할아버지, 비 오는 날, 비 안 오는 날, 몰라!」

나는 아무 대꾸도 하지 않았다. 해보았자 무슨 소용이 있겠는가? 나는 암브로쉬와 안토니아가 밭에서 돌아올 시간이 되기를 기다리며 쉬메르다 부인이 일하는 것을 구경했다. 부인은 오븐에서 커피 케이크를 꺼내 저녁 식사 때까지 따끈하게 보관해 놓으려고 새털 이불로 싸놓았다. 구운 거위가 식지 않도록 이불로 싸놓는 것을 본 적도 있었다. 이웃 사람들이 쉬메르다 가족을 위해 새 집을 짓고 있을 때 부인이 그렇게 하는 것을 모두들 보았기 때문에 그 이후로는 쉬메르다 집에서는 음식을 털 이불에 싸둔다는 소문이 나돌았다.

해가 점점 기울어 가고 있을 때 안토니아가 말들을 데리고 언덕 위에 모습을 드러냈다. 토니는 지난 8개월 동안 놀랄 만큼 숙성해져 있었다. 우리에게 처음 왔을 때는 아이였었지만 이제는 키도 크고 튼튼한 처녀였다. 열다섯 살 생일이 바로 얼마 전이었는데. 말들에게 물을 먹이려고 풍차로 말을 끌고 오는 걸 보고 나는 달려 나갔다. 토니는 자기 아버지가 자살하기 직전에 사려 깊게도 미리 벗어 놓았던 장화를 신고 있었고 아버지가 쓰던 낡은 털모자도 쓰고 있었다. 키가 훌쩍 자라 무명 원피스가 장화 위 장딴지쯤에서 깡똥하게 끝났다. 하루 종일 소매를 걷어 올리고 일을 했기 때문에 팔과 목이 햇볕에 타서 뱃사공처럼 갈색이었다. 그리고 목은 마치 풀밭에 우뚝 솟아 있는 나무줄기처럼 양어깨로 굳건하게 뻗어 올랐다. 그 시절 시골에서는 농사짓는 여인네들 가운데서 짐 끄는 말처럼 목이 기다란 여인들을 어디에서나 흔히 볼 수 있었다.

안토니아는 나를 보고 무척 반가워했다. 그러고는 즉시 그날 하루 자기가 밭을 얼마나 많이 갈았는지 떠벌렸고 암브로쉬는 북쪽에서 소를 몰아 가며 풀밭을 일구었다는 말도 했다.

「지미, 집에 가면 제이크한테 물어봐, 오늘 밭을 얼마나 갈았는지. 제이크가 나보다 더 많이 하는 거 난 싫어. 이번 가을에 우리 집 옥수수 아주 많이 추수하고 싶어.」

말들이 물을 마시는 동안 안토니아는 풍차 방앗간 층계에 앉아 한 손으로 턱을 괴었다.

「어젯밤 니네 집에서 평원에 붙은 큰불 봤지? 니네 할아버지 건초 더미는 타지 않았지?」

「응, 안 탔어. 토니, 나 너한테 물어볼 게 있어서 왔어. 다음 주에 시작하는 새 학기에 혹시 네가 다닐 수 있는지 우리 할머니가 알고 싶어 하셔. 좋은 선생님이 있어서 네가 배울 게 많을 거라고 그러시더라.」

안토니아는 자리에서 일어나 마치 어깨가 뻣뻣하기라도 한 듯이 어깨를 위아래로 올렸다 내렸다 했다.

「난, 공부할 시간 없어. 이젠 나도 남자들처럼 일할 수 있다구. 오빠 혼자서 모든 일을 다 하고 아무도 오빨 도와주지 않으면 엄마가 불평 많이 할 거야. 나, 이젠 오빠만큼 일할 수 있어. 학교는, 뭐, 어린 사내애들이나 가라구 그래. 난, 이 땅을 좋은 농장 만들도록 도울 거야.」

안토니아는 말들을 몰고 헛간으로 갔다. 나는 기분이 상한 채로 토니 곁에서 걸어갔다. 토니도 나중에 어른이 되면 자기 엄마처럼 건방을 떨려나 하는 생각이 들었다. 외양간에 채 닿기 전에 안토니아가 한마디 말도 없이 걷기만 하는 게 왠지 이상해서 힐끗 올려다보았다. 울고 있었다. 내가 쳐다보니까 얼굴을 돌려 어두운 평원 너머로 사라져 가는 붉은 노을을 바라보았다.

안토니아가 말에서 마구를 풀고 있는 동안 나는 외양간 선반으로 올라가 건초를 아래로 던져 주었다. 그러고 나서 우리는 집 쪽으로 천천히 되돌아갔다. 암브로쉬는 북쪽 일터에서 돌아와 소에게 물을 먹이고 있었다.

안토니아가 내 손을 잡았다.

「학교에서 배우는 좋은 것들, 너, 나한테 나중에 다 일러 줘, 응?」 그렇게 말하는 목소리가 갑자기 몹시 떨렸다. 「우리 아버지는 학교 많이 다녔어. 아버지는 아는 거 아주 많아. 여기 니네 없는 아주 좋은 옷감도 만들 줄 알아. 호른도 불구 바이올린도 켜구. 책을 하도 많이 읽어서 보헤미아에서는 신부님들이 우리 아버지하고 이야기하려고 찾아와. 지미, 너, 우리 아버지 잊지 않을 거지?」

「물론. 난, 너네 아버지 절대로 잊지 않을 거야.」

쉬메르다 부인은 나한테 저녁을 먹고 가라고 청했다. 암브로쉬와 안토니아가 부엌문 옆에 놓인 대야에서 얼굴과 손에 묻은 흙먼지를 씻고 난 후 우리는 유포를 깐 식탁에 마주 앉았다. 쉬메르다 부인은 쇠 냄비에서 옥수수 죽을 국자로 떠주고는 그 위에 우유를 부어 주었다. 옥수수 죽을 먹고 나서 갓 구운 빵에 시럽을 발라 먹고 그다음에는 새털 이불 속에 넣어 두었던 따뜻한 케이크를 커피하고 같이 먹었다. 안토니아와 암브로쉬는 그날 하루 누가 밭을 더 많이 갈았는지 따지느라고 보헤미아 말로 떠들어 댔다. 쉬메르다 부인은 음식을 게걸스럽게 먹으면서 킬킬거리고 웃어 가며 자식들의 말다툼을 오히려 충동질했다.

잠시 후 암브로쉬가 영어로 안토니아한테 심술궂게 말했다.

「내일 니가 소 가지고 풀밭 갈아 봐라. 그럼 그렇게 빨리 못할걸.」

「화내지 마.」 안토니아가 소리 내 웃으면서 말했다. 「풀밭 가는 일 아주 힘든 거 나도 알아. 내일, 내가 오빠 대신 소젖 짤게.」

소젖을 짠다는 말에 쉬메르다 부인이 후딱 나를 돌아보며 말했다.

「니네 할아버지가 한 말 틀렸어. 그 소, 젖 많이 안 나와. 니네 할아버지가 15달러 이야기하면, 그럼, 나, 그 소, 니네 집에 도로 보낼 테다.」

「우리 할아버지는 15달러에 대해서 아무 말씀도 없으세요!」 너무 화가 나서 나도 모르게 목소리가 높아졌다. 「우리 할아버지는 남을 흠잡지 않으신다고요.」

그러자 이번에는 암브로쉬가 툴툴거렸다.

「우리가 집 지을 때, 니네 할아버지가 나보고, 내가 자기 톱 부러뜨렸다구 했어. 나, 절대 안 그랬어.」

암브로쉬는 톱을 부러뜨렸었고 부러진 톱을 감춘 다음 거짓말을 했었다. 그건 나도 알고 있는 사실이었다. 나는 저녁을 먹기 위해서 머물러 있었던 것을 후회했다. 모든 일이 나에게는 불쾌하게 여겨졌다. 이제 안토니아는 남자들처럼 요란한 소리를 내며 음식을 먹었고 식탁에서도 자주 하품을 하면서 팔이 쑤시는지 자꾸만 양팔을 머리 위로 쭉 뻗었다.

언젠가 할머니가 한 말이 떠올랐다.

「힘든 밭일 하느라고 그 계집애가 엉망이 되겠구나. 얌전한 버릇이 없어지고 남자처럼 거칠어지겠어.」 할머니 말씀대로였다. 안토니아한테서는 얌전한 태도라고는 찾아볼 수 없었다.

저녁 식사 후 나는 말을 타고 부드럽고도 슬픈 봄의 노을 속을 지나 집으로 돌아왔다. 겨울부터 줄곧 안토니아를 별로 만나 보지 못하고 있던 터였다. 안토니아는 해가 뜰 때부터 질 때까지 하루 종일 밭에서 일만 했다. 어쩌다 내가 말을 타고 밭갈이하는 곳에 가보면 잠시 멈춰 서서 나한테 몇 마디 건네고는 자기는 이제 어른이라서 나하고는 상대할 시간이 없다는 듯이 다시 쟁기 손잡이를 움켜잡고 〈이랴! 이랴!〉 말을 몰며 밭갈이를 계속했다. 일요일에는 자기 어머니를 도와 하루 종일 채마밭을 가꾸거나 아니면 바느질만 했다. 할아버지는 그런 안토니아를 마음에 들어 하셨다. 내가 안토니아에 대해 불평을 하면 할아버지는 빙그레 웃으면서 한말씀 하셨다.

「그 애는 앞으로 어느 남자 하나 출세시킬 인물이다.」

요즈음 안토니아가 하는 이야기라고는 두 가지밖에 없었다. 하나는 물건 값이고 다른 하나는 자기가 얼마나 무거운 것들을 들어 올릴 수 있는지 자랑하는 것이었다. 암브로쉬는 자기 여동생에게 여자애가 해서는 안 될 일들을 시키고 있었다. 그리고 그런 일에 대해서 주위 일꾼들이 야비하게 놀려 댄다는 걸 난 알고 있었다. 안토니아가 옷깃을 열어젖히고 목덜미와 가슴팍에 먼지를 흠뻑 뒤집어쓴 채 말들에게 고함을 지르며 햇볕에 벌겋게 탄 얼굴에 땀을 철철 흘리면서 밭을 갈고 있는 모습을 볼 때마다, 생전에 그토록 말이 없는 분이었으나 딸의 이름을 부를 때에는 그토록 많은 의미를 전달할 수 있었던 불쌍한 쉬메르다 씨의 음성이 들리는 것 같았다. 〈안토니아! 내 딸아!〉

18

 시골 학교에 다니기 시작한 이후로는 안토니아 가족들과 만날 기회가 더욱 적어졌다. 학교라고는 했지만 토담집이었다. 학생은 열여섯 명이었고 모두들 점심을 싸가지고 말을 타고 왔다. 학교 동무들 중에 재미있는 아이라고는 단 한 명도 없었지만 그래도 왠지 그 아이들과 어울려서 놀면 안토니아가 나한테 보이는 무관심에 어느 정도 보복하는 기분이 들었다. 쉬메르다 씨가 세상을 떠난 뒤로 암브로쉬는 예전보다도 더 심하게 집안 어른 노릇을 하면서 집안 식구 여자들의 운명은 물론이거니와 기분까지도 자기 마음대로 지시하는 것 같았다. 안토니아는 나한테 이야기할 때 가끔 자기 오빠의 견해를 인용했고 자기는 오빠를 존경한다는 사실과 나는 아직 어린애에 지나지 않는다는 사실을 내가 깨닫도록 했다. 봄이 다 가기 전에 쉬메르다 집안과 우리 집 사이에는 확연한 냉기가 감돌았다. 다음과 같은 일이 그 원인이었다.

 어느 일요일 암브로쉬가 제이크한테서 빌려 가서는 되돌려 주지 않는 말 목걸이를 받아 오려고 제이크와 나는 말을 타고 쉬메르다네 집에 갔다. 청명하고 아름다운 아침이었다. 길가에는 분홍빛과 자줏빛 들소콩 꽃이 무더기로 만발해 있었고 한 해 묵은 해바라기의 마른 줄기에 옹크리고 앉은 종달새들은 샛노란 가슴팍을 파들파들 떨면서 고개를 뒤로 젖히고 태양을 똑바로 바라보며 노래 부르고 있었다. 일요일의 한가한 기분을 즐기면서 우리는 서서히 말을 몰았다.

쉬메르다네 집에 도착해 보니 그 집 식구들은 평일이나 다름없이 일을 하고 있었다. 마렉은 마구간을 청소하고 있었고 안토니아는 자기 어머니와 함께 연못 맞은편 언덕 밑에 있는 채마밭을 손질하고 있었으며 암브로쉬는 풍차 탑 위에서 풍차 바퀴에 기름을 바르고 있었다. 암브로쉬는 별로 반가워하지 않으면서 풍차 탑에서 내려왔다. 제이크가 말 목걸이를 돌려 달라고 하자 암브로쉬가 뭐라고 툴툴거리면서 머리를 긁었다. 말 목걸이는 할아버지의 물건이었기 때문에 제이크는 이에 책임감을 느끼면서 버럭 화를 냈다.

「이봐, 암브로쉬, 없다는 소린 하지 마. 네가 그걸 갖고 있다는 건 내가 아니까. 네가 가서 찾아오지 않으면 내가 직접 찾아내겠어.」

암브로쉬는 어깨를 한번 흠칫해 보이고는 언덕 아래 마구간으로 터덜터덜 걸어갔다. 내가 보기에도 암브로쉬는 심술을 부리고 있는 게 분명했다. 얼마 후 말 목걸이를 하나 가지고 돌아왔는데 진흙에 짓밟힌 데다가 쥐가 갉아 먹어서 털이 빠진 낡은 것이었다.

「이걸 달라구요?」 암브로쉬가 퉁명스레 물었다.

제이크가 말에서 뛰어내렸다. 면도를 하지 않아서 거친 수염으로 덮인 그의 얼굴이 순간 확 붉어지는 것이 보였다.

「이건 내가 너한테 빌려 준 게 아냐. 만약 이게 그거라면 네가 그걸 얼마나 엉망으로 썼기에 이 꼴이 됐단 말이냐. 이렇게 된 물건을 버든 씨에게 가져다 드릴 순 없어!」

암브로쉬는 말 목걸이를 땅바닥에 내던지면서 〈좋을 대로〉라고 냉랭하게 말하고는 기름통을 집어 들고 풍차 위로 기어오르기 시작했다. 제이크는 암브로쉬의 혁대를 잡고서 그를 끌어내렸다. 암브로쉬는 발이 땅에 닿기가 무섭게 제이크의 배를 세게 걷어찼다. 다행히도 제이크는 암브로쉬의 발길을 피할 수 있는 위치에 있었다. 시골 남자들이 주먹다짐을 할 때는 절대로 그런 짓은 하지 않기 때문에 제이크는 지독히 화가 났다. 그는 암브로쉬의 머리를 호되게 후려갈겼다. 도끼로 호박을 내려칠 때 같은 소리가 났다. 암브로쉬는 순간 정신을 잃고 쓰러졌다.

비명 소리가 들리기에 올려다보았더니 안토니아가 자기 어머니하고 허겁지겁 달려 내려오고 있었다. 연못가 길로 오지 않고 흙탕물 속으로 첨벙 뛰어들어 치맛자락도 걷어 올리지 않은 채 꽥꽥 소리를 지르며 허공에 양팔을 마구 휘저어대면서 달려왔다. 이쯤 돼서 암브로쉬는 정신이 들어 코피를 줄줄 흘리며 지독히 빠른 소리로 뭐라고 떠들어 댔다.

제이크가 튀어 오르듯 안장에 올라앉아 소리쳤다.

「짐! 빨리 꺼지자!」

쉬메르다 부인은 두 손을 머리 위로 뻗쳐 들었다가 마치 번갯불이라도 잡아 끌어내릴 듯이 허공에서 두 주먹을 불끈 쥐고 흔들었다. 그러고는 우리 뒤에 대고 돼지 멱따는 소리로 외쳤다.

「법! 법! 내 아들 암브로쉬 때렸어! 법!」

안토니아도 숨을 헐떡이며 악을 썼다.

「앞으로 니네들 절대 안 좋아! 제이크하구 지미 버든! 니네들 이제 내 친구 아냐!」

제이크가 가다 말고 말 머리를 돌려 잠시 멈춰 섰다. 그리고 맞대고 소리쳤다.

「너희는 고마워할 줄도 몰라! 집안 식구가 똑같아! 버든 씨 댁은 니들 없이도 잘 지내실 거다! 그 댁 신세만 져온 주제에!」

말을 달려 돌아오면서도 어찌나 울화가 치밀었던지 아름다운 그날 아침은 완전히 망가지고 말았다. 나는 할 말이 하나도 없었고 제이크는 너무 화가 나서 속이 메슥거렸던지 얼굴이 백지장처럼 하얗게 돼가지고 부들부들 떨고 있었다.

「지미, 저 사람들은 우리하고는 같지 않단다. 외국인들이란 다르다고. 정정당당하게 행동하질 않아. 사람한테 발길질하는 건 비열한 짓이야. 그 집 여자들이 너한테 하는 소리 들었지? 지난 겨울에 저네들 위해서 우리가 그 고생을 했는데! 믿지 못할 사람들이라고. 그 집 식구들 누구하고라도 너무 가까이 지내지 마라.」

「제이크, 난 다시는 그 집 사람들하고 절대로 놀지 않겠어!」 나도 격하게 선언했다. 「모두들 크라이에크하고 비슷하고 암브로쉬는 크라이에크보다 더해!」

할아버지는 우리 이야기를 흥미 있게 들으셨다. 그러고 나서 제이크에게 그다음 날 읍에 가서 보안관을 만나 쉬메르다 씨 아들을 때려눕혔노라고 보고한 다음 벌금을 지불하라고 충고해 주었다. 그렇게 해놓으면 (암브로쉬는 미성년이니까) 쉬메르다 부인이 문제를 일으킬 생각이 있더라도 우리 쪽이 한발 앞지르는 셈이 되는 것이었다. 제이크는 기왕 읍에 가는 길이니 자기가 키운 돼지를 장에 가지고 갈 겸해서 마차를 타고 가겠노라고 했다.

월요일 아침 제이크가 떠난 지 한 시간쯤 후에 쉬메르다 부인과 암브로쉬가 마차를 타고 우리 집 쪽은 거들떠보지도 않으면서 거만스레 지나갔다. 할아버지는 쉬메르다 부인이 분명히 그 일을 문제 삼을 줄 알고 있었노라 하시면서 껄껄 웃으셨다.

제이크는 할아버지한테서 받은 10달러짜리 지폐로 벌금을 냈다. 그러나 그날 제이크가 읍에서 돼지를 팔았다는 사실을 쉬메르다 가족이 알게 되자 암브로쉬는 머리를 굴려 제이크가 벌금을 내기 위해 돼지를 팔 수밖에 없었으리라는 결론을 내렸다. 암브로쉬의 그러한 추론에 쉬메르다 가족은 매우 흡족해했다. 그 이후 수 주일 동안 안토니아는 우체국에 가는 길이나 혹은 말들을 몰며 길을 가다가 제이크와 나를 만나게 되면 그 때마다 손뼉을 치면서 까마귀처럼 까악까악거렸다.

「제이-키! 제이-키! 돼지 팔아 때린 값 내-앴네!」

제이크는 안토니아의 행동에 조금도 놀란 기색을 보이지 않고 얼굴만 약간 찌푸리면서 한마디 던졌다.

「그건 나도 알아, 나 모르는 소리 좀 해봐라.」

할아버지는 제이크가 이름 붙인, 우리와 쉬메르다 집안과의 불화라는 것에 절대로 개입하지 않았다. 암브로쉬와 안토니아는 할아버지한테 항상 공손히 인사드렸고 할아버지는 그들에게 어떻게 지내는지 묻고 여느 때나 다름없이 여러 가지로 조언을 해주었다. 할아버지는 그 애들의 장래가 희망적이라고 했다. 암브로쉬는 앞을 내다볼 줄 아는 녀석이었다. 자기 집 소들이 너무 육중해서 밭갈이 이외에 다른 일을 할 수 없다는 것을 깨닫고는 새로 이민해 온 독일인 가족에게 즉시 팔아 버렸다. 그리고 소 판 돈으로 우리 할아버지가 골라 준 말 두 마리를 샀다. 암브로쉬는 힘이 센 마렉을 심하게 부려 먹었다. 그러나 지금 내 기억으로는 암브로쉬도 마렉한테 옥수수 재배하는 일만큼은 가르치지 못했다. 불쌍한 마렉의 우둔한 머리에 박힌 유일한 생각은 온 힘을 다해서 힘껏 일하는 것이었다. 밭갈이 손잡이를 어찌나 힘껏 내리누르던지 부삽 날이 땅속에 너무 깊숙이 박혀 버리는 통에 말들이 금방 지쳐 버렸다.

6월에 암브로쉬가 부쉬 씨 농장에 일주일 동안 일해 주러 갔을 때 그는 마렉을 일꾼으로 데리고 가서 마렉의 품삯까지 온전히 다 받아 냈다. 쉬메르다 부인은 다른 밭갈이 일꾼을 쓰면서 안토니아와 함께 온종일 밭에서 일을 하고 밤중에는 집안 잡일을 했다. 여자 둘이서 농사일을 도맡아 보고 있는 동안 새로 구입한 말 한 마리가 복통을 겪는 통에 모녀가 기겁을 했다.

어느 날 밤 안토니아가 잠자리에 들기 전 모든 일이 제대로 되어 있는지 살펴보려고 헛간에 내려가 보니 말 한 마리가 온 몸이 퉁퉁 부어오른 채 고개를 푹 숙이고 서 있었다. 그래서 안토니아는 다른 말에 안장도 없지 않은 채 올라타고 오밤중에 우리 집으로 달려와 우리가 막 잠자리에 들려던 참에 대문을 요란스레 두드려 댔다. 할아버지가 문을 열어 주었다. 할아버지는 일꾼을 보내지 않고 우리 집 말이 아플 때 몸을 따뜻하게 해주려고 보관해 두었던 낡은 양탄자와 주사기 하나를 챙겨 들고서 안토니아와 함께 몸소 말을 타고 떠났다. 도착해 보니 쉬메르다 부인은 말 옆에서 양손을 쥐어짜며 신음 소리를 내고 앉아 있었다. 그 불쌍한 짐승 배 속에 가득 들어찼던 가스를 뽑아내는 데에는 불과 몇 초밖에 걸리지 않았다. 가스가 확 빠지는 소리가 들리더니 말의 배가 눈에 띄게 줄어

들었다.

「할아버지, 내가 이 말 살리지 못하면요.」 안토니아가 우는 소리로 말했다. 「그럼, 난, 우리 오빠 집에 올 때까지 여기 절대 안 있어요! 내일 아침 전에, 난, 연못에 빠져 죽을래요!」

암브로쉬가 부쉬 씨 농장에서 돌아와 마렉의 품삯을 블랙호크에 있는 신부님한테 보내면서 그 돈으로 자기 아버지 영혼을 위해 미사를 드려 달라고 부탁했다는 소식을 듣고, 쉬메르다 씨가 기도를 필요로 하는 것보다 안토니아가 신발을 필요로 하는 것이 더 절실하다는 할머니 말에 할아버지는 〈그렇게 궁색한 형편에 6달러를 내놓았다니 그 친구가 신앙심이 깊다는 걸 보여 주는 일이야〉라고 너그럽게 응답했다.

쉬메르다 가족들과 화해를 하도록 힘쓴 사람은 할아버지였다. 어느 날 아침 할아버지는 밀이 아주 잘 자라 7월 1일부터 밀을 베기 시작할 계획이라면서 일꾼이 더 필요한데 쉬메르다 집에서는 밀 농사를 하지 않았으니 모두들 괜찮다고만 한다면 암브로쉬를 불러서 밀 타작과 도리깨질을 시키고 싶다고 했다.

「여보, 안토니아한테는 우리 집 부엌일을 좀 도와 달라고 내가 부탁하리다. 그 애는 몇 푼 벌게 되어서 좋아할 테고, 또 이제 서로 오해를 풀 때도 됐고. 오늘 아침에 내가 직접 가서 상의해 보리다. 지미, 너도 같이 가고 싶으냐?」 할아버지는 나 대신 이미 결정하신 것 같았다.

아침 식사 후 할아버지와 나는 함께 떠났다. 쉬메르다 부인은 자기 집 문간에 서 있다가 우리가 오는 걸 보더니 만나고 싶지 않다는 듯이 헛간 뒤에 있는 언덕으로 달려갔다. 할아버지는 빙그레 웃으며 말을 매어 놓고 나서 나와 함께 쉬메르다 부인의 뒤를 따라갔다.

헛간 뒤에 이르자 우리는 희한한 광경을 목격하게 되었다. 보아하니 소는 언덕에서 풀을 뜯어 먹고 있었던 것이 분명한데, 쉬메르다 부인이 소한테 달려가서 말뚝을 밧줄째 뽑아 들고 우리가 가까이 다가가자 소를 언덕에 있는 오래된 굴속에다 밀어 넣으려고 했다. 굴이 좁고 컴컴해서 소는 그 속으로 들어가지 않으려고 버티었고 쉬메르다 부인은 버티는 소의 엉덩이를 철썩철썩 때리면서 굴 안으로 밀어 넣으려고 애를 썼다.

할아버지는 쉬메르다 부인의 그같이 야릇한 행동을 무시하고 그냥 공손하게 인사했다.

「안녕하십니까, 쉬메르다 부인. 암브로쉬를 만나고 싶은데, 지금 어디 있나요? 어느 밭에 있지요?」

「암브로쉬, 수수밭에.」 북쪽을 가리키면서 대답하는 쉬메르다 부인은 마치 자기 몸으로 소를 감출 수 있기를 바라는 듯이 여전히 소 앞을 가로막고 서 있었다.

「암브로쉬 수수는 올겨울 말 먹이로 아주 좋겠네요.」 부인의 기분을 북돋아 주는 어조로 할아버지가 말했다. 「그런데, 안토니아는 어딨나요?」

「함께, 암브로쉬하고.」 쉬메르다 부인은 초조한 듯이 흙 속에 묻힌 맨발을 자꾸 꼼지락거렸다.

「잘됐군요. 내가 말을 타고 그리 가지요. 그 애들이 다음 달에 우리 집에 와서 귀리 타작 일을 좀 거들어 주었으면 해서요. 품삯은 물론 지불할 겁니다. 안녕히 계십시오. 아 참, 그런데 부인, 제 생각에는.」 할아버지는 길로 접어들면서 한마디 덧붙였다. 「그 소에 대해서는 더 이상 얘기할 게 없습니다.」

그 말에 쉬메르다 부인은 흠칫 놀라 소고삐를 더욱 단단히 쥐었다. 부인이 말뜻을 알아듣지 못하는 것을 알고 할아버지는 다시 되돌아갔다.

「이제 나한테 돈 더 낼 필요가 없어요. 돈 더 필요 없다고요. 이 소는 이제 부인 겁니다.」

「돈 더 안 내고, 소는 내가 가져요?」 햇빛 때문에 가늘게 뜬 눈으로 우리를 힐끗 쳐다보면서 쉬메르다 부인이 얼떨떨한 어조로 물었다.

「그렇소. 돈 더 안 내고, 소는 가지시오.」 할아버지가 고개를 끄덕였다.

쉬메르다 부인은 소고삐를 내던지고 달려와서 할아버지 앞에 털썩 무릎을 꿇고 앉아 할아버지의 손을 잡고 입을 맞추었다. 할아버지한테는 아마 그 순간만큼 어색하고 민망스러웠던 적이 일찍이 없었으리라. 나도 좀 놀랐다. 왠지 모르게 그러한 정경이 〈옛날 세상〉을 아주 가깝게 느끼도록 해준다는 기분이 들었다.

우리는 소리 내어 웃으면서 말고삐를 돌렸다.

「우리가 소를 뺏으러 왔다고 생각했던 게 분명해. 혹 그 고삐에 손이라도 댔었더라면 우릴 할퀴지나 않았을까 모르겠다!」

쉬메르다 가족은 우리와 화해를 하게 되어 기뻐하는 듯이 보였다. 그다음 일요일 쉬메르다 부인은 우리 집에 찾아와서 자기가 손수 짠 양말을 제이크한테 주었다. 양말을 건네주면서 마음이 대단히 넓은 사람처럼 말했다.

「이제, 너, 우리 암브로쉬 때려눕히지 마, 응?」

제이크는 어색해서 빙충맞게 웃으며 대답했다.

「난 암브로쉬하고 싸우고 싶지 않아요. 그 애가 싸움 걸어

오지 않으면 나도 개한테 싸움 걸지 않겠어요.」

「만약 암브로쉬가 너 때리면, 우린 벌금 낼 돈이 없어.」 쉬메르다 부인은 넌지시 한마디 덧붙였다.

제이크는 전혀 기분 나빠하지 않으면서 오히려 명랑하게 대답했다.

「아주머니 말씀에 내가 졌습니다. 숙녀께서 이기셔야죠.」

19

7월이 되자 캔자스와 네브래스카 평야를 세계에서 최상의 옥수수 지대로 만들어 주는 찌는 듯이 독한 더위가 찾아왔다. 밤이면 옥수수 자라는 소리가 귀에 들리는 것 같았다. 빛나는 별빛 아래 털이 난 푸른 옥수수 대가 싱싱하게 늘어선 옥수수밭은 이슬에 젖은 향내를 풍기면서 바스락거리는 소리를 냈다. 미주리에서 로키 산맥에 이르는 거대한 평야 전체를 유리로 덮어 놓고 온도계로 열을 조절해 준다고 하더라도 날마다 수염이 노랗게 무르익으면서 옥수수가 이처럼 잘 자라지는 못할 것이다. 그 당시 옥수수밭들은 수 킬로미터씩 되는 풀밭을 가운데 놓고 서로 떨어져 있었다. 이 옥수수밭들은 쉬메르다네 옥수수밭이라거나 부쉬네 옥수수밭이 아니라 장차 전 세계의 옥수수밭으로 확장될 것이며, 그리하여 마치 러시아의 밀 농사처럼 평화 시나 전쟁 시를 막론하고 이들 옥수수밭에서 생산되는 옥수수는 인간의 모든 활동을 밑받침해 주는 대 경제 자원의 일부가 되리라는 사실을 예견하는 데에는 우리 할아버지처럼 명확하고 사려 깊은 안목을 가진 분이 필요했다.

　밤이면 간간이 비가 내리면서 몇 주일 동안 계속되는 불타는 햇볕이 옥수수 풍년을 약속해 주었다. 옥수수 알이 일단 뽀얗게 영글고 나면 날씨가 가물어도 걱정할 것이 없었다. 일꾼들은 밀밭에서 어찌나 열심히 일을 했던지 무더운 줄도 모를 정도였고 — 하긴 일꾼들한테 물을 계속 날라 주느라고 내가 바빴지만 — 할머니와 안토니아는 부엌에서 할 일이 너무 많아 어느 날이 어느 날보다 더 더운지 어쩐지 알지도 못했다. 매일 아침 풀잎에서 이슬이 떨어지기도 전에 나는 안토니아하고 함께 채마밭에 가서 점심에 먹을 채소를 뜯어 왔다. 할머니는 안토니아한테 챙이 넓은 모자를 쓰고 나가라고 했지만 채마밭에 닿자마자 안토니아는 모자를 벗어 풀밭에 던져 버리고 긴 머리가 산들바람에 흩날리도록 내버려 두었다. 우리 둘이 몸을 굽혀 완두콩 넝쿨을 살펴볼 때면 안토니아의 윗입술에는 땀방울이 작은 콧수염처럼 방울방울 몰려 있었다. 그때 그 모습이 지금도 눈앞에 선하다.

　「아, 난, 집 안보다 집 밖에서 일하는 게 더 좋아!」 안토니아는 즐겁게 외쳤다. 「바깥일 하면 남자처럼 된다구 니네 할머니가 그러지만, 그래도 난 좋아. 난, 남자처럼 되는 거 좋아!」 그러고는 머리를 휙 젖히며 햇볕에 탄 갈색 팔뚝에 불룩 솟아오른 알통을 나한테 만져 보라고 했다.

　안토니아가 우리 집에 와서 일해 주는 걸 모두들 좋아했다. 성격이 명랑하고 눈치가 빨라서, 얌전히 걷지 않고 쿵쾅거리며 집 안을 뛰어다니거나 냄비를 요란스럽게 다루어도 토니를 싫어하는 사람은 아무도 없었다. 토니가 와서 일해 준 몇 주일 동안 할머니도 기분이 퍽 좋았다.

그해 수확기에는 밤마다 무덥고 답답해서 일꾼들은 집 안보다는 좀 더 시원한 건초 헛간에서 잤다. 나는 열린 창문 곁에 놓인 내 침대에 누워 지평선에서 아련하게 번뜩이는 번갯불을 바라보거나 푸른 밤하늘에 우뚝 솟아 있는 풍차의 형상을 올려다보았다. 어느 날 밤 이미 베어 놓은 곡식을 망칠 정도는 아니었지만 아름다운 번개 비가 한바탕 쏟아졌다. 일꾼들은 저녁 식사 후 즉시 헛간으로 내려갔고, 설거지가 끝나자 안토니아는 나와 함께 경사진 닭장 지붕으로 기어 올라가서 구름을 구경했다. 천둥소리는 철판을 두들기듯 요란했고 하늘을 가로질러 지그재그 모양으로 번개가 쩍쩍 갈라지면서, 그럴 때마다 만물을 훤히 비추어 한순간 모든 것이 우리 눈앞에 아주 가까이 있는 듯 보이게 했다. 하늘의 절반이 시커먼 먹구름으로 얼룩져 있었으나 서쪽은 환히 밝고 맑았다. 번개가 번뜩거릴 적마다 서쪽 하늘은 달빛으로 반짝이는 검푸른 강물 같아 보였고, 먹구름이 낀 하늘은 대리석 보도 같기도 하고 어느 화려한 항구 도시에 있는 무너지기 직전의 부두처럼 보이기도 했다. 고개를 젖히고 하늘을 올려다보는 우리 얼굴 위로 따뜻한 빗줄기가 떨어졌다. 작은 배만 한 크기의 먹구름 한 덩어리가 맑은 하늘 쪽으로 흘러가더니 계속해서 서쪽으로 둥실둥실 떠갔다. 마당의 부드러운 흙 위로 후드득후드득 떨어지는 빗소리가 사방에서 들려왔다. 할머니가 문가에 나타났다. 밤도 늦었고 그렇게 밖에 있다가는 비 맞겠노라고 걱정하셨다.

「금방 들어갈게요!」 안토니아는 큰 소리로 대꾸했다. 「난 니네 할머니가 좋아. 그리고 여기 있는 것들도 다 좋아.」 그러면서 한숨을 쉬었다. 「우리 아빠가 살아 있어서 지금 이 여름을 보았더라면 얼마나 좋을까. 다시는 겨울이 오지 않았으면 좋겠어.」

「앞으로도 한참 동안 여름이 더 계속될 거야.」 나는 이렇게 안심시키고 나서 물었다. 「토니, 넌 왜 항상 지금처럼 좋게 굴지 않니?」

「어떻게 좋게?」

「아니, 그냥, 지금처럼 말이야. 너 있는 그대로. 왜 늘 암브로쉬처럼 되려고 애를 쓰니?」

안토니아는 두 팔을 베개 삼아 누워서 하늘을 올려다보았다.

「내가 너처럼 여기서 산다면, 그럼 나도 다를 거야. 앞으로 사는 게 너한텐 쉬울 거야. 그렇지만 우리한텐 힘들 거야.」

제2부
품팔이 시골 처녀들

1

 내가 할아버지 댁에 온 지 3년쯤 되었을 때 할아버지는 블랙 호크로 이사 가기로 결정했다. 이유는 간단했다. 할아버지와 할머니 모두 나이가 많아 농사일이 너무 힘들었고 나는 열세 살이 되었으니 학교에 제대로 다녀야 된다는 것이 두 분의 생각이었다. 그래서 우리 농가는 〈선량한 과부 스티븐스 부인〉과 그녀의 노총각 남동생에게 세를 주고 우리는 블랙 호크 끄트머리에 있는 화이트 목사 집을 샀다. 이 집은 시골 농장에서 말을 타고 읍으로 갈 때 지나게 되는 첫 번째 집이어서 시골길이 끝나고 읍으로 들어서게 된다는 것을 알려 주는 일종의 경계표였다.
 우리는 3월에 이사하기로 했고 이사 날짜가 정해지자마자 할아버지는 오토와 제이크한테 당신의 결정을 알려 주었다. 오토는 할아버지 댁처럼 자기 마음에 드는 일자리를 찾기도 쉬울 것 같지 않고 이제는 농사일에도 지쳤기 때문에 자신이 〈거친 서부〉라고 부르는 지역으로 돌아갈 생각이라고 말했다. 오토의 모험담에 마음이 끌려 있던 제이크는 오토를 따라 떠나기로 결심했다. 우리는 제이크의 마음을 바꾸어 보려고 무척 애를 썼다. 글도 읽을 줄 모르는 데다가 무턱대고 남을 믿는 성격이어서 못된 사람들한테 속아 넘어가기 쉬운 인물이었다. 할머니는 제이크한테 그를 잘 알고 있는 친절한 그리스도인들 사이에서 그대로 머물러 살라고 사정해 보았지만 사리를 따져 가면서 제이크를 설득한다는 것은 힘든 일이었다. 그는 광산에서 일하고 싶어 했으며 콜로라도에 있는 은광이 자기를 기다리고 있다고 생각했다.

제이크와 오토는 마지막까지 우리 집안일을 거들어 주었다. 블랙 호크까지 이삿짐을 날라 주었고 새집에 양탄자를 깔아 주고 할머니를 위해서 부엌에 선반과 찬장을 만들어 주었다. 우리를 떠나기가 정말 싫은 것 같아 보였다. 그러다가 마침내 아무 말 없이 훌쩍 떠나 버렸다. 그 두 사람은 좋을 때나 어려울 때나 한결같이 우리를 보살펴 주었으며 이 세상에서 돈으로는 살 수 없는 것들을 우리에게 주고 간 사람들이었다. 나한테는 친형 같은 존재들이었다. 나를 위하는 마음에서 자신들의 말씨까지도 조심했고 나한테 깊은 애정을 보여 주었던 고마운 어른들이었다. 그러나 이제 그들은 어느 날 아침 일요일 복장으로 차려입고 유포 가방을 들고 서부행 기차에 올라탔다. 그리고 그 이후로 다시는 그들을 만나지 못했다. 몇 달 후 오토한테서 엽서 한 장이 왔다. 제이크가 열병에 걸려 누워 있었지만 이제는 완쾌되어 둘이 함께 〈양키 걸〉 광산에서 일하며 별탈 없이 잘 지낸다는 내용이었다. 그 주소로 편지를 보냈으나 〈수취인 부재〉라는 도장이 찍혀서 되돌아왔다. 그 이후로 우리는 그들에게서 아무런 소식도 듣지 못했다.

　우리가 이사 가서 살게 된 새로운 세상인 블랙 호크는 깨끗하고 조용한 자그마한 시골 읍이었다. 거리는 아스팔트가 아니라 흙길이었고 나무판자를 깔아 놓은 인도를 따라 예쁘게 가꾼 작은 나무들이 죽 늘어서 있었다. 나무도 많고 집집마다 흰 담장에 녹색 정원이 있었다. 읍 한가운데에는 벽돌로 새로 지은 가게 건물, 벽돌로 지은 학교, 법원 건물, 그리고 흰 교회당 건물 네 채가 두 줄로 나란히 서 있었다. 우리 집에서는 읍이 내려다보였고 2층 창문에서 내다보면 남쪽으로 3킬로미터쯤 되는 지점에서 굽이쳐 흐르는 강줄기도 보였다. 그 강은 내가 농촌을 떠나면서 잃어버린 자유로움을 보상해 주었다.

　블랙 호크로 3월에 이사 온 우리는 4월 말쯤에는 벌써 읍 사람이 된 기분이 들었다. 할아버지는 새로 설립된 침례교회의 집사가 되었고, 할머니는 교회 만찬이나 선교사회 일 등으로 분주했고, 나는 아주 다른 아이로 변해 있었다. 적어도 나는 그렇게 생각했었다. 갑자기 내 나이 또래 사내아이들 사이에 놓이게 되니까 나로서는 배울 게 엄청 많았다. 봄 학기가 채 끝나기도 전에 나는 같은 반의 어느 사내애 못지않게 싸울 줄도 알았고 〈따먹기〉 놀이도 배웠고 여자애들을 놀려 먹을 줄도 알았으며 입에 올려서는 안 될 말들도 할 줄 알게 되었다. 내가 완전한 망나니가 되지 않았던 것은 옆집에 사는 할링 부인 덕분이었다. 할링 부인은 내 행동이 지나치다 싶으면 자기네 마당에는 들어오지도 못하게 했고 자기 아이들하고 놀지도 못하게 했는데 그 집 아이들이 무지 재미있는 아이들이었다는 것이 문제였다.

우리 집이 잠시 쉬어 가는 장소로 아주 편리했기 때문에 우리는 시골에서 살았을 때보다도 옛 이웃들을 더 자주 만났다. 농부들은 우리 집 커다란 헛간에다 마차 끄는 말들을 넣어 놓을 수도 있어서 좋아했고 부인네들은 우리하고 점심도 먹고 장에 가기 전에 잠시 쉬면서 매무새도 바로잡을 수 있어서 좋아했다. 우리 집이 눈에 띄게 시골 여관 같아지는 것이 나는 몹시 기뻤다. 예기치 않았던 손님을 위해서 쇠고기나 빵을 사러 읍내로 달려갈 준비는 항상 되어 있었다. 그 첫해 봄과 여름 내내 나는 암브로쉬가 우리 새집을 구경하려고 안토니아와 율카를 데리고 나타나기를 얼마나 바랐던가! 빨간 헝겊을 씌운 가구들도 보여 주고 싶었고 독일인 도배사가 우리 집 거실 천장에 붙여 놓은 나팔 부는 천사들의 그림도 보여 주고 싶었다.

그러나 암브로쉬는 읍에 올 때마다 혼자서 왔다. 자기 말을 우리 헛간에 넣기는 했지만 점심 식사 때문에 머무는 일은 절대로 없었으며 자기 어머니나 여동생들에 대해서는 단 한 마디 말도 없었다. 우리 마당을 지나가는 걸 보고 밖으로 달려 나가 식구들 안부를 물으면 어깨를 으쓱해 보이면서 한마디로 대꾸했다.

「잘들 있어, 내 보기엔.」

우리 시골집으로 이사 온 스티븐스 부인은 우리처럼 안토니아를 무척 좋아해서 안토니아에 대한 소식은 주로 스티븐스 부인이 전해 주었다. 스티븐스 부인 말에 의하면, 밀 추수 기간 내내 암브로쉬는 안토니아를 남자처럼 일꾼으로 내보내서 이 농장 저 농장으로 옮겨 다니며 밀단 묶는 일을 하거나 도리깨질꾼들과 어울려 일하도록 했다. 농부들은 안토니아를 마음에 들어 했고 일꾼으로는 암브로쉬보다 차라리 안토니아를 쓰겠다는 말까지 했단다. 가을이 되자 안토니아는 지난해와 마찬가지로 크리스마스까지 이웃 농가를 돌아다니면서 옥수수 껍질 벗기는 일을 할 예정이었으나 우리 할머니가 안토니아한테 우리 이웃인 할링 씨 집에 일자리를 얻어 주었기 때문에 올해는 그 짓을 하지 않아도 되었다.

2

어차피 읍에서 살아야 한다면 할링네 옆에서 살게 된 것을 하느님께 감사드린다는 말을 할머니는 자주 입에 올렸다. 그 집도 우리처럼 농사를 짓던 사람들이었고 지금 사는 집에는 커다란 헛간, 채마밭, 과수원은 물론 가축들이 풀을 뜯어 먹을 수 있는 풀밭에다 풍차까지 있어서 얼핏 보면 작은 농장 같았다. 할링네는 노르웨이 사람들이었다. 할링 부인은 열 살 때까지 크리스티아니아에서 살았고 남편은 미네소타에서 태어났다. 할링 씨는 곡물상과 가축 매매를 겸하고 있었으며 우리 지방에서 가장 큰 사업가로 꼽히는 사람이었다. 우리가 사는 곳에서 서쪽으로 철로를 따라 위치한 작은 마을들의 곡물 창고를 운영하고 있었기 때문에 할링 씨는 집을 비우는 날이 무척 많았다. 남편이 없을 때에는 아내가 집안 주인 역할을 했다.

할링 부인은 작달막한 키에 어깨가 딱 벌어지고 단단한 것이 마치 자기 집처럼 보였다. 항상 활력이 넘쳐흘러서 그녀가 방에 들어서면 그 활력이 느껴졌다. 얼굴은 장밋빛이고 눈은 반짝반짝 빛났고 턱은 조그만 것이 꽤 고집스러워 보였다. 화도 쉽게 냈지만 쉽사리 웃기도 잘했고 천성이 명랑한 사람이었다. 부인의 낭랑한 웃음소리는 지금도 내 귓전에 생생하다. 걸음걸이는 어찌나 빠르던지 마룻바닥이 흔들릴 정도였고 그녀가 나타나는 곳에서는 권태감이나 무력감은 순식간에 사라져 버렸다. 그리고 어떤 일에 대해서도 부정적이거나 피상적으로 대하지를 못했다. 좋고 싫은 것이 극렬하게 분명한 열정적인 성격은 일상적인 모든 일에 반영되었다. 할링 씨 집에서는 빨래하는 날이 힘들기는커녕 재미있기만 했고 잼 만드는 날들은 축제 기간 같았으며 집 안 대청소 날은 혁명이라도 터진 것 같았다.

할링 집안 세 아이들은 나하고 나이가 비슷했다. 외아들 찰리는 — 찰리 위로 아들 하나가 죽었다 — 열여섯 살이었고 음악에 소질이 있는 줄리아는 나하고 동갑으로 열네 살, 짧은 머리 말괄량이 샐리는 한 살 아래였다. 샐리는 그냥 말괄량이가 아니었다. 남자애들이 하는 운동이란 운동은 남자애들 뺨치게 잘했고 힘도 무지 셌다. 햇볕에 타서 노오랗게 된 머리를 귀밑에서 싹둑 잘라 버렸고 모자는 절대로 쓰지 않아서 피부는 갈색이었다. 마치 들판에다 풀어 놓고 키운 아이 같았다. 롤러스케이트를 한 짝만 신고 읍내를 쏘다니는가 하면 〈따먹기〉 게임에서는 이따금 속임수를 쓰지만 동작이 하도 날쌔서 속이는 걸 잡아낼 수 있는 아이가 없었다.

성장한 딸 프랜시스는 우리들 세상에서는 아주 중요한 인물이었다. 자기 아버지 수석 비서 노릇을 하면서 아버지가 출장 중일 때는 블랙 호크 사무실을 혼자 힘으로 운영하다시피 했다. 할링 씨는 큰딸의 사무 능력이 비상하다는 걸 알기 때문에 딸을 훌륭한 사업가로 만들려고 평소에도 큰딸한테는 특별히 엄격하게 대했다. 그래서 프랜시스는 월급은 넉넉히 받았지만 휴일도 거의 없었으며 사무적인 업무에서 잠시도 떠날 수가 없는 형편이었다. 일요일조차 사무실에 나가서 우편물도 읽고 시장 조사표도 점검해야 했다. 한편 찰리는 사업에는 전혀 흥미가 없고 아나폴리스 해군 사관 학교에 입학할 준비나 하고 있었지만 할링 씨는 찰리를 무척 귀여워했다. 그래서 찰리한테 총도 사주고 전기 배터리 같은 것도 사주면서도 그런 걸 가지고 찰리가 뭘 하는지는 전혀 묻지도 않았다.

프랜시스는 자기 아버지를 닮아서 피부도 희지 않았고 키는 아버지만큼이나 컸다. 물개 털외투에다 모자까지 쓰고 자기 아버지하고 저녁에 집으로 걸어오면서 마치 둘 다 남자인 듯이 곡물 차량이나 가축 등에 대해서 이야기를 나누었다. 우리 할아버지를 만나러 가끔 우리 집에 들르기도 했는데 할아버지는 프랜시스가 찾아와 주는 것을 아주 흡족해하셨다. 두 사람이 지혜를 모아 블랙 호크 고리대금업자인 윅 커터의 손아귀에서 불쌍한 농부를 구해 준 일이 한두 번이 아니었다. 할아버지 말씀에 의하면 프랜시스 할링은 신용 대부에 관한 한 우리 지방 어느 은행가 못지않게 훌륭한 판단력을 지니고 있었다. 거래 관계에서 프랜시스를 속이려고 했던 남자 두세 명은 오히려 그녀한테 톡톡히 패배당했다는 사실로 유명해졌다. 그녀는 수 킬로미터 밖에서 살고 있는 농부들까지도 모두 다 알고 있었다. 어느 농부가 땅을 얼마큼 갖고 있는지, 가축은 몇 마리나 키우고 있는지, 빚은 얼마나 지고 있는지 등등을 낱낱이 알고 있었다. 마치 그네들이 소설이나 연극에 등장하는 인물들인 것처럼 프랜시스는 그들 모두를 자기 마음속에 간직하고 다녔다.

 사업상 시골에 갈 일이 있을 때면 프랜시스는 자기 행선지에서 수 킬로미터나 벗어나 노인네들을 몇 명 찾아가 보기도 하고, 읍내에 나오는 일이 거의 없는 여인네들을 만나 보기도 했다. 이민 온 사람들 중에서 영어라고는 단 한 마디도 못 하는 할머니들도 프랜시스하고는 이야기가 잘 통했고, 말이 없는 사람이나 남을 믿지 못하는 사람들까지도 그녀에게는 자기들도 모르는 사이에 속사정을 털어놓곤 했다. 시골 장례식이나 결혼식에도 프랜시스는 비가 오나 눈이 오나 빠지는 일이 없었다. 결혼식을 앞둔 농부의 딸이라면 프랜시스한테서 결혼 선물을 받게 되리라고 믿어도 좋았다.

 8월에 할링 씨 집에서 일하던 요리사가 떠나게 되자 우리 할머니는 안토니아를 한번 써보라고 그 집에다 간곡히 권했다. 그리고 그다음에 암브로쉬가 읍에 왔을 때 할머니는 할링 가와 관계를 맺는다는 것은 그의 신용을 든든하게 해주므로 그에게 유리한 일이 된다는 사실을 일러 주었다. 일요일이 되자 할링 부인은 프랜시스를 동반하고 쉬메르다 부인을 만나 보러 마차를 타고 먼 길을 떠났다. 계집아이가 〈어떤 집안 출신인지〉도 보고 싶고 아이 어머니도 만나 서로의 입장을 명확히 이해하도록 하기 위해서 직접 가본다는 것이 할링 부인의 말이었다. 해가 지기 직전 그들 일행이 집으로 돌아왔을 때 나는 마당에 있었다. 마차가 우리 집 앞을 지나갈 때 소리 내어 웃으면서 나한테 손을 흔드는 것을 보고 두 사람 모두 기분이 무척 좋은 상태라는 것을 알 수 있었다. 저녁 식사 후 할아버지가 교회에 가자 할머니와 나는 내가 아는 버드나무 울타리 사이의 지름길로 할링 씨 댁에 가서 쉬메르다 가정을 방문한 이야기를 들었다.

우리가 도착했을 때 할링 부인은 찰리와 샐리를 데리고 다녀온 힘든 여행 끝이라 현관 포치에서 쉬고 있던 중이었다. 휴식을 무척 즐기는 줄리아는 해먹에 누워 있었고 프랜시스는 열린 창문을 통해 자기 어머니와 이야기를 하면서 불도 켜지 않은 채 피아노를 치고 있었다. 우리가 다가오는 것을 보더니 할링 부인이 깔깔 웃으면서 큰 소리로 말했다. 「오늘 저녁에는 접시들을 식탁에 그냥 놔두셨군요.」 프랜시스는 피아노를 닫고 밖으로 나와 우리와 합세했다.

할링 집안 식구들은 안토니아를 보고 첫눈에 맘에 들어 했다. 토니가 어떤 부류의 여자인지 정확하게 알 것 같았단다. 쉬메르다 부인으로 말하자면 매우 재미있는 사람이라면서 할링 부인은 쉬메르다 부인 이야기를 할 때마다 킬킬 웃었다.

「할머니는 그런 류의 사람하고는 편치 않으실 거예요, 저는 아무렇지도 않지만. 정말 한 쌍이더군요, 그 어머니하고 아들 말이에요!」

안토니아한테 지급할 용돈과 옷에 대해서 할링 부인은 암브로쉬와 오랫동안 논쟁을 벌였다. 암브로쉬의 계획에 의하면 자기 동생의 월급은 한 푼도 빠짐없이 매달 자기한테 직접 지불해야 하고, 동생의 옷은 필요하다고 생각되는 것이 있으면 자기가 알아서 보내 준다는 것이었다. 할링 부인이 안토니아의 몫으로 매해 50달러씩 모아 두겠노라고 강경하게 말했더니 암브로쉬는 할링 집안 사람들이 자기 여동생을 읍으로 데리고 가서 옷이나 차려입혀 놓고 애를 바보로 만들려고 한다면서 흥분했다. 할링 부인은 쉬메르다 가족들 중에서도 특히 암브로쉬의 행동이나 말을 우리한테 실감 나게 자세히 들려주었다. 암브로쉬가 그 문제에 대해 더 이상 할 말이 없다는 듯 벌떡 일어나 모자를 집어 썼던 게 한두 번이 아니었는데, 그럴 때마다 그의 어머니가 아들의 옷자락을 잡아끌면서 보헤미아 말로 뭐라고 부추기던 광경도 재미나게 이야기해 주었다. 마침내 할링 부인은 일주일에 3달러씩 지급하고(그 당시로서는 퍽 높은 급료였다) 안토니아의 신발도 자기가 부담하기로 암브로쉬와 합의를 보았다. 실은 신발에 대해서도 한동안 열띤 논쟁이 벌어졌었다. 결국 쉬메르다 부인은 〈공평하게 하기 위해서〉 해마다 살찐 거위 세 마리를 할링 부인에게 보내겠다고 제안함으로써 마무리를 지었다. 그리고 안토니아는 다음 토요일 암브로쉬가 직접 할링 씨 집에 데려오기로 했다.

이야기를 다 듣고 나자 할머니가 근심스럽게 말했다.

「처음엔 물론 어색하고 서툴 거예요. 그렇지만 여태까지 하도 힘들게 사느라고 제대로 배운 게 없어 그렇지, 실은 아주 참한 애가 될 소질이 있답니다.」

할링 부인은 그녀 특유의 짧고 경쾌한 웃음을 터뜨렸다.

「아, 할머니, 전 하나도 걱정 안 해요. 그 애를 쓸 만한 여자로 만들어 놓을 자신도 있고요. 이제 겨우 열일곱이니까 앞으로 얼마든지 새로운 방식들을 익힐 수 있어요. 게다가 아주 미인이잖아요!」

이번에는 프랜시스가 할머니한테 한마디 했다.

「아, 그래요, 할머니. 예쁘다는 말씀은 안 하셨잖아요! 우리가 도착했을 때 채마밭에서 일하고 있었어요, 맨발에 누더기 옷을 걸치고. 그렇지만 팔다리는 아름다운 갈색이고 뺨은 빛나고…… 꼭 크고 검붉은 자두 같았어요.」

이러한 칭찬에 할머니와 나는 기분이 무척 좋았다. 할머니는 마음으로부터 우러나오는 연민의 정을 가지고 말했다.

「그 애가 처음 이민 왔었을 때, 그땐 점잖은 아버지가 그 앨 보살펴 주었지. 그래, 그 앤 참말이지 아주 예뻤어요. 그러다가 딱하기도 하지, 들판에 나가 거친 일꾼들 틈에서 그 고생을 하며 살아왔으니! 그 애 아버지만 살아 있었더라도 가엾은 안토니아가 지금 그 꼴은 절대 안 됐을 텐데.」

할링 집안 사람들은 쉬메르다 씨가 어떻게 죽었는지, 그리고 그해의 폭설이 어떠했는지 이야기해 달라고 졸랐다. 교회에서 돌아오는 할아버지의 모습이 우리 눈에 띄었을 즈음엔 쉬메르다 가족에 대해서 우리가 아는 것들을 거의 다 이야기해 주고 난 후였다.

「그 앤 여기서 행복할 거예요. 그리고 그런 일들을 모두 잊게 될 거예요.」

우리가 떠나려고 일어서자 할링 부인이 자신 있게 한 말이었다.

3

토요일에 암브로쉬가 우리 집 뒷문에 마차를 대자마자 안토니아는 늘 하던 대로 마차에서 뛰어내려 우리 부엌으로 달려 들어왔다. 긴 양말에 구두를 신고 있었다. 구두를 신고 허둥대며 달려와서 숨도 제대로 못 쉴 지경이었다. 그러고는 장난치듯 내 어깨를 잡아 흔들어 대면서 물었다.

「짐, 너 나 잊지 않았지?」

할머니가 안토니아한테 키스해 주었다.

「잘 있었니? 이제 여기 왔으니 일 올바로 해서 우리한테도 자랑거리가 되어야 한다.」

안토니아는 집 안을 열심히 둘러보면서 눈에 띄는 것마다 모두 감탄해 마지않으면서 할머니를 돌아보며 말했다

「이제 나도 읍에 왔으니까 할머니가 전보다 더 좋아할 애가 될지도 몰라요.」

안토니아가 다시 우리 곁에서 살게 되어 나는 얼마나 기뻤던가! 낮에는 매일 볼 수 있고 거의 매일 밤마다 볼 수 있게 되었다니! 토니의 가장 큰 결점은 하던 일을 중단하고 어린 애들과 어울려 지내는 것이라고 얼마 지난 후에 할링 부인이 우리 할머니한테 말했다.

부인의 말은 사실이었다. 토니는 우리와 같이 과수원을 뛰어다니기도 하고 헛간에서 우리가 편을 갈라 하는 밀짚 싸움에도 끼어들었고 또 어떤 때는 자기가 산에서 내려온 곰이라며 니나를 안아 들고 달아나는 흉내를 내기도 했다. 영어도 기막힌 속도로 익혀서 개학할 때쯤 해서는 우리 못지않게 영어를 잘했다.

나는 안토니아가 찰리 할링을 무척 좋아한다는 사실에 질투를 느꼈다. 찰리는 자기 학년에서 항상 1등을 했고 수도관이나 초인종 따위를 수선할 줄도 알고 시계도 분해할 줄 알기 때문에 토니는 찰리가 무슨 왕자라도 되는 듯이 우러러보는 것 같았다. 찰리가 원하는 것이라면 토니는 무슨 일이든지 기꺼이 해주었다. 사냥을 떠날 때는 찰리를 위해 점심을 만들어 주고 사냥복 단추도 달아 주고 야구 글러브도 꿰매 주고 찰리가 제일 좋아하는 호두 케이크도 만들어 주고 찰리가 아

버지와 여행을 떠나서 집에 없을 때는 찰리의 개에게 밥도 챙겨 주는 등, 찰리 일이라면 뭐든지 아주 신이 나서 덤벼들었다. 할링 씨의 낡은 외투를 잘라 만든 덧신을 신고 찰리 뒤를 졸졸 따라다니면서 찰리를 기쁘게 해주려는 열성으로 숨이 가쁠 지경이었다.

찰리 다음으로는 내 보기에 니나를 제일 좋아했다. 니나는 겨우 여섯 살이었지만 다른 아이들에 비해 성격이 꽤 복잡했다. 공상이 심했고 온갖 일에 변덕을 부리면서 툭하면 기분이 상했다. 조금이라도 자기 마음에 들지 않으면 금세 갈색 눈에 눈물이 가득 고여 가지고 턱을 빳빳이 쳐들고 아무 말 없이 걸어가 버렸다. 우리가 뒤쫓아 가서 달래 보아도 소용이 없었다. 화가 풀리지 않은 채 그냥 계속 걸어가는 아이였다. 이 세상에서 니나의 눈처럼 그렇게 커다래지는 눈은 없을 것이고, 또 그렇게 눈물을 많이 담고 있을 수 있는 눈도 없을 것 같았다. 할링 부인과 토니는 언제나 니나 편이었다. 우리한테는 변명할 기회조차 주지 않았다. 우리의 죄명은 간단했다.

「너희는 니나를 울렸어. 자아, 지미, 넌 너희 집으로 가고 샐리는 들어가서 산수 공부나 해.」

실은 나도 니나를 퍽 좋아했다. 성격은 아주 괴팍하고 예측을 불허했지만 눈이 무척 예뻤다. 그렇지만 가끔은 잡아 흔들고 싶은 충동을 느낄 때도 있었다.

할링 씨가 출장을 가서 집에 없을 때면 우리는 그 집에서 저녁마다 재미있게 놀았다. 그리고 할링 씨가 집에 있을 때는 아이들은 할 수 없이 일찍 잠자리에 들거나 우리 집에 와서 놀았다. 할링 씨는 집 안이 조용한 걸 좋아했고 아내가 온통 자기에게만 주의를 쏟기를 원했다. 그는 아내를 데리고 서쪽 사랑채에 가서 저녁 내내 사업에 관한 이야기를 나누곤 했다. 비록 그 당시에는 깨닫지 못했지만 할링 부인은 우리가 놀이를 할 때에는 관객 역할도 해주었다. 부인의 맑고 명쾌한 웃음소리만큼 우리의 용기를 북돋아 주는 것은 아무것도 없었다.

할링 씨의 침실에는 책상이 하나 있고 창가에 안락의자도 하나 있었는데 그 의자에는 단 한 번도 다른 사람이 앉은 적이 없었다. 그가 집에 있는 날은 창문에 드리운 블라인드에 비치는 그림자로 그의 모습을 볼 수 있었다. 그냥 그림자일 뿐이었는데도 나에게는 그 그림자가 거만스러워 보였다. 남편이 집에 있으면 할링 부인은 다른 사람들에게는 전혀 신경을 써주지 않았다. 그리고 남편이 잠자리에 들기 전에 항상 훈제 연어나 짭짤한 멸치를 곁들여서 맥주를 갖다 바쳤다. 할링 씨 방에는 알코올램프와 프랑스제 커피포트가 있었고 남편이 커피를 마시고 싶어 할 때는 한밤중 언제라도 아내는 즉시 커피를 끓여 대령했다.

블랙 호크에 사는 아버지들의 대부분은 집안일 이외에 자기만의 취미라고는 없는 사람들이었다. 그저 고지서에 적힌 돈을 지불하고, 사무실에서 돌아오면 유모차나 밀어 주고, 잔디밭 물뿌리개를 이리저리 옮겨 놓고, 일요일이면 가족과 함께 마차를 타고 한 바퀴 돌아보는 것이 전부였다. 그러므로 할링 씨의 습관이란 내가 보기에는 독재적이고 자기중심적이었다. 걸음걸이부터 시작해서 장갑 끼는 폼이라든가 악수하는 태도 등이 모두 자신이 무척 대단한 권력을 지녔다고 생각하는 사람 같았다. 키도 별로 크지 않았으나 머리를 어찌나 거만스레 치켜들고 다녔던지 체격이 꽤 당당해 보였으며 눈에는 뭔가 대담하고 도전적인 빛이 서려 있었다. 안토니아가 항상 말하던 〈귀족〉이라는 사람들은 모르긴 해도 아마 크리스티안 할링 씨와 무척 흡사하며 할링 씨의 외투 같은 옷을 입고 새끼손가락에는 번쩍거리는 다이아몬드 반지를 낀 사람들일 거라는 생각이 들었다.

할링 씨가 집에 있을 때를 제외하면 할링 집안은 조용할 때가 한 번도 없었다. 부인과 니나와 안토니아 세 사람만 있으면 집 안이 온통 아이들로 가득 찬 것만큼 시끄러웠고 거기다가 누군가 한 사람은 피아노를 치고 있었다. 줄리아만은 연습 시간이 고정되어 있었지만 다른 식구들은 시도 때도 없이 피아노를 쳐댔다. 프랜시스는 정오에 집에 오면 점심이 준비될 때까지 피아노를 쳤고 샐리는 학교에서 돌아오면 모자도 벗지 않고 외투를 입은 채로 피아노 앞에 앉아 흑인 가수단이 읍에 와서 공연한 남부 농장의 멜로디를 마구 두드려 댔다. 하다못해 니나까지도 「스웨덴 결혼 행진곡」을 쳤다.

할링 부인은 한때 훌륭한 선생님한테서 피아노를 배운 적이 있었으며 그 시절에도 항상 짬을 내어 매일 연습을 했다. 내가 그 집에 심부름을 갔을 때 할링 부인이 피아노를 치고 있으면 나는 그냥 조용히 앉아서 부인이 나를 돌아다볼 때까지 기다리고 있어야만 한다는 사실을 얼마 지나지 않아 깨달았다. 그런 순간의 할링 부인의 모습이 지금도 눈에 선하다. 키가 작달막하고 단단한 체격이 피아노 의자에 박힌 듯이 곧고 바르게 앉아 짧고 통통한 손으로 재빠르고 정확하게 건반 위를 움직이는 동안 정신이 집중된 두 눈은 악보에만 고정되어 있었다.

4

바구미 핀 니네 밀가루는 싫어
니네 집 보리도 싫어
찰리 줄 케이크 만들게
곱고 흰 밀가루 한 되만 주렴

커다란 그릇에다 찰리가 좋아하는 케이크를 만들기 위해 반죽을 휘젓고 있는 안토니아를 놀려 주려고 우리가 불렀던 노래였다.

때는 쌀쌀한 가을 저녁, 마당에서 하던 술래잡기를 중단하고 부엌으로 후퇴할 정도로 날씨가 추웠다. 우리가 강냉이를 물엿에 묻혀 덩어리를 만들고 있는데 뒷문에서 노크 소리가 들렸다. 안토니아가 숟가락을 내려놓고 문을 열러 갔다.

문 앞에 통통하고 살결이 고운 여자가 서 있었다. 얌전하고 예쁘장하게 생겼고 파랑색 순모 원피스에 파랑 모자를 쓰고 어깨에는 바둑판무늬가 들어간 숄을 걸치고 손에는 투박한 손지갑을 들고 다소곳이 서 있는 모습이 마치 한 폭의 고상한 그림 같았다.

「잘 있었니, 토니. 나 모르겠어?」 부드럽고 낮은 음성으로 물으면서 눈은 장난기를 띠고 우리를 쳐다보았다.

안토니아는 너무 놀란 나머지 뒷걸음질을 쳤다.

「어머나! 너, 레나구나! 물론 몰라봤지. 어쩜 이렇게 차려입었니!」

레나 린가르드는 토니의 말이 맘에 든다는 듯 깔깔 웃었다. 나도 처음에는 알아보지 못했다. 레나가 머리 위에 모자를 얹어 놓은 것은 한 번도 본 적이 없었다. 하긴 모자뿐만 아니라 양말과 구두를 신은 것도 그때 처음 보았다. 그런데 이제 마치 도회지 여자처럼 머리도 곱게 빗고 옷도 말쑥하게 차려입고 나타나서 태연자약하게 우리를 보고 미소 짓고 있었다. 부엌으로 들어서자 레나는 주위를 휘둘러보면서 나한테 대수롭지 않게 인사말을 던졌다.

「잘 있었니, 짐?」

그러고 나서 안토니아를 보며 한마디 덧붙였다.

「토니, 나도 이제 읍에 와서 일하게 됐단다.」

「그래? 어머, 참 재밌다!」

말은 그렇게 했지만 안토니아는 자기를 찾아온 이 방문객을 어떻게 대해야 좋을지 몰라 거북스러워하며 어정쩡하게 서 있었다. 식당으로 통하는 문이 열려 있었고 거기서 할링 부인은 뜨개질을 하고 프랜시스는 책을 읽고 있었다. 프랜시스가 레나에게 식당으로 들어오라고 청했다.

「네가 레나 린가르드지? 너네 어머니는 내가 찾아가서 만나 뵌 적이 있는데 그날 넌 소를 몰고 나가고 없더라고. 엄마, 이 애가 린가르드 집 맏딸이에요.」

할링 부인은 뜨개질감을 내려놓고 예리한 눈으로 방문객을 살펴보았다. 레나는 전혀 당혹해하지 않았다. 그리고 프랜시스가 손으로 가리키는 의자에 앉아 손지갑과 회색 면장갑을 무릎 위에 가지런히 올려놓았다. 우리는 강냉이를 가지고 따라 들어갔으나 안토니아는 케이크를 오븐에 넣어야 한다면서 혼자 부엌에 남아 있었다.

할링 부인은 레나에게서 눈을 떼지 않으며 물었다.

「그래, 이제 읍으로 왔구나. 지금 어디서 일하고 있지?」

「토머스 부인 밑에서요. 양장점 하는 분이세요. 나한테 재봉을 가르쳐 주신댔어요. 내가 퍽 재주가 있다고 하셔요. 난 이제 농사일에서는 손을 뗐어요. 농장 일이라는 건 끝도 없고 항상 말썽이 많거든요. 난 앞으로 양재사가 될 거예요.」

「글쎄다, 하긴 양재사들도 필요하긴 하지. 좋은 직업이야. 하지만 내가 너라면 농장 일을 헐뜯는 말은 하지 않을 게다.」

그렇게 말하는 할링 부인의 어조는 상당히 엄했다. 그러고는 다소 누그러진 음성으로 물었다.

「어머니께선 좀 어떠시냐?」

「아아, 우리 엄만 편한 날이 없어요. 할 일이 너무 많은걸요. 엄마도 형편만 되면 농장을 떠날 거예요. 내가 떠나는 걸 기뻐하셨거든요. 재봉을 배워서 돈을 벌면 엄말 도와 드릴 거예요.」

「잊지 않고 그렇게 하도록 해봐.」

할링 부인은 미심쩍은 듯이 그렇게 말하고 나서 다시 뜨개질감을 집어 들고 손가락으로 민첩하게 고리바늘을 움직였다.

「네, 안 잊겠어요.」

레나는 별 감흥 없이 대답했다. 그러고는 우리가 먹으라고 막무가내로 내미는 강냉이를 겨우 몇 알 집어 들고 혹시라도 손가락에 물엿이 묻어 끈적거리게 될까 봐 무척 조심하면서 먹었다.

프랜시스가 의자를 끌어당겨 레나에게 좀 더 가까이 다가앉았다.

「레나, 난 네가 결혼하는 줄 알았는데.」

프랜시스는 놀려 대는 투로 한마디 덧붙였다.

「듣자 하니, 닉 스빈슨이 널 꽤 쫓아다닌다며?」

레나는 그녀 특유의 기이하고도 순진한 미소를 띠며 고개를 쳐들었다.

「그 사람하고 퍽 오랫동안 교제했던 건 사실이에요. 하지만 그 사람 아버지가 그 문제로 소란을 피우면서 자기 아들이 나와 결혼하면 땅 한 조각도 안 주겠다고 하는 바람에 결국 닉은 애니 이베르슨하고 결혼하기로 했어요. 난 애니가 하나도 부럽잖아요. 닉은 성격이 아주 침울하거든요. 앞으로 그 성미를 애니한테 몽땅 쏟아 놓게 되겠죠. 닉은 자기 아버지하고 약속한 이후로는 아직까지 아버지한테 말 한마디도 하지 않았답니다.」

프랜시스가 깔깔 웃었다.

「그래, 넌 그 일에 대해서 기분이 어때?」

「난 닉이고 누구고 간에 결혼하고 싶은 마음 없어요. 이제까지 결혼 생활 무척 많이 봐왔는데 하나도 맘에 들지 않아요. 내가 결혼하길 원하는 건, 결혼해서 우리 엄마하고 동생들을 도와주고 또 남의 신세를 지지 않을 수 있으니까 하겠다는 거예요.」

「옳은 소리야. 그런데 토머스 부인은 네가 재봉을 배울 수 있다고 생각한다며?」

「네, 그래요. 난 항상 바느질을 좋아했지만 재봉 일을 접할 기회는 한 번도 없었어요. 토머스 부인은 읍에 사는 숙녀들을 상대로 예쁜 옷을 만들어요. 가드너 부인이 자주색 벨벳 드레스를 한 벌 맞춘 거 아세요? 오마하에서 가져온 옷감이래요. 세상에, 얼마나 예쁜지!」

레나는 곱게 한숨을 내쉬고는 자기의 면 드레스 주름을 토닥거리면서 한마디 덧붙였다.

「내가 밭일을 아주 싫어한다는 걸 안토니아는 알아요.」
할링 부인이 레나를 힐끗 쳐다보았다.
「레나, 농촌에서 올라온 처녀들이 노상 춤이나 추러 쏘다니면서 일은 게을리하는 걸 봤는데 넌 그러지 않고 정신 차리면 재봉일은 잘 배울 것 같구나.」
「저도 그렇게 생각해요, 아주머니. 티니 소더볼도 이제 읍으로 올 거예요. 그 앤 홈 호텔에서 일할 거래요. 그런 데서 일하면 낯선 사람들 많이 만나게 되겠죠?」 레나는 부러운 듯이 한마디 얹었다.
「너무 많이 만나게 돼서 탈이지. 호텔은 처녀애가 일하는 장소로는 좋지 않다는 게 내 생각이다. 하긴 가드너 부인이라면 자기 밑에서 일하는 여종업원들을 제대로 감시할 테지만.」
긴 속눈썹 밑에서 항상 졸린 표정을 띠고 있는 레나의 솔직하고 담백한 눈은 천진스러운 감탄을 금치 못하면서 밝고 예쁘게 장식된 방 안을 계속 두리번거리며 구경했다. 이윽고 무명 장갑을 끼면서 머뭇거리며 말했다.
「이제 가봐야겠어요.」
「언제고 쓸쓸하면 찾아와. 혹시 무슨 일에 대해서고 충고가 필요하면 언제든지 와.」
프랜시스가 그렇게 말하자 레나는 즉시 대답했다.
「블랙 호크에서는 절대로 쓸쓸하지 않을 거예요.」
그리고 나서 레나는 부엌문에서 머뭇적거리며 안토니아에게 자기를 가끔 만나러 오라고 졸랐다.
「토머스 부인 집에 내 방이 따로 있어. 양탄자도 깔았단다.」
안토니아는 불안스럽게 움직이면서 회피하듯 대꾸했다.
「언제 한번 갈게. 그렇지만 할링 부인은 내가 많이 나돌아다니는 걸 좋아하지 않으셔.」

레나는 고개를 돌려 할링 부인이 앉아 있는 식당을 흘끗 바라보면서 남이 못 듣게 음성을 낮추어 말했다.

「밖에 나가면 네 맘대로 할 수 있잖아, 안 그래? 토니, 넌 도회지가 너무너무 좋지 않니? 난 누가 뭐래도 괜찮아. 난 이제 농장하고는 끝이야!」

레나가 떠나자 프랜시스는 안토니아에게 물었다.

「왜 레나한테 좀 더 다정하게 대해 주지 않았지?」

「주인아주머니께서 그 애가 여기 오는 걸 좋아하시지 않는 것 같아서요. 그 앤 남들 입에 좀 오르내렸거든요, 농촌에 있었을 때.」

「그래, 나도 알아. 하지만 걔가 여기서 단정하게 행동한다면 어머닌 지난 일을 가지고 그 앨 언짢게 생각할 분이 아니야. 아이들한테는 그 얘긴 할 필요가 전혀 없고. 지미, 너도 그 소문은 다 들었겠지?」

내가 고개를 끄덕거리자 프랜시스는 내 머리를 잡아당기면서 나보고 아는 것이 너무 많아 탈이라고 했다. 프랜시스와 나는 친한 친구 사이였다.

나는 우리 집으로 달려가서 레나 린가르드가 읍에 왔다고 할머니한테 말했다. 레나는 농촌에서 무척 고생하며 힘들게 살았었기 때문에 할머니와 나는 레나가 읍에 오게 된 것이 반가웠다.

레나네 집은 스쿠어 강 서쪽 노르웨이인 부락에 있었고 자기 집과 쉬메르다 씨 집 사이에 있는 넓은 벌판으로 소를 몰고 나오곤 했었다. 그 방향으로 말을 타고 지나갈 때마다 우리는 레나가 맨발에다 머리에는 수건도 두르지 않고 넝마처럼 너덜너덜한 옷을 걸친 채 자기네 소 떼를 지켜보면서 언제나 뜨개질을 하는 모습을 볼 수 있었다. 레나를 알게 되기 전에 나는 그 애가 평원에서만 사는 일종의 야생녀라고 생각했었다. 지붕 밑에 있는 모습은 한 번도 본 적이 없었기 때문이다. 노랑머리는 햇볕에 타서 붉은 짚 더미처럼 보였지만 노상 햇볕에 드러내 놓고 있는데도 이상스럽게 팔다리만은 놀라울 정도로 흰빛을 그대로 지니고 있어서 자기처럼 헐벗고 다니는 다른 여자애들보다 레나는 왠지 더 벗고 있는 느낌을 주었다. 처음 우리한테 말을 걸었을 때 나는 그 부드러운 목소리와 상냥하고도 자연스러운 태도에 무척 놀랐다. 농촌에서 사는 여자애들은 가축을 몰고 다니는 일을 하다 보면 대개는 남자들처럼 억세고 태도도 거칠어지게 마련이었다. 그러나 레나는 제이크와 나한테 말에서 내려와 좀 쉬었다 가라며 마치 자기가 집 안에 있는 듯이, 그리고 자기는 손님들을 맞이하는 일에 익숙한 사람인 듯이 아주 자연스럽게 우리를 대했다. 자기가 걸치고 있는 넝마 같은 옷에 대해서는 전혀 부끄러워하지 않으면서 마치 오래 사귄 친한 친구들을 대하듯이 우리를 대했다. 그때도 나는 레나의 눈 색깔이 흔한 색깔이 아니라 짙은 보랏빛이 감도는 특이한 색깔이며 부드럽고도 솔직한 빛을 띠고 있다는 것을 알아보았다.

레나의 아버지 크리스 린가르드 씨는 농부로서 성공하지 못한 사람인 데다가 대가족의 가장이었다. 레나는 동생들을 위해서 항상 양말을 짜고 있었다. 레나를 탐탁지 않게 여기는 노르웨이 여인네들까지도 레나가 착한 딸이라는 점은 인정했다. 토니가 말했듯이 레나는 사람들의 입에 오르내렸었다. 아직 귀밑의 피도 마르지 않은 여자아이가 그러잖아도 좀 모자라는 오울 벤슨을 완전히 얼이 빠져 버리게 만들어 놓았다는 비난을 받았다.

오울은 노르웨이인 마을 끄트머리에 있는 비가 새는 토굴 집에서 살았다. 뚱뚱하고 게으르고 의기소침한 사람으로, 불운은 마치 습관처럼 그에게서 떠나지 않았다. 별의별 불운을 다 겪고 나자 그의 아내 〈미치광이 메리〉가 이웃집 헛간에 불을 지르려고 하다가 링컨 시에 있는 정신 병원으로 실려 갔다. 메리는 병원에서 도망쳐 나와 밤에는 걷고 낮에는 헛간이나 건초 더미 속에 숨어 지내면서 3백 킬로미터나 되는 집까지 걸어왔다. 마침내 노르웨이인 정착지에 돌아왔을 때는 발바닥이 말발굽처럼 딱딱해져 있었다.

메리는 앞으로는 착하게 굴기로 약속하고 나서도(모두들 그녀가 예전이나 다름없이 제정신이 아니라는 것을 알고는 있었지만) 여전히 동네 사람들한테 자기 집안 걱정거리를 털어놓으면서 맨발로 눈길을 뛰어 돌아다녔다.

메리가 정신 병원에서 돌아온 지 얼마 되지 않은 어느 날의 일이었다. 어느 덴마크 청년이 우리 집에 와서 오토와 제이크를 도와주며 하는 이야기를 내가 우연히 듣게 되었는데, 크리스 린가르드의 맏딸이 오울 벤슨의 혼을 빼놓아서 이제는 오울도 자기 아내처럼 제정신이 아니라는 것이었다. 그해 여름 오울은 옥수수밭에서 일을 하다가도 느닷없이 일손을 멈추고는 소를 묶어 놓고 곧장 레나 린가르드가 가축을 몰고 있는 곳을 찾아 훌쩍 가버렸다. 그러고는 언덕 등성이에 앉아 레나가 소 떼를 감시하는 일을 도와주었다. 마을 전체가 온통 그 이야기뿐이었다. 결국 노르웨이 목사 부인이 레나를 찾아가 일이 그렇게 되도록 허용해서는 안 된다고 타이르고 나서 일요일에는 교회에 나오라고 간청했다. 레나는 당장 걸치고 있는 넝마보다 더 나은 옷이라고는 단 한 벌도 없노라고 말했다. 그 말에 목사 부인은 옛날 트렁크들을 들추어 결혼 전에 입었던 옷들을 몇 가지 찾아냈다.

다음 일요일 레나는 젊은 여인처럼 머리를 단정히 빗어 위로 올리고 양말과 구두를 신고 자기에게 아주 어울리게 고쳐 새 옷으로 만든 드레스를 입고 교회에 약간 늦게 나타났다. 예배를 보던 사람들이 모두 그녀를 쳐다보았다. 그날 아침까지는 — 오울을 제외하고는 — 그 누구도 레나가 얼마나 예쁜지 알지 못했으며 이제는 다 자란 처녀라는 것도 전혀 느끼지 못하고 있었다. 부풀어 오른 몸매의 곡선은 밭에서 입고 있던 넝마 같은 옷 때문에 전혀 눈에 띄지 않았었다. 예배가 끝나고 사람들이 흩어지자 오울은 말을 묶어 둔 곳으로 슬쩍 빠져나가 레나를 번쩍 들어 올려 말 위에 앉혀 주었다. 그러한 행위는 그 자체로 충격이었다. 결혼한 남자가 그런 짓을 해서는 안 되었다. 그러나 그다음 일어난 일에 비하면 그건 아무것도 아니었다. 미치광이 메리가 교회 문 앞에 서 있던 여자들 틈에서 쏜살같이 달려 나와 레나를 쫓아가면서 끔찍한 협박을 고래고래 내질렀다.

「조심해, 이년! 레나 린가르드! 조심하라고! 내 언제고 밭칼 들고 네 집에 가서 네 몸매 다듬어 주마! 그러고 나면 그렇게 멋들어지게 휩쓸고 다니면서 남자들을 홀리진 못할 게다!」

노르웨이 여인들은 눈 둘 바를 몰라했다. 그들 대부분은 예절에 대해서 엄격한 가정부인들이었다. 그러나 레나는 고개를 돌려 그녀 특유의 여유 있고 부드러운 미소를 지어 보이면서 화가 나 펄펄 뛰는 오울의 아내를 바라보다가 그대로 말을 몰고 사라졌다.

그러나 레나도 웃을 수 없는 사건이 발생했다. 미치광이 메리가 벌판을 가로질러 쉬메르다네 옥수수밭을 빙글빙글 돌면서 레나를 쫓아다닌 것이 한두 번이 아니었다. 레나는 그런 일에 대해서 자기 아버지한테는 결코 털어놓지 않았다. 부끄러워서 입을 열지 않았는지도 모르고 어쩌면 밭 칼보다도 아버지의 노여움이 더 두려웠기 때문인지도 모른다. 어느 날 오후 내가 쉬메르다네 집에 있을 때 레나가 붉은 풀밭을 가로질러 죽을 힘을 다해 뛰어 들어왔다. 집 안으로 들어오자마자 레나는 곧장 안토니아 침대 속으로 들어가 숨었다. 뒤이어 메리가 도착했다. 메리는 문 앞에 바짝 다가서서 자기 칼날이 얼마나 날카로운지 우리에게 보여 주었고, 또 그 칼로 레나를 어떻게 할 생각인지도 아주 눈에 선하게 보여 주었다. 쉬메르다 부인은 창밖으로 몸을 내밀고 무척이나 재미있어 하면서 구경하다가 안토니아가 메리한테 토마토를 한 아름 안겨 주며 달래서 돌려보내자 못내 아쉬워했다. 레나는 이불을 뒤집어쓰고 있던 탓에 열기로 얼굴이 붉게 달아올라 있었지만 그 이외에는 아주 침착한 모습으로 부엌 뒤 토니 방에서 나왔다. 그러고는 안토니아와 나에게 자기와 함께 가서 소 떼 모는 일을 도와달라고 졸랐다. 소들이 흩어져 남의 옥수수밭에서 실컷 뜯어 먹고 있을지도 모른다며.

쉬메르다 부인이 당당하게 레나를 야단쳤다.

「소 잃고 그 대신 결혼한 남자한테 꼬리 치면 나쁘다는 거 배울지도 몰라!」

레나는 배시시 미소를 띠면서 대꾸했다.

「나는 그 사람한테 꼬리 친 적 한 번도 없어요. 그 사람이 내 곁에서 얼쩡거리는 걸 내가 어쩌겠어요. 가라고 명령할 순 없잖아요. 이 들판이 어디 내 건가요.」

5

블랙 호크로 온 이후 토머스 부인이 필요로 하는 물건들을 사러 읍내에 나오는 레나를 나는 자주 만났다. 어쩌다 함께 집에 걸어오게 될 때면 레나는 자기가 만들고 있는 드레스에 대해서 이야기하거나, 토요일 밤 티니 소더볼이 일하는 호텔에 가서 보고 들은 이야기를 들려주었다.

〈보이즈 홈〉 호텔은 벌링턴 지역에서 제일 좋은 호텔이어서 그 지역을 지나는 상인들 모두 블랙 호크에서 일요일을 보내려고 했다. 토요일 밤이면 그런 사람들은 저녁 식사 후 홀에서 모이곤 했다. 마셜 필드의 부하인 앤슨 커크패트릭은 피아노를 치면서 최신 유행가들을 모조리 불렀다. 티니는 요리사가 설거지하는 일을 도와주고 나서 레나와 함께 홀과 식당 사이에 있는 이중문 안쪽에 앉아 음악을 듣거나 손님들이 주고받는 농이나 잡담을 들으며 킬킬거렸다. 레나는 내가 이담에 어른이 되면 여행하는 상인이 되기를 바란다는 말을 가끔 했다. 레나 생각으로 그런 상인들이 하는 일이라고는 하루 종일 기차만 타고 여기저기 다니다가 커다란 도회지에 가게 되면 극장이나 가는 게 전부인 즐거운 인생이었다.

호텔 뒤에는 낡은 상점 건물이 한 채 있었고 그 건물에서 행상인들은 자기들이 가져온 커다란 트렁크를 열어 진열대에다 상품의 견본들을 늘어놓았다. 블랙 호크 상인들은 이곳에 와서 물건들을 구경하고 주문했으며 토머스 부인은 〈소매업〉에 종사하고 있기는 했지만 거기 와서 구경하고 〈아이디어를 얻어 가도 좋다〉는 허락을 받았다. 이들 행상인들은 모두 인심이 좋았다. 그들은 티니 소더볼에게 손수건, 장갑, 리본, 줄무늬 양말 등을 거저 주었고 향수와 화장비누는 어찌나 많이 주었던지 티니는 자기가 받은 선물을 레나한테 나누어 줄 정도였다.

크리스마스를 한 주 앞둔 어느 날 오후였다. 나는 레나가 자기 남동생인 네모 머리 크리스하고 잡화상 앞에 서서 허옇게 서리가 낀 진열장 속에 진열해 놓은 초로 만든 인형들, 나무토막 모형들, 노아의 방주 등을 구경하고 있는 것을 보았다. 알고 보니 크리스는 그해 자기 힘으로 번 돈이 있어서 크리스마스 선물을 사려고 이웃 사람들과 같이 블랙 호크에 왔다. 크리스는 겨우 열두 살이었지만 겨울 내내 노르웨이 교회에서 일요일마다 교회 앞길을 쓸어 놓는 일을 하여 돈을 벌었다. 추워서 고생이 오죽 많았으랴!

우리가 덕포드 양품점에 들어가자 크리스는 자기가 산 선물들을 모두 풀어서 나한테 보여 주었다. 동생 여섯 명에게 각각 하나씩 줄 선물들이었다. 갓난아기까지도 빼지 않고 고무 돼지 한 마리를 사놓았다. 레나는 티니 소더볼한테 얻은 향수 중에서 하나를 어머니에게 드리라고 크리스에게 주었고, 크리스는 향수에 곁들여 손수건도 하나 사드리겠다고 마음먹었다. 손수건은 값이 싸고 남은 돈은 얼마 없었기 때문이다. 덕포드 양품점에서는 테이블 하나 가득 손수건들을 펼쳐 진열해 놓았다. 크리스는 손수건에 글자를 수놓은 것을 평생 처음 보았기 때문에 손수건 모서리에 글자가 수놓인 것으로 사고 싶어 했다. 그는 진지하게 손수건을 고르고 있었고 레나도 뒤에서 동생이 고르는 것을 들여다보며 빨간색 글자가 색이 바래지 않고 제일 오래갈 것이라고 일러 주었다. 크리스는 혹시라도 내가 자기 돈이 모자란다고 생각할까 봐 퍽 신경을 쓰고 있는 것 같았다. 이윽고 아주 신중한 목소리로 크리스가 입을 열었다.

「누나, 엄마 이름이 버드니까 버드 첫 글자인 〈B〉를 살까, 아니면 〈엄마*mother*〉의 첫 글자인 〈M〉을 살까?」

레나는 동생의 뻣뻣한 머리를 쓰다듬으면서 말했다.

「〈B〉 자가 들어 있는 걸로 사려무나. 그럼 엄만 네가 엄마 이름을 생각했다는 걸 좋아할 거야. 이젠 엄마한테 이름 부르는 사람은 아무도 없잖니.」

크리스는 누나의 말에 기뻐했다. 당장 얼굴이 환해지더니 빨간 손수건 세 개와 파란 손수건 세 개를 집어 들었다. 크리스의 이웃 사람이 상점 안으로 들어와서 떠날 시간이 되었다고 말하자 레나는 동생의 윗옷 깃을 올려 주고 담요로 목을 둘러 주었다. 크리스는 외투가 없었다. 그러고 나서 레나와 나는 크리스가 마차를 타고 멀고도 추운 겨울 길을 떠나는 걸 지켜보았다. 바람 부는 길을 함께 걸어 올라가면서 레나는 털장갑 낀 손등으로 눈물을 닦았다. 그러고는 마치 누군가가 자기를 나무라던 말이 생각나서 그 말에 대답이라도 하는 듯이 혼자 중얼거렸다.

「여기가 좋긴 하지만 동생들이 너무 그리워서 집에 가고 싶어.」

6

 겨울은 평원에 자리 잡은 자그마한 읍을 거칠게 내리덮었다. 황량한 벌판에서 몰아쳐 오는 바람이 한여름 동안 집들 사이를 가로막아 주었던 무성한 나뭇잎을 모조리 떨어뜨리는 바람에 이제는 집들이 서로 더 가까이 붙어 있는 듯이 보였다. 녹색 나무 꼭대기 너머로 멀리 보였던 지붕들이 이제는 정면으로 우리를 바라보고 있었으며 덩굴과 잡목에 덮여 지붕의 윤곽이 부드러웠던 때보다 그 형상이 보기에 훨씬 흉했다.

 아침에 맞바람과 싸우면서 학교 갈 때는 바로 눈앞 길밖에는 아무것도 보이지 않았고, 늦은 오후 학교에서 집으로 돌아갈 즈음이면 주위가 황량하고 쓸쓸해 보였다. 한겨울 황혼 녘의 창백하고 차가운 빛은 진리의 빛처럼 아무것도 아름답게 하지 않았다. 연기 같은 구름이 서쪽 하늘에 낮게 걸려 있고 그 너머로 붉은 해가 가라앉으면서 눈 덮인 지붕들과 파란 눈더미 위에 분홍빛 자국을 남기고 가면 바람이 다시금 고개를 쳐들고 한 맺힌 노래를 부르며 몰아쳐 왔다. 바람이 부르는 노래에는 가사도 있는 것 같았다. 〈싫든 좋든 이것이 현실이어라. 한여름 햇살도 싱싱한 초록빛도 실은 모두 거짓이었노라. 그 밑에 있던 것이 바로 이것이니, 이것이 바로 현실이어라.〉 한겨울 혹독한 바람은 마치 우리가 여름의 아름다움을 사랑했던 대가로 이제 우리한테 벌을 주고 있는 듯했다.

 방과 후 운동장에서 좀 머무적거리거나 우편물을 찾으러 우체국에 들렀다가 담배 판매대 근처에서 서성거리며 잡담을 듣고 집으로 돌아갈 즈음에는 이미 어둑어둑해져 있었다. 해는 이미 졌고 얼어붙은 길이 앞에 길고 퍼렇게 뻗어 있었으며 등불은 부엌 창문을 통해 창백하게 비쳐 나오고 나는 그 앞을 지나가면서 저녁밥 짓는 냄새를 맡았다. 행인들도 별로 눈에 띄지는 않았지만 저마다 난롯가를 향하여 서둘러 움직이고 있었다. 집 안에서 훤히 타오르는 난로는 마치 자석 같았다. 어쩌다 노인네를 지나치노라면 얼굴은 하나도 보이지 않고 얼어붙은 수염과 기다란 털모자 사이로 삐져나온 빨간 코만 보였다. 젊은이들은 두 손을 주머니에 넣고 경중경중 뛰다시피 걸어가다가 이따금 얼음판 길 위에서 한바탕 미끄럼도 타보았다. 밝은 색깔 모자와 목도리를 두른 아이들은 문밖을 나서자마자 벙어리장갑을 낀 손으로 옆구리를 치면서 잠시도 그냥 걷지 못하고 줄곧 뛰어다녔다. 감리 교회에 이르면 우리 집까지 반은 온 셈이었다. 얼어붙은 길을 따라 걸어가다가 어쩌다 교회 안에 불이 켜 있고 색유리 창문이 훤히 비쳐 보일 때는 무척 반가웠던 그때 그 기분이 지금도 생각난다. 스칸디나비아 반도 최북부에 위치한 라플란드인들이 기름과 설탕을 몹시 그리워하는 것처럼 겨울의 황량한 풍경 때문에 사람들은 색깔에 굶주려 있었다. 교회에서 합창 연습이나 기도회 모임이 있어 평소보다 일찍 등불을 켤 때면 우리는 공연히 교회 밖 보도에서 발이 얼음덩어리처럼 꽁꽁 얼어붙을 때까지 덜덜 떨며 함께 이야기를 나누면서 서성거렸다. 우리를 거기에 잡아 두었던 것은 색유리의 투박한 붉은색과 초록색, 파란색이었다.

　겨울밤이면 할링 씨 댁 창문은 교회의 색유리처럼 나를 끌어당겼다. 넓고 따스한 그 집 안에도 색이 있었다. 저녁을 먹고 나면 나는 모자를 집어 쓰고 두 손을 주머니에 찔러 넣고는 마치 마녀들에게 쫓기기라도 하듯이 버드나무 울타리를 쏜살같이 빠져나갔다. 그러다가도 할링 씨가 집에 있어 서쪽 방 창문에 그림자가 보이면 방향을 일부러 먼 길로 돌려 거리를 걸으면서 집에 가 두 노인네들과 앉아 무슨 책을 읽으며 저녁을 보낼지 생각했다.

그러한 실망은 제스처 놀이를 하거나 사내아이 복장을 한 샐리를 데리고 거실에서 가장무도회를 할 때 더욱더 신이 나서 놀게 해주었다. 그해 겨울 프랜시스는 우리한테 춤을 가르쳐 주었는데 첫 레슨 때부터 우리 중에서는 안토니아가 베스트 댄서가 될 거라는 말을 했다. 토요일 밤이면 할링 부인이 우리를 위해 「마르타」, 「노르마」, 「리골레토」 등의 옛 오페라를 연주해 주면서 오페라의 줄거리도 들려주었다. 토요일 밤은 항상 파티 같았다. 불이 환하게 밝혀져 있고 따뜻한 거실과 식당에는 편안한 의자와 소파도 많았고 벽에는 보기만 해도 신 나는 그림들이 걸려 있었다. 사람 마음을 편안하게 해주는 집이었다. 안토니아는 바느질감을 가지고 와서 우리와 자리를 같이했다. 이제는 자기가 입을 옷도 예쁘게 만들 수 있었다. 들판에서 오빠의 침울한 침묵과 어머니의 끝없는 잔소리 가운데 긴 겨울밤을 보냈던 토니에게 할링 씨 집은 자기 말마따나 〈천국 같은〉 곳이었다. 토니는 아무리 피곤해도 우리를 위해서라면 사탕이나 초콜릿 과자를 기꺼이 만들어 주었고 샐리가 귓전에 대고 뭐라고 속살대거나 찰리가 윙크를 세 번 해 보이면 즉시 부엌으로 달려가서 그날 이미 세 번이나 식사를 요리했던 화덕에 다시 불을 피웠다.

우리가 부엌에 앉아 과자가 익기를 기다리거나 사탕이 식기를 기다리고 있는 동안 나는 토니에게 이야기를 해달라고 졸랐다. 그러면 토니는 다리가 부러진 송아지 이야기, 눈

얼음이 녹아 넘쳐흐르는 물에 빠진 새끼 칠면조를 율카가 살려 냈던 이야기, 보헤미아의 결혼식 이야기, 보헤미아의 크리스마스 이야기 등을 들려주었다. 니나는 마구간에 대한 이야기를 자기 나름대로 화려하게 해석하면서 우리가 놀려 대도 막무가내로 예수는 쉬메르다 가족이 고국을 떠나기 좀 전에 보헤미아에서 태어났다고 굳게 믿었다. 우리 모두는 토니의 이야기를 좋아했다. 토니의 음성은 듣는 사람의 마음을 끄는 독특한 매력이 있었다. 굵고 약간 쉰 목소리 저변에서 약동하는 숨결이 듣는 이의 귀에도 들려왔다. 그리고 하는 말이 모두 가슴에서 곧바로 나오는 것처럼 들렸다.

어느 날 저녁 호두과자를 만들려고 호두를 까고 있는데 안토니아가 우리한테 처음 듣는 이야기를 해주었다.

「아주머니, 지난 여름 내가 노르웨이 마을에 타작하러 갔을 때 거기서 무슨 일이 있었는지 아세요? 우리 일꾼들은 오울 이베르슨 집에 머물고 있었어요. 나는 밀 마차를 모는 일을 맡았고요.」

할링 부인은 부엌으로 들어와 우리들 사이에 자리 잡고 앉았다. 그 일이 얼마나 힘든 일인지 할링 부인은 잘 알고 있었다.

「안토니아, 너 혼자 힘으로 밀을 통 속에 던져 넣을 수 있었니?」

「네, 나 혼자 했어요. 뚱보 안데른 녀석은 다른 마차를 몰았는데 난 그 녀석 못지않게 빠른 속도로 밀을 삽으로 퍼 올렸어요. 날씨가 지독히 더웠던 어느 날, 점심 후 다시 들판에 나갔는데 너무 더워서 모두들 일을 좀 쉬엄쉬엄 하고 있었어요. 남자 일꾼들은 말을 제자리에 놓고, 기계는 그냥 돌아가게 내버려 두고, 오울 이베르슨은 판때기 위에 올라앉아서 타작을 하고 있었어요. 나는 그늘을 찾아서 짚 더미에 기대 앉아 있었고요. 내 마차가 첫 번째로 떠나는 마차가 아니었거든요. 어쨌든 그날은 정말 견디기 힘들 정도로 무섭게 더웠어요. 땡볕이 온 세상을 태워 버릴 듯이 뜨거웠죠. 잠시 후 웬 남자가 타작을 끝낸 밭을 가로질러 걸어오는 게 보였는데 가까이 다가왔을 때 보니까 떠돌이 거지더라고요. 발가락은 구두 밖으로 삐져나와 있었고, 수염은 마구 자라 덥수룩하고, 두 눈은 무슨 병에 걸렸는지 빨개서 아주 무섭게 보였어요. 그런데 곧장 나한테로 오더니 나하고 아주 잘 아는 사이처럼 말을 걸어왔어요.

〈이 나라에 있는 연못들은 하도 얕아서 사람이 빠져 죽을 수도 없다고.〉

그 말에, 물에 빠져 죽고 싶어 하는 사람은 아무도 없다고 대꾸해 줬어요. 어쨌거나 곧 비가 오지 않으면 가축에게 마실 물을 주기 위해서 펌프질을 해야 할 거라는 말도 했죠.

〈아하, 가축이라, 모두들 가축은 보살펴 주는구먼!〉 그러고는 〈여기 맥주 없소?〉 하기에 맥주를 마시려면 보헤미아 사람들한테 가야지, 노르웨이 사람들은 타작할 때는 맥주를 안 마신다고 일러 주었더니, 〈맙소사! 그럼, 여기 이 사람들은 노르웨이인들이구먼, 어? 난 미국인들인 줄 알았지〉라고 하대요.

그러고 나서는 기계가 있는 데로 가서 오울 이베르슨한테 〈어이! 여보게! 나 좀 올라갑시다! 나도 타작할 줄 알아요! 나, 이젠 방랑하는 데 지쳤어! 더 이상은 돌아다니지 못하겠다고!〉라고 고함을 질렀어요.

내 생각에는 그 남자가 정신이 이상한 것 같아서 혹시 기계라도 고장 나게 할까 봐 오울한테 거절하라고 손짓을 했지만 오울은 땡볕도 피하고 겨도 피하게 되니까 반가워하면서 내려왔어요. 날씨가 아주 무더울 때는 겨가 목에 달라붙어서 따갑고 싫거든요. 타작기에서 뛰어 내려온 오울은 그늘을 찾아 마차 밑으로 기어 들어갔고 그 떠돌이 남자가 대신 기계 위로 올라갔어요. 처음 몇 분 동안은 제대로 기계를 돌리더니, 그러더니 글쎄, 나한테 손을 흔들어 보이고는, 그러고는 그대로 머리부터 들이밀면서 타작기 속으로 뛰어들었어요.

나는 비명을 질렀고 일꾼들이 즉시 달려가서 말들을 멈춰 세웠지만 그 남자는 피댓줄에 끼여서 밑으로 내려가 있었고 사람들이 기계를 멈췄을 즈음에는 이미 몸뚱이가 토막 난 후였어요. 어찌나 꽉 끼여 있었던지 빼내는 일도 여간 힘들지 않았고요. 기계도 그 후로는 전처럼 제대로 작동하지 않았어요.」

「안토니아, 그럼, 그 사람 완전히 죽었어?!」 우리가 외쳤다.

「죽었냐고? 글쎄, 그랬겠지. 저런, 니나가 무서워하는구나. 이제 그 얘긴 안 할게. 니나, 울지 마, 내가 있으니까 늙은 거지가 여긴 못 온단다.」

니나가 계속 징징 울자 할링 부인이 엄하게 꾸짖었다.

「니나, 울지 마. 당장 그치지 않으면 앞으로 안토니아가 시골 이야기 해줄 때 너는 2층으로 올려 보낼 테야.」

그리고 나서 안토니아에게 물었다.

「안토니아, 그 떠돌이 남자가 어디서 왔는지는 영 못 알아냈니?」

「네, 아주머니. 콘웨이라고 하는 작은 마을에 한 번 나타난 적이 있다지만 다른 데서는 그 사람을 본 일이 전혀 없대요. 콘웨이에서도 맥주를 마시고 싶어 했다는데 거긴 술집이 하나도 없대요. 아마 화물차를 타고 왔을 거예요. 그런데 차장은 그 사람을 본 적이 없다는 거예요. 몸을 뒤져 봐도 편지라든가 뭐 그런 건 아무것도 없고 주머니 속에서 나온 거라곤 오래된 주머니칼 하나하고 종이에 싼 닭 갈비뼈 하나래요. 아, 참, 그리고 시 몇 편이 들어 있더래요.」

「시가 있었다고?!」 우리가 한꺼번에 소리쳤다.

「나도 생각나.」 프랜시스가 말했다. 「신문에서 오려 낸 〈낡은 참나무 물통〉이라는 시였는데 종이가 하도 낡아서 나달나달했어. 오울 이베르슨이 내 사무실로 가지고 와서 보여 주었어.」

「그런데, 정말 이상하잖아요?」 안토니아가 생각에 잠겨 물었다. 「여름에 자살하고 싶어 하는 이유가 뭘까요? 게다가 타작 시기에! 그땐 어딜 가나 좋을 때인데…….」

「그렇고말고, 안토니아.」 할링 부인이 진심으로 동의했다. 「내년 여름에는 나도 시골에 가서 네가 타작하는 걸 도와줄 생각이다. 그건 그렇고, 과자 거의 다 되지 않았냐? 익은 냄새가 난 지 퍽 오래됐는데.」

안토니아와 주인마님 사이에는 근본적인 조화가 있었다. 두 사람 모두 강하고 자주적인 성격의 소유자였으며 자기들이 좋아하는 것이 무엇인지 분명히 알고 있어서 남을 모방하려고 애쓰는 일이 없었다. 아이들을 좋아하고 동물들을 좋아하고 음악을 좋아하고 거친 장난을 좋아하고 흙일을 좋아했다. 그리고 맛있는 음식을 잔뜩 만들어 놓고 사람들이 먹는 모습을 바라보기를 좋아했으며 부드럽고 하얀 침대를 준비해 놓고 아이들이 그 속에서 잠들어 있는 모습을 보기를 좋아했다. 거만한 사람들을 비웃었고 불행한 사람들은 지체 없이 도와주었다. 두 사람 모두 지나치게 섬세하지 않으면서도 지극히 활기차고 명랑하며 삶을 즐길 줄 알았다. 내가 이 점을 규명하려고 시도한 적은 없었지만 그래도 분명히 의식하고 있었던 것은, 안토니아가 블랙 호크에서 할링 씨 댁이 아닌 다른 사람의 집에서 단 일주일이라도 산다는 것은 나로서는 상상도 할 수 없는 일이었다.

7

겨울은 시골 읍을 좋아하는가 보다. 한번 오면 진이 빠지고 초라해서 음울해질 때까지 엔간해서는 떠날 줄을 모른다. 농촌에서는 날씨가 무엇보다도 중요한 요소라 냇물이 얼음장 밑에서 흘러가듯 농부들의 모든 일은 날씨 아래서 움직였다. 블랙 호크에서는 사람 사는 풍경이 오그라들고 졸아들어 속속들이 얼어붙은 채 펼쳐져 있었다.

1월과 2월 내내 나는 맑은 밤이면 할링 집안 아이들과 함께 강에 나가서 커다란 섬까지 스케이트를 타고 올라가 얼어붙은 모래사장에 횃불을 피워 놓고 놀았다. 그러나 3월이 되니 얼음이 엉성해지고 고르지 못했고 강둑의 눈은 회색빛으로 서글퍼 보였다. 나는 학교에 싫증이 났고 겨울옷에도 싫증이 났고 울퉁불퉁하게 바큇자국이 난 길거리와 마당에 쌓여 있는 더러운 눈더미나 잿더미 꼴도 보기 싫었다. 지루하기 짝이 없는 3월에 딱 한 번 재미있는 일이 있었다. 흑인 피아니스트 장님 다르노가 블랙 호크에 나타났다. 그는 월요일 밤 오페라 하우스에서 음악회를 가졌고 토요일과 일요일은 자기 매니저와 함께 우리 읍에서 제일 훌륭한 호텔에 묵었다. 할링 부인과 다르노는 수년 동안 알고 지내 온 사이였다.

「저녁에 〈보이즈 홈〉 호텔에서 분명히 피아노 연주가 있을 테니까 티니를 만나 보러 가려무나.」 할링 부인이 안토니아에게 말했다.

토요일 밤 나는 시내에 있는 호텔까지 달려가서 홀 안으로 슬쩍 들어갔다. 의자와 소파는 이미 사람들이 다 차지하고 있었고 홀 안은 시가 냄새가 기분 좋게 배어 있었다. 홀은 원래 두 개의 방을 하나로 터서 만들어 놓은 것이기 때문에 방 사이의 칸막이를 없애 버린 자리가 바닥에서 움푹 들어가 있었다. 밖에서 들어오는 바람 때문에 기다란 양탄자가 물결치듯 움직였다. 홀 한가운데에는 그랜드 피아노가 열려 있는 채로 놓여 있었고 홀 양쪽 끝에는 벌겋게 달아오른 석탄 난로가 있었다.

가드너 부인이 일주일 동안 오마하에 가 있느라 부재중이었기 때문에 호텔 분위기가 평소와 다르게 무척 자유스러웠다. 가드너 씨는 손님들과 어울려 정신이 혼미해질 정도로 술을 많이 마셨다. 호텔 경영이나 다른 모든 업무를 주관하는 사람은 가드너 부인이었다. 남편은 데스크에 앉아서 찾아오는 여행객들이나 맞아들이는 것이 고작이었다. 그는 사람들한테 인기는 있었지만 결코 경영주는 아니었다.

가드너 부인은 블랙 호크에서 옷을 제일 잘 입는 여자였고 타고 다니는 말도 제일 좋은 말에다 마구도 근사했고 흰색과 황금색으로 칠한 작은 썰매도 갖고 있었다. 그러나 자신이 소유한 물건들에 무심한 듯이 보였고 재물에 대해서는 자기 친구들이 보이는 욕심의 절반도 없었다. 키가 크고 피부색은 검은 편이고 표정이 무뚝뚝하고 엄한 것이 마치 인디언 같아 보였으며 쌀쌀한 태도에 말이 별로 없는 사람이었다. 손님들에 대해서도 가드너 부인의 태도는 조금도 다르지 않았다. 그 호텔에 묵는 손님들은 자기네가 그 호텔에 묵게 되어 호텔 측에서 기뻐해야 하는 것이 아니라 오히려 자기들이 기뻐해야 한다는 느낌을 받았다. 가장 잘 차려입은 여행객조차도 가드너 부인이 잠시나마 자기와 말을 주고받으면 그걸 무척 대단한 영광으로 생각할 정도였다. 호텔 단골손님들은 두 종류로 분류되어 있었다. 하나는 가드너 부인의 다이아몬드를 구경해 본 사람들이고 다른 하나는 아직 구경하지 못한 사람들이었다.

내가 홀 안으로 슬며시 들어섰을 때 마셜 필드의 부하인 앤슨 커크패트릭이 당시 시카고에서 상영 중이던 뮤지컬 코미디에 나오는 곡을 피아노로 연주하고 있었다. 앤슨은 아일랜드 사람으로, 작은 체구에 허영심이 강하고 원숭이처럼 못생겼으나 친구들은 도처에 널려 있었고 마치 선원처럼 항구마다 애인이 있었다. 나는 홀에 앉아 있는 남자들을 전부는 알지 못했지만 캔자스에서 온 가구 상인과 약장수 한 명 그리고 보석상 용무로 여행하면서 악기도 판매하는 윌리 오라일리 등은 알아보았다. 그들의 대화 내용이란 주로 좋은 호텔과 나쁜 호텔, 영화배우들, 음악의 신동들 등에 관한 것이었다. 그들의 대화에서 나는 새로운 사실을 알게 되었다. 가드너 부인은 다음 주 오마하에서 열리는 부스와 바렛의 음악 연주회를 관람하기 위해 오마하에 갔고 런던에서는 메리 앤더슨이 「겨울 이야기」의 공연으로 대단한 성공을 거두고 있었다.

사무실 문이 열리면서 가드너 씨가 장님 다르노를 인도하여 나왔다. 다르노는 남에게 손을 잡혀 인도되는 것을 완강히 거절했다. 짤막한 다리에 땅땅한 체격을 가진 흑인 혼혈인 다르노는 손잡이가 금으로 장식된 지팡이로 바닥을 탁탁 두드리면서 걸어 나왔다. 얼굴빛은 연한 갈색이었다. 불빛을 받자 하얀 이빨을 드러내 환하게 웃으면서 얼굴을 위로 추켜들었다. 움푹 들어간 얇은 눈꺼풀은 보이지 않는 눈을 덮은 채 꼼짝도 하지 않았다.

「안녕하십니까, 신사 여러분. 숙녀들은 여기 안 계신가요? 반갑습니다, 신사 여러분. 자아, 음악을 좀 들어 보기로 할까요? 신사분 중에서 어느 분이 오늘 밤 저를 위해 반주해 주시겠습니까?」

그의 음성은 내가 아주 어렸을 때 들어 기억에 남아 있는, 흑인들의 부드럽고도 상냥하며 어딘가 유순하고 비굴한 기가 담겨 있는 그런 음성이었다. 머리 모양도 흑인이었다. 머리가 거의 없다 싶게 귀 뒤로 짧게 바싹 깎은 양털 같은 곱슬머리 밑으로 목덜미 주름만 보였다. 그토록 상냥하고 행복한 표정만 아니었더라면 쳐다보기가 역겨울 뻔했다. 그의 얼굴은 내가 버지니아를 떠난 이후 보아 온 얼굴 중에서 가장 행복한 얼굴이었다.

그는 지팡이로 더듬으면서 곧장 피아노 앞으로 갔다. 그가 자리에 앉는 순간 할링 부인에게서 들은 그의 신경성 질환이 무엇인지 알았다. 자리에 앉아 있을 때나 서 있을 때나 좌우로 흔들거리는 장난감처럼 끊임없이 몸을 앞뒤로 흔들어 댔다. 피아노를 칠 때는 음악에 맞추어 몸을 흔들었지만 피아노를 치지 않을 때에도 마치 계속 돌아가는 빈 맷돌처럼 같은 동작을 그대로 유지했다. 페달을 찾아 눌러 보고 갈색 손으로 건반 위를 서너 번 미끄러지듯 훑고 나서 모여 있는 사람들을 향해 얼굴을 돌렸다.

「피아노가 괜찮은 것 같군요. 지난번에 제가 여기 왔었을 때와 달라진 것이 조금도 없습니다. 가드너 부인께서 제가 오기 전에 항상 피아노를 조율해 놓으신답니다. 자아 여러분, 여러분 모두 훌륭한 음성을 지니셨으리라 믿습니다. 오늘 밤에는 옛날 농장 시절의 노래들을 불러 볼까 합니다.」

「켄터키의 옛집」을 연주하기 시작하자 남자들이 그를 둥그렇게 에워싸며 모여들었다. 머리를 뒤로 젖히고, 연한 갈색 얼굴은 위로 추켜들고, 쭈글쭈글한 눈 껍질은 단 한 번도 깜박거리지 않은 채 혼혈 흑인 다르노가 건들건들 흔들며 피아노를 연주하는 동안 남자 손님들은 흑인 노래들을 연달아 불렀다.

다르노는 남부 다르노 농장에서 태어났다. 노예 제도가 공식적으로는 폐지되어 있다 하더라도 그 정신만은 여전히 강하게 남아 있던 지역이었다. 생후 3주일이 되었을 때 다르노는 어떤 몹쓸 병에 걸려 완전히 장님이 되고 말았다. 그러다가 혼자 일어나 앉기도 하고 뒤뚱뒤뚱 돌아다닐 정도로 자랐을 때 또 다른 병적 증상이 눈에 띄게 나타났다. 전신을 심하게 흔들어 대는 이상한 증세였다. 젊고 건강한 여자로 다르노 집안의 세탁부였던 그의 어머니는 장님 아기의 머리가 〈온전치 않다〉고 결론을 내리고는 그런 자식을 수치스럽게 생각했다. 그러면서도 아이를 헌신적으로 사랑했지만 움푹 들어간 눈에 몸까지 정신없이 흔들어 대는 아이의 얼굴이 어찌나 못생겼던지 남들 눈에 띄지 않게 숨기면서 키웠다. 그러나 주인 집에서 얻어 오는 맛있는 음식은 모두 장님 아들에게만 주었다. 혹시라도 다른 자식들이 그 애를 놀리거나 애가 들고 있는 닭다리를 빼앗아 가려고 하면 심하게 야단을 치고 때려 주었다. 아이는 무척 일찍 말을 하기 시작했고 한 번 들은 것은 모두 기억했기 때문에 그녀는 자기 아들이 〈완전히 잘못된 것은 아니다〉라고 생각했다. 아이가 장님이라고 해서 이름을 삼손이라고 지어 주었으나 농장에서는 〈누렁이 마사의 바보 아이〉로 알려져 있었다. 아이는 온순하고 말을 잘 들었지만 여섯 살이 되자 집을 나가기 시작했는데 이상하게도 항상 똑같은 방향으로만 갔다. 라일락 나무들 사이를 더듬거리며 지나서 회양목 울타리를 따라 주인집 딸인 넬리 다르노가 아침마다 피아노를 연습하는 남쪽 채까지 갔다. 장님 아들의 그러한 행동에 어머니는 무섭게 화를 냈다. 자식이 흉하게 생긴 것을 무척 창피스럽게 여기고 있었기 때문에 백인들이 그런 자기 아이를 본다는 것이 어미로서는 참기 어려운 일이었다. 아이가 오두막집을 빠져나가는 것을 잡을 때마다 사정없이 때리면서 주인집 근처에 갔다가 혹시라도 다르노 영감님에게 들키는 날에는 끔찍한 일을 당할 거라며 겁도 주었지만 삼손은 기회만 잡으면 다시 집에서 빠져나갔다. 어쩌다 넬리가 연습을 잠시 멈추고 창가로 걸어가 밖을 내다보면, 헌 자루 나부랭이를 걸치고 접시꽃 사이 빈터에 서서 온몸을 기계적으로 흔들어 대며 등신 같은 황홀한 표정을 지은 채 눈먼 얼굴을 하늘을 향해 쳐들고 있는 해괴망측하게 생긴 꼬맹이 흑인 아이가 눈에 띄었다. 그 아이가 흑인 하녀 마사의 아들이라는 걸 알고 있는 넬리는 마사에게 아이를 집 밖으로 내보내지 말라고 하려다가도 바보스러우면서도 지극히 행복해 보이는 아이의 얼굴이 떠올라 차마 그렇게 말하지는 못했다. 넬리는 그 아이가 가진 것이라고는 청각밖에 없다는 사실을 기억했다. 그러나 그 아이의 청각은 다른 아이들의 청각보다 훨씬 발달되어 있다는 사실은 미처 몰랐다.

넬리가 음악 선생님한테 레슨을 받고 있던 어느 날, 그날도 삼손은 그 특유의 동작을 하면서 창밖에 서 있었다. 창문은 열려 있었다. 학생과 선생이 피아노에서 일어나 잠시 이야기를 하다가 방을 나가는 소리가 들렸다. 나가면서 방문을 닫는 소리도 들렸다. 그는 앞쪽 창문으로 살며시 다가가서 안으로 머리를 집어넣었다. 방 안에는 아무도 없었다. 방 안에 사람이 있고 없고는 청각으로 정확하게 감지되었다. 다음 순간 한 발을 창턱에 올려놓고 걸터앉았다.

주인집에서 〈얼씬거리다〉가 주인 영감님에게 들키는 날에는 영감님이 커다란 맹견한테 자기를 먹이로 주어 버릴 거라는 말을 어머니한테서 누누이 들어 온 삼손이었다. 언젠가 한번 그 큰 개집에 너무 가까이 갔다가 개가 내뿜는 무서운 콧김이 얼굴에 닿은 적이 있었다. 그 순간이 문득 떠올랐지만, 다른 발도 끌어 올렸다.

어둠 속에서 삼손은 그 〈물건〉이 있는 쪽으로 더듬어 걸어갔다. 아니, 〈물건〉의 입이 있는 쪽으로 갔다. 가만히 만져 보았더니 〈물건〉의 입에서 부드럽고도 다정스러운 소리가 났다. 그는 온몸을 부들부들 떨면서 꼼짝 않고 서 있었다. 그러고 나서 다시 한 번 〈물건〉을 더듬어 보았다. 매끈한 몸통을 따라가며 손가락 끝으로 주욱 훑어 보고, 조각된 다리를 껴안아 보면서 〈물건〉의 형태와 크기를 가늠해 보고, 캄캄한 어둠 속에서 그것이 차지하는 공간을 짐작해 보려고 애를 썼다. 〈물건〉은 차갑고 딱딱했다. 자신의 암흑 세계에 존재하는 그 어느 것과도 비슷하지 않았다. 그는 다시 〈물건〉의 입으로 되돌아가 건반 한쪽 끝에서 시작하여 부드러운 천둥소리가 나는 데까지 주욱 훑어 내려갔다. 주먹이나 발을 사용하는 것이 아니라 손가락으로 〈물건〉을 다루어야 한다는 걸 그는 알고 있는 것 같았다. 마치 〈물건〉이 자기의 결함을 보충해 주고 자신을 하나의 완전한 인간으로 만들어 주리라는 걸 알고 있기라도 하듯이, 그는 단순한 본능으로 지극히 인공적인 이 악기에 다가가 자신을 그것과 하나로 만들었다. 모든 소리를 한 번씩 들어 보고 난 후 그는 넬리가 연습해 왔던 여러 곡 중에서 이미 자신의 곡으로 되어 그의 작고 뾰족한 머리통 속에 동물적 욕망처럼 뚜렷하게 자리 잡고 있는 곡조들을 손가락으로 찾아 치기 시작했다.

방문이 열렸다. 넬리와 음악 선생이 그의 뒤에 와서 서 있었으나 인기척에 그토록 예민했던 장님 삼손은 그들이 방에 들어와 있다는 걸 느끼지 못했다. 그는 건반 속에 숨어 있는 음의 형태를 더듬어 찾아내는 일에 완전히 정신을 쏟고 있었다. 음이 틀려서 다른 음을 찾느라고 그가 잠시 손을 멈추었을 때 넬리가 부드러운 목소리로 입을 열었다. 삼손은 기겁을 하며 몸을 휙 돌려 어둠 속에서 앞으로 돌진하다가 열린 창문에 머리를 들이받고 피를 흘리면서 비명 소리와 함께 바닥에 쓰러졌다. 자기 어머니가 말하는 소위 〈발작〉을 일으켰던 것이다. 의사가 와서 아편을 처방해 주었다.

삼손이 정신을 차리자 그의 어린 여주인은 그를 다시 피아노 앞으로 데리고 갔다. 서너 명의 음악 교사들이 그를 대상으로 실험을 해보았다. 그들은 삼손이 절대 음감을 지니고 있으며 기억력도 대단하다는 사실을 알아냈다. 아주 어린 나이에 지나지 않지만 삼손은 한 번 들은 곡은 그런대로 되풀이

해서 칠 수 있었다. 어쩌다가 음을 여러 번 틀리게 친다고 하더라도 어느 곡이든 곡의 의도를 틀리게 해석하는 경우는 결코 없었으며 오히려 변칙적이고도 기발한 방법으로 곡의 핵심을 끌어냈다. 그는 선생들을 지치게 만들었다. 절대로 다른 학생들처럼 배울 수가 없었고 무엇을 배우든지 결코 끝을 내지 못했다. 정석을 벗어나 어떤 곡이든지 제멋대로 훌륭하게 연주하는 흑인 신동이 태어났던 것이다. 피아노 연주에 있어서는 그의 방식이 보기에 흉했을지도 모르지만 음악 자체로 볼 때 그의 연주는 육신의 다른 어느 감각보다 훨씬 뛰어난 리듬 감각에 의하여 활력을 띤 진정한 음악이 되었다. 음악은, 리듬은 그의 어두운 머리에 가득 차 있었을 뿐만 아니라 그의 육신을 끊임없이 괴롭혔다. 그의 연주를 듣고 연주하는 그의 모습을 본다는 것은, 오로지 흑인만이 할 수 있는 방법으로 즐기면서 연주하는 흑인을 본다는 것을 의미했다. 희고 검은 건반 위에 쌓여 있는 쾌감, 살과 피를 지닌 피조물이 느낄 수 있는 쾌감, 그 모든 쾌감을 그는 자신의 누런 손가락으로 건반을 두들겨 그 사이로 조금씩 흘러내리게 하는 듯이 보였다.

요란스럽기 짝이 없는 왈츠를 연주하다가 갑작스레 부드럽게 치기 시작하더니 자기 뒤에 서 있던 남자들한테 고개를 돌리면서 나지막한 소리로 말했다.

「저 안에서 누가 춤을 추고 있군.」

그러고는 총알처럼 생긴 머리를 식당 쪽으로 획 돌리면서 한마디 덧붙였다.

「조그만 발소리로 보아 여자들이야. 틀림없어.」

앤슨 커크패트릭이 의자 위로 올라가 문 위쪽에 달린 채광

창을 통해 식당 안을 들여다보았다. 다음 순간 의자에서 뛰어내리더니 문을 비틀어 열고 달려 나가 식당으로 들어갔다. 티니, 레나, 안토니아, 메리 두삭, 이렇게 여자 네 명이 식당 한가운데서 왈츠를 추고 있었다. 그러다가 제각기 흩어져 킬킬거리면서 부엌 쪽으로 달아났다.

커크패트릭이 티니의 팔꿈치를 잡았다.

「아가씨들, 이게 웬일이오? 당신들끼리 춤을 추다니. 벽을 사이에 두고 외로운 남자들이 방 하나 가득 있는데! 티니, 친구들을 좀 소개해 줘요.」

여자들은 여전히 웃으면서 달아나려고 했고 티니는 놀란 표정으로 항의했다.

「가드너 부인께서 좋아하지 않으실 거예요. 여기 이렇게 오셔서 우리하고 같이 춤을 추시면 가드너 부인께서 지독히 화를 내실 거예요.」

「이봐, 가드너 부인은 지금 오마하에 있다고. 자아, 아가씨가 레나지, 그치? 그리고 아가씨는 토니. 또 이 아가씨는 메리. 내가 아가씨들 이름을 모두 제대로 맞혔지?」

오라일리와 남자들 몇이 테이블 위에다 의자들을 쌓아 올려놓았다. 가드너 씨가 사무실에서 달려 나왔다.

「여보게들, 이러지 마. 제발 좀 참아요! 이러다가 요리사를 깨우겠어. 그리고 나도 된통 혼날 걸세. 식당에 있는 물건들을 움직여 놓으면, 그걸 몰리가 알면 음악회도 집어치우고 당장 이리로 달려온다고.」

「아, 이거, 뭐, 아무려면 어떤가, 응? 요리사는 해고시키고 자네 부인한테 전보 쳐서 다른 요리사 한 명 데리고 오라고 하게나. 걱정할 거 하나도 없네. 자네 부인한테 일러바칠 사람은 여기 아무도 없으니까.」

가드너 씨는 고개를 좌우로 흔들면서 솔직하게 털어놓았다.

「여보게들, 이거 정말인데 말이야, 내가 여기서 술 한 잔만 마셔도 몰리는 오마하에서 그걸 다 알고 있다고!」

남자 손님들은 껄껄 웃으면서 가드너 씨의 어깨를 쳤다.

「아, 몰리하고는 우리가 다 잘 알아서 할 테니 걱정 말게. 자네는 화나 내고 있으면 돼.」

몰리는 말할 것도 없이 가드너 부인의 이름이었다. 〈몰리 번〉은 푸른색 페인트로 호텔 버스의 반들반들한 흰 몸통에 커다랗게 쓰여 있었다. 〈몰리〉는 가드너 씨가 끼고 있는 반지 안쪽에도 새겨져 있었고 그의 시계 뒷면에도 새겨져 있었다. 모르긴 해도 그의 심장에도 틀림없이 새겨져 있었을 게다. 다정다감하고 자그마한 가드너 씨는 자기 아내를 대단히 훌륭한 여인이라고 생각했다. 그런 아내가 없었더라면 자기는 어느 남자가 경영하는 호텔에서 고작 사무원 노릇이나 하고 있었을 거라는 걸 잘 알고 있는 남자였다.

커크패트릭이 다르노에게 뭐라고 한마디 하자 다르노는 피아노 위로 몸을 주욱 펼치며 건반에서 댄스 음악을 끄집어내기 시작했고 그러는 동안 그의 짧은 곱슬머리와 위로 쳐든 얼굴에서는 땀방울이 빛났다. 그럴 때 그의 모습은 강렬하고 야만적인 피로 가득 찬 아프리카 쾌락의 신처럼 보였다. 춤추던 사람들이 짝을 바꾸거나 숨을 좀 돌리려고 잠시 멈출라치면 다르노는 부드러우면서도 크게 울려 퍼지는 목소리로 한마디 했다.

「거기서 지금 날 배반하고 있는 사람이 누구지? 보나마나 도회지 신사분들 중 하나겠지! 자아, 아가씨들, 당신들이라면 저 마룻바닥이 차가워지게 내버려 두진 않겠지?」 안토니아는 처음에는 겁을 먹은 듯이 보였으며 오라일리의 어깨 너머로 레나와 티니한테 어떻게 하면 좋겠느냐는 눈빛을 연방 보냈다. 티니 소더볼은 날씬한 몸매에 자그마한 발에 발목도 예뻤다. 그래서 드레스를 무척 짧게 입었다. 그리고 다른 여자들보다 말도 빠르고 동작이나 태도도 훨씬 가벼웠다. 메리 두삭은 얼굴이 넓적하고 피부가 갈색인 데다 천연두로 약간 얽었지만 그런대로 잘생긴 편이었다. 아름다운 밤색 머리가 굽슬굽슬하고 이마는 반듯하고 당당한 검은 눈은 세상을 겁 없이 바라보았다. 대담하고 꾀가 많고 거리끼는 것이 없어 보이는 여자였으며 실제로도 그랬다. 모두 하나같이 잘생긴 아가씨들이었고 시골에서 자랐기 때문에 시골의 신선한 빛을 지니고 있었다. 그들의 눈에서는 — 애석하게도 비유가 아니라 — 소위 말하는 〈청춘의 빛〉이 광채를 발했다.

다르노는 자기 매니저가 와서 피아노를 닫을 때까지 연주를 계속했다. 떠나기 전에 우리한테 매시간 소리를 내는 자기 금시계를 보여 주었고, 흑인 음악을 무척 즐기는 어느 러시아 귀족이 뉴올리언스에서 자기 연주를 듣고 선물로 준 토파즈 반지도 보여 주었다. 이윽고 모든 사람들에게 공손하게 인사를 한 후 지팡이로 탁탁 두드리면서 2층으로 올라갔다.

나는 안토니아와 함께 집으로 걸어갔다. 우리는 너무나 들떠 있어서 잠자리에 들고 싶은 마음이 전혀 없었다. 할링네 문 앞에서 무척 오랫동안 지체하며 우리는 몸에서 흥분이 서서히 사라질 때까지 추위 속에서 소곤거리며 서 있었다.

8

 그 긴 겨울을 깨뜨리고 마침내 봄이 찾아왔다. 그해 봄 첫 몇 주일 동안 나는 할링네 아이들하고 그 어느 때보다도 더 행복하고 더 만족스럽고 흐뭇한 나날을 보냈다. 하루 종일 밖에 나가 연약한 햇빛 속에서 우리는 할링 부인과 토니를 도와주며 함께 흙을 파고, 채마밭에 씨를 뿌리고, 과수원 나무들 주위의 흙을 일구어 주고, 덩굴을 잡아매 올려 주고, 울타리를 가지런히 잘라 주었다. 매일 아침 내가 자리에서 일어나기도 전에 토니가 채마밭에서 부르는 노랫소리가 들려왔다. 사과나무와 벗나무에 꽃들이 활짝 피자 우리는 그 밑을 뛰어다니면서 새들이 짓고 있는 새로운 둥지를 찾기도 하고, 서로 흙덩이를 던지면서 장난도 치고, 니나와 숨바꼭질도 했다. 그러나 모든 것을 변하게 할 여름이 하루하루 가까이 다가오고 있었다. 남자애들과 여자애들이 자라고 있는 동안에는 제아무리 조용한 시골 읍이라 하여도 삶은 꼼짝 않고 조용히 있을 수 없는 법이다. 그리고 아이들이란 자기들이 원하든 원하지 아니하든 자라야만 한다. 어른들은 바로 이 점을 항상 잊고 있다.
 어느 날 아침 짐마차 두 대가 천막과 색칠한 나무 기둥을 정거장에서 실어 오는 것을 보고 읍내에 무용단이 왔다는 말을 전해 주러 할링 씨 집에 들렀을 때 할링 부인과 안토니아가 체리를 절이고 있던 중이었으니까 그때가 6월이었던 것이 분명하다.
 그날 오후 쾌활하게 생긴 이탈리아 젊은이 세 명이 이것저것 구경하면서 블랙 호크를 거닐었다. 함께 있던 피부가 검고 체격이 당당한 여자 한 명은 목에 금시계 줄을 늘어뜨리고 손에는 검정색 레이스 양산을 들고 다녔다. 그들 일행은 특히 아이들과 공터에 관심이 많은 듯이 보였다. 그들을 따라가서 말을 한마디 걸어 보니 무척 다정하면서도 솔직한 사람들이라는 걸 알 수 있었다. 자기네들은 겨울에는 캔자스시티에서 일하고 여름에는 시골 읍으로 돌아다니면서 텐트를 치고 사람들한테 무용을 가르친다고 했다. 한 장소에서 일이 잘 안 되면 다른 장소로 옮겨 가는 사람들이었다.

무용 교습소는 덴마크인이 경영하는 세탁소 근처에 키가 큰 사시나무로 둘러싸인 공터에 세워졌다. 교습소라고는 하지만 천막 옆이 모두 트여 있는 데다가 채색된 기둥마다 화려한 깃발들이 휘날리고 있어서 회전목마단 천막처럼 보였다. 그러나 일주일도 안 돼서 욕심 많은 어머니들은 자기 아이들을 오후에는 무용 교습소에 보냈다. 매일 오후 3시가 되면 흰 드레스를 입은 여자애들과 그 당시 유행했던 둥근 깃이 달린 셔츠를 입은 남자애들이 교습소로 서둘러 걸어가는 모습을 볼 수 있었다. 바니 부인이 교습소 입구에서 이 아이들을 맞아들였다. 부인은 항상 검정 레이스가 잔뜩 달린 자주색 드레스를 입고 가슴에는 그녀가 소중히 여기는 기다란 시곗줄을 늘어뜨리고 있었다. 머리는 검은 탑처럼 비비 틀어서 위로 올려 빗고 맨 꼭대기에는 **빨간 산호 빗을** 꽂았다. 어쩌다 미소를 지을 때면 튼튼하고 구부러진 누런 이가 두 줄로 나란히 드러나 보였다. 어린아이들은 그 여자가 가르쳤고 나이가 좀 든 학생들은 하프 연주자인 그녀 남편이 가르쳤다.

아이들이 교습을 받는 동안 어머니들은 천막 옆 그늘진 곳에 자리 잡고 앉아 뜨개질을 하면서 시간을 보내기도 했다.

팝콘 장수는 유리 상자를 실은 마차를 거대한 사시나무 아래로 가져다 놓고 교습이 끝나면 한바탕 팔게 되리라는 확신을 가지고 양지에서 어슬렁거렸다. 세탁소 주인인 덴마크 사람 옌센 씨는 자기 집 현관에서 의자를 가지고 나와 풀밭에 앉아 있을 때가 많았다. 정거장 지역에서 온 남루한 사내아이들이 한쪽 구석에다 흰 양산을 펴놓고 그 밑에서 팝콘과 레몬주스를 팔면서, 말쑥하게 차려입고 춤을 추러 오는 아이들을 보면 얼굴을 찌푸렸다. 얼마 안 가 그 공터는 읍내에서 제일 흥겨운 장소가 되었다. 날씨가 아무리 무더워도 사시나무들은 잎새를 나부끼며 그늘을 만들어 놓았고 대기는 팝콘 냄새, 녹은 버터 냄새, 햇볕에 시들어 가는 비누풀 꽃 냄새로 가득했다. 억센 비누풀 꽃이 세탁소 주인집 정원에서 쓸려 나와 공터 한가운데 있는 잔디는 비누풀 꽃으로 뒤덮여 분홍색이 되었다.

바니 부부는 모범적으로 규율을 준수했고 매일 밤 시의회에서 지정한 시간에 문을 닫았다. 바니 부인이 신호를 보내고 이에 따라 하프가 「즐거운 나의 집」을 연주하면 블랙 호크 주민들은 정각 10시라는 것을 알 정도였다. 기관차 경적 소리에 시계를 맞추어 놓듯이 이제 사람들은 「즐거운 나의 집」에 시계를 맞추어 놓을 수 있었다.

그 길고도 긴 여름밤을 결혼한 사람들은 자기 집 현관에 나와 그림처럼 가만히 앉아서 보내고 남자애들과 여자애들은 판자 보도를 쿵쾅거리며 북쪽으로는 들판 끄트머리까지, 남쪽으로는 정거장까지 갔다가 다시 우체국, 아이스크림 가게, 푸줏간으로 쿵쾅거리며 되돌아오는 게 고작이었으나 이제 마침내 밤에도 할 일이 생겼던 것이다. 여자애들은 예쁜 드레스를 입고 갈 데가 생겼고 큰 소리로 깔깔거리며 얼마든지 웃어도 남들이 침묵으로 무안을 주는 일이 없는 장소가 생겼다. 땅속에서 스며 나와 박쥐와 그림자와 더불어 검은 단풍나무 잎사귀 밑에 매달려 있는 듯이 보였던 그 침묵은 이제 경쾌한 웃음소리 덕분에 완전히 깨져 버렸다. 바니 씨가 연주하는 하프의 떨리는 낮은 소리가 흙냄새 풍기는 밤의 어둠을 통하여 은빛 물결처럼 흘러나오면 그 뒤를 이어 바이올린들이 끼어들었다. 그중 한 바이올린은 거의 플루트 같은 소리를 냈다. 그 소리들이 너무나도 매혹적으로 부르는 바람에 우리 발길은 제풀에 천막을 향하여 서둘러 움직였다. 왜 이런 천막을 진작 마련해 놓지 않았던가?

지난여름에 롤러스케이트가 유행이었듯이 이제는 춤이 유행이 되었다. 〈진보적 유커 클럽〉은 화요일과 금요일 밤엔 교습소를 자기들만 사용하기로 바니 부부와 합의를 보았다. 다른 날은 입장료를 내고 질서를 지키는 사람이면 누구나 교습소에서 춤을 출 수 있었다. 철도 인부들, 기관차고 기계공들, 배달부들, 얼음 장수들, 하루 일을 마치고 마차로 읍내에 들어올 수 있을 정도의 거리에서 살고 있는 농장 일꾼들 등등.

나는 토요일 밤 댄스는 한 번도 놓치지 않았다. 토요일에는 밤 12시까지 춤을 출 수 있었다. 10여 킬로미터나 떨어진 곳에서도 시골 총각들이 찾아왔으며 토니, 레나, 티니, 덴마크 세탁소에서 일하는 아가씨들은 물론이고 그들 친구들을 포함한 다른 시골 아가씨들도 모두 와서 춤을 추었다. 이 토요일 밤의 춤을 다른 젊은이들보다 내가 유난히 더욱 흥겹게 여겼던 것은 아니었다. 〈진보적 유커 클럽〉 멤버인 젊은이들은 애인과 말다툼을 하게 되고 사람들에게 손가락질을 당하는 위험을 무릅쓰면서도 〈고용살이 아가씨들〉과 왈츠 한 곡을 추려고 토요일 밤 늦게 댄스장에 나타났다.

9

블랙 호크 사회는 사정이 특이했다. 젊은 남자들은 건장하고 예쁜 시골 아가씨들에게 매력을 느끼고 있었고, 이들 시골 아가씨들이란 대부분 자기 아버지 빚을 갚아 주거나 동생들을 학교에 보내기 위해서 일거리를 찾아 블랙 호크로 나와 살고 있었다.

이 시골 아가씨들은 집안 어른들이 새로운 땅에서 자리를 잡으려고 무척 고생할 시기에 어린 시절을 보냈으며 교육이라고는 받아 본 적이 거의 없었다. 그러나 이들이 그토록 대단한 희생을 하여 그 덕분에 〈이득〉을 본 동생들은, 나중에 어른이 되어서 내가 만나 보니, 자기들 언니나 누나보다 훨씬 흥미 없는 인물들이요 지식도 훨씬 뒤떨어지는 것 같았다. 황야를 일구는 일을 도우며 자란 맏딸들은 삶에서, 빈곤에서, 어머니와 할머니에게서 많은 것을 배운 사람들이었다. 그들은 안토니아처럼 어린 나이에 고국을 떠나 새로운 땅으로 왔기 때문에 남들보다 일찍 철이 들어 세상을 배우게 되었다.

블랙 호크에서 수년을 사는 동안 그곳에서 고용살이를 하며 지냈던 시골 처녀들을 나는 아직도 기억하고 있고 그들 한 사람 한 사람의 특징이나 매력 같은 것도 기억에 생생하다. 체격을 보면 거의 다른 인종 같았고 들판에서 일을 하느라 모두들 활력이 넘쳐흘렀으며, 읍으로 옮겨 와 어색해하고 수줍어했던 첫 단계가 지나자 몸속에 있던 그 활력이 다시 밖으로 나와 태도를 항상 긍정적으로 만들어 주고 거동도 자연스럽고 자유롭게 해주었기 때문에 그들은 블랙 호크의 여자들하고는 당연히 눈에 띄게 달라 보였다.

그 당시 고등학교에서는 운동 종목은 취급하지 않았다. 8백 미터 이상을 걸어서 학교에 다녀야 했던 여학생들을 사람들은 가엾게 여겼다. 읍에는 정구장이라고는 없었고 부잣집 딸들에게는 육체적인 운동이란 고상한 것이 못 된다고 생각하던 시절이었다. 고등학교 여학생들 중에는 명랑하고 예쁜 여자애들도 있었지만 겨울에는 춥다고, 또 여름에는 덥다고 집안에만 있었다. 그런 여자애들의 근육은 오로지 한 가지만을 요구하는 듯이 보였다. 가만히 있게 내버려 두라고. 그런 여자애들은 교실에서 보았던 얼굴만 생각난다. 쾌활하고 발그레한 얼굴, 기운 없고 멍한 얼굴 등등. 어깨를 움츠러들게 하고 가슴을 쑥 들어가게 하려고 만들어 놓은 것처럼 잉크로 얼룩진 높다란 책상에 앉아 마치 천사처럼 어깨 밑으로는 아무 것도 보이지 않고 그 높은 책상 위로 얼굴만 보였던 그들.

블랙 호크 상인의 딸들은 자기네가 〈세련되었다〉는 생각을 전혀 의심치 않는 반면, 시골에서 올라와 〈돈벌이하는 처녀들〉은 세련과는 무관하다고 굳게 믿었다. 우리 지방에 살던 미국인 농부들은 이민 온 농부들 못지않게 살림이 궁핍했다. 하나같이 자본도 없고 자기들이 경작해야 할 땅에 대한 지식도 전혀 없이 무작정 네브래스카로 온 가난한 사람들이었다. 모두들 자기 토지를 잡히고 돈을 빌려 썼다. 그러나 제아무리 궁핍한 상태에 있다 하더라고 펜실베이니아 사람이나 버지니아 사람은 절대로 자기 딸을 돈벌이하라고 내보내지 않았다. 딸이 시골 학교에서 가르치는 일을 할 수 있다면 모르거니와 그렇지 않다면 그냥 가난한 집안에 가둬 두었다.

보헤미아 처녀들이나 스칸디나비아 처녀들은 영어를 배울 기회가 없었기 때문에 교사직을 얻을 수 없었다. 자기 집안을 빚에서 벗어나도록 돕겠다고 결심한 그들에게는 품팔이로 나서는 길 이외에는 달리 선택의 여지가 없었다. 그들 중에는 읍으로 나온 이후에도 시골에서 밭을 갈고 농장에서 가축을 몰았을 때와 다름없이 행동이 신중하고 정숙한 채로 남아 있던 처녀들도 있었지만, 그런가 하면 보헤미아 출신인 세 명의 메리처럼 시골 들판에서 잃어버린 젊은 날들을 보상하려는 듯이 살아가는 처녀들도 있었다. 그러나 모두들 자기들이 힘들게 번 돈을 농기구 값, 씨암퇘지 값, 수송아지 값 등 이런저런 빚을 갚을 수 있도록 시골집으로 보내면서 각자가 의도했던 바를 실행했다.

집안 식구들 간의 이러한 결속으로 인해 우리 지방에 정착한 외국인 농부들은 누구보다도 먼저 튼튼한 기반을 잡게 되었다. 부친이 빚을 다 갚고 나면 딸들은 대개의 경우 같은 국적의 이웃 남자들과 결혼했다. 한때 블랙 호크에 와서 부엌일을 했던 시골 처녀들이 오늘날은 훌륭한 가정을 이루고 거대한 농장을 경영하고 있으며, 자손들은 예전에 그들이 하녀로 일하면서 모셨던 부인네들의 자녀들보다 더 잘살고 있다.

이 시골 처녀들에 대한 읍 사람들의 태도란 내가 보기에 지극히 어리석었다. 한번은 내가 학우들에게 레나 린가르드의 할아버지는 목사였으며 노르웨이에서는 무척 존경받는 인물이라고 말했더니, 〈그래서 그게 어쨌단 말이냐〉는 듯이 모두들 나를 멍한 표정으로 바라보았다. 영어를 할 줄 모르는 외국인들은 모두 무지한 사람들이라고 생각하던 시절이었다. 블랙 호크에서는 안토니아 아버지만큼 유식하거나 교양 있는 사람은 단 한 명도 없었으며 그분만큼 개인적으로 뛰어난 자질을 가진 사람은 더더욱 찾기 힘들었다. 그럼에도 불구하고 읍 사람들한테는 안토니아가 세 명의 메리와 다른 점이 전혀 없었다. 그들에게는 이들이 모두 보헤미아 처녀들이요, 모두 〈품팔이 처녀들〉일 뿐이었다.

나는 이 시골 처녀들이 내 생전에 자수성가하는 날이 틀림없이 오리라는 걸 믿었고 실제로 그런 날이 왔다. 오늘날 궁핍한 블랙 호크 상인들이 바라는 최상의 것이란, 그 옛날 건장한 보헤미아 처녀들과 스칸디나비아 처녀들이 지금은 여주인이 되어 있는 부유한 농장에다 식량이나 농기구나 자동차 등을 파는 일이다.

블랙 호크 총각들은 블랙 호크 처녀들과 결혼하여, 앉아서는 안 될 최고급 의자와 사용해서는 안 될 값비싼 사기그릇 등이 비치되어 있는 완전한 새 집에서 살게 되기를 바랐다. 그러면서도 젊은 청년들은 장부에서 고개를 들고 혹은 자기 아버지 은행에서 일하다가 사무실 창살을 통해 레나 린가르드가 그녀 특유의 느릿느릿하면서도 물결처럼 미끄러지는 걸음걸이로 창가를 지나가는 모습이나 티니 소더볼이 짧은 치마에 줄 스타킹을 신고 춤추듯 경쾌하게 걸어가는 모습을 넋을 잃고 바라보았다.

시골 처녀들은 읍내 사회 질서에 위협적인 존재로 간주되었다. 그들의 아름다움은 관습적인 통념에 대조되어 지나칠 정도로 대담하게 빛을 발했기 때문이다. 그러나 블랙 호크 젊은이들은 정열보다는 체면을 훨씬 더 중요하게 생각했으므로 블랙 호크 어머니들은 자기 딸들이 결혼하지 못할까 봐 걱정할 필요는 없었다.

사회적 지위를 가진 젊은이들은 마치 왕가의 자손 같았다. 자기 사무실을 청소하거나 자기 마차를 모는 젊은 총각들은 쾌활한 시골 처녀들과 장난치며 놀 수 있었지만 자기는 저녁 내내 호화로운 응접실에 앉아 부친이 나와서 분위기를 활기 있게 만들어 보려고 헛되이 노력해야 할 정도로 지루하기 짝이 없는 대화를 꾹 참고 견뎌야만 했다. 그렇듯 무료한 방문을 끝내고 집으로 돌아가는 길에 서로들 소곤거리며 걸어오는 레나와 토니를 만난다거나 화려한 긴 코트에 모자를 쓰고 즐거웠던 저녁과 어울리는 기분에 들떠 있는 세 명의 메리를 만나게 되는 경우도 있었다.

세 명의 메리는 연달아 일어나는 스캔들의 주인공이었고 노인네들은 잡화상 담배 판매대 주위에 모여 앉아 이들의 이야기를 즐겨 화제로 삼았다. 메리 두삭은 보스턴 출신의 어느 총각 목장 주인 집에서 하녀로 일했으나 2~3년이 지난 후에는 한동안 세상의 눈을 피해 살지 않으면 안 되게 되었다. 나중에 친구인 메리 스보보다의 일자리를 떠맡아 하려고 다시 읍으로 돌아왔는데 실은, 메리 스보보다 또한 예전의 자신과 비슷하게 민망스러운 상황에 처해 있었다. 사람들은 세 명의 메리가 모두 부엌에다 고성능 폭발물을 비치해 놓은 것이나 다름없는 위험한 존재라고 생각했지만 이들 모두가 일급 요리사에 버금가는 하녀라서 일자리를 구하느라 고생한 적은 단 한 번도 없었다.

바니 부부의 천막은 블랙 호크 총각들과 시골 처녀들이 중립 지역에서 자연스럽게 만날 수 있는 자리를 마련해 주었다.

실베스터 라베트는 자기 아버지 은행에서 현금 출납계원으로 일하는 젊은이였는데 토요일 밤마다 천막으로 찾아와 레나 린가르드가 자기를 상대로 맞아 주는 춤이란 춤은 빠짐없이 전부 추었고 급기야는 그녀를 집에까지 바래다줄 정도로 대담해졌다. 어쩌다 자기 누이동생들이나 친구들이 〈일반인을 위한 밤〉에 나타나 구경꾼들 사이에 끼어 있으면 실베스터는 미루나무 밑에 서서 담배를 피우며 괴로운 표정으로 레나를 지켜보았다. 어두운 그늘에서 그와 몇 번 맞부딪친 적이 있었는데 그때마다 그가 퍽 측은하게 느껴졌다. 그를 보면 오울 벤슨이 떠올랐다. 언덕에 앉아 레나가 소 떼를 모는 모습을 구경했던 오울 벤슨. 그해 여름 레나가 자기 어머니를 보러 일주일 동안 시골에 가 있는 동안 실베스터는 레나를 만나기 위해 그 먼 시골까지 마차를 타고 가서 그녀와 함께 드라이브도 했다는 소리를 안토니아한테서 들었다. 순진하기 짝이 없게도 나는 실베스터가 레나와 결혼하여 읍에 있는 모든 시골 처녀들의 지위가 좀 더 향상되기를 바랐다. 실베스터는 레나의 뒤만 졸졸 따라다니다가 결국에는 은행에서 맡은 일에 실수를 범하기 시작했고, 그 결과 출납 장부를 올바르게 처리하느라고 밤늦게까지 은행에 남아 있어야만 했다. 그는 레나한테 완전히 빠져 있었고 그건 모든 사람들도 알고 있는 사실이었다. 자신이 처해 있는 곤란한 상황에서 벗어나기 위하여 그는 자기보다 여섯 살 연상의 부자 과부와 달아났다. 이 치료법은 분명히 효과가 있었다. 그 이후로 그는 두 번 다시 레나를 쳐다보지 않았으며 어쩌다 길에서 우연히 마주칠 때에도 예의상 모자에 손끝만 가져다 대었을 뿐 눈길조차 주지 않았다.

손이 고운 하이칼라 사무직원님들의 정체란 바로 그런 것이로구나! 하는 생각이 들었다. 나는 먼발치에서 젊은 실베스터를 노려보았다. 그에 대한 경멸감을 보여 줄 방법이 없는 것을 몹시 안타까워하면서.

10

안토니아가 사람들 눈에 띄게 된 것은 바니 부부의 천막 속에서 있었던 일 때문이었다. 그전까지 안토니아는 〈품팔이 처녀들〉의 하나라기보다는 할링 집안의 일을 돌봐 주는 처녀로 알려져 있었다. 토니는 할링네 집 안과 마당에서만 살아왔으며 그 작은 왕국 밖으로 나가 돌아다닌다는 것은 생각조차 해본 일이 없었다. 그러다가 천막 교습소가 읍에 온 이후로는 티니와 레나, 또 그 친구들과 어울려 돌아다니기 시작했다. 바니 부부는 그곳에 오는 사람들 중에서 안토니아가 춤을 제일 잘 춘다는 말을 자주 했었다. 앞으로 할링 부인이 저 처녀 때문에 골치깨나 썩게 되겠다고 천막 밖에 모여 있던 사람들이 중얼거리는 소리를 나도 가끔 들었다. 젊은이들은 〈마셜네 안나〉, 〈가드너네 티니〉에 대해서 지껄였던 것처럼 이제는 〈할링네 토니〉에 대해 서로 농을 하기 시작했다.

안토니아는 입을 열면 천막 교습소 이야기만 했고 머릿속에는 춤 생각만 들어 있는 것 같았다. 하루 종일 춤곡만 흥얼거렸다. 저녁 식사가 늦어졌을 경우에는 설거지를 서두르다가 접시를 떨어뜨려 깨뜨리기도 했다. 교습소에서 음악 소리가 들려오면 토니는 제정신이 아니었다. 옷을 갈아입을 시간이 없으면 앞치마를 훌렁 벗어 던지고 그대로 부엌문을 뛰쳐나갔다. 가끔 토니와 함께 교습소에 갈 적이 있었는데 불 켜진 천막이 시야에 들어오는 순간 토니는 사내아이처럼 마구 달려갔다. 그러고는 숨 돌릴 틈도 없이 곧바로 춤을 추기 시작했다.

천막 안에서 토니의 성공은 그에 따른 결과를 수반했다. 얼음 장수는 아이스박스에 얼음을 넣으러 현관에 들어와서는 지나치게 오랫동안 서성거렸고, 배달하는 총각들은 식료품을 배달하러 와서 부엌에서 어물거리며 시간을 끌었다. 토요일을 읍에서 보내려고 온 젊은 농부들은 요란하게 할링네 마당을 지나 뒷문으로 와서 토니에게 무도회나 피크닉에 함께 가지고 청했다. 레나와 노르웨이 처녀 안나가 토니를 찾아와 토니가 일을 빨리 끝내고 나갈 수 있도록 일을 거들어 주기도 했다. 춤을 추고 나서 안토니아를 집에 데려다 준 젊은이들이 이따금 뒷문에서 커다란 소리로 웃어 대는 바람에 할링 씨가 첫잠에서 깰 때도 있었다. 위기를 피할 수 없어 보였다.

어느 토요일 밤 할링 씨는 맥주를 가지러 지하실에 내려갔었다. 어둠 속에서 층계를 올라오는데 집 뒤쪽에서 맞붙어 싸우는 소리가 들렸고 뒤이어 뺨을 철썩 때리는 소리도 들렸다. 옆문을 열고 내다보는 순간 기다란 다리가 담장 너머로 뛰어오르는 광경이 시야에 들어왔다. 그리고 그 자리에 안토니아가 화를 내며 흥분한 채 서 있었다. 해리 페인이라고 하는 젊은이가 자기 고용인의 딸과 월요일에 결혼하기로 되어 있는 상황에서 친구들과 어울려 천막에 와서 저녁 내내 춤을 추었다. 나중에 그는 안토니아에게 집까지 바래다줄 수 있도록 허락해 달라고 애걸했다. 안토니아의 말에 의하면, 그가 프랜시스의 친구라서 선량한 사람이려니 생각하고 그의 청을 마다하지 않았단다. 뒷문 안에 들어서자 그는 안토니아에게 키스를 하려 들었고 토니가 (월요일에 결혼하기로 되어 있는 남자이므로) 이에 저항하자 토니를 거머잡은 채, 그녀가 한 손을 빼내 그의 뺨을 호되게 후려칠 때까지 계속해서 입을 맞추었다.

할링 씨는 맥주병들을 테이블 위에 내려놓았다.

「안토니아, 일이 이렇게 될 줄 내 예견하고 있었다. 그동안 자유분방하기로 소문난 처녀들과 어울려 다니더니 이젠 너도 똑같은 평판을 얻었구나. 난 이런저런 녀석들이 내 집 뒷마당에서 노상 쿵쾅거리며 소란 떠는 꼴을 그대로 보고만 있지는 않겠다. 이제 그런 짓은 끝이야. 오늘 밤으로 당장 그만두는 거다. 그런 댄스장에 나다니는 걸 그만두든지, 아니면 다른 곳에서 일자리를 찾아보든지. 잘 생각해 봐라.」

다음 날 아침 할링 부인과 프랜시스가 안토니아를 데리고 차분히 이야기를 해보려고 시도했으나 안토니아는 몹시 흥분되어 있었을 뿐만 아니라 이미 마음을 결정하고 있었다.

「천막 교습소에 그만 간다고요?」 토니는 숨을 가빠 몰아쉬었다. 「그건 한순간도 생각지 못할 일이에요! 우리 아버지도 그것만은 날 말리지 못하셨을걸요! 할링 씨는 이 집 안에서만 내 주인이시라고요. 난 내 친구들을 포기하지 않겠어요. 그리고 내가 같이 어울리는 총각들도 착실한 남자들이에요. 페인 씨도 여길 찾아오곤 했으니까 괜찮은 사람이고요. 그 사람이 결혼하는 거에 대해서 내가 심하게 화를 낸 건 사실이지만.」

「안토니아, 이젠 둘 중 하나를 선택해야만 해.」 할링 부인이 결정적으로 말했다. 「나로서는 남편이 너한테 한 말을 번

복할 수는 없고. 이건 그이 집이니까.」

「그렇다면 떠나겠어요. 레나는 내가 자기 집에서 가까운 데로 와서 살기를 퍽 오래전부터 원했거든요. 메리 스보보다가 커터 집 일을 그만두고 호텔에서 일하게 되었기 때문에 내가 그 애 살던 집에서 살면 돼요.」

할링 부인은 자리에서 일어났다.

「안토니아, 만약 네가 커터 집으로 일하러 간다면 앞으로 다시는 우리 집에 돌아올 수 없다. 그 남자가 어떤 사람인지 너도 알지? 그리로 가면 너는 망하는 거다.」

안토니아는 찻주전자를 낚아채듯 집어 들고는 끓는 물을 유리컵에 부으면서 깔깔대고 웃었다.

「아, 난 내 몸을 제대로 보살필 수 있어요! 난 커터보다 훨씬 더 힘이 센걸요. 그 집에선 4달러를 주는 데다가 어린애들도 없고. 그러니까 일은 힘들 게 하나도 없어요. 밤은 완전히 내 맘대로고 오후에도 자주 외출할 수 있고요.」

「난 네가 아이들을 좋아하는 줄 알았는데. 토니, 너한테 무슨 일이 생긴 거냐?」

「모르겠어요, 그런가 봐요.」 이렇게 말하면서 그녀는 머리를 까닥거리고 입을 앙다물었다. 「나 같은 여자는 즐길 수 있는 기회가 있을 때 즐겨야 해요. 내년에는 천막 교습소라는 게 없을지도 모르죠. 다른 여자애들처럼 나도 한번 맘껏 놀고 싶은가 보죠, 뭐.」

할링 부인은 짤막하고도 거친 웃음을 터뜨렸다.

「네가 커터 집에서 일하게 되면, 아마 오금도 제대로 펼 수 없을 정도로 실컷 놀 수 있을 거다.」

프랜시스는 할머니와 나한테 그 장면을 이야기해 주면서

자기 어머니가 부엌을 나갈 때, 순간 선반 위에 있는 냄비와 접시와 컵들이 모조리 덜거덕거리며 흔들렸다는 말도 덧붙였다. 할링 부인은 자기가 토니에게 정이 들지 않았더라면 좋았을 뻔했노라고 통렬하게 말했다.

11

윅 커터는 불쌍한 러시아인 피터를 쫓아 버렸던 고리대금업자였다. 어느 농부고 간에 일단 커터한테 다니는 버릇이 생기면 마치 노름이나 복권과 흡사해서, 실의에 빠지는 일이 생기면 또다시 커터에게 되돌아가게 마련이었다.

커터의 이름은 이클리프였다. 자기가 자라난 종교적인 집안 분위기에 대해서 이야기하기를 무척 즐겼고, 자기는 프로테스탄트 교회에 규칙적으로 헌금을 바쳤는데 그건 〈센티멘탈한 이유〉에서였단다. 그는 스웨덴 사람들이 상당히 많이 살고 있는 아이오와 어느 읍에서 왔기 때문에 스웨덴 말을 조금 할 줄 알았고, 그런 이유로 초기 스칸디나비아 정착민들을 상대로 대단한 이득을 보았다.

개척지에 정착한 사람들 가운데는 사회적인 억압을 피하여 온 사람들이 항상 있기 마련이었다. 커터는 블랙 호크 사업가들 중 〈방탕한 무리〉에 속했다. 그는 노름을 지독히 좋아했지만 노름에 질 경우에는 볼썽사납게 굴었다. 밤늦게 그의 사무실에 불이 켜 있으면 그 안에서 포커 판이 벌어지고 있다는 것을 의미했다. 자기는 셰리보다 강한 술은 절대로 입에 대지 않노라고 자랑하는가 하면 다른 젊은이들이 시가를 피우느라 낭비한 돈을 자기는 저축하여 그 돈으로 남들보다 일찍 출세하게 되었다고도 떠벌렸다. 그리고 어린 사내아이들한테 들려줄 도덕적인 경구들을 잔뜩 가지고 있었다. 언젠가 우리 집에 볼일이 있어 들렀을 때 나한테 『푸어 리처드 연감』에서 한 구절을 인용해 들려주고는 읍에 살면서 소젖을 짤 줄 아는 소년을 만나게 되어 무척 반갑다고 덧붙였다. 특히 할머니한테 다정하게 굴었고 어쩌다 두 사람이 만나게 되면 즉시 〈그 옛날 좋았던 시절〉과 소박한 생활에 대해서 늘어놓기 시작했다. 나는 그의 분홍색 대머리와 항상 반짝거리는 부드러운 노란색 수염이 지독히 싫었다. 사람들 말에 의하면 그는 여인네들이 머리를 빗듯이 매일 밤마다 수염을 빗었다. 그의 흰 이빨은 공장에서 만들어 낸 것처럼 보였고 피부는 평생 햇볕에 탄 것처럼 붉고 거칠었다. 진흙욕을 하려고 멀리 떨어져 있는 온천에도 자주 갔고 여자관계는 악명 높게 방탕했다. 그의 집에 살던 스웨덴 처녀 두 명은 그러한 그의 버릇을 더욱 악화시켰다. 그는 그중 한 처녀를 오마하로 데리고 가서 직접 일자리를 찾아 주기도 했다. 그리고 지금도 그 여자를 여전히 만나고 있단다.

커터는 자기 아내와 끊임없는 전투 상태에서 살고 있었으나 갈라설 생각은 꿈에도 없는 듯이 보였다. 흰색 페인트칠을 한 집은 무성한 상록수로 덮여 있었고 조야한 흰 울타리와 헛간도 하나 있었다. 커터는 자기가 말에 대해서 무척 많이 알고 있다고 믿으며 경마를 위해 망아지 한 마리를 늘 훈련시키고 있었다. 일요일 아침이면 노란 장갑에 흰색과 검은색 체크 무늬 여행모를 쓰고 미풍에 수염을 흩날리며 마차를 타고 속력을 내어 경마장을 빙빙 돌고 있는 그의 모습을 장터에서 볼 수 있었다. 혹시 주위에 사내아이들이 있으면 커터는 아이들에게 25센트짜리 동전 한 닢을 줄 테니 속도 재는 시계를 들고 있으라 해놓고는 나중에는 잔돈이 없으니 〈다음번에 계산하마〉고 했다. 커터의 잔디밭을 그의 마음에 들게 손질한다거나 그의 마차를 그의 마음에 들게 닦을 수 있는 사람은 아무도 없었다. 자기 집에 대해서는 어찌나 까다롭게 깔끔을 떨었던지, 그 집 뒷마당에 죽은 고양이를 던진다든가 그 집 골목에 빈 깡통이 든 쓰레기를 버리다가는 큰코다치게 되어 있었다. 히스테리컬한 기벽과 방탕한 기질이 기이하게 혼합되어 있는 커터의 성격은 그를 야비하고도 천박한 사람으로 만들었다.

지금의 아내와 결혼했을 때 그는 그야말로 적수를 만났던 것이다. 무시무시하게 생긴 여자였다. 키는 거인에 가깝고, 살이라고는 한 점도 없으며, 회색빛 머리에, 얼굴은 항상 벌겋게 달아 있고, 눈은 불룩 퉁겨져 나온 데다가 신경질이 대단했다. 남을 즐겁게 해줄 의향이 있거나 사교적이고 싶을 때는 고개를 쉬지 않고 끄덕이며 눈을 깜박거렸다. 기다랗고 휘어진 이는 말 이빨을 연상시켰다. 사람들 말에 의하면, 그 여자가 아기를 보고 미소를 지으면 아기가 울었다. 나는 그 얼굴에 흥미를 느꼈다. 얼굴 자체가 노여움의 형태였고 강렬한 두 눈은 광기 비슷한 빛을 발했다. 깐에는 격식을 무척 차려서 남의 집을 방문할 때는 깃털 달린 높은 모자를 쓰고 금실 은실로 화려하게 무늬를 넣어 짠 비단옷을 입었다.

커터 부인은 사기그릇에 그림 그리는 것을 무척 좋아해서 세숫대야나 물 항아리는 물론 남편의 면도 컵에까지 오랑캐꽃과 백합을 잔뜩 그려 놓았다. 언젠가 커터가 자기 아내의 사기그릇을 손님에게 보여 주다가 그중 하나를 떨어뜨린 일이 있었다. 커터 부인은 당장 기절이라도 할 듯이 손수건을 입에 갖다 대면서 멋들어지게 한마디 했다.

「여보, 당신은 십계명을 모조리 깼으니 그 대접은 깨지 마세요!」

그들 부부는 남편이 집 안에 들어서는 순간부터 밤에 잠자리에 들 때까지 싸웠고 그 집에서 일하는 처녀들은 부부 싸움의 내용과 장면을 읍에다 널리 알렸다. 커터 부인은 부정한 남편들에 관한 기사를 신문에서 오려 가지고 남의 글씨체를 흉내 내어 그것들을 남편에게 우편으로 보냈다. 그러면 커터는 정오에 집에 와 신문꽂이에서 토막 난 신문을 찾아낸 후 오려 낸 조각들을 의기양양하게 제자리에 다시 끼워 놓았다. 이 부부는 남편이 내복을 두꺼운 것으로 입어야 할지 얇은 것으로 입어야 할지에 대해서 아침 내내 싸울 수 있었고, 남편이 감기에 걸렸는지 안 걸렸는지에 대해서 그날 저녁 내내 싸울 수 있는 사람들이었다.

커터 부부는 사소한 문제로만 싸우는 것이 아니라 중대한 일도 물론 논쟁의 대상이 되었다. 그중 가장 큰 것은 상속 문제였다. 아내는 자기들한테 자식이 없는 것은 분명히 남편 탓이라고 우겼고, 남편은 아내가 의도적으로 아이를 갖지 않는 것이라면서 자기가 죽은 후에 꼴도 보기 싫은 처갓집 〈인간들〉하고 자기 재산을 갈라 먹을 속셈이라고 우겼다. 이에 대해서 아내는 남편이 생활 방식을 완전히 바꾸지 않는 한 자기가 남편보다 훨씬 더 오래 살 것이라고 응수했다. 자신의 건강을 빗대 놓고 야죽거리는 아내의 말을 듣고 나면 커터는 한 달 동안 아령 운동을 하거나 아내가 곤히 잠들어 있을 때 일어나서 소란스럽게 옷을 입고 승마 연습을 하러 경기장으로 나갔다.

한번은 그들 부부가 생활비 문제로 싸웠을 때 커터 부인은 비단옷을 걸치고 자기 친구들을 찾아다니며 남편이 자기한테 〈그림이나 그려서 먹고살라〉고 했다면서 사기그릇에 그림을 그려 넣을 일거리를 좀 달라고 사정했다. 그런 일에 대해서 커터는 아내가 기대한 것처럼 창피하게 여기기는커녕 오히려 아주 재미있어했다.

커터는 집을 절반이나 덮고 있는 삼나무들을 잘라 버리겠다는 협박을 이따금 써먹었고 그럴 때마다 그의 아내는 삼나무 덕택으로 〈사생활〉이 유지되고 있는 판에 그 나무들을 말끔히 베어 버린다면 자기는 집을 나가겠다고 선언했다. 누가 봐도 그것은 커터로서는 절호의 기회였다. 그러나 커터는 절대로 그 나무들을 자르지 않았다. 그들 부부는 자기들의 관계가 자극적이면서도 흥미롭다고 생각하는 것 같았고 우리가 보기에도 정말 그랬다. 윅 커터는 내가 살아오면서 본 그 어떤 악당하고도 비슷한 점이 없는 악당이었으나 커터 부인은 세상에 얼마든지 널려 있는 흔한 인물이었다.

12

안토니아는 커터네 집에서 살기 시작한 이후로 피크닉과 파티와 재밌게 노는 일 이외에는 아무것에도 신경을 쓰지 않는 것 같았다. 춤을 추러 나가지 않을 때는 자정까지 바느질을 했는데 그렇게 해서 만든 새 옷들은 신랄한 비판의 대상이 되었다. 레나의 지시를 받으며 안토니아는 싸구려 옷감으로 가드너 부인의 새 파티용 드레스나 스미스 부인의 외출복하고 아주 비슷하게 만들어 놓아서 그 부인네들은 지독히 불쾌해했고 그네들을 질시하던 커터 부인은 속으로 쾌재를 불렀다.

토니는 이제 장갑을 끼고 하이힐에 깃털 달린 모자를 쓰고서 거의 매일 오후 티니와 레나와 노르웨이 처녀 안나와 함께 시내로 나갔다. 우리 고등학교 남학생들은 오후 휴식 시간이면 운동장에서 서성거리며 그 처녀들이 둘씩 짝지어 나무판 보도를 따라 언덕을 경쾌하게 걸어 내려오는 모습을 구경했다. 모두들 날마다 더 예뻐지고 있었지만, 마치 동화 속의 백설 공주처럼 안토니아가 〈그중에서 가장 예쁘다〉고 나는 자랑스럽게 생각했다.

졸업반이었기 때문에 나는 학교에서 일찍 나올 수 있었다. 그래서 가끔 시내로 나가 그 처녀들을 아이스크림 가게에 데리고 가면 웃고 재재거리며 시골 소식들을 모두 들려주었다.

어느 날 오후 티니 소더볼이 나를 무척 화나게 했던 일이 지금도 생각난다. 티니는 우리 할머니가 나를 침례교 목사로 만들려고 한다는 소리를 들었다고 떠벌렸다.

「이젠 춤은 그만 추고 대신 흰 넥타이를 매야 되겠네. 얘들아, 그 모습 꽤 우습겠다, 그치?」

레나가 깔깔 웃었다.

「짐, 너 서둘러야겠다. 네가 목사가 될 거라면 난 네가 내 결혼 주례를 서주길 바라. 그러고 나서 내 아기들도 모두 네가 세례를 주고.」

항상 점잖은 노르웨이 처녀 안나는 레나를 나무라는 눈빛으로 쳐다보았다.

「짐, 침례교에선 아기들 세례하는 거 믿지 않지, 그치?」

나는 침례교에서 무엇을 믿는지 알지 못할 뿐만 아니라 알고 싶지도 않았으며, 어쨌거나 나는 절대로 목사가 되지는 않을 거라고 대꾸했다.

「거참, 유감인데.」 티니가 억지로 웃음을 띠며 말했다. 그녀는 나를 놀려 주고 싶어 했다. 「넌 훌륭한 목사가 될 수 있을 텐데. 공부도 그렇게 열심히 하잖니. 너 혹시 교수 되고 싶니? 예전에 토니 가르친 적도 있잖아, 그치?」

그러자 안토니아가 끼어들었다.

「난 짐이 꼭 의사가 됐으면 좋겠어. 짐, 너는 환자들한테 정말 친절하게 대해 줄 거야. 너네 할머니께서 널 아주 잘 키우셨으니까. 우리 아빠는 네가 참 똑똑한 아이라고 늘 말씀하셨어.」

나는 내가 되고 싶은 사람이 되겠노라고 말하면서 티니한테 한마디 했다.

「티니 양, 내가 나중에 일류 멋쟁이 신사가 되면 좀 놀라시겠지?」

모두들 깔깔거리며 웃다가 노르웨이 처녀 안나가 눈짓을 하는 바람에 웃음을 그쳤다. 고등학교 교장 선생님이 저녁 식사용 빵을 사러 가게 안으로 들어섰던 것이다. 내가 음흉한 아이라는 소문이 나돌고 있는 것을 안나는 알고 있었다. 내 또래 여자애들한테는 전혀 관심이 없고 토니나 레나나 세 명의 메리와 함께 있을 때에야 활기를 띠는 사내애라면 어딘가 괴상한 데가 분명히 있을 거라고 사람들은 입을 모았다.

바니 부부가 불을 당겨 놓은 춤에 대한 열정은 단번에 꺼지지 않았다. 천막 교습소가 읍을 떠나고 나자 〈유커 클럽〉은 〈아울 클럽〉으로 명칭을 바꾸고 일주일에 한 번씩 메이슨 홀에서 무도회를 열었다. 나는 거기에 초대받았지만 거절했다. 그해 겨울 나는 왠지 울적하고 초조했으며 매일 만나는 사람들에게 싫증을 느끼고 있었다. 찰리 할링은 이미 아나폴리스 해군 사관 학교에 다니고 있었으나 나는 아직도 매일 아침 출석을 부를 때마다 이름에 답하고 초등학교 아이들처럼 종소리가 나면 자리에서 일어나 밖으로 나가거나 하면서 블랙 호크에 주저앉아 있는 처지였다. 내가 줄곧 안토니아를 옹호하고 있었기 때문에 할링 부인은 나에게 약간 냉랭한 태도를 보였다. 저녁 식사 후에 내가 할 수 있는 일이 과연 무엇이 있었나? 주로 그다음 날 배울 것을 모두 예습해 놓은 후에야 학교를 떠났지만, 어쨌거나 가만히 앉아서 노상 책만 읽을 수는 없었다.

저녁이면 나는 기분 전환이 될 만한 거리를 찾아 여기저기 어슬렁거렸다. 눈으로 얼어붙었거나 진창으로 질척거리는 낯익은 길들을 따라 걸어가면 선량한 사람들이 아기들을 잠자리에 뉘거나 저녁 식사를 소화시키면서 거실 난로 앞에 가만히 앉아 있는 집들이 나타난다. 블랙 호크에는 술집이 둘 있었다. 그중 하나는 술집으로는 퍽 점잖은 곳이어서 교회 다니는 사람들에게서도 인정받는 술집이었다. 술집 주인은 자기 농장을 세놓고 읍으로 나온 안톤 옐리넥이라고 하는 미남이었다. 보헤미아 농부들과 독일 농부들은 집에서 싸온 점심을 그 술집에 있는 기다란 테이블에서 맥주를 마시며 먹었다. 옐리넥은 외국인들 입맛을 생각해서 항상 보리 빵과 훈제 생선과 수입 치즈 등을 마련해 놓았다. 그 술집에 들러 거기서 오가는 이야기들을 듣는 것이 나한테는 무척 즐거웠다. 그러던 어느 날 옐리넥이 길가까지 나를 따라 나와 내 어깨를 툭 치면서 말했다.

「짐, 난 네 친구야. 그리고 널 보면 반가워. 하지만 교회 사람들이 술집을 어떻게 생각하는지는 너도 알잖아. 너네 할아버지는 항상 나한테 친절하게 대해 주셨어. 그래서 난 네가 우리 집에 드나드는 게 불편해. 너네 할아버지가 좋아하시지 않는다는 걸 아니까. 네가 내 집에 드나들면 너네 할아버지와 나 사이가 거북해져.」

나는 더 이상 그 술집을 드나들 수 없게 되었다.

잡화상 주위에서 서성거리면 매일 저녁 그곳에 둘러앉아 정치 이야기나 점잖지 못한 이야기를 주고받는 노인네들의 대화를 들을 수 있었고, 담배 공장에 가면 카나리아를 길러 파는 독일인 노인과 잡담을 하며 박제해 놓은 새들을 구경할 수도 있었다. 다만 그 노인과는 무슨 주제로 이야기를 시작하든지 항상 박제술로 되돌아가는 것이 탈이었다. 물론 정거장도 있었다. 정거장에 나가 밤기차가 들어오는 것을 구경하고, 〈살맛이 좀 나는〉 오마하나 덴버로 전근되기만을 바라고 있는 불평 많은 전보계원과 한참 동안 같이 앉아 있기도 했다. 그는 항상 여배우들과 댄서들의 사진을 꺼내 보여 주었다. 그 사진들은 담뱃갑에 들어 있는 쿠폰과 교환해서만 얻을 수 있어서 날씬하고 예쁜 여자 사진들을 얻으려고 담배를 죽어라 피워 댔다고 했다. 이따금 역장하고도 이야기를 나눌 수는 있었지만 그 역시 불평이 많은 사람이라서 틈만 나면 상관에게 전근을 요청하는 편지들을 써 보냈다. 그는 일요일마다 송어 낚시를 갈 수 있는 와이오밍으로 돌아가고 싶어 했다.

〈쌍둥이 자식을 잃고 나서 나한테 남은 유일한 낙이라고는 송어 낚시밖에 없다〉는 것이 그가 늘 하는 말이었다.

심심풀이로 내가 선택할 수 있었던 것들은 고작 그게 다였다. 9시 이후에는 시내에서와 달리 불이 켜진 곳이라고는 없었다. 별이 밝은 밤이면 덧창과 뒷문이 닫힌 채 두 줄로 나란히 늘어서 잠들어 있는 작은 집들을 찡그린 낯으로 바라보며 길게 뻗어 있는 추운 길거리를 오르락내리락 거닐었다. 집이라고는 하지만 대부분은 가벼운 목재로 엉성하게 지은 데다가 문기둥이 심하게 뒤틀려 비바람을 간신히 피할 수 있는 정도였다. 그러나 그토록 나약한 속에서도 그 얼마나 많은 질시와 선망과 불행을 감내하고 있는 이들이 있었던가! 그런 집안에서 이어지는 삶이란 회피와 부정으로 형성되는 것 같았다. 밥이나 빨래나 청소 등은 되도록 하지 않으면서 남의 입에 오르내리지나 않으려고 머리를 쓰는 인생, 말이나 음성이나 눈빛까지도 어딘가 은밀한 분위기를 띠고 각자의 취향이라든가 자연스러운 기호는 조심스럽게 억제되어 있었으니 이렇듯 경계된 삶이란 어찌 보면 독재 정치하에서의 삶과 흡사했다. 내 보기에 그들은 마치 자기네 부엌에서 사는 생쥐처럼 살려고 애쓰는 것 같았다. 아무런 소리도 내지 않고 아무런 자취도 남기지 않으면서 어둠 속에서 사물의 표면을 미끄러지듯 넘어갔다. 뒷마당에 쌓인 잿더미가 점점 커져 가는 것만이 삶의 비경제적인 소비 과정이 진행되고 있다는 유일한 증거였다. 〈아울 클럽〉의 무도회가 있는 화요일 밤에야 비로소 길가에 설레는 기운이 약간 감돌면서 자정까지 불이 켜져 있는 창문이 여기저기 눈에 띄었다. 그러나 그다음 날 밤이면 모든 것이 다시 어두워졌다.

〈올빼미들〉의 일원이 되기를 거부한 후(〈아울 클럽〉을 흔히 〈올빼미들〉이라고 불렀다) 나는 소방서 홀에서 개최되는 토요일 밤 무도회에 나가리라는 대단한 결심을 했다. 그러한 계획을 집안 어른들에게 알린다는 것은 무모한 일이었다. 할아버지는 춤이라는 것을 워낙 좋게 생각하지 않았다. 춤을 추고 싶으면 〈우리 아는 사람들〉이 있는 메이슨 홀에 가라고 하셨지만 나로서는 아는 사람들을 지나치게 많이 만나는 것 자체가 문제였다.

나는 아래층에 있는 내 침실에서 공부도 했기 때문에 그 방에는 난로도 있었다. 토요일 밤이면 일찌감치 내 방으로 들어가 셔츠를 갈아입고 일요일에 입는 외투를 걸쳤다. 그러고는 노인네들이 잠들 때까지 기다렸다가 창문을 올리고 밖으로 기어 나가서 소리 없이 마당을 가로질러 갔다. 처음에는, 아니 두 번째까지도 할아버지와 할머니를 속인 나 자신이 무척 비열하다는 기분이 들었지만, 곧 그런 생각은 떠오르지도 않게 되었다.

소방서 홀에서 열리는 무도회만이 내가 일주일 내내 고대하는 유일한 낙이었다. 거기 가면 바니 부부의 천막 교습소에서 만났던 사람들을 다시 만날 수 있었다. 어떤 때는 윌버에서 온 보헤미아 총각들도 있었고 비스마르크에서 오후에 화물차를 타고 내려온 독일 총각들도 있었다. 토니와 레나와 티니는 항상 나타났고 보헤미아의 메리 세 명과 세탁소에서 일하는 덴마크 처녀들도 왔다.

덴마크 처녀 네 명은 세탁소 뒤에 있는 안채에서 세탁소 주인 내외와 함께 살고 있었다. 세탁물은 그 집에 딸린 넓은 마당에 내다 걸어 말렸다. 주인은 상냥하고 현명한 노인으로,

처녀들에게 봉급도 후하게 주고 그들을 보살펴 주면서 썩 좋은 거처도 제공했다. 노인은 자기 딸이 어머니를 도와줄 만한 나이가 되었을 때 죽었기 때문에 그 이후로는 항상 〈죽은 딸을 위하는 마음으로〉 젊은 처녀들을 대해 왔노라고 나한테 말한 적이 있었다. 여름날 오후에는 세탁소 앞 보도에 나와 무릎 위에 신문을 펼쳐 놓고 앉아서 덴마크 처녀들이 덴마크 말로 이야기하며 다림질하는 모습을 열린 창문으로 몇 시간이고 바라보았다. 흰 먼지가 구름처럼 몰려와도, 채마밭 채소들을 시들게 하는 무더운 바람이 휙휙 몰아쳐 와도 노인은 조금도 자세를 흐트러뜨리지 않았다. 그럴 때 그의 특이한 표정은 마치 만족의 비밀을 알아냈노라고 말하는 듯 보였다. 아침저녁으로 그는 마차를 타고 돌아다니면서 방금 다린 옷들을 배달해 주고 빨랫감들이 담긴 주머니를 수거했다. 그가 고용한 처녀들은 다림질 판 앞에 있거나, 빨래 통 위로 몸을 굽히느라 흰 목과 팔이 드러난 채 빨간 들장미처럼 예쁜 뺨에 황금빛 머리칼이 김이나 열기로 조금 촉촉해져서 귓전에 동글동글 말려 매달린 모습으로 빨래를 하고 있을 때가 춤을 출 때보다 훨씬 더 예뻐 보였다. 그녀들과 춤을 추노라면 새로 다려 입은 깨끗한 옷에서 세탁소 주인 옌센 씨 뜰에서 딴 로즈마리 향을 맡을 수 있었다.

무도회장에 가면 여자 파트너들이 항상 부족하기는 했지만 어쨌거나 모든 남자들이 토니나 레나하고는 단 한 번만이라도 춤을 추고 싶어 했다.

레나는 몸에 힘을 주지 않으면서 흐느적거리듯이 움직이며 한 손으로는 음악 소리에 맞추어 상대방 어깨를 가볍게 토닥거렸다. 그러면서도 누가 자기에게 말을 걸면 미소는 지어 보이되 대꾸는 하지 않았다. 음악은 레나를 부드러운 꿈속으로 끌어들이는 듯 보였고 보랏빛 두 눈은 기다란 속눈썹 밑에서 잠에 취한 듯 상대방을 신뢰하는 눈빛으로 응시했다. 한숨을 내쉬면 사쉐 향가루의 짙은 향이 묻어 나왔다. 레나와 「즐거운 나의 집」에 맞추어 춤을 추면 파도를 타고 흘러가는 기분이 들었다. 무슨 춤을 추거나 왈츠를 추듯 추었고 언제나 같은 왈츠였다. 돌아갈 수밖에 없도록 운명 지어진 그 어떤 것으로의 귀향을 의미하는 왈츠였다. 레나와 한참 춤을 추다 보면 무더운 여름날의 열기 속에서처럼 왠지 초조해졌다.

토니와 무도회장을 휘돌고 나면 전혀 이상스러운 기분이 들지 않았다. 매번 시작할 때마다 새로운 기분이었다. 토니와 추는 춤으로는 느린 폴카가 제일 좋았다. 토니는 아주 가볍게 움직이면서 항상 새로운 스텝을 집어넣어 변화도 많이 주었다. 장단이 엄격하고 빠른 음악에 맞추어 변화 있게 춤추는 방법을 나는 토니에게서 배웠다. 돌아가신 쉬메르다 씨가 철로의 끄트머리에 와서 자리를 잡는 대신 뉴욕에 정착하여 바이올린을 켜면서 생계를 이어 갔었더라면 안토니아의 인생은 얼마나 달라졌을까!

안토니아가 자주 무도회장에 같이 갔던 상대는 래리 도노반이라고 하는 여객차 차장이었는데, 우리가 이름 붙였듯이, 전문적으로 여자들이나 쫓아다니는 인물이었다. 안토니아가 가드너 부인의 검은 벨벳 드레스를 흉내 내어 만든 면벨벳 드레스를 처음 입고 나타났던 밤, 모든 젊은 남자들이 얼마나 감탄하며 그녀를 바라보았던지 지금도 생각난다. 춤을 출 때면 언제나 입술을 약간 벌리고 두 눈을 반짝거리는 토니의 모습이란 볼수록 아름다웠다. 뺨에 나타나는 짙은 빛은 전혀 변하지 않았다.

어느 날 밤 도노반이 열차 당번이라서 못 오게 되자 안토니아는 노르웨이 처녀 안나와 그녀의 남자 친구와 함께 홀에 나타났고 그날 밤은 내가 토니를 집에 바래다주었다. 커터네 집 마당 안으로 들어가 사철나무에 우리 모습이 가려지자 나는 토니에게 굿나잇 키스를 해주겠냐고 물었다

「그럼, 물론 해주지, 짐.」 그러더니 다음 순간 얼굴을 획 돌리면서 나지막하나 격한 어조로 말했다. 「아니, 짐! 나한테 그런 식으로 키스해선 안 된다는 건 너도 알지? 나, 너네 할머니한테 일러바칠 거야!」

「레나 린가르드는 내가 그렇게 키스해도 내버려 두는걸. 그런데 난 널 좋아하는 반만큼도 그 앨 좋아하지 않아.」

「레나가 그런다고?」 토니가 입을 쩍 벌렸다. 「그 계집애가 너하고 돼먹지 않은 수작을 하려고 들면, 내 그 계집애 눈깔을 뽑아 버릴 테다!」

토니는 다시 내 팔을 끼고서 문밖으로 나와 보도를 오락가락 거닐었다.

「이봐, 넌 읍에 사는 어떤 녀석들처럼 바보짓 하면서 돌아다니지 마. 넌 장차 여기 주저앉아 가게 상자나 만들고 잡담이나 하면서 일생을 보낼 사람이 아니야. 내가 널 얼마나 자랑스럽게 여긴다고. 앞으로 그 스웨덴 계집애들하고 어울려 다니지 마, 알았지?」

「난 너 이외엔 그까짓 애들한테 아무 관심도 없어. 그런데 넌 앞으로도 날 항상 어린애 취급할 테지.」

안토니아는 깔깔 웃고 나서 양팔로 나를 안았다.

「아마 앞으로도 그럴걸. 하지만 넌 내가 엄청 좋아하는 어

린애라고! 네가 날 얼마든지 좋아해도 괜찮지만, 레나하고 지나치게 어울려 다니는 게 내 눈에 띄면 그 즉시 너네 할머니한테 가서 보고할 거야. 정말야! 레나는 괜찮은 애지만, 다만, 글쎄, 너도 알다시피 그 앤 그런 면에서는 약해. 자기도 어쩔 수 없겠지, 천성이 그러니까.」

토니가 나를 자랑스럽게 여겼다지만 나는 토니가 어찌나 자랑스러웠던지 컴컴한 삼나무를 지나 커터네 대문을 조용히 닫고 밖으로 나오자 고개를 한껏 높이 쳐들고 걸었다.

토니의 따뜻하고 어여쁜 얼굴, 다정한 두 팔, 진실한 마음씨……. 토니는, 아, 토니는 여전히 나의 안토니아였다! 집으로 걸어가면서 나는 주위에 있는 컴컴하고 조용한 허름한 집들을 경시하는 눈초리로 바라보며 그 안에서 잠자고 있는 어리석은 젊은이들을 머릿속에 떠올렸다. 나는 그네들을 두려워하지 않으리라! 비록 아직 나이는 어릴지라도 나는 진정한 여인이 어디 있는지 알고 있었다!

무도회에서 돌아와 조용한 집 안으로 들어가는 것이 무척 싫었고 잠자리에 들어서도 쉽사리 잠들지 못했다. 아침이 될 무렵이면 나는 흔히 즐거운 꿈을 꾸었다. 어떤 때는 토니와 함께 시골에서 어린 시절 그랬듯이 밀짚 더미에서 미끄럼을 타고 내려오기도 하고, 노란빛 산을 자꾸만 기어올라 가다가 밋밋한 산허리로 미끄러져 부드러운 겨 더미로 떨어지는 꿈이었다.

어떤 꿈 하나는 아주 자주 꾸었다. 나는 추수기에 옥수수 다발로 가득 찬 밭에서 옥수수 단에 기댄 채 누워 있다. 레나 린가르드가 맨발에 짧은 치마를 입고 손에는 휘어진 타작용 갈퀴를 들고 그루터기만 남은 옥수수밭을 가로질러 나에게

온다. 주위가 빛나는 장미색으로 둘러싸여 있어서 레나는 마치 동녘 하늘처럼 훤히 빛난다. 이윽고 레나가 내 옆에 와서 앉는다. 나에게 고개를 돌리며 가벼운 한숨을 내쉬고 말한다. 「이제 모두들 다 가버렸으니 내 맘껏 너한테 실컷 키스할 수 있어.」

나는 이렇듯 즐거운 꿈에 안토니아가 나타나 주기를 몹시 바랐지만 안토니아는 그런 식으로는 단 한 번도 내 꿈에 나타나지 않았다.

13

어느 날 오후 나는 할머니가 나 몰래 울었다는 것을 눈치챘다. 집 안을 돌아다닐 때 할머니의 발걸음이 하도 무겁게 들리기에 공부하다 말고 자리에서 일어나 어디가 편찮으시냐고, 내가 뭘 도와드릴까 보냐고 물어보았다.

「아니다, 괜찮다, 짐. 걱정거리는 있다만 몸은 그런대로 괜찮다. 아마 뼈마디에 녹이 슬기 시작하나 보다.」 할머니는 마지막 말을 씁쓸히 덧붙였다.

「할머니, 뭘 가지고 속을 썩이시는 거예요? 할아버지가 무슨 손해를 보셨나요?」

「아니다, 돈 때문이 아니야. 그렇다면 오히려 좋겠구나. 떠도는 소릴 들었단다. 언젠가는 그런 말이 내 귀에까지 들어오리라는 건 너도 알고 있었겠지.」 이렇게 말하더니 의자에 털썩 주저앉아 앞치마로 얼굴을 가리며 울기 시작했다. 「짐, 난 늙은이들이 어린 손자를 제대로 키울 수 있다고 큰소리치는 사람이 절대 아니었단다. 그러나 사정이 그렇게 되었잖니. 너를 키울 사람이 우리밖엔 없었으니 말이다.」

나는 양팔로 할머니를 감싸 안았다. 할머니가 우는 것을 도저히 볼 수가 없었다.

「왜 이러세요? 소방서 무도회 때문에 그러세요?」

할머니는 고개를 끄덕였다.

「할머니 몰래 나다닌 건 제가 잘못했어요. 그렇지만 춤추는 게 뭐, 나쁜 일은 절대 아니에요. 그리고 저도 나쁜 일 한 건 하나도 없고요. 그냥 그 시골 처녀들이 다 좋고, 또 걔들하고 춤추는 것도 좋고요. 그게 다예요.」

「하지만 우릴 속인 건 옳지 않은 일이지. 그리고 남들은 우릴 탓한단다. 네가 자라면서 나쁜 사람이 되어 간다고들 말하니, 그런 소릴 들으면 우린 억울하구나.」

「사람들이 저에 대해서 뭐라고 말하든지 저는 아무렇지도 않지만, 그런 소리가 할머니를 속상하게 한다면 그 문제에 대해서는 더 이상 논할 것도 없어요. 다시는 소방서 홀에 가지 않겠어요.」

물론 나는 그 약속을 지켰다. 그 대신 봄철 몇 달을 지루하기 짝이 없이 보냈다. 저녁이면 노인네들과 집 안에 들어앉아 우리 고등학교에서는 가르치지도 않는 라틴어나 공부하면서 시간을 보냈다. 어쨌든 여름 동안 대학 입학시험 준비를 열심히 해서 가을에는 아무런 조건 없이 대학교에 들어가리라 굳게 결심했었다. 될 수 있는 대로 빨리 집을 떠나고 싶었으니까.

사람들의 비난에 결국 나는 마음이 상했다. 내가 전혀 존경하지 않는 이들의 비난에도 마음이 언짢기는 마찬가지였다. 봄이 되자 갈수록 더 외로워져서 전보계원이나 담배 만드는 사람한테 다시 놀러 다녔고 나중에는 그 사람의 카나리아들까지도 내 동무 노릇을 했다. 그해 봄 니나 할링을 위해 〈5월의 꽃바구니〉를 걸어 놓으면서 처량하게 즐거워했던 일이 지금도 잊히지 않는다. 창가에 놓을 화초들을 제일 많이 가지고 있던 독일 할머니한테서 꽃을 사가지고 오후 내내 자그마한 꽃바구니를 만들었다. 그리고 저녁이 되어 하늘에 초승달이 나타나자 꽃바구니를 들고 할링네 문 앞으로 조용히 걸어가서 초인종을 누르고는 관례대로 재빨리 도망쳐 사라져 버렸다. 버드나무 울타리 사이로 니나가 기뻐하며 외치는 소리가 들리자 그런대로 기분이 한결 나아졌었다.

따뜻하고 온화한 봄날 저녁이면 주로 시내에서 서성거리다가 프랜시스하고 같이 집까지 걸어오면서 나의 계획이나 그 당시 내가 읽고 있던 책들에 대해 이야기했다. 어느 날 저녁 프랜시스는 자기 어머니가 나에 대해서 심각하게 언짢아하고 있는 것은 아닌 것 같다고 말했다.

「우리 엄마는 어머니들치고는 무척 도량이 넓으신 분이야. 하지만 너도 알다시피, 엄마는 안토니아 때문에 무척 마음 상해 하셨어. 그리고 네가 너하고 비슷한 집안 여자애들보다 티니나 레나 같은 애들하고 어울리는 걸 왜 더 좋아하는지 우리 엄마는 이해하지 못해서.」

「누나는?」 내가 노골적으로 물었다.

프랜시스는 깔깔 웃었다.

「난 이해해. 이해할 수 있을 거 같아. 넌 그 애들을 시골에서부터 알았으니까 자연히 걔들 편을 들고 싶겠지. 어떤 면에서는 넌 네 또래 남자애들보다 성숙해. 네가 대학 시험에 합격하고 나면 우리 엄마도 네가 성실하다는 걸 아실 테고, 그럼 엄마도 널 다시 좋아하실 거야.」

「누나가 남자였더라면, 그럼, 누나도 아울 클럽에 들지는 않았을 거야. 나하고 똑같았을걸.」

프랜시스는 고개를 좌우로 흔들었다.

「글쎄다, 알 수 없지. 그 시골 처녀들에 대해서는 아마 내가 너보다 더 잘 알고 있을 거다. 넌 항상 그 애들을 멋있게 보는 경향이 있어. 넌 낭만적이야. 그게 바로 너의 문제라고. 우리 엄마가 네 졸업식에 가실 거야. 네 졸업사의 주제가 뭔지 아느냐고 요전 날 나한테 물어보시더라. 엄만 네가 잘하길 바라셔.」

졸업사에서 나는 스스로 깨달은 많은 일들에 대해 열정을 가지고 논했다. 할링 부인은 졸업식을 보려고 오페라 관에 왔고, 나는 연설하는 동안 주로 할링 부인을 쳐다보았다. 부인의 날카롭고 총명한 눈은 잠시도 나의 얼굴에서 떠나지 않았다. 식이 끝난 후 우리가 졸업장을 들고 서 있는 분장실에 들어와 내 앞으로 오더니 마음에서 우러나오는 소리로 이렇게 말했다.

「짐, 난 정말 놀랐단다. 그렇게까지 잘할 줄은 몰랐어. 네 연설은 책에서 얻어 낸 게 아니었어.」

내가 받은 졸업 선물들 중에는 할링 부인이 준, 손잡이에 내 이름이 새겨진 실크 우산이 있었다. 나는 오페라관에서 집까지 혼자 걸었다. 감리 교회를 지나다 보니 먼발치에 희끄무레한 형체 셋이 6월의 무성한 나뭇잎 사이로 달빛이 흐르는 단풍나무 밑에서 왔다 갔다 하는 것이 눈에 띄었다. 다음 순간 그들이 나를 향하여 달려왔다. 토니와 레나와 안나 한센이 나를 기다리고 있었던 것이다.

「아, 짐, 정말 잘했어!」 감정이 말보다 앞설 때면 늘 그랬듯이 토니는 숨을 헐떡거렸다. 「그렇게 연설할 수 있는 변호사는 블랙 호크에 한 명도 없어. 나 방금 너네 할아버지 붙잡고 그렇게 말씀드렸어. 할아버지가 너한테는 아무 말씀도 안 하시겠지만, 당신도 퍽 놀라셨다고 우리한테 그러시더라. 얘들아, 그랬지?」

레나가 나한테 살짝 다가서며 놀리는 투로 말했다.

「뭣 때문에 그렇게 엄숙하게 굴었지? 난 네가 떠는 줄 알았다고. 준비해 간 연설문을 잊어버려서 말이야.」

이번에는 안나가 부러운 듯이 말했다.

「짐, 넌 정말 좋겠다. 항상 그렇게 훌륭한 생각을 머릿속에 가지고 있고, 또 그런 생각을 말로 나타낼 수도 있으니까. 나도, 실은 항상 학교에 다니고 싶었단다.」

「아, 난 우리 아빠가 네 연설을 들으실 수 있었다면 얼마나 좋을까 하는 생각만 하면서 앉아 있었어.」 안토니아가 내 외투 깃을 잡았다. 「네 연설을 들으니까 왠지 자꾸 아빠 생각이 났어!」

「토니, 난 그 연설문을 쓰면서 줄곧 너네 아빠를 생각했어. 그건 너네 아빠한테 바친 연설이었어.」

안토니아는 나를 껴안았다. 토니의 사랑스러운 얼굴은 온통 눈물에 젖어 있었다.

나는 그 자리에 서서 그들의 흰옷이 가물가물 작아지며 점점 멀어져 가는 모습을 바라보았다. 그때만큼 나의 마음을 깊이 흔들어 놓은 성공은 그 후 한 번도 경험하지 못했다.

14

졸업식 다음 날 나는 책들과 책상을 2층 빈방으로 옮겨 놓고 아무런 방해도 받지 않고 본격적으로 공부에 몰두했다. 그해 여름, 1년 동안에 배울 삼각법을 끝마치고 베르길리우스를 혼자 시작했다. 매일 아침마다 햇빛이 잘 드는 그 작은 방 안을 왔다 갔다 하면서 멀리 보이는 강벼랑과 금빛으로 출렁이는 목장을 그윽이 바라보며 베르길리우스의 서사시 「아이네이스」를 큰 소리로 낭송하고 그 긴 구절들을 암기했다. 이따금 저녁에 할링네 집 앞을 지나가노라면 할링 부인이 나를 안으로 불러들여 피아노 연주를 들려주기도 했다. 그러면서 아들 찰리가 보고 싶다고, 그래서 남자애를 옆에 두고 싶다고 말했다. 우리 할아버지와 할머니가 나를 혼자 먼 대학으로 떠나보내기에는 혹시 내가 너무 어리지 않을까 하는 생각으로 걱정을 할 때마다 할링 부인은 나의 결정을 적극적으로 지지해 주었다. 할아버지는 할링 부인의 판단력을 무척 존중했기 때문에 부인의 의견에 반대하지는 못하리라는 것을 나는 알고 있었다.

그해 여름 나에게 휴일이라고는 단 한 번밖에 없었다. 7월 어느 날이었다. 토요일 오후 시내에서 우연히 안토니아를 만나 그다음 날 티니, 레나, 안나 한센과 같이 강에 갈 계획이라는 걸 알게 되었다. 강가에는 양딱총나무 꽃이 한창 만발해 있을 계절이었는데 안나가 그 꽃으로 술을 만들고 싶어 한다고 했다.

「안나가 마셜네 배달 마차를 빌리기로 했어. 우린 맛있는 점심 가지고 가서 피크닉 벌일 거야. 우리끼리만. 다른 사람 아무도 없어. 짐, 너 혹시 올 수 없니? 그럼 꼭 옛날 같을 텐데.」

나는 잠시 생각해 보았다.

「갈 수 있을 거 같아, 내가 방해가 안 된다면.」

일요일 아침 나는 일찍 일어나 아침 이슬이 목장의 긴 풀에서 미처 떨어지기도 전에 블랙 호크를 벗어났다. 때는 여름철 꽃들이 한창 피어날 시기였다. 모래투성이 길가를 따라 분홍색 벌꽃이 높다랗게 줄지어 서 있었고 방울꽃과 접시꽃은 사방에 널려 있었다. 철망 너머 훌쩍 큰 풀 한가운데 네브래스카 지역에서는 아주 희귀한 붉은 오렌지색 인주솜풀 꽃이 한 무더기 피어 있는 것이 눈에 띄었다. 나는 도로를 벗어나 여름이면 항상 풀이 짧게 깎여 있는 목초지를 따라 걸었다. 풀이 깎인 자리에는 해마다 천인국이 돋아나서 보카라 양탄자처럼 보드라운 붉은빛으로 지면을 뒤덮었다. 그 일요일 아침에는 종달새들을 제외하면 벌판이 텅 비고 적막한 것이 마치 온 벌판이 자리에서 일어나 나한테 가까이 다가오는 듯이 느껴졌다.

한여름치고는 강물이 세차게 흐르고 있었다. 서쪽 지역에서 많이 내린 비로 인해 강물이 계속 불어난 상태였다. 나는 다리를 건너 나무들이 빽빽이 들어선 강변을 따라 상류로 올라가서 산포도 덩굴로 뒤덮인 말채나무 수풀 속에 자리 잡고 있다는 〈분장실〉로 갔다. 그러고는 여자애들이 도착하려면 아직 멀었기 때문에 수영을 하려고 옷을 벗었다. 앞으로 이 강을 떠나고 나면 여기를 무척 그리워하게 되리라는 생각이 그때 처음으로 머릿속에 떠올랐다. 깨끗하고 흰 모래사장과 버드나무와 사시나무 묘목들이 들어선 모래톱은 일종의 무인 지대로 블랙 호크 소년들이 만들어 낸 새로운 작은 세계였다. 찰리 할링과 함께 이 숲 속을 누비며 사냥을 하고 쓰러진 통나무 위에 앉아 낚시를 하면서 강변 구석구석까지 익숙해져 있었으니 정다운 기분을 느끼지 않는 데라고는 단 한 군데도 없었다.

한바탕 수영을 하고 난 후 물속에서 그냥 한가로이 첨벙거리며 장난치고 있는데 다리 위에서 마차 바퀴 소리와 말발굽 소리가 들려왔다. 강 아래쪽으로 달려가 고함을 쳤을 때는 다리 중간쯤 다다른 마차가 시야에 들어왔다. 마차가 멈춰 서더니 바닥에 앉았던 처녀 둘이 일어나 앞자리에 앉은 두 처녀의 어깨를 짚고 나를 좀 더 잘 보려고 몸을 가누어 똑바로 섰다. 마차 안에서 한데 몰려서서 마치 물을 마시려고 숲 속에서 나온 사슴들처럼 나를 내려다보는 모습이 참으로 아름다웠다. 나는 다리 주변 얕은 바닥을 찾아 우뚝 서서 손을 흔들었다.

「모두들 아주 예쁜데!」 내가 소리쳤다.

「너도 예쁘다!」 한꺼번에 외치더니 까르르 웃어 댔다.

안나 한센이 말고삐를 흔들자 마차는 계속 앞으로 나아갔고 나는 내가 아는 나만의 자리로 되돌아가서 툭 불거져 나온 느릅나무 뒤로 기어 올라갔다. 햇볕에 몸을 말리고 난 후에도, 포도 덩굴 사이로 햇빛이 반짝이며 흘러드는 녹색의 아늑한 자리와, 가지를 강물 위로 축 늘어뜨리고 줄기는 휘어진 느릅나무를 정신없이 쪼아 대고 있는 딱따구리를 떠나기가 싫어서 일부러 천천히 옷을 입었다. 가로를 따라 다리까지 걸어가며 말라붙은 도랑에서 비늘 같은 작은 석회 조각을 떼어 내어 손안에 넣고 으깨 버렸다.

그늘에 매여 있는 마셜네 말이 있는 곳까지 갔더니 처녀들은 이미 피크닉 바구니를 들고 모래와 덤불 사이로 구불구불 이어진 동쪽 길로 내려가 버리고 난 후였다. 서로들 큰 소리로 이름을 부르는 소리가 나에게도 들렸다. 양딱총나무 덤불은 벼랑 사이 그늘진 골짜기에서는 자라지 않고 뿌리에는 항상 물기가 있으며 위로는 햇볕을 받을 수 있는 냇가 뜨거운 모래밭에서만 자랐다. 그해 여름에는 여느 때보다도 유별나게 탐스럽고 아름다웠다.

무성한 덤불 사이로 나 있는 오솔길을 따라 얼마쯤 가니까 갑작스레 물가로 푹 파인 비탈길이 나왔다. 봄에 엄청 많은 눈이 녹아내리는 바람에 강기슭이 크게 무너져 내렸고 양딱총나무 덤불이 물가까지 층을 이루며 자라나 망가진 기슭을 꽃으로 덮어 버렸다. 나는 꽃에 손도 대지 않았다. 주위의 따스한 고요함에 흠뻑 젖어 마음이 흐뭇하고 몸이 나른한 것이 마치 취한 기분이었다. 야생 벌레들의 웅웅거리는 소리와 발 아래에서 콸콸 흐르는 맑은 물소리 이외에는 아무런 소리도 들리지 않았다. 요란한 소리를 내는 그 작은 시냇물을 보려고 방죽 너머로 넘겨다보았다. 시냇물은 기다란 모래톱 덕분에 강 주류를 이루는 흙탕물로부터 격리되어 완전히 맑은 물이 모래와 자갈 위를 흐르고 있었다. 먼발치 강기슭 낮은 지역에 안토니아가 탑 모양으로 생긴 양딱총나무 밑에 혼자 앉아 있는 것이 눈에 띄었다. 나의 기척에 위를 올려다보며 미소를 지었지만 그동안 혼자 울고 있었다는 것을 알 수 있었다. 부드러운 모래밭으로 미끄러지듯 내려가 무슨 일이 있느냐고 물어보았다.

「이 꽃을 보니까, 이 향기를 맡으니까 고향이 그리워. 우리 나라에는, 우리 고향에는 이 꽃이 아주 많아. 우리 집 뜰에도 항상 있었어. 그리고 우리 아빠가 그 나무 밑에다 녹색 벤치하고 테이블을 갖다 놓았어. 여름에 꽃이 잔뜩 피면 아빠는 트롬본 부는 아빠 친구하고 같이 그 벤치에 앉아 있었고. 어렸을 때 난 뜰에 나가서 아버지가 친구하고 하는 이야기를 들었어, 아름다운 이야기. 그런 이야기 이 나라에서는 한 번도 들어 보지 못했어.」

「무슨 이야기들을 하셨는데?」

안토니아는 한숨을 내쉬며 고개를 저었다.

「아, 몰라! 음악 이야기, 숲 이야기, 하느님 이야기, 그리고 젊었을 때 이야기 같은 거지, 뭐.」 그러더니 갑자기 내 눈을 똑바로 쳐다보며 물었다. 「지미, 네 생각에는 우리 아빠 영혼이 옛날 살던 고향으로 돌아갔을 거 같니?」

할아버지와 할머니가 토니 아버지의 시체를 보러 떠난 후 집에 나 혼자 남아 있던 그 겨울날, 토니 아빠가 나와 함께 부엌방에 있는 기분을 느꼈었노라고 토니한테 말했다. 그때 나는 그분이 고향으로 가는 길이라고 믿었고, 지금도 무덤을 지나칠 때면 이제는 그토록 정다웠던 고향 숲과 들판으로 돌아가 있겠다는 생각을 늘 한다는 말도 해주었다.

안토니아의 눈은 이 세상에서 가장 선량하고도 감응이 빠른 눈이었다. 그 눈에서 사랑과 신뢰가 우러나왔다.

「그 말을 왜 진작 나한테 해주지 않았니? 네 이야기를 들으니까 아빠에 대해서 훨씬 마음이 놓여.」 그러고는 잠시 후 다시 입을 열었다. 「있잖니, 짐, 우리 아빠는 우리 엄마하고는 달라. 아빠는 엄마하고 결혼하지 않을 수도 있었어. 그런데 결혼했기 때문에 형제들이 모두 아빠하고 싸웠대. 어렸을 때 고향에서 노인네들이 그 일에 대해서 수군거리는 이야기를 늘 들었어. 그 사람들이 그러는데, 아빠는 우리 엄마한테 돈만 주고 결혼은 하지 않을 수도 있었다는 거야. 그렇지만 아빠는 엄마보다 나이가 더 많은 데다가 너무 착해서 엄마를 그런 식으로 대하지 못했어. 아빠가 아빠의 엄마 집에서 살았을 때 우리 엄마가 일하는 여자로 그 집에 들어왔었대. 아빠가 엄마하고 결혼한 후 우리 친할머니는 엄마를 다시는 그 집에 발도 들여놓지 못하게 했대. 내가 할머니 장례식에 갔었을 때가 평생 처음으로 할머니 집에 가본 거였어. 이상하게 들리지, 그치?」

안토니아가 이야기하는 동안 나는 뜨거운 모래사장에 누워서 반듯하게 널려 피어 있는 양딱총나무 꽃 무더기 사이로 푸른 하늘을 올려다보았다. 벌들이 웅웅거리는 소리는 들렸지만 꽃 위 햇볕에서만 날아다녔지 잎사귀 밑 그늘 속으로는 내려오지 않았다. 그날의 안토니아는 그 옛날 자기 아버지 쉬메르다 씨와 함께 우리 집을 찾아오곤 하던 어린 계집애 모습 그대로였다.

「이담에, 토니, 난 너네 나라에 가볼 거야. 그리고 네가 살던 작은 마을에도 가보고. 네 고향에 대한 거 지금도 다 기억하고 있니?」

「짐, 나를 한밤중이라도 거기에 갖다 놔주면 그 마을 어느 구석이라도 다 찾아갈 수 있어. 강을 따라서 우리 할머니가 살던 마을까지도 갈 수 있다고. 숲 속에 있는 작은 오솔길들도 내 발은 모두 기억하고 있을걸. 잘못하다간 발이 걸려 넘어지게 되는 커다란 나무뿌리들이 있는 데가 어딘지도 다 생각나. 난 절대로 고향을 잊지 못할 거야.」

머리 위에서 나뭇가지 꺾이는 소리가 들리더니 레나 린가르드가 강기슭 언저리에서 우리를 내려다보고 있었다.

「이 게으른 것들아!」 레나가 소리쳤다. 「꽃이 이렇게 널려 있는데, 그래, 너희 둘은 거기 누워 있어? 우리가 부르는 소리 못 들었니?」

내 꿈속에서 얼굴이 빨갰던 것만큼이나 빨개진 얼굴로 레나는 강기슭에서 몸을 굽혀 탑 모양을 이루고 있던 꽃들을 마구 뜯어 대기 시작했다. 그토록 기운찬 모습의 레나를 보기는 그때가 처음이었다. 하도 열심히 꽃을 뜯느라고 숨 가빠 하면서 짧고 통통한 윗입술에는 땀방울까지 맺혀 있었다.

때는 이제 정오여서 햇볕이 너무 뜨거워 말채나무와 도토리나무는 잎사귀의 은빛 뒷면을 드러내 보이기 시작했고 모든 나뭇잎들이 맥없이 시든 것처럼 보였다. 잔잔한 날씨에도 항상 산들바람이 부는 벼랑으로 점심 바구니를 들고 갔다. 나무 끝이 뭉뚝하고 줄기가 비비 꼬인 작은 참나무들이 풀밭 위에 연한 그림자를 던지고 있었다. 우리가 있는 아래 먼발치에 강물이 굽이굽이 흐르는 것이 보였고, 나무들 가운데 자리 잡은 블랙 호크와 그 너머로 지평선까지 부드럽게 뻗어 나가며 펼쳐져 있는 벌판이 한눈에 들어왔다. 낯익은 농가와 풍차들도 눈에 띄었다. 처녀들은 저마다 자기 아버지의 농장이 있는 쪽을 가리켜 보이면서 그해에 밀을 몇 에이커 심었고 옥수수는 또 얼마나 심었는지 나에게 일러 주었다.

「우리 집에서는 호밀을 20에이커나 심었거든.」 티니 소더볼이 말했다. 「그걸 방아에 갈아서 맛있는 빵을 만든다고. 우리 아버지가 엄마 위해서 호밀을 심은 다음부터는 엄마도 이제는 예전처럼 고향을 지독히 그리워하지는 않는 거 같아.」

「이 나라에 와서 모든 걸 새 방법으로 하며 살아가자니 우리네 엄마들한테는 정말이지 심한 고생일 거야.」 레나가 말했다. 「우리 엄마는 항상 읍에서 살았어. 여기 와서 농사일에 남보다 시작부터 뒤졌는데 지금까지도 따라가지 못하겠대.」

「정말이야, 노인네들한테는 새로운 나라에서 산다는 게 힘들 거야.」 안나가 생각에 잠겨 말했다. 「우리 할머니는 이제 몸이 점점 허약해지고 정신도 오락가락해. 이 나라에 대해서는 모두 잊어버리고 우리가 아직도 노르웨이에서 살고 있다고 생각해. 엄마한테 물가에 있는 생선 시장에 데려다 달라며 조른다고. 우리 할머닌 생선을 굉장히 좋아해. 그래서 집에 갈 때마다 내가 연어와 고등어 통조림을 사 가지고 가.」

「세상에, 더워라!」 레나가 하품을 하면서 말했다. 양딱총나무 꽃들을 억척스럽게 뜯고 나서, 가당찮게 신고 온 하이힐을 벗어 버리고 작은 참나무 밑에 누워 있었다. 〈짐, 이리 와. 머릿속에 들어간 모래를 털어 내야지〉라고 말하면서 손가락을 내 머리 속에 넣고 머리칼을 이리저리 비벼 댔다.

안토니아가 레나를 밀쳐 내면서 톡 쏘아붙였다.

「그렇게 해서 모래가 빠지겠냐?」 그러고는 내 머리를 온통 후비적거려 가며 모래를 다 털어 내고는 귀싸대기를 한 대 먹이는 시늉을 해 보였다.

「레나, 너 그 구두 더 이상은 신을 수 없겠다. 네 발에 너무 작아. 율카한테 갖다 주게 나한테 줘라.」

「그래, 그러렴.」 흰 스타킹을 치마 속으로 끌어당기면서 레나가 착하게 대답했다. 「율카 물건들은 모두 네가 얻어 가는구나, 그치? 우리 아버지가 농기구 때문에 운이 그렇게 나쁘지만 않았더라면 내가 동생들한테 물건을 좀 많이 사 보낼 수 있을 텐데. 이번 가을에는 그 보기 싫은 쟁기 값을 갚지 못하는 한이 있더라도 메리한테 외투를 꼭 사줘야지!」

티니는 크리스마스가 지나면 외투 값이 싸질 텐데 왜 그때까지 기다리지 않느냐고 레나에게 물으면서 자기 이야기로 넘어갔다. 「난 또 어떤지 아니? 집에 가면 내 아래로 동생이 여섯이나 있어. 그 애들은 내가 부자나 되는 줄 안다고. 시골에 내려갈 땐 내가 아주 잘 차려입고 가니까!」 그러고 나서 어깨를 흠칫 올렸다 내리며 한마디 덧붙였다. 「그런데, 있잖니, 난 장난감에 아주 맘이 약해. 동생들한테도 걔들한테 필요한 물건보다는 장난감을 사다 주고 싶어.」

「난 그 심정 이해해.」 안나가 말했다. 「여기 처음 왔을 때 난 아주 어렸지만 우린 너무 가난해서 장난감 같은 건 살 수 없었거든. 그래서 우리가 노르웨이 떠나기 전에 어떤 사람이 나한테 준 인형이 없어져서 얼마나 슬퍼했는지 몰라. 배에서 어떤 남자애가 그걸 망가뜨렸는데 걔가 지금까지도 미워 죽겠어.」

「여기에 온 이후로는 네가 보살펴 줘야 할 살아 있는 인형들이 아마 퍽 많았을걸. 나처럼!」 레나가 냉소적으로 한 말이었다.

「정말야, 아기들이 연이어서 빨리도 태어나더라. 그렇지만 난 그게 조금도 싫지 않았어. 동생들이 모두 귀여웠어. 제일 막내는, 식구들 중에서 그 애가 태어나길 바란 사람은 아무도 없었는데, 이제 와선 우리가 제일 귀여워하는 애야.」

레나가 한숨을 내쉬었다.

「아기들이야 싫을 거 없지. 겨울에 태어나지만 않는다면. 우리 집에서는 거의 모두 겨울에 태어났어. 우리 엄마가 어떻게 견뎌 냈는지 정말 모르겠어. 얘들아, 내 계획은 말이다.」 이렇게 말하면서 레나는 갑자기 기운이 나는 듯 벌떡 일어나 앉았다. 「우리 엄마가 그렇게 여러 해를 살아온 낡은 토담집에서 나오도록 해드리는 거야. 사내 녀석들은 절대 그런 일 안 할 거야. 자니는 우리 큰오빤데, 이제 결혼하고 싶어 해. 그리고 우리 엄마 대신에 자기 아내를 위해서 집을 짓고 싶어 한다니까. 토머스 부인이 그러는데, 이제 얼마 안 있으면 난 다른 읍으로 가서 내 힘으로 양장점을 시작할 수 있을 거래. 양장점을 낼 수 없으면 부자 노름꾼하고 결혼이나 할까 봐.」

「그건 살아가는 방법치곤 별로다.」 안나가 비꼬듯이 말했다. 「난 셀마 크론처럼 학교에서 가르치고 싶어. 생각 좀 해 봐! 셀마는 고등학교 선생이 되는 최초의 스칸디나비아 여성이 될 거야. 우린 그 애를 자랑스럽게 여겨야 해.」

셀마는 열심히 공부하는 처녀로, 티니나 레나와는 달리 들떠서 놀러 다니는 걸 아주 싫어했다. 그런데도 이들은 셀마에 대해서는 경탄하며 높이 칭찬했다.

티니는 밀짚모자로 부채질을 해가면서 초조한 듯이 서성거렸다.

「내가 셀마처럼 똑똑하다면 밤낮으로 공부만 하겠어. 하지만 그 앤 똑똑한 머릴 타고났잖아. 게다가 그 애 아버지가 얼마나 엄하게 가르치셨냐! 고국에서 아주 높은 자리에 있었대.」

「우리 외할아버지도 그래.」 레나가 중얼거렸다. 「그런데 그런 게 우리한테 지금 무슨 소용이 있어? 우리 친할아버지도 아주 똑똑한 사람이었지만 성격이 괴팍했대. 라플란드 여자하고 결혼했는데, 아마 그래서 내가 이 꼴인가 봐. 라플란드 기질은 밖으로 드러나게 된다고들 그러더라.」

「진짜 라플란드 여자래?」 내가 놀라서 물었다. 「짐승 가죽으로 옷을 해 입는다는 사람들?」

「그 여자가 짐승 가죽을 걸쳤는지 어쩐지는 모르지만 라플란드 여자였던 건 분명해. 그래서 남자네 집안은 그걸 아주 싫어했고. 할아버지는 무슨 공무원직에 있었는데, 북쪽으로 전근 가는 바람에 거기서 그 여잘 만나 사랑에 빠져 결혼하겠다고 했대.」

「라플란드 여자들은 뚱뚱하고 못생긴 데다가 사팔눈인 줄 알았는데, 중국 사람들처럼. 아니니?」 내가 또 끼어들었다.

「글쎄, 난 모르겠어. 어쨌든 라플란드 여자들한테는 특별한 매력이 있는 게 틀림없나 봐. 우리 엄마가 그러는데, 노르웨이 북부 지역 사람들은 자기 아들이 라플란드 여자한테 빠질까 봐 항상 걱정한다더라.」

오후가 되어 열기가 좀 가라앉자 우리는 벼랑 위 반듯한 자리에서 작은 나무들을 집으로 삼아 신나게 술래잡기를 했다. 레나는 하도 자주 술래가 되니까 나중에는 그만하겠다고 했다. 우리는 너무 숨이 차서 풀 위에 그대로 쭉 뻗어 버렸다.

안토니아가 꿈꾸는 어조로 말했다.

「짐, 스페인 사람들이 여기 처음 왔었을 때 일, 애들한테 해줘라. 찰리 할링하고 너하고 툭하면 그 얘기 했었잖아. 그때처럼 말이야. 내가 얘길 좀 해주려 해도, 난 자꾸 많이 빼고 하게 돼서 그래.」

모두 작은 참나무 아래에 앉아 있었다. 안토니아는 나무에다 등을 기대고 둘은 안토니아에게 기대고 앉아서 코로나도와 〈일곱 황금 도시〉의 탐구에 대하여 변변찮은 내 지식으로 해주는 이야기를 열심히 들었다. 학교에서 배운 것에 의하면, 코로나도는 네브래스카에 다다를 정도로 북쪽까지는 오지 못한 채 자신의 탐구를 포기하고 캔자스에서 되돌아갔다고 한다. 그러나 찰리 할링과 나는 코로나도가 바로 이 강까지 왔다 갔다고 믿어 의심치 않았었다. 우리 지방 북쪽에 사는 어느 농부가 밭을 갈다가 아주 훌륭한 솜씨로 만든 등자 모양의 금속 연장 하나와 칼날에 스페인 글씨가 새겨져 있는 칼 한 자루를 발견했다. 그는 이 유물들을 할링 씨에게 빌려 주었고 할링 씨는 그것들을 자기 집으로 가져왔다. 찰리와 나는 그걸 깨끗이 닦아 가지고 할링 씨 사무실에다 여름 내내 전시해 놓았었다. 켈리 신부는 그 칼에 새겨진 글씨가 그걸 만든 스페인 사람의 이름과 코르도바 시(市)의 약자라는 것을 알아냈다.

「그리고 그건 내 눈으로 직접 봤어.」 안토니아가 의기양양하게 끼어들었다. 「그러니까, 짐하고 찰리가 옳았었고 선생들은 틀렸었다고!」

처녀들은 궁금해하면서 자기들끼리 떠들어 댔다. 스페인 사람들이 뭐하러 그렇게 먼 데까지 왔나? 그 당시에는 여기가 어땠을까? 코로나도는 왜 자기 재산과 저택과 자기가 섬기는 왕이 있는 스페인으로 돌아가지 않았나? 나는 그런 질문에는 대답해 줄 수가 없었다. 내가 알고 있는 것이라고는 교과서에서 읽은 내용으로, 그는 〈상심하여 황야에서 죽었다〉는 것뿐이었다.

「그건 그 사람으로서도 어쩔 수 없는 일이었겠지.」 안토니아가 서글프게 말하자 다들 그 말에 동의했다.

우리는 해가 지는 것을 구경하면서 멀리 벌판 너머를 바라보았다. 우리 주변에 널려 있는 풀은 이제 타오르는 듯이 빨갛게 변했고 참나무 껍질은 구릿빛으로 붉어졌으며 갈색 강물은 금빛으로 아물거렸다. 강가 모래톱은 유리처럼 반짝거렸고 버드나무 숲에서는 작은 불꽃이 튀어 오르고 있기라도 하는 듯이 햇빛이 가물가물 흔들려 보였다. 산들바람은 완전히 잠잠해졌다. 골짜기에서 산비둘기 한 마리가 구슬피 울고 숲 속 어딘가에서 부엉이 우는 소리도 들렸다. 처녀들은 서로 기댄 채 시름없이 앉아 있었다. 태양의 기다란 손가락이 그네들의 이마를 어루만져 주었다.

얼마 안 있어 우리는 기이한 광경을 목격했다. 구름 한 점 없고 금빛으로 노을 진 맑은 하늘로 태양이 스러지고 있는 중이었다. 붉은 햇덩어리 밑부분이 지평선을 등지고 있는 높은 벌판에 내려앉는 순간 갑자기 검은색의 거대한 형체가 태양 표면에 나타났다. 우리는 자리에서 벌떡 일어나 눈살을 찌푸려 가며 그쪽을 바라보았다. 다음 순간 우리는 그것이 무엇인지 알아냈다. 고지 농장 어느 밭에 쟁기 한 자루가 땅에 꽂힌 채로 있었고 태양이 바로 그 쟁기 뒤로 가라앉고 있었던 것이다. 태양을 마주 보며 멀리 있던 그 쟁기는 수평으로 햇빛을 받아 확대되어 태양의 둥그런 원형 속에 정확하게 들어가 있었다. 쟁기 손잡이, 부리, 보습 날이 달아오른 쇳덩이 같은 뻘건 햇덩어리 위에 시커멓게 나타났다. 엄청난 크기로 태양 위에 그려 놓은 한 폭의 그림이 되어.

우리가 그것을 바라보며 수군거리고 있는 동안 그 모습은 이미 우리 시야에서 사라져 갔다. 둥그런 공은 점점 더 밑으로 내려앉아 마침내 끄트머리까지도 땅 밑으로 사라져 버렸다. 우리들 아래 있는 들판은 어두워졌고 하늘은 점점 파리해지고 있었으며 이미 잊힌 그 쟁기는 벌판 어딘가에 원래의 하찮은 모습으로 되돌아가고 없었다.

15

 8월 하순 커터 부부는 집을 안토니아에게 맡겨 놓고 이삼 일 동안 오마하에 가 있었다. 스웨덴 처녀와의 스캔들 이후로 커터 부인은 남편을 동반하지 않고는 잠시도 블랙 호크를 떠나려 들지 않았다.

 커터 부부가 떠난 다음 날 안토니아가 우리 집에 찾아왔다. 할머니는 안토니아한테 걱정거리가 있다는 것을 눈치챘다.

 「안토니아, 너 뭔가 마음에 걸리는 일이 있구나.」 할머니가 근심스러운 빛으로 물었다.

 「네, 할머니. 어젯밤엔 잠도 못 잤어요.」

 토니는 잠시 머뭇거리더니 커터가 집을 떠나기 전에 얼마나 이상스럽게 행동했는지 말했다. 집에 있는 은 식기를 모두 바구니에 담아 토니 침대 밑에 넣는가 하면, 귀중한 서류라고 하면서 서류 상자도 함께 침대 밑으로 밀어 넣었다. 그러고는 자기가 없는 동안 외박을 하거나 밤늦게까지 밖에 나가 있는 일이 절대 없도록 하겠다는 약속을 토니한테서 받아 냈다. 그리고 여자 친구들이 집에 와서 자도 절대로 안 된다고 엄하게 금했다. 대문에 새 자물쇠를 달아 놓았으니 아주 안전할 것이라는 말도 했다.

 이러한 세부 사항에 대하여 커터가 어찌나 까다롭게 굴었던지 토니는 이제 그 집에 혼자 있는 것이 왠지 불안스러웠다. 커터가 부엌에 들어와서 자기한테 지시하는 태도라든가 자기를 쳐다보는 시선이 마음에 들지 않았었다.

 「그 사람이 또 무슨 못된 계획을 세우고 있는 것 같아요. 그래 가지고 날 겁나게 하려는 게 아닌가 하는 생각이 들어요.」

할머니는 즉시 불안스러워했다.

「그런 기분으로 그 집에서 자는 건 좋지 않다. 그렇다고 약속까지 해놓은 다음에 집을 비우는 것도 옳은 일은 아니고. 글쎄다, 짐이 그 집에 가서 자면 좋겠구나. 넌 밤이면 이리로 오고. 네가 우리 집에 있으면 내 마음이 한결 놓이겠다. 그 집은 식기나 고리대금 서류 같은 건 짐도 너 못지않게 잘 지킬 게다.」

안토니아는 간절한 눈으로 나를 돌아보았다.

「아, 그렇게 좀 해줄래, 짐? 내 침대 새로 깨끗하게 갈아 놓을게. 방은 정말 시원해. 침대는 창문 옆에 있고. 어젯밤에는 무서워서 창문을 열어 놓지 않았지만.」

나는 내 방이 편했고 어떠한 상황에서도 커터네 집은 싫었지만 안토니아가 하도 걱정스러워하기에 할머니의 제안을 받아들이기로 했다. 그날 밤 그 집에서 푹 자고 나서 아침에 집에 와보니 토니가 아침 식사를 훌륭하게 차려 놓고 기다리고 있었다. 기도를 올리고 나서 토니가 우리와 함께 식탁에 앉고 나니 옛날 시골에서 살던 때가 떠올랐다.

커터네 집에서 잔 지 사흘째 되던 날 밤, 문이 열렸다 닫히는 소리가 들리는 바람에 잠에서 깨어났다. 그러나 주위가 아주 조용하기에 즉시 다시 잠이 들었던 것 같다.

그러다 누군가가 침대 가장가리에 앉는 기분이 들어 잠이 깼다. 잠이 덜 깬 상태여서 누구인지는 모르겠지만 커터네 은식기를 훔쳐 가려고 한다는 생각이 들었다. 내가 움직이지 않는다면 은 식기만 찾아 가지고 나를 해치지 않고 그냥 가버릴지도 몰랐다. 나는 숨을 죽이고 꼼짝 않고 누워 있었다. 그러자 손이 내 어깨에 지그시 와 닿더니 이어 향수 냄새가 나는 털북숭이가 내 얼굴을 비벼 댔다. 그 순간 방 안이 전등불로 환히 밝아졌다 하더라도 내 얼굴 위로 숙이고 있는 수염 달린 그 혐오스러운 면상을 그 이상 더 선명하게 보지는 못했을 것이다. 나는 외마디 소리를 지르면서 녀석의 수염을 한 움큼 손에 넣고 잡아당겼다. 내 어깨를 잡고 있던 손이 즉시 목으로 옮겨 왔다. 녀석은 제정신이 아니었다. 나를 내려다보며 한 손으로는 내 목을 조르고 다른 손으로는 내 얼굴을 마구 후려갈기면서 숨을 헐떡거리고 킬킬거리며 욕설을 퍼부어 댔다.

「그래, 내가 없는 동안 그 계집애가 하는 짓이 바로 이거로구나, 그치? 너, 이 개자식아, 그 계집애 어딨냐? 이 잡년이 침대 밑에 있나, 거기냐? 내 니 속셈 다 안다! 어디 내 손에 잡히기만 해봐라! 네가 여기 갖다 놓은 이 쥐새끼는 내가 따끔한 맛을 보여 줄 테다. 이 새끼 너, 나한테 잡혔다, 정통으로!」

커터가 내 목을 잡고 있는 한 나로서는 어찌해 볼 도리가 전혀 없었다. 그러다 용케 녀석의 엄지손가락을 잡아 뒤로 힘껏 젖혔더니 그제야 녀석은 비명을 지르며 내 목에서 손을 뗐다. 나는 단숨에 침대에서 내려와 녀석을 바닥에다 때려눕혔다. 그러고 나서 열린 창문으로 쏜살같이 달려가 방충망을 주먹으로 쳐서 떨어뜨려 버리고는 마당으로 뛰어내렸다.

문득 정신을 차리고 보니, 마치 악몽 속에서나 이따금 하는 식으로 나는 잠옷 바람으로 블랙 호크 북쪽 끝을 가로질러 달리고 있는 중이었다. 집에 도착하자 나는 부엌 창문으로 기어 들어갔다. 입술이 터지고 코가 깨져 얼굴이 온통 피투성이가 되어 있었지만 너무 아파서 씻지도 않고 그대로 놔둔 채, 모자걸이에 걸려 있는 숄과 외투를 가져다 덮고 응접실 소파에 누워 온몸이 쑤시고 아픈데도 그대로 잠이 들었다.

할머니가 아침에 나를 발견했다. 할머니의 놀란 비명 소리에 잠이 깼다. 사실 나는 엉망진창이 되어 있었다. 할머니가 나를 부축해서 내 방으로 데리고 가는 도중 거울에 비친 모습을 힐끗 보았다. 입술은 찢어져 돼지 주둥이처럼 불룩 튀어나와 있었고, 코는 커다란 푸른색 자두 같아 보였으며, 한쪽 눈은 너무 퉁퉁 부어서 뜨지도 못 하는 데다가 흉측스럽게 변색되어 있었다. 할머니는 당장에 의사를 불러와야 한다고 했지만 나는 제발 의사만은 부르지 말아 달라고, 평생 처음으로 간곡하게 사정했다. 아무도 내 꼴을 보지 않고 또 나한테 일어난 일을 아무도 모르기만 한다면 나로서는 무슨 일이라도 참고 견딜 수 있다고 할머니한테 말했다. 할아버지도 내 방에 들어오지 못하게 해달라고 애걸했다. 너무 지친 데다 기분이 엉망이라서 자세한 내막을 말도 못 했지만 할머니는 그런대로 상황을 이해하는 것 같았다. 내 잠옷을 벗기다가 가슴과 어깨가 상처투성이인 것을 보더니 그만 울음을 터뜨렸다. 할머니는 아침 내내 나를 씻어 주고 상처에 약을 발라 주고 아르니카로 내 몸을 문질러 주었다. 방 밖에서 안토니아가 흐느껴 우는 소리가 들렸지만 나는 안토니아도 보내라고 할머니한테 부탁했다. 그 순간 기분으로는 앞으로 다시는 토니를 보고 싶지도 않았다. 토니가 거의 커터만큼 보기 싫었다. 토니가 나를 그 지경으로 몰아넣었던 것이다. 할머니는 토니 대신 내가 그 집에 있었던 것을 우리 모두 고맙게 여겨야 한다고 누차 강조했다. 그러나 흉측해진 얼굴을 벽으로 향하고 누워 있는 나에게는 그 상황을 도저히 고맙게 여길 수가 없었다. 나의 유일한 관심은 할머니가 아무도 나에게 가까이 오지 못하도록 해야 한다는 것뿐이었다. 이 이야기가 일단 밖으로 퍼져 나가면 나는 죽을 때까지 그 얘길 들으며 살아야 할 것이 뻔했다. 노인네들이 잡화상에 모여 그런 주제로 어떤 수다를 떨지 가히 짐작할 수 있었다.

할머니가 나를 보살펴 주느라 애를 쓰는 동안 할아버지는 역에 가서 윅 커터가 야간 급행열차로 어젯밤 여기 도착했다가 다시 오늘 아침 6시 기차를 타고 덴버로 떠났다는 사실을 알아냈다. 기차역 직원의 말에 의하면 커터는 얼굴에 반창고를 잔뜩 붙이고 왼쪽 손은 붕대를 감아 팔걸이에 걸치고 있었다. 몰골이 어찌나 말이 아니던지 역원이 커터에게 전날 밤 10시 이후로 그에게 무슨 일이 있었느냐고 물었더니, 역원에게 욕설을 퍼부으면서 그의 무례한 태도를 고발해 해고시켜 버리겠노라고 했단다.

그날 오후 내가 잠이 든 사이 안토니아는 자기 짐을 꾸리러 할머니와 함께 커터네 집에 갔다. 가보니 대문이 잠겨 있어서 안토니아의 침실로 들어가기 위해서는 유리창을 깨뜨려야 했다. 안토니아의 방은 난장판으로 어질러져 있었다. 옷들은 옷장에서 꺼내져 방 한가운데에 내던져진 채 마구 밟히고 찢겨 있었다. 내 옷은 어찌나 못 쓰게 해놨던지 할머니가 커터네 부엌 난로에다 넣어 태워 버렸기 때문에 나는 두 번 다시 그 옷을 보지 못했다.

안토니아가 짐을 꾸리고 방을 정리한 후 나가려는데 현관 초인종이 요란스럽게 울렸다. 문밖에는 커터 부인이 서 있었다. 자물쇠를 새로 바꾸어 놓았기에 들어올 수가 없었던 것이다. 부인은 치솟는 화를 참지 못해서 부들부들 떨고 있었다.

「자제를 해야지, 잘못하다간 심장 마비 일으키겠다고 내가 충고해 줬지.」 할머니가 나중에 사람들한테 말했다.

할머니는 커터 부인이 안토니아를 만나지 못하도록 막고, 부인을 응접실에 앉혀 놓고 그 전날 밤 어떤 일이 일어났었는지 자세히 말해 주었다. 그리고 안토니아는 겁에 질려 있어서 당분간 자기 집에 데리고 가 있으려고 하며, 또한 안토니아는 무슨 일이 일어났었는지 전혀 모르니까 그 애를 붙들고 꼬치꼬치 캐물어 봤자 소용없는 일이라고 한마디 덧붙였다.

그러고 나자 커터 부인은 자기 이야기를 했다. 남편과 함께 어제 아침 오마하를 떠나 집으로 오던 중 웨이모어 역에서 블랙 호크행 기차를 기다리느라고 서너 시간 지체해야 했다. 열차를 기다리는 동안 남편은 자기를 역에 남겨 놓고 볼일이 있다며 웨이모어 은행에 갔다. 은행에서 돌아오더니 웨이모어에서 하룻밤을 머물지 않을 수 없게 되었으니 혼자 먼저 집으로 가도 괜찮다고 했다. 그러고는 자기한테 기차표를 사주고 기차에 태워 주기까지 했다. 남편이 기차표하고 20달러짜리 한 장을 핸드백에 슬쩍 집어넣는 것이 눈에 띄었는데, 그런 짓을 하는 걸 보는 순간 수상쩍다는 생각이 즉시 떠올랐어야 했는데 그만 깜빡했었노라고 말했다.

작은 읍에 딸려 있는 기차역에서는 모든 사람들이 기차 시간을 알고 있기 때문에 확성기로 시간을 안내하는 일이 없었다. 커터는 자기 아내의 기차표를 차장에게 보여 주고 기차가 움직이기 전에 아내를 제자리에 앉혀 주었다. 거의 밤이 되어서야 비로소 커터 부인은 자기가 캔자스행 급행열차를 타고 있으며 자기가 가지고 있는 표도 캔자스 시까지였고, 그 모든 것이 남편이 계획한 일이라는 사실을 깨달았다. 차장에게 물어보았더니 블랙 호크행 기차는 캔자스행 기차가 떠나고 20분

후 웨이모어 역에 도착하기로 되어 있다고 일러 주었다. 그러자 커터 부인은 남편이 자기를 따돌리고 혼자서 블랙 호크로 돌아가기 위해 그런 계략을 꾸몄다는 것을 알았다. 그러나 그녀로서는 캔자스 시까지 갔다가 거기서 다시 집으로 가는 첫차를 타는 수밖에는 달리 도리가 없었다.

아내를 앞질러 하루 먼저 집에 돌아가기 위해서라면 커터로서는 그보다 훨씬 간단한 방법이 얼마든지 있었을 것이다. 아내를 오마하 호텔에 그냥 두고 자기는 며칠 동안 시카고에 간다고 할 수도 있었을 것이다. 그러나 아내의 비위를 가능한 한 심악스럽게 긁어 놓는 것이 커터 나름대로 재미의 일부였던 것이 분명했다.

「할머니, 그 남자가 이번 일에 대한 대가를 치르게 하겠어요. 대가를 꼭 치를 겁니다!」 말대가리 같은 머리를 끄덕거리고 두 눈을 부라리면서 커터 부인이 맹세했다.

할머니는 자기도 그 점 전혀 의심치 않노라고 말했다.

커터는 아내가 자기를 몹쓸 놈으로 생각하는 것을 퍽 재미있어하는 게 틀림없었다. 아내의 히스테리가 심한 성질을 휘저어 놓을 수 있다는 사실을 만끽했던 것이다. 아마도 바람피우는 일 자체보다 아내가 펄펄 뛰는 모습을 보고서 자신이 난봉꾼이라는 기분이 들었는지도 모른다. 바람피우는 일에 대한 열기는 수그러들 수 있겠지만 그가 난봉꾼이라는 아내의 믿음은 결코 수그러들지 않았다. 한바탕 난봉을 피우고 난 끝에 아내와 갖는 일종의 청산은 그가 기대해 마지않는 것으로, 어찌 보면 잘 차려 놓은 저녁을 실컷 먹고 나서 독한 술을 한 모금 마시는 것과 흡사했을지도 모른다. 커터한테 없으면 못 사는 게 하나 있다면 그것은 자기 아내와 싸우는 재미였다!

제3부
레나 린가르드

1

 대학에 입학하자 나는 운 좋게도 명석하고 열의에 넘치는 젊은 교수의 영향을 받게 되었다. 개스턴 클레릭이라는 이름의 그 교수는 라틴어과 과장으로 나보다 불과 몇 주일 먼저 링컨 시에 도착했다. 이탈리아에서 오랫동안 병으로 시달려 무척 쇠약해졌기 때문에 의사의 제안에 따라 서부로 왔던 것이다. 내가 대학 입학시험을 보았을 때 그는 나의 시험관이었고 나중에 수강 신청을 할 때도 그의 지도를 받았다.

 첫 여름 방학에 집에 가지 않고 링컨에 남아 있으면서 1년 동안 배울 만큼의 그리스어를 끝마쳤는데 그것만이 내가 대학 입학할 때 받은 유일한 조건이기 때문이었다. 클레릭 교수의 주치의는 그가 뉴잉글랜드로 돌아가는 것을 반대했기 때문에 그 역시 콜로라도에서 보낸 몇 주를 제외하면 그해 여름 내내 링컨에 있었다. 우리는 함께 정구도 치고 책도 읽고 오랫동안 산책도 했다. 내가 정신적으로 눈을 뜬 그 시기는 내 인생에서 가장 행복한 시절이었다. 개스턴 클레릭 교수는 나에게 사상 세계로의 문을 열어 주었다. 처음으로 그 세계에 들어서는 사람에게는 다른 모든 일들은 한동안 사라져 버리고 이전에 있었던 모든 일들은 마치 없었던 것처럼 여겨지게 마련이다. 그러나 나에게는 잔재가 남아 있다는 신기한 사실을 깨달았다. 지난날 나의 삶에 존재했던 몇몇 인물들이 이 새로운 세계에서 나를 기다리고 있었던 것이다.

그 당시 인구가 별로 많지 않은 네브래스카 전역에 걸쳐 흩어져 있는 농장이나 소도시에서 대학에 다니려고 올라온 학생들 중에는 진지한 젊은이들이 퍽 많았다. 그중에는 옥수수밭에서 일하다가 한여름 품삯만 가지고 곧장 올라와 4년 동안을 헐벗고 굶주리며 그야말로 영웅적인 자기희생으로 학업을 끝마치는 학생들도 있었다. 교수진도 떠돌이 개척 학교 교사들, 교구가 없는 목사들, 대학원을 갓 졸업한 열성적인 젊은이 등등의 희한한 집합체였다. 불과 몇 해 전 벌판에서 고개를 쳐들게 된 그 나이 어린 대학에는 노력과 포부와 밝은 희망이 엿보이는 분위기가 감돌고 있었다.

학생들의 개인 생활은 교수들의 사생활과 다름없이 자유스러웠다. 대학 기숙사라는 것이 없었고 각자 형편에 맞추어 자신이 살 곳을 구해 살았다. 나는 어느 늙은 부부가 사는 집에 방을 얻었는데 그들은 링컨의 초기 정착민들로, 자식들을 모두 출가시키고 이제는 읍 가장자리 벌판 근처에 위치한 집에서 조용히 살고 있었다. 위치가 학생들에게는 불편했기 때문에, 그 덕에 나는 방 하나 값으로 둘이나 얻었다. 내 침실은 원래 붙박이 이불장이었던 것이어서 난방이 되지 않았고, 간이침대 하나가 가까스로 들어갈 정도로 협소했지만 그래도 그 방 덕분에 다른 한 방을 서재라고 부를 수가 있었다. 옷을 모두 넣고 모자와 구두까지도 넣을 수 있는 커다란 호두나무 옷장과 서랍장 하나는 한쪽으로 치워 놓고서, 마치 아이들이 소꿉장난을 할 때 놀이에 상관없는 물건들은 무시하듯, 나는 그 옷장들의 존재를 무시했다. 공부할 때는 넓은 벌판이 내다보이는 서쪽 창문 앞에 바짝 붙여 놓은 큼직한 초록색 테이블에 앉아서 했다. 오른쪽 구석에는 내가 직접 만들고 페인트칠까지 한 나무 선반을 놓고 책들을 모두 거기에 올려놓았다. 그리고 어두컴컴한 구식 벽지를 발라 놓은 왼쪽 벽은 어느 독일 학자의 작품인 큼직한 고대 로마 지도로 가려 버렸다. 클레릭 교수가 외국으로 책을 주문하면서 나한테 주려고 특별히 주문한 지도였다. 책장 위에 걸어 놓은 〈폼페이의 비극 극장〉도 클레릭 교수가 직접 수집해 놓은 것들 중에서 나에게 준 사진이었다.

공부를 하려고 자리에 앉으면 책상 끄트머리에 있는 의자와 엇비슷이 마주 보게 된다. 높은 등받이가 벽에 닿고 커버까지 씌운 푹신한 그 의자는 내가 무척 세심한 주의를 기울여 구입한 물건이었다. 클레릭 교수는 저녁에 산책하러 나왔다가 이따금 내 숙소에 들를 때가 있었는데, 내 방에 앉기 편한 의자와 베네딕틴 술 한 병과 당신이 좋아하는 종류의 담배만 넉넉하게 마련해 놓으면 좀 더 오래 있을 뿐만 아니라 말도 많아졌다. 알고 보니 클레릭 교수는 푼돈을 쓰는 일에 무척 인색하였는데 이는 그의 전반적인 성격과는 전혀 어울리지 않는 면이었다. 어떤 때는 내 방에 와서 말없이 침울하게 앉아 있다가 냉소적인 발언이나 한두 마디 던지고는 그냥 밖으로 나가 블랙 호크 거리와 흡사하게 고요하고 답답한 링컨 거리를 거닐었다. 그런가 하면 또 어떤 때는 거의 자정이 될 때까지 앉아서 라틴 시와 영시에 대해 논하거나 이탈리아에서 장기간 체류했던 시절에 대해 이야기했다.

클레릭 교수가 이야기할 때의 특이한 매력과 생동감을 나로서는 표현하기가 어렵다. 여러 사람들이 있는 곳에서는 거의 말이 없는 사람이었다. 강의 시간에도 진부한 잡담이나 교수들이 흔히 들려주는 일화 같은 것이 전혀 없었다. 자신이 피곤할 때는 강의가 명료치 못하고 조리가 없었으나 일단 흥미를 가지고 임할 때는 아주 훌륭한 강의였다. 위대한 시인이 될 뻔했던 인물이었으나 상상력이 풍부한 이야기를 한껏 털어놓곤 하는 행위가 그의 시적 재능에 치명적이지 않았나 싶다. 개인적인 대화에서 열을 올리며 지나친 정열을 낭비했다. 검은 눈썹을 찌푸리고 벽에 있는 어느 한 물체나 양탄자 무늬에 시선을 고정시키고 있다가 불현듯 바로 자기 머릿속에 있던 이미지를 떠올리는 그의 모습을 내 얼마나 자주 보았던가! 그는 옛날 사람들의 삶을 마치 푸른 배경에 그려 놓은 하얀 형체처럼 남한테 선명하게 전해 줄 수 있었다. 어느 날 밤, 패스텀에 있는 바닷가 신전에서 홀로 보낸 하루에 대해 이야기해 주었을 때 그의 표정을 나는 결코 잊지 못할 것이다. 지붕 없이 서 있는 기둥들 사이로 불어오는 부드러운 바람, 늪지 풀꽃 위로 나지막하게 날아다니는 새들, 구름 낀 은빛 산맥이 끊임없이 보여 주는 갖가지 빛을 묘사하던 그의 표정을. 그는 외투와 무릎 덮개로 몸을 감싸고 밤하늘의 별자리가 서서히 바뀌어 〈늙은 티토노스의 신부〉가 바다에서 솟아오르고 먼 산이 새벽녘에 또렷하게 모습을 드러낼 때까지 그 짧은 여름밤을 바닷가에서 일부러 지새웠다. 그리스로 출발하려던 전날 밤 몸져눕게 만들었던 열병도 실은 그 바닷가에서 걸린 병이었고, 그로 인해 나폴리에서 그토록 오랫동안 앓아누워 있었던 것이다. 그리고 실은 그때까지도 그 일로 고생을 하고 있었다.

주제가 우연히 단테가 베르길리우스에게 품은 존경심에 대한 이야기로 흘러갔던 어느 날 밤의 일도 나는 지금까지 선명하게 기억하고 있다. 『신곡』의 구절을 줄줄 외우며 긴 손가락 사이에서 담배가 그대로 타들어 가버리는 것에도 아랑곳하지 않은 채 단테와 그의 〈사랑하는 스승〉이 주고받은 대화를 들려주었다. 단테를 위하여 시인 스타티우스가 한 말을 클레릭 교수가 암송하던 때의 그 음성이 지금도 귀에 들리는 듯싶다. 「가장 오래 기억되고 가장 높이 칭송받는 이름으로 나는 지상에서 유명했었노라. 내 열정의 씨앗은 천여 개의 불꽃을 피운 저 성스러운 불길에서 받은 불꽃들이었나니 이는 나의 시를 낳아 주고 키워 주신 어머니 〈아이네이스〉이노라.」

클레릭 교수의 학식을 존경했지만 그렇다고 나 자신에 대해서 헛된 생각을 갖고 있지는 않았었다. 나는 결코 학자가 되지 못하리라는 것을 알고 있었다. 나는 인간과 무관한 문제들에 대해서 오랫동안 몰두할 수가 없었다. 정신적인 기쁨을 경험할 때는 즉시 그 옛날 살던 벌거벗은 땅과 그곳에 흩어져 살던 사람들에게로 되돌아가 있었다. 클레릭 교수가 내 눈앞에 가져다 보여 준 새로운 세계에 대한 동경심을 느끼고 있는 그 순간에도 나의 마음은 나에게서 벗어나 어느덧 나의 무한히 작은 과거 속에 존재하는 인물들과 장소를 생각하고 있었다. 이제 그들은 태양에 비쳤던 쟁기처럼 보다 더 힘차고 단순해진 모습으로 내 마음속에 남아 있다. 새로운 매력에 대한 응답으로 내가 지니고 있던 것은 그것이 전부였다. 나의 정신

세계를 다른 것들로 채우고 싶었으나 제이크와 오토와 러시아인 피터가 이미 너무 많이 차지하고 있다는 사실이 불안스러웠다. 그러나 나의 의식이 활발히 작동할 때마다 어린 시절의 그 모든 친구들도 나의 의식 속에서 활발히 되살아나 미묘한 방법으로 나의 모든 새로운 경험을 나와 함께했다. 모두가 나의 내부에서 어찌나 생생하게 살아 있었던지, 그들이 이 세상 다른 어느 곳에서 실제로 살아 있는지 혹은 어떻게 살고 있는지에 대해 궁금하게 생각해 본 적이 거의 없었다.

2

대학 2학년 3월 어느 날, 저녁 식사를 끝내고 나서 혼자 방 안에 앉아 있었다. 하루 종일 날씨가 따뜻해 얼었던 땅이 녹아 마당이 질퍽거렸고 쌓였던 눈더미도 녹아내려 작고 더러운 물줄기를 이루면서 큰길로 졸졸졸 경쾌하게 흘러갔다. 창문은 열려 있었고 흙냄새 풍기는 바람이 불어오자 나는 나른한 기분에 빠졌다. 해가 떨어진 벌판의 지평선 위 하늘은 호수처럼 청록색이었고 그 안에서는 황금빛이 아물거렸다. 서쪽 드높은 산등성이가 또렷이 보이는 곳에 저녁 별 하나가 은사슬에 매달아 놓은 등불처럼 하늘 한가운데 걸려 있었다. 마치 옛날 라틴 교과서 겉장에 새겨진 등불처럼, 항상 새로운 하늘에 나타나 인간의 가슴속에 새로운 욕망을 일깨워 주는 그 등불처럼. 생각이 거기에 미치자 나는 창문을 닫고 등불 심지에 불을 붙였다. 별로 내키지 않는 마음으로 불을 켜놓고 보니 방 안에 있던 침침한 물체들이 모습을 드러내면서 늘 하던 대로 각자의 자리를 잡았다.

나는 책을 펴서 세워 놓고 베르길리우스의 「전원의 노래」에서 다음 날 수업이 시작되는 페이지를 시름없이 들여다보고 있었다. 〈인간들의 삶에서는 가장 행복한 날들이 가장 먼저 사라진다〉라는 우울한 명상으로 시작되는 구절이었다. 그날 아침 수업에서 읽었던 제3권의 시작 부분을 다시 펴보았다. 〈나는, 죽지 않으면, 시신(詩神)을 나의 나라로 데리고 올 최초의 인간이 되리라.〉 클레릭 교수는 여기서 의미하는 〈나라〉는 국가도 아니요 고장도 아니고 시인 베르길리우스가 태어난 민치오 강변에 있는 작은 시골 농가를 칭하는 것이라고 설명해 주었다. 이는 자랑이 아니라 대담하면서도 지극히 겸허한 희망을 시사하는 것으로서 (구름에 덮인 그리스의 산에서 근자에 이탈리아로 내려온) 시의 여신이 로마의 수도로 가지 않고 자신의 작은 〈나라〉로, 〈강물이 흐르고 꼭대기가 부러진 늙은 너도밤나무 숲으로 이어진〉 자기 아버지의 밭으로 찾아오기를 바라는 베르길리우스의 간절한 소망이었다.

베르길리우스가 브린디 시에서 죽어 가고 있을 때 그는 분명히 그 구절을 기억하고 있었으리라 생각한다는 것이 클레릭 교수의 말이었다. 「아이네이스」를 완성하지 못한 채 세상을 떠나야 한다는 비감한 사실을 직면하고, 신들과 인간들의 형상으로 가득 찬 그 위대한 캔버스를 미완성으로 세상에 남아 있게 하느니 차라리 불살라 없애 버리라고 명령한 후, 그의 마음은 쟁기와 이랑이 짝을 이루듯 자신의 펜과 물체가 한데 어우러지는 「전원의 노래」의 아름다운 구절들로 되돌아가 있었을 것이며, 한 선량한 인간이 가슴 가득 감사드리는 마음으로 자신에게 〈나는 나의 나라로 시의 여신을 모셔 온 최초의 사람이다〉라고 말했을 것이다.

우리 학생들은 위대한 감정의 날개에 접해 보았다는 것을 의식하면서 조용히 교실을 나왔지만, 그 감정이 어떤 것인지 추측할 만큼 클레릭 교수를 친히 알고 있던 사람은 아마 나 혼자뿐이었으리라. 저녁에 책을 들여다보며 앉아 있노라면 눈앞에 펼쳐 놓은 페이지 위로 클레릭 교수의 열정에 넘친 음성이 울려 나오는 듯했다. 나에게 그토록 자주 들려주던 뉴잉글랜드의 바위 많은 그 특별한 지역이 혹시 그분의 〈나라〉가 아니었나 하는 생각도 해보았다. 계속 좀 더 읽어 내려가고 있는데 방문을 두드리는 소리가 들렸다. 서둘러 문을 열어 보니 어두운 복도에 웬 여자가 서 있었다.

「아마 날 몰라볼 거야, 짐.」

목소리는 귀에 익었으나 얼굴은 알아보지 못했다가 문가의 밝은 빛 안으로 들어서자 비로소 알 수 있었다. 레나 린가드였다! 도회지 옷이 어찌나 자연스럽게 어울려 보이던지 길에서라면 그냥 지나쳤을 것이다. 검은 양장이 몸에 아주 잘 맞았고, 파란 물망초 꽃을 꽂은 검은 레이스 모자가 노랑머리 위에 새침하게 얹혀 있었다.

나는 정신없이 질문을 던지며 내 방에서 유일하게 편안한 의자인 클레릭 교수의 의자를 내주었다.

레나는 당황해하는 나의 모습에 전혀 동요되지 않았다. 그러고는 내가 생생하게 기억하고 있는 그녀 특유의 순진한 호기심으로 방 안을 둘러보았다.

「여기서 꽤 편안하겠네, 그치? 나도 지금은 링컨에서 살아. 내 가게도 있어. ○○ 거리의 랄리 블록에 양장점을 차렸거든. 시작이 정말 좋았어.」

「그런데, 여긴 언제 왔어?」

「겨울 내내 여기 있었는걸. 너네 할머닌 너한테 편지도 안 하셔? 널 찾아올 생각은 많이 했었지만, 네가 지독하게 열심히 공부하는 청년이 됐다는 소리가 자자해서 좀 망설였어. 날 보고 반가워할지 어쩔지도 모르겠고.」 그러고는 전혀 꾸밈이 없는 건지 아니면 무척 의미심장한 건지 도저히 알 수 없는 웃음을 부드럽고도 편안하게 지어 보였다. 「넌 여전해 보인다. 이젠 젊은 남자지만. 난 변한 거 같아?」

「더 예뻐진 거 같다. 하긴 예전에도 예뻤지만. 글쎄, 차이가 있다면 옷이 달라졌다고나 할까.」

「내 새 옷 맘에 들어? 내 직업은 옷을 예쁘게 입어야 하는 직업이거든.」

레나는 재킷을 벗고 부드러운 실크 블라우스 차림으로 좀 더 편히 자리 잡고 앉았다. 매사에 그러하듯이 어느새 마치 제집처럼 내 방에서 아무 어색한 기분도 없이 잘 어우러져 보였다. 양장점이 잘되고 있으며 돈도 좀 저축해 놓았다는 이야기도 했다.

「올여름에는 내가 그동안 말만 해왔던 우리 엄마 집을 지어드릴 거야. 우선은 집값을 치를 능력이 없지만, 그래도 우리 엄마가 너무 늙어서 새집을 즐기지도 못 하게 되기 전에 지어드리고 싶어. 내년 여름에는 새 가구하고 양탄자를 가져다 드리려고 해. 뭘 좀 기대하면서 한겨울을 보내시라고 말이야.」

그렇게 자연스럽고 명랑한 태도로 잘 차려입고 앉아 있는 레나를 바라보면서, 그 레나가 예전에는 첫눈이 내리기 시작한 후에도 맨발로 벌판을 뛰어다니던 레나였고 미치광이 메리한테 쫓겨 옥수수밭을 뱅뱅 돌며 도망 다니던 레나였던 것을 생각했다. 그동안 그토록 훌륭하게 출세한 것이 신기하게 보였다. 물론 레나는 자기의 성공에 대해서 자신 이외에는 감사할 사람이 아무도 없었다.

「레나, 넌 너 자신이 퍽 자랑스럽겠다.」 내가 마음에서 우러나오는 말을 했다. 「나 좀 봐라. 난 아직까지 한 푼도 벌어 보지 못했고, 앞으로도 벌 능력이 있으려나 모르겠어.」

「토니가 그러는데, 넌 나중에 할링 씨보다 더 부자가 될 거래. 그 앤 아직도 네 자랑만 한단다.」

「그래, 토니는 정말이지 어떻게 지내고 있지?」

「잘 있어. 지금은 가드너 부인이 경영하는 호텔에서 일해. 가정부로. 그 부인 건강이 옛날 같지 않아서 매사를 자기 혼자 힘으로 해나갈 수가 없거든. 부인이 토니를 완전히 신임해. 할링 집안하고도 화해를 했어. 막내 니나가 토니를 너무 좋아해서 할링 부인이 지난 일을 눈감아 준 거 같아.」

「아직도 래리 도노반하고 어울려 지내?」

「아, 물론이야. 갈수록 더 심해! 둘이 약혼한 사이 같아. 토니는 래리 도노반이 철도 회사 사장이나 되는 것처럼 말하고 다녀. 그래서 남들이 모두 웃어. 토니가 여간만 고집이 세야지. 그 남자 나쁘다는 말은 한마디도 들으려고 하질 않아. 좀 너무 순진해.」

나는 전에도 래리가 맘에 안 들었고 앞으로도 절대로 좋아질 리가 없을 것이라고 말했다.

레나의 얼굴에 보조개가 떠올랐다.

「우리 중에서 토니한테 말을 해줄 수 있는 사람이 있기는 하지만, 말해 줘야 소용없을 거야. 그 남자만 믿을 텐데 뭘. 그게 토니 결점이라고. 일단 누굴 좋아하면 남들이 그 사람

나쁘게 말하는 소리는 아예 들으려고도 않아.」

「내가 한번 내려가서 토니를 만나 봐야 되겠네.」

「그러면 좋을 거 같아.」 레나는 솔직하게 재미있어하면서 나를 올려다보았다. 「할링 집안이 토니하고 화해를 하게 된 건 정말 잘된 일이야. 래리가 그 집 사람들은 어렵게 생각하거든. 할링 씨 회사에서 곡식을 상당히 많이 운송하기 때문에 철도 회사 사람들한테 영향력이 있다고. 뭘 공부해?」 레나는 팔꿈치를 테이블에 얹고 내 책을 끌어당겼다. 바이올렛 향이 희미하게 풍겼다.

「아, 이게 라틴 말이구나, 그치? 어려워 보이네. 그래도 너 가끔 극장엔 가더라. 언젠가 널 본 적이 있거든. 좋은 연극은 정말이지 너무 좋아, 안 그래? 시내에서 좋은 연극을 하면 난 집에 붙어 있질 못하겠어. 극장이 있는 곳에서 살 수 있다면 기꺼이 노예처럼 일할 수 있을 거 같아.」

「언제 한번 같이 구경 가자. 내가 널 만나러 찾아가도 되지?」

「그럴래? 그럼 나야 너무 좋지. 6시 후에는 항상 한가해. 재봉일하는 애들은 5시 30분이면 집에 보내거든. 시간을 아끼려고 밥은 사 먹고 지내지만, 가끔 혼자 고기도 구워 먹어. 네가 오면 내가 요리할게. 그럼…….」 레나는 흰 장갑을 끼기 시작했다. 「짐, 널 보게 돼서 정말 반가워.」

「서두를 거 없잖아, 아직 별로 얘기도 듣지 못했는데.」

「나 보러 오면 그때 또 얘기해. 넌 여자 손님이 찾아오는 경우가 별로 없나 봐. 아래층에 있는 할머니가 날 올려 보내고 싶어 하지 않더라. 너하고 같은 고향 사람인데, 내가 널 찾아가 만나 보겠다고 너네 할머니한테 약속했다고 했어. 너네 할머니가 아시면 얼마나 놀라실까!」 레나는 자리에서 일어나며 조용히 웃었다.

내가 모자를 집어 들자 레나가 고개를 저었다.

「아냐, 난 네가 바래다주는 거 싫어. 잡화상에서 스웨덴 사람들을 만나기로 되어 있어. 네가 좋아할 사람들이 아냐. 토니한테 네 방에 대해 편지 써 보내고 싶어서 온 거야. 편지에다 내가 널 이 방에 두고 바로 여기서 헤어졌다고 써야 해. 토니는 누가 널 데리고 달아날까 봐 걱정이 대단하단다!」

재킷을 두 손으로 들어 올려 펴주자, 레나는 실크 블라우스 소매를 재킷에 미끄러지듯 집어넣고 나서 옷을 다듬어 바로잡은 후 천천히 단추를 채웠다. 나는 문까지 함께 걸어 나갔다.

「외로울 때 가끔 날 보러 와. 하긴 넌 친구는 얼마든지 있겠구나.」 그러고는 부드러운 뺨을 나에게 돌리면서 〈그렇지?〉라고 놀리듯이 내 귀에 대고 속삭였다.

다음 순간 어두운 층계를 따라 사라져 갔다.

레나가 남겨 놓은 따뜻하고 다정한 분위기 덕분에 방 안이 훨씬 명랑해 보였다. 그녀의 웃음소리를 다시 듣게 되어 얼마나 기뻤던가! 부드럽고 잔잔하면서 상대방을 품어 주는 레나의 웃음은 모든 일을 항상 호의적으로 받아들였다. 눈을 감으면 덴마크 세탁소에서 일하는 처녀들과 보헤미안 메리 세 명이 모두 깔깔대며 웃는 소리가 들렸다. 레나가 그들 모두를 나에게 다시 데려다 주었다. 전에는 전혀 생각도 못 했으나 이 처녀들과 베르길리우스의 시와의 관계가 문득 떠올랐다. 이들 같은 처녀들이 이 세상에 존재하지 않는다면 시라는 것 또한 존재하지 않을 것이다. 나는 처음으로 그것을 분명하게 깨달았다. 그리고 이 새로운 사실은 나에게 지극히 소중한 것이어서 혹시라도 갑자기 사라져 버릴까 봐 가슴 깊이 간직했다.

마침내 책을 펴고 자리에 앉자 짧은 치마를 입고 추수 밭을 가로질러 걸어오는 레나가 등장하던 나의 그 옛날 꿈이 실제 경험의 추억처럼 느껴졌다. 그 장면은 한 폭의 그림처럼 책장 위에 나타나 아물거렸고 그 밑에는 한 줄의 슬픈 구절이 두드러지게 적혀 있었다. 〈가장 행복한 날들이…… 가장 먼저 사라진다.〉

3

일류 극단들이 뉴욕이나 시카고에서 장기 공연을 끝낸 후 링컨 시를 지나가면서 하룻밤 쉬어 가는 김에 공연해 주었기 때문에 우리는 연극 시즌이 끝날 무렵에야 좋은 연극을 볼 수 있었다. 그해 봄 나는 레나와 함께 「립 밴 윙클」에 나오는 조셉 제퍼슨을 보러 갔고, 또 「셰넌도어」라는 전쟁극도 구경했다. 레나는 자기 표는 자기가 사겠노라고 막무가내로 우겼다. 이제 자기는 양장점도 하고 있으니 학생이 자기한테 돈을 쓰게 하지는 않겠다면서. 나는 레나하고 연극을 보는 것이 무척 즐거웠다. 그녀에게는 연극 속의 모든 것이 멋있고 모든 것이 사실이었다. 그녀와 함께 연극을 감상하는 것은 부흥회 때마다 항상 개종하는 사람과 함께 부흥회에 참석하는 것과 흡사했다. 그녀는 자신의 감정을 일종의 운명적인 체념으로 배우들에게 넘겨주었다. 배우들의 의상이나 무대 장면은 나보다는 그녀에게 훨씬 더 깊은 의미를 시사했다. 그녀는 「로빈 후드」를 시종일관 황홀해하며 감상했고 「오, 나에게 약속해 주오!」를 부르는 콘트랄토 가수의 입술에서 눈을 떼지 않았다.

4월 말경 내가 광고판을 열심히 살펴보던 그 시절 어느 날 아침, 반들반들한 흰색 포스터에 푸른색 고딕체로 커다랗게 적힌 이름 둘이 나의 시선을 끌었다. 내가 자주 들어 본 여자 배우 이름과 〈춘희〉라는 이름이었다.

토요일 저녁, 랄리 블록에 사는 레나를 찾아가 둘이 극장까지 걸어갔다. 날씨가 온화하고 후덥지근해서 공휴일 같은 기분이 들었다. 레나가 사람들이 입장하는 모습을 구경하기 좋아했기 때문에 우리는 극장에 일찍 도착했다. 프로그램에 적힌 설명에 의하면 〈등장 음악〉은 본 연극과 동일한 주제로 만들어진 오페라 「라 트라비아타」에 나오는 노래였다. 우리 두 사람 모두 그 작품을 읽어 본 적이 없어서 이야기의 내용은 모르고 있었지만, 그 작품이 위대한 여배우들을 빛나게 한 작품이라는 소리를 들은 기억은 있었다. 그해 겨울 본 것 중에서 제임스 오닐이 출연한 「몬테크리스토 백작」은 내가 아는 알렉상드르 뒤마의 유일한 작품이었다. 이번 연극은 알렉상드르 뒤마의 아들이 쓴 작품이어서 나는 부자간의 유사점을 기대했었다. 들판에서 뛰어나온 두 마리 산토끼들이라 해도 그들에게 다가올 것에 대해서 레나와 나보다 더 무지할 수는 없었으리라.

막이 오르고 음울한 바르비유가 불가에 앉아 나닌을 문책하는 첫 장면에서부터 우리의 흥분은 시작되었다. 확실히 이 대사에는 새로운 짜릿한 맛이 담겨 있었다. 마르그리트의 친구들이 등장하기 전 잠시 동안 나닌이 바르비유와 주고받는 대사처럼 생동감 있고 실감 나며 자연스러운 연극 대사를 나는 그때까지 들어 본 적이 없었다. 뒤이어 나오는 장면 또한 내가 그때까지 본 중에서 가장 화려하고 세속적이면서도 매혹적으로 즐거운 장면이었다. 무대 위에서 샴페인 병을 터뜨리는 것을 나는 그때 처음 보았다. 실은 무대 밖에서도 본 적이 한 번도 없었다. 그 만찬의 기억은 지금도 시장기를 느끼게 만든다. 일개 학생으로서 하숙집 저녁밥이나 바라보고 있던 그 당시 나에게 그 만찬 장면은 진미의 고통이었다. 흰 장갑에 흰 양말을 신은 하인들이 황급히 정리해 놓은 도금한 의자들과 테이블, 눈부시게 흰 테이블보, 반짝이는 유리잔, 은접시, 과일을 담아 놓은 거대한 대접, 새빨간 장미꽃 등은 지금도 기억이 난다. 무대 위 방 안에서는 아름다운 여인들과 멋쟁이 젊은이들이 함께 어울려 웃고 떠들어 댔다. 남자들은 원작이 쓰인 시대를 염두에 둔 옷차림을 하고 있었으나 여자들의 경우에는 그렇지 않았다. 그래도 전혀 어색해 보이지 않았다. 대화는 그들이 살았던 화려한 세계를 활짝 열어 보여주는 듯했으며, 말 한마디 한마디가 관객들을 보다 현명해지도록 도와주었고, 재미있는 농담 한마디조차도 식견을 넓혀 주는 듯했다. 사교장 응접실에서 두 손을 처리하는 방법을 배워야 하는 불편을 겪지 않고서도 사교에 대해 넘쳐 나도록 실컷 경험할 수 있는 셈이었다. 등장인물들이 한꺼번에 입을 열어서 서로에게 던지는 말 중 몇 마디라도 놓치게 될 때면 무척 속이 상했다. 그네들이 발하는 감탄사 하나라도 놓치지 않으려고 나는 눈을 크게 뜨고 열심히 귀를 기울였다.

마르그리트 역을 한 여배우는 대단하기는 했지만 그 시대로서도 구식이었다. 그녀는 달리의 유명한 뉴욕 극단 단원으로서 나중에는 달리 감독하에 〈스타〉가 되었다. 들리는 바에 의하면 그녀는 쉽사리 감동하는 관객이나 취미가 유달리 까다롭지 않은 관객을 움직이는 데에는 꾸밈없는 자연스러운 힘이 있지만, 남이 그녀를 가르친다는 것은 불가능한 배우였다. 그때 이미 망가진 얼굴에 몸매도 이상스럽게 굳고 뻣뻣해져 버린 늙은 여배우였었다. 그리고 힘들어하면서 움직였으며 — 지금 생각해 보면 절름발이였었던 것 같다 — 척추병을 앓고 있다는 소리를 들었던 것으로 기억된다. 그녀와는 전혀 어울리지 않게 젊고 늘씬한 미남 상대역 아르망은 무척 당혹해하고 있었다. 그러나 그런 것이야 아무려면 어떤가? 나는 그를 매혹시킬 수 있는 그녀의 힘을 믿었고 그녀의 눈부시게 아름다운 자태를 열렬하게 믿었다. 젊고, 정열적이며, 무모하고, 환멸에 차 있으며, 죽음의 선고를 받은 상태에서 열에 들떠 쾌락을 갈망하는 그녀를 믿었다. 나는 조명을 밟고 무대 위로 올라가서 날씬한 허리에 술 달린 셔츠를 입은 아르망을 도와 그녀를 설득시키고 싶었다. 이 세상에는 아직도 충성과 헌신이 존재한다고. 그녀의 갑작스러운 발병, 축제의 기쁨이 한창 고조에 달했을 때 그녀의 창백한 얼굴빛, 황급히 입술에 가져다 댄 손수건, 가스통이 경쾌하게 피아노를 치고 있는 동안 웃는 척하면서 삼켜 버리는 기침, 그 모든 것들이 나의 가슴을 쥐어뜯었다. 그러나 그 뒤로 이어지는 자기 애인과의 긴 대화에 담긴 그녀의 냉소는 더더욱 나의 가슴을 아프게 했다. 애인에 대한 그녀의 불신을 나는 조금도 의심치 않았다. 매력적이고 성실한 젊은 아르망이 오케스트라가 「라 트라비아타」 이중주 「미스테리오소」를 연주하는 가운데 그녀를 향해 애원함에도 그녀는 자신의 쓰디쓴 냉소를 유지하며 아르망을 그가 가져온 꽃다발과 함께 돌려보낸 후 남들과 어울려 마구 춤을 추어 대는 장면에서 막이 내렸다.

막간에도 우리는 연극을 잊을 겨를이 없었다. 오케스트라가 「라 트라비아타」를 계속 연주하고 있었다. 그지없이 즐거우면서도 슬프고, 그지없이 여리고 희미하고 요란스러우면서도 동시에 가슴을 에는 듯한 음악이었다. 제2막이 끝난 다음 천장을 올려다보며 눈물을 글썽거리면서 생각에 잠겨 있는 레나를 자리에 남겨 놓고 나는 담배를 피우러 로비로 나갔다. 로비에서 오락가락하며 휴식 시간 동안 3학년 무도회가 언제인지, 사관생도들의 야영 훈련지가 플래츠머스인지 등에 대해 수다를 떨 링컨 여학생을 데리고 오지 않기를 잘했노라고 자찬했다. 레나는 적어도 여성이었으며 나는 나대로 남성이었다.

마르그리트와 뒤발 노인이 등장하는 장면이 계속되는 동안 레나는 줄곧 눈물을 흘렸으며, 나는 자신의 형언할 수 없는 행복이 오로지 자신의 파멸로 이어질 젊은 아르망의 귀가를 두려워하면서 그 목가적인 사랑의 장(章)이 종결되는 것을 무력하게 방관하며 앉아 있었다.

나를 그 여주인공에게 최초로 소개해 준 역할을 했던 그 베테랑 여배우보다 체격이나 음성이나 성격 면에서 뒤마의 매혹적인 여주인공과 더 거리가 먼 여성은 아마 존재하지 않을 것 같다. 여주인공에 대한 그 여배우의 개념은 자신의 어휘만큼이나 육중하고 비타협적이었다. 아이디어에 지나치게 강경했고 자음의 발음 또한 지나치게 강했으며, 공연 내내 회한에 푹 빠져서 지극히 비극적인 연기로 일관했다. 긴장의 완화나 행동의 경쾌함이란 그녀와는 거리가 멀었다. 목소리는 굵고 묵직해서 〈아아-르-망!〉 하고 마치 아르망에게 법정으로 출두하라고 명령하는 음성이었다. 그러나 대사만으로도 충분했다! 그 여배우는 그 대사를 그냥 발음만 하면 되었다. 여배우가 그러했음에도 불구하고 대사의 힘은 여주인공을 창출해 냈던 것이다.

제4막에서 마르그리트가 바르비유와 재등장하는 무정한 세상은 올림피아 살롱에서 모인 다른 어느 날 밤보다도 더욱 호화스러웠다. 천장에 매달린 샹들리에, 제복 차림의 수많은 하인들, 남자들이 금화를 수북이 쌓아 놓고 노름하는 도박판, 손님들이 살롱으로 내려오는 계단까지 지금도 생각난다. 다른 사람들이 모두 도박판에 빙 둘러 모여 있고 청년 뒤발이 프루당스로부터 경고를 받고 난 후 마르그리트가 바르비유와 함께 계단을 내려왔다. 그 화려한 망토, 그 대단한 부채, 그 엄청난 보석들, 그리고 그 얼굴! 첫눈에 그녀의 상태가 어떤지 누구나 알 수 있었다. 아르망이 〈보십시오, 여러분, 나는 이 여인에게 아무것도 빚진 게 없습니다!〉라는 끔찍한 말을 하며 거의 쓰러지다시피 하는 마르그리트에게 금화와 지폐를 내던지자 레나는 내 옆에서 몸을 웅크리고 두 손으로 얼굴을 가렸다.

다시 막이 오르자 침실 장면이었다. 그때쯤 해서 나는 이미 전신의 신경이 완전히 옥죄어 있는 상태였다. 나닌 혼자만으로도 나를 울릴 수 있었다. 나는 애절한 마음으로 나닌을 사랑했다. 그리고 가스통에게, 그 선량한 젊은이에게 깊은 동정을 느끼지 않을 사람이 어디 있겠는가! 새해 선물은 별것이 아니었다. 이제는 모든 것이 별게 아니었다. 나는 걷잡을 수 없이 울고 있었다. 내 재킷 윗주머니에 꽂은 손수건까지도, 결코 사용하기 위해서가 아니라 모양으로 꽂은 손수건이건만, 죽어 가는 그 여인이 마지막으로 애인의 품속에 힘없이 안길 때쯤에는 흥건히 젖어 있었다.

극장 문을 나서니 거리는 비로 반짝였다. 나는 신중하게도 할링 부인의 유용한 졸업 선물을 가지고 갔었기 때문에 그 우산을 함께 쓰고 레나를 집까지 데려다 주었다. 그녀와 헤어진 후 링컨 시 교외에 위치한 내 하숙집으로 천천히 걸어갔다. 집집마다 마당에 라일락이 흐드러지게 피어 있었고 비 온 뒤 라일락 향기가 잎사귀 냄새와 어우러져 바람을 타고 내 얼굴로 불어와 짜릿하도록 감미로운 향내를 풍겼다. 마르그리트 고티에가 마치 바로 어제 세상을 떠나기라도 한 듯이 그녀의 죽음을 슬퍼하면서, 1840년 이후 그 오랜 세월에 걸쳐 여러 나라 언어로 수많은 한숨을 자아내 오다가 그날 밤에서야 비로소 병들고 늙은 한 여배우의 육신을 통하여 나에게 전해진 마르그리트의 죽음에 대해 1840년 정신에 걸맞은 한숨을 내쉬며 빗물이 뚝뚝 떨어지는 나무 밑 진창길을 터벅터벅 걸어갔다. 제아무리 다른 상황일지라도 그 작품을 변화시킬 수는 없다는 사실을 깨달았다. 「라 트라비아타」가 언제 어디서 상연되든 때는 항상 4월인 것이다.

4

내가 레나를 기다리느라 앉아 있었던 그 작고 답답한 거실이 지금도 눈앞에 선하다. 어느 경마장에서 구입했다는 말 털로 씌운 딱딱한 의자, 기다란 거울, 벽에 걸어 놓은 장식용 접시……. 잠시라도 앉았다 일어선 날에는, 나중에 집에 가서 보면 영락없이 내 옷에 실밥이나 물감 들인 실크 조각들이 붙어 있었다. 레나의 성공을 나는 의아해했다. 그녀는 성격이 무척 유순했고 사업으로 성공하는 사람들에게서 흔히 찾아볼 수 있는 자신만만하고 극성맞은 성격이 전혀 없었다. 보잘것없는 시골 처녀로서 링컨 시에 살고 있던 토머스 부인의 사촌뻘 되는 사람들만 믿고 링컨 시로 올라왔으나 벌써 〈신혼〉인 젊은 부인들의 옷을 만들고 있었다. 양재에 타고난 재능을 지니고 있었던 것이 분명했다. 그녀 자신이 말했듯이 〈무엇을 입으면 어울리는지〉를 알고 있었다. 그리고 패션 잡지는 아무리 들여다보아도 싫증을 내는 법이 없었다. 이따금 저녁에 찾아가 보면 작업실에서 철사 모형에다 비단 천을 주름 잡아 걸쳐 보면서 지극히 행복한 표정을 지으며 혼자 일하고 있었다. 그럴 때면, 레나가 인간 형체에다 옷을 입히는 작업에 그토록 지칠 줄 모르는 흥미를 느끼는 이유가 자신의 몸을 제대로 가릴 만한 옷도 없이 지냈던 시절과 혹시 무슨 연관이 있지 않을까 하는 생각을 나도 모르게 했다. 단골손님들은 레나가 〈안목이 있다〉고 말하면서 항상 약속을 이행하지 못하는 것도 눈감아 주었다. 레나는 무슨 일이고 약속한 날짜에 끝내는 법이 절대로 없었을 뿐만 아니라 옷감에도 손님이 허용한 액수보다 많은 비용을 들이는 경우가 잦았다. 언젠가 내가 저녁 6시에 도착했을 때 마침 안달을 떠는 한 어머니와 볼품없이 키만 훌쩍 큰 딸을 떠나보내고 있던 중이었다. 어머니 되는 여인이 문간에서 레나를 붙들고 사정하듯 말했다.

「린가르드 양, 50달러가 넘지 않도록 해줘요, 네? 아시다시피, 저 애는 이런 비싼 양장점에 오기에는 사실 너무 어리지만, 그래도 다른 누구보다도 저 애 옷을 제대로 할 수 있는 사람은 당신밖에 없는걸요.」

「아, 헤론 부인, 걱정 마세요. 맵시 있게 잘될 거예요.」 레나가 부드럽게 대답했다.

 손님들을 대하는 태도는 내가 보기에 무척 훌륭했고 그렇듯 침착한 태도를 어디에서 배웠는지 궁금했다.

 이따금 오전 수업이 끝난 후 시내에서 레나를 만났는데 그럴 때면 레나는 벨벳 양장에 자그마한 까만 모자를 쓰고 얼굴에는 베일을 늘어뜨리고 마치 봄날 아침처럼 산뜻하고도 신선한 모습으로 나타났다. 어떤 때는 집에 가는 길에 노란 수선화를 한 다발 사거나 히아신스 화분을 사 가지고 갔다. 사탕 가게 앞을 지나칠 때는 발걸음이 늦춰지며 머뭇거렸다. 그러고는 〈나 저기 들어가지 못하게 해줘. 그냥 지나쳐 가게 도와줘〉라고 중얼거렸다. 단것을 무척 좋아했지만 뚱뚱해질까 봐 걱정했다.

 나는 레나 집에서 일요일 아침 식사를 함께 즐겼다. 기다란 작업실 뒤는 긴 소파와 책상 하나가 들어갈 만큼 넓은 툇마루였다. 재단대와 철사 여인들과 벽에 걸린 천으로 덮은 옷들이 있는 기다란 작업방을 커튼을 쳐 가려 놓고 그 구석진 툇마루에서 아침을 먹었다. 햇살이 쏟아져 들어와 테이블 위에 놓인 물건들은 반짝반짝 빛났고 알코올램프의 불길은 완전히 모습을 감추었다. 털이 곱슬곱슬한 검은 강아지 프린스도 우리와 함께 아침을 먹었다. 프린스는 레나 옆에 놓인 소파에 아주 얌전하게 앉아 있다가 복도 건너편에 사는 폴란드인 바이올린 선생이 연습을 시작하면 역겨운 듯이 코를 킁킁거리며 으르렁거렸다. 프린스는 집주인 랄리 대령한테서 받았는데, 처음에는 전혀 반갑지 않았었다. 짐승들 보살피는 일에 이미 지나치게 오랜 세월을 소비했기 때문에 짐승들한테 특별한 애착을 느끼지 못했기 때문이다. 그러나 프린스는 제법 똘똘

한 강아지여서 레나는 점차 프린스를 귀여워하게 되었다. 아침 식사가 끝나면 나는 프린스에게 죽은 듯이 가만히 누워 있기, 악수하기, 병정처럼 우뚝 서기 등을 훈련시켰다. 우리는 프린스 머리에다 내 훈련 모자를 씌워 주고 — 대학에서 학생들은 군사 훈련을 받도록 되어 있었다 — 막대기 자를 주고는 앞발로 붙잡고 서 있게 했다. 프린스의 신중한 태도에 우리는 배를 부여잡고 웃어 댔다.

레나의 이야기는 항상 재미있었다. 토니는 말재주가 별로 없었다. 영어를 꽤 잘하게 된 후에도 말이 좀 어색했고 말투에는 외국어 억양이 섞여 있었다. 그러나 레나는 토머스 부인의 양장점에서 주워들은 자연스러운 표현들을 모두 적절하게 사용할 줄 알았다. 작은 읍에서 예의범절의 정수로 간주되는 형식적인 구절들이나 근원을 따져 보면 거의 전부가 위선적인 것들로서 진부하기 짝이 없는 표현들이 레나의 감미로운 억양과 짓궂은 순진성이 담긴 부드러운 음성으로 발음될 때에는 무척 웃기면서도 아주 매력적으로 들렸다. 거의 자연에 가까울 정도로 솔직한 레나가 다리를 〈사지〉라고 한다든가 가옥을 〈가정〉이라고 하는 소리를 듣는 것만큼 재미있는 것도 없었다.

우리는 양지바른 그 구석에서 느긋하게 시간을 끌며 커피를 마시곤 했다. 레나는 아침에 가장 예뻤다. 매일 아침 새로운 시선으로 세상을 대하며 일어나는 그녀의 두 눈은 갓 피어날 때 가장 새파래 보이는 파란 꽃처럼 여느 때보다 더욱 짙은 푸른색이었다. 나는 일요일 아침 내내 빈둥거리며 앉아 레나를 바라보았다. 오울 벤슨의 행위가 이제는 나에게 전혀 신기하게 여겨지지 않았다.

「오울은 전혀 악의가 없었어.」 언젠가 레나가 말했다. 「사람들이 걱정 안 해도 됐었는데. 그 사람은 그냥 언덕에 앉아 자기 불운을 잊어버리고 싶었을 뿐이야. 들판에서 소 떼하고만 지내다 보면 아무나 옆에 있어도 반갑거든.」

「하지만 그 사람은 항상 침울했잖아? 그 사람 절대로 입을 열지 않는다고 모두들 그러던데.」

「무슨 소리야? 말만 잘해, 노르웨이 말로. 영국 배 선원으로 있으면서 이상스러운 데를 꽤 많이 구경한 사람이야. 아주 근사한 문신도 많이 했더라. 둘이 같이 앉아 그것들을 들여다보면서 몇 시간씩 보내곤 했어. 허허벌판이니까 다른 건 볼 것도 별로 없었고. 그 사람은 그림책 같았어. 한쪽 팔에는 배 한 척과 예쁜 처녀가 있고, 다른 쪽 팔에는 담장도 있고 대문도 있는 작은 집 앞에서 자기 애인을 기다리며 서 있는 처녀가 있는데, 그 팔 위쪽에는 처녀의 애인인 선원이 돌아와 그녀에게 키스하는 그림이야. 벤슨은 그걸 〈선원의 귀환〉이라고 불렀어.」

집에 그토록 끔찍한 형상의 아내가 있고 보니 오울 벤슨으로서는 이따금 예쁜 처녀를 바라보고 싶어 하는 것이 조금도 이상한 일이 아니라는 것은 나도 인정했다.

「있잖아.」 레나가 비밀을 일러 주듯 말했다. 「메리는 건강한 정신을 가진 여자니까 자기를 올바로 잡아 주리라 생각했기 때문에 결혼한 거였대. 일단 육지에 올라오면 갈피를 못 잡고 방탕하게 굴었나 봐. 마지막으로 리버풀에 상륙했었을 때는 2년 동안이나 바다에 있다가 돌아온 거였는데, 아침에 받은 급료를 다음 날 아침까지 단 한 푼도 안 남기고 하루 사이에 홀랑 다 써버린 데다가 시계하고 나침반까지도 사라져 버렸더래. 어떤 여자들과 어울려 놀았는데 그 여자들이 모두

다 훔쳐 갔대. 그래서 조그만 여객선에서 일을 해주며 이 나라까지 온 거래. 메리는 자기를 개심시키려고 애를 썼대. 그래서 메리야말로 자기를 올바로 잡아 줄 사람이라고 생각했다는 거야. 불쌍한 오울! 읍에서 사탕을 사서 사료 자루 속에 감추어 가지고 와 나한테 주곤 했었지. 여자가 청하는 건 무슨 일이든 거절을 못 하는 사람이었어. 몸에 새긴 문신들도 지울 수만 있었으면 벌써 옛날에 없애 버렸을 거야. 그 사람은 내가 아는 이들 중에서 제일 불쌍한 사람이야.」

어쩌다 레나와 함께 저녁 시간을 보내며 늦게까지 머물러 있다가 떠날 때면 폴란드인 바이올린 선생이 밖으로 나와 내가 층계를 내려가는 것을 지켜보면서 뭐라고 혼자 툴툴거렸는데 그 기세가 하도 험악해 자칫 잘못하다가는 말다툼을 하게 될 듯싶었다. 언젠가 레나가 바이올린 연습하는 소리가 듣기 좋다고 말한 이후로 그는 항상 자기 방문을 열어 놓고서 레나 방을 드나드는 사람들을 일일이 주시했다.

레나로 인하여 그 폴란드인과 집주인 사이도 냉랭했다. 랄리 대령 영감님은 켄터키에서 링컨 시로 옮겨 와 인플레이션으로 돈 가치가 형편없었을 당시 상속받은 전 재산을 부동산에 투자했었다. 그리고 이제는 허구한 날 〈랄리 사무소〉에 앉아 자기 돈이 모두 어디로 가버렸는지, 어떻게 하면 그 일부라도 되찾을 수 있는지 알아내려고 애를 썼다. 홀아비였던 그가 이 무심한 서부 도시에서 마음에 맞는 친구를 찾기란 어려운 일이었다. 그는 레나의 예쁜 얼굴과 상냥한 태도에 마음이 끌렸다. 레나의 음성이 남부 지방 사람들의 목소리를 상기시켜 준다면서 가능한 한 자주 그 음성을 들을 기회를 만들었다. 그해 봄에는 레나 방에 칠도 해주고 벽지도 갈아 주었으며, 레나가 오기 전 세 들어 살던 사람이 흡족해하며 사용했던 양철 목욕통을 없애고 사기 목욕통을 설치해 주었다. 이러한 수리가 진행되고 있는 동안 이 늙은 신사분께서는 레나가 선호하는 것을 알아내려고 자주 레나 방에 들렀다. 폴란드인 오르진스키가 어느 날 저녁 방 앞에 나타나서 혹시라도 집주인이 자주 찾아와 귀찮게 굴면 자기가 즉시 그런 행위에 종지부를 찍어 놓겠다고 했다며 레나는 재미있어하면서 나에게 말했다.

「그 사람을 어떻게 대해야 할지 모르겠어.」 레나는 머리를 좌우로 흔들었다. 「항상 좀 거칠게 굴어. 그 사람이 맘씨 좋은 노인네한테 험한 소리 하는 건 싫어. 영감님이 말이 많은 건 사실이지만 쓸쓸해서 그럴 거야. 내 보기에, 그 양반도 오르진스키를 별로 맘에 들어 하는 거 같지 않아. 언젠가 나보고 하는 말이, 옆에 사는 사람들한테 조금이라도 불만이 있으면 서슴지 말고 자기에게 알려 달래.」

어느 토요일 저녁 레나와 함께 저녁 식사를 하고 있을 때 객실 문을 두드리는 소리가 나서 나가 보니 폴란드인이 셔츠 바람으로 문 앞에 서 있었다. 프린스는 벌떡 일어나 덩치가 큰 맹견이나 되는 듯이 으르렁거리기 시작했고 방문객은 자기가 그런 차림으로 찾아올 수밖에 없었던 것을 사과하면서 옷핀 좀 빌려 달라고 레나에게 청했다.

「아이, 오르진스키 씨, 안으로 들어오세요. 무슨 일인지 저한테 보여 주셔야죠.」

레나는 그가 들어오고 나자 방문을 닫으면서 나에게 말했다.

「짐, 프린스 좀 얌전하게 굴도록 해봐, 응?」

내가 프린스의 콧등을 톡톡 두들겨 주면서 달래고 있는 동안 오르진스키는 자기가 퍽 오랫동안 연주복을 입지 않았는데 오늘 밤 음악회에 연주하러 나가려는 참에 조끼 등판이 주욱 찢어져 갈라졌노라고 설명했다. 그리고 나중에 양복점에 가지고 갈 때까지 우선은 핀을 꽂아서 찢어진 부분을 붙여 놓으려고 생각했단다.

레나는 그의 팔꿈치를 잡고 빙 돌려세웠다. 그러고는 공단 조끼가 길게 찢어져 벌어진 틈을 보더니 깔깔거리며 웃어 댔다.

「오르진스키 씨, 옷핀으로는 절대 안 되겠어요. 너무 오랫동안 접어 놨었기 때문에 접힌 자리가 다 해졌는걸요. 벗으세요. 거기다가 실크로 안감을 대서 10분 안에 해드릴게요.」

레나가 조끼를 가지고 작업실로 사라져 버리자 나는 목석처럼 뻣뻣하게 문에 기대 서 있는 폴란드인과 단둘이 남게 되었다. 그는 팔짱을 끼고 성마른 갈색 눈으로 나를 노려보았다. 머리는 새알 초콜릿처럼 생겼고 지푸라기 색깔 머리털이 뾰족한 정수리에 더부룩이 덮여 있었다. 내가 그를 지나칠 때면 나한테 한두 마디 웅얼거리는 게 고작이었기 때문에 이제 그가 나에게 말을 걸고 있다는 사실이 좀 신기했다.

「린가르드 양은 내가 지극히, 지극히 존경하는 젊은 여성이십니다.」 말투가 건방졌다.

「나도 그렇습니다.」 쌀쌀맞게 대꾸했다.

그는 내 말에는 전혀 관심을 보이지 않고 팔짱을 꽉 끼고 선 채, 셔츠 소매에다 빠른 속도로 손가락 연습을 했다.

「선량한 마음씨는 이런 곳에서는 인정을 받지 못합니다. 가장 고결한 품성이 조롱의 대상이 되지요. 무지하고 거만하고 능글맞은 대학생 녀석들이 고상한 것에 대해서 알 리가 없죠!」 천장을 올려다보면서 그가 한 말이었다.

나는 얼굴이 찡그려지는 것을 꾹 참고 신중하게 말하려고 애썼다.

「오르진스키 씨, 혹시 나를 두고 하는 말씀이라면, 나는 린가르드 양을 아주 오래전부터 알고 있는 사람이고, 그녀의 선량한 품성도 익히 알고 있다고 생각합니다. 우리는 같은 읍에서 함께 자란 사이입니다.」

그의 시선이 천장에서 서서히 나에게로 옮겨 내려왔다.

「당신이 이 젊은 여인의 행복을 진심으로 마음에 두고 있다는 말입니까? 그러니까, 이 여인에게 해를 끼칠 의사가 전혀 없다는 말인지요?」

「오르진스키 씨, 우리 사이에서 그런 얘기는 오가지 않습니다. 혼자 힘으로 살아가는 여자라면 사람들의 입에 오르내리지 않고서도 얼마든지 남자 대학생 한 사람쯤 저녁에 초대할 수 있는 일이지요. 우리는 어떤 일들은 당연한 것으로 받아들입니다.」

「그렇다면 내가 당신을 잘못 판단해 왔소. 용서해 주시오.」 그가 정중하게 머리를 숙이면서 말했다. 「린가르드 양은 완벽하게 착한 마음씨를 지닌 분이지요. 인생의 고된 교훈을 아직 경험하지 못한 분이에요. 허나, 당신과 나는, 우리 〈고급 지식인〉들은……」 그는 말하면서 나를 차분히 마주 바라보았다.

레나가 조끼를 가지고 돌아왔다.

「오르진스키 씨, 나가실 때 여기 들러서 우리한테 좀 보여 주세요. 연주복 입으신 모습은 아직 한 번도 못 봤거든요.」

잠시 후 오르진스키가 바이올린 상자를 들고 나타났다. 두꺼운 목도리를 두르고 뼈만 남은 손에는 털장갑을 끼고 있었다. 레나가 그에게 격려하는 어조로 하는 말을 듣고 나서 마치 대단한 연주가가 되는 듯이 으쓱대며 나가는 그의 자태가 어찌나 우습던지 방문을 닫자마자 우리는 웃음을 터뜨렸다.
「가엾은 남자야.」 레나가 귀엽다는 듯이 말했다. 「저 사람은 매사를 저렇게 심각하게 생각한다고.」

그날 이후 오르진스키는 나에게 친절하게 대했으며 우리 둘 사이에 무슨 깊은 이해라도 오가고 있는 듯이 행동했다. 소도시 링컨의 음악 취향을 공격하는 기사를 써놓고서 내가 그것을 조간신문 편집장에게 전해 주면 무척 고맙겠다고 한 적이 있었다. 만약 편집장이 그 기사를 신문에 싣지 않겠노라고 하면 편집장더러 그 말을 오르진스키에게 〈직접〉 해보라고 말해 주라는 것이었다. 자기는 결코 단 한 단어도 삭제하지 않을 터이며 또한 자신의 제자들을 모두 잃게 될 것도 예상하고 있노라고 단언했다. 그의 기사가 신문에 게재된 후 — 오자투성이였으나 본인은 그것을 신문사 측의 의도적인 행위라고 일축했다 — 그 기사에 대해서 언급하는 사람은 아무도 없었지만 그는 링컨 시민들이 〈거친 야만인〉이라는 자신의 표현을 온순하게 받아들인 것으로 믿고 퍽 흡족해했다.

「자네도 알다시피 기사도가 없는 곳에는 진정한 사랑도 없다고.」

이제는 밖에서 돌아오는 그와 마주치다 보면 예전보다도 더 거만하게 목에 힘을 주고 다니는 것 같았고 현관 층계를 올라와 초인종을 누르는 것도 훨씬 더 자신만만했다. 그는 자기가 〈곤궁에 처했을 때〉 내가 자기편을 들어 주었던 것을 결코 잊지 않겠노라고 레나에게 말했단다.

나는 빈둥거리면서 나날을 보냈다. 레나는 내 생활 분위기를 심각하게 깨뜨려 놓았다. 나는 학교 수업에는 흥미를 느끼지 못했다. 그 대신 레나와 프린스와 함께 놀았고, 오르진스키

와 놀았으며, 대령 영감님하고 마차를 타고 놀러 다녔다. 영감님은 나를 귀여워했고 나한테 레나에 대한 이야기를 하거나 자기가 젊었을 때 알았던 〈대단한 미인들〉에 대한 이야기를 해주었다. 우리 세 남자들은 모두 레나한테 빠져 있었다.

6월 1일 이전에 개스턴 클레릭 교수는 하버드 대학에서 강사직을 맡아 달라는 요청을 받고 이를 수락했다. 나도 자기를 따라서 가을에 하버드로 옮겨 와 하버드에서 학위를 끝내라고 제안했다. 그는 레나에 대해서 알아냈던 것이다. 나의 입을 통해서는 아니었지만. 그리고 그 일에 대해 나에게 심각하게 말했다.

「자넨 여기서는 이제 아무것도 못 할 걸세. 아예 학교를 때려치우고 취직을 하든지 아니면 학교를 바꿔서 다시 진지하게 시작하게. 그 노르웨이 미인하고 놀면서 지내다가는 신세 망칠 걸세. 그래, 자네가 그 여자와 있는 걸 극장에서 봤어. 아주 예쁘더군. 그리고 지극히 무책임한 사람으로 보이더군.」

클레릭 교수는 나를 동부로 데리고 가고 싶노라고 우리 할아버지에게 편지를 썼다. 놀랍게도 할아버지는 내가 원한다면 가도록 하라는 답장을 보내왔다. 그 편지가 온 날 나는 기쁘기도 하고 슬프기도 했다. 저녁 내내 방 안에 앉아서 곰곰이 생각해 보았다. 내가 레나의 앞길을 막고 있는 것이라고 스스로를 설득시키려는 시도까지 해보았다 — 조금이라도 숭고한 의도가 있다고 자처하는 것이 무척 필요했었다! — 그리고 함께 놀아 줄 상대로서의 내가 그녀의 삶에서 사라진다면 그녀는 어쩌면 결혼하여 자리를 잡고 잘 살게 될지도 몰랐다.

그다음 날 저녁 레나를 찾아갔다. 레나는 한쪽 발에 큰 슬리퍼를 신은 채 툇마루 안락의자에 곤추앉아 있었다. 작업실로 데려온, 일이 서툰 러시아 여자애가 레나 발가락에다 다리미를 떨어뜨렸다고 했다. 옆 테이블 위에는 이 사고 소식을 듣고 폴란드인이 가져온 초여름 꽃이 담긴 바구니가 놓여 있었다. 그는 레나 방에서 일어나는 일들을 항상 용케도 잘 알아냈다.

어느 손님에 대한 재미있는 일화를 늘어놓고 있는 레나의 말을 가로 막으면서 내가 꽃바구니를 집어 들었다.

「레나, 이 친구가 언제고 당신한테 청혼해 올 거야.」

「벌써 했어. 그것도 아주 여러 번!」

「뭐라고! 거절당하고도?」

「거절 같은 건 상관 안 해. 결혼 말만 나와도 기분이 좋아지나 봐. 나이 먹은 남자들은 그렇다고. 자기들이 누구를 사랑하고 있다고 생각하는 것만으로도 우쭐한 기분이 드나 봐.」

「대령은 당장이라도 결혼하겠다고 할 거야. 늙은이하고는 결혼하지 않길 바라. 아무리 부자라도 말이야.」

레나가 베개를 옮겨 놓으면서 놀란 눈으로 나를 올려다보았다.

「아냐, 난 아무하고도 결혼 안 할 거야. 그거 몰랐어?」

「당찮은 소리. 그건 여자들이 그냥 하는 소리야. 레난 그 정도는 알고도 남지. 레나처럼 멋진 여자는 물론 결혼하고말고.」

「난 아냐.」 고개를 좌우로 흔들었다.

「아니, 왜? 그런 소릴 하는 이유가 뭐야?」 내가 끈질기게 물었다

레나는 소리 내어 웃었다.

「글쎄, 남편이 있는 게 싫으니까 그럴 거야. 남자들은 친구로는 아주 좋은데, 그러다가도 결혼만 하면 즉시 잔소리 심한 늙은 아버지로 변해 버려. 정열적인 남자들까지도 그래. 뭐가

똑똑한 짓인지, 뭐가 바보 같은 짓인지 아내한테 일러 주기 시작하고, 또 여자가 항상 집에만 박혀 있길 원해. 난 내가 바보처럼 행동하고 싶으면 바보처럼 행동할 거야. 아무한테서고 이러니저러니 말 안 들어도 되고.」

「하지만 나중에 쓸쓸할걸. 이런 생활에 싫증도 나고, 가정이 갖고 싶어질 거야.」

「난 안 그래. 난 외로운 게 좋아. 토머스 부인한테 가서 일을 시작했을 때 열아홉이었는데 그때까지 난 혼자 잔 적이 한 번도 없었어. 한 침대에서 셋이 잤어. 소를 몰고 벌판에 나가 있을 때를 제외하고는 단 한 순간도 내 시간이라는 게 없었어.」

시골에서 살던 이야기를 할 때면 레나는 흔히 재미있거나 약간 냉소적인 한마디로 일축해 버리곤 했었다. 그러나 그날 밤에는 자꾸 그 옛날 어린 시절로 되돌아가고 있는 듯이 보였다. 아주 어릴 때부터 무거운 어린 동생을 안고 돌아다니지 않은 적이 없었고, 갓난아기들을 씻겨 주는 일을 돕지 않은 적이 없었으며, 동생들의 튼 손과 얼굴을 늘 깨끗하게 해주려고 애쓰지 않았던 때는 기억에 없다고 했다. 레나에게는 가정이란 항상 어린애들이 너무 많고 화난 남자 어른과 병든 여인 주위에 산더미처럼 쌓인 일거리가 있는 곳이었다.

「엄마 잘못은 아니었어. 능력만 있었다면 자식들을 편안하게 해주었을 사람이야. 하지만 여자애한테는 견딜 수 없는 생활이었어. 소 떼를 몰고 소젖을 짜기 시작한 이후로 내 몸에서 소 냄새를 도저히 씻어 낼 수가 없었다고. 몇 벌 안 되는 속옷들을 나는 과자 상자 속에 보관해 두었어. 그리고 토요일 밤 모두들 잠자리에 들고 난 후에야, 그것도 내가 너무 지쳐 있지 않으면, 목욕을 할 수 있었어. 물을 길러 풍차 방앗간까지 두 번이나 다녀오고, 그 물을 화덕 위에 있는 빨래 통에 붓고 끓였어. 물이 끓는 동안 토굴 속에서 목욕통을 꺼내다 부엌에서 목욕을 하고, 그러고 나서 깨끗한 잠옷을 입고 동생 둘이 누워 있는 침대 속으로 들어가 잤지만, 동생들이야 내가 목욕을 시켜 주지 않으면 목욕이라고는 할 리가 없는 애들이었고. 가정 생활에 대해서는 네가 나한테 말해 줄 게 아무것도 없어. 난 죽을 때까지 가고도 남을 만큼 실컷 해봤어.」

「하지만 가정생활이 모두 다 그런 건 아니잖아.」

「거의 비슷비슷해. 누군가의 손아귀 밑에 있기는 마찬가지라고. 짐, 무슨 생각이 들기에 이러는 거지? 내가 결혼하자고 할까 봐 걱정하고 있는 거야?」

그제야 나는 링컨을 떠날 계획이라고 말해 주었다.

「왜 여길 떠나려고 해? 내가 너한테 잘해 주지 않았어?」

「레나, 넌 나한테 정말 잘해 줬어.」 나는 솔직히 털어놓았다. 「난 너 이외에 다른 생각이라고는 별로 하지도 않아. 그리고 네 곁에 있는 한 앞으로도 절대 다른 일에 대해서는 생각을 하지 않을 거고. 여기 머물러 있다가는 마음을 가라앉혀서 열심히 공부하는 일은 절대로 못 할 거야. 그건 너도 알지.」

나는 그녀 옆에 털썩 주저앉아 마룻바닥을 내려다보았다. 미리 준비해 놓았던 이성적인 설명들이 단 하나도 머리에 떠오르지 않았다.

레나는 내 옆으로 가까이 당겨 앉았다. 다시 입을 열었을 때 그녀의 목소리에는 좀 전에 나의 마음을 아프게 했던 미소한 원망의 기미가 완전히 사라지고 없었다.

「처음부터 이런 일은 시작하지도 말았어야 하는데, 안 그래? 애초에 널 찾아가 보는 게 아니었는데. 하지만 너무 가고 싶었어. 너한테 옛날부터 항상 맘이 끌렸었나 봐. 어쩌다가 널 찾아가 볼 생각이 났던지 나도 모르겠어. 토니가 너하고 가까이하지 말라고 노상 말하는 바람에 오히려 더 그러고 싶어졌는지도 몰라. 그래도 퍽 오랫동안 그냥 내버려 두었었잖아, 안 그래?」

레나 린가르드! 그녀는 자기가 사랑하는 이들에게는 다정하기 그지없는 여인이었다.

「그때 내가 널 찾아갔던 거 잘못한 일이라고 생각하지 않지? 그러는 게 너무 자연스럽게 느껴졌었어. 난 내가 너의 첫사랑이 되고 싶다는 생각을 하곤 했어. 넌 정말 재미있는 아이였어!」

슬프고도 현명하게 상대방을 영원히 먼 곳으로 떠나보내는 듯이, 마침내 부드럽고도 아련한 키스와 더불어 레나는 나를 떠나보냈다.

링컨을 떠나기 전에 우리는 여러 번 작별 인사를 나누었으나, 단 한 번도 내가 떠나는 것을 방해하거나 붙들어 두려는 시도를 보이지 않았다.

「이제 곧 떠날 사람이지만, 아직은 안 떠났잖아, 그치?」

링컨에서의 나의 생은 갑작스레 막을 내렸다. 나는 할아버지와 할머니가 계신 집으로 돌아가 몇 주일 보내고, 그다음에는 버지니아에 사는 친척들을 찾아가 보고 나서 클레릭 교수가 있는 보스턴으로 갔다. 그때 나이 열아홉 살이었다.

제4부
개척자 여인의 이야기

1

 링컨을 떠난 지 2년 만에 나는 하버드 대학을 졸업했다. 그리고 법대에 들어가기 전 여름 방학을 보내러 집에 갔다. 내가 도착한 날 밤 할링 부인과 프랜시스와 샐리가 나를 찾아왔다. 모든 것이 예전과 똑같아 보였다. 할아버지와 할머니는 별로 늙지 않으셨고 프랜시스 할링은 이제 결혼해서 남편과 함께 블랙 호크에 있는 할링 사무소를 관리하고 있었다. 모두들 할머니 거실에 모여 앉고 보니 내가 그동안 떠나 있었다는 사실이 믿기지 않았다. 그러나 저녁 내내 모두가 회피한 화제가 하나 있었다.

 할링 부인을 대문 앞까지 바래다주고 나서 프랜시스와 함께 집으로 가는 길에 그녀가 간단하게 말했다.

「너도 물론 알고 있겠지. 불쌍한 안토니아에 대해서.」

 불쌍한 안토니아! 이제는 모두 안토니아를 그렇게들 부르겠구나 생각하니 마음이 아팠다. 할머니가 편지로 보내 준 소식으로 알고는 있다고 대꾸했다. 안토니아가 래리 도노반과 결혼하러 그가 일하고 있는 곳으로 떠났다는 것, 그가 안토니아를 저버린 사실, 그리고 이제 안토니아에게는 아기가 하나 있다는 것, 그것이 내가 알고 있는 전부였다.

「그 남자는 토니하고 결혼도 안 했어. 토니가 돌아온 이후로 난 한 번도 토니를 만나 보지 못했어. 집하고 농장에서만 지내고 읍에는 거의 안 나타나. 자기 아기를 우리 엄마한테 보여 주려고 한 번 데리고 온 적이 있었지만. 아마 암브로쉬 밑에서 평생 일해 주면서 살 생각인가 봐.」

나는 안토니아를 머릿속에서 지워 버리려고 애썼다. 지독히 실망했기 때문이다. 모든 사람들이 앞으로 골칫덩어리가 되리라 예견했던 레나 린가르드는 이제 링컨 시에서 일류 양재사가 되어 블랙 호크 사람들한테 대단한 존경의 대상이 되고 있는데 안토니아는 그동안 뭇 사람들의 동정의 대상으로 전락해 버리고 말았다는 사실에 대해서 안토니아를 용서할 수가 없었다. 레나는 기분이 내키면 마음을 던져 주지만 정신은 항상 자기 일에 쏟아 결국 출세했다.

바로 그즈음에는 레나를 칭찬하고 티니 소더볼을 호되게 욕하는 것이 일종의 유행이 되어 있었다. 티니 소더볼은 돈을 벌겠다고 바로 전해에 소리 없이 서부로 떠나가 버렸다. 시애틀에서 방금 돌아온 어느 블랙 호크 청년의 말에 의하면, 티니는 사람들이 흔히 생각하듯 모험심에서 그냥 서부로 떠난 것이 아니라 아주 구체적인 계획을 가지고 갔다. 가드너 부인의 호텔에 자주 묵었던 사업가 중 한 사람이 시애틀 부두에 그냥 놀리고 있는 건물들을 소유하고 있었는데 그중 빈 건물 하나에서 티니가 장사를 시작하도록 도와주겠노라고 제안했다. 티니는 그 당시 선원들을 상대로 하숙집을 경영하고 있었다. 그것이 티니의 종말이 되리라고 모두들 입을 모았다. 처음에 점잖은 하숙집으로 시작했다 하더라도 계속 그렇게 유지할 수는 없을 거라면서. 선원들 하숙집이라는 게 모두 다 그렇고 그랬으니까.

돌이켜 생각해 보니, 사실 다른 처녀들에 비해 티니에 대해서는 별로 잘 모르면서 지내 왔다. 내 기억에 남아 있는 것은 요리 접시가 가득 담긴 커다란 쟁반을 들고 하이힐을 신은 채 식당 안을 날렵하게 돌아다니면서 단정하게 잘 차려입은 손님들에게는 약간 건방진 눈빛을 보내고 허술한 차림의 손님들에게는 경멸의 눈총을 보내던 모습이었다. 그러고 보니 어쩌면 선원들도 그녀를 어려워할지 모른다는 생각이 들었다. 우리가 프랜시스 할링네 현관에 앉아서 티니에 대해 이야기하고 있었을 때, 그때 그녀의 미래가 정말로 어떻게 될 것인지를 알 수 있었더라면 얼마나 놀랐었을까? 블랙 호크에서 함께 자란 모든 남녀 가운데 가장 모험적인 삶을 살아가고 있으며 세속적으로 가장 견고한 성공을 거두게 된 사람이 다름 아닌 티니 소더볼이었다.

티니에게 실제로 일어난 일은 다음과 같다. 그녀가 시애틀에서 하숙집을 경영하고 있는 동안 알래스카에서 금이 발견되었다. 광부들과 선원들이 북쪽에서 황금 주머니를 가지고 와서 놀라운 이야기들을 전해 주었다. 티니는 황금 주머니를 손안에 넣고 무게를 가늠해 보았다. 그 순간 그녀의 내부에 있으리라고는 아무도 예측하지 못했던 대담성이 눈을 떴다. 즉시 자기 하숙집을 팔고 목수 한 명과 그의 아내에게 자기와 함께 가자고 설득하여 서클 시티로 떠났다. 그리고 눈보라가 치는 가운데 스카과이에 도착하여 개들이 끄는 썰매를 타고 칠쿠트령을 넘어 보트를 타고 유콘으로 향했다. 서클 시티에

도착한 바로 그날 클론다이크 강 상류 지점에서 상당한 양의 금이 나왔다는 소식을 시와쉬 인디언들을 통해 전해 들었다. 이틀 후, 티니 일행과 서클 시티에 살던 사람들 거의 모두가 겨울 강이 얼기 전에 유콘 강으로 올라가는 마지막 배를 타고 클론다이크 벌판을 향해 떠났다. 그 배에 가득 타고 있던 사람들이 세운 곳이 도슨 시티였다. 불과 몇 주일 만에 새로운 정착지에는 1천5백 명의 집 없는 남자들이 모여들었다. 티니는 목수 아내와 함께 천막 안에서 그런 남자들을 상대로 음식을 팔았다. 광부들은 티니에게 집을 지을 대지를 내주었고 목수는 통나무 여관을 지어 주었다. 그 여관에서 티니는 하루에 150명의 식사를 해댈 때도 있었다. 광부들은 35킬로미터나 떨어진 사광에서 눈 신을 신고 갓 구어 낸 빵을 사러 티니를 찾아왔으며 빵 값은 금으로 지불했다.

그해 겨울 어느 눈보라 치던 날 밤 자기 오두막으로 돌아가는 길을 찾다가 다리에 동상이 걸린 스웨덴 남자가 티니의 여관에 투숙하게 되었다. 그 가엾은 남자는 자기가 여자에게, 그것도 자기 나라 말을 하는 여자에게 간호를 받게 된 것을 큰 행운으로 여겼다. 두 다리를 모두 절단해야만 한다는 말을 듣고 그는 이 힘든 세상에서 노동자가 다리 없이 무엇을 할 수 있겠느냐면서 차라리 회복이 되지 않기를 바란다고 말했다. 실제로 그는 수술 도중 죽었으나, 죽기 전에 자신의 소유인 헝커 강변 사광의 권리를 티니 소더볼에게 넘겨준다는 내용을 문서로 남겨 놓았다. 티니는 자기 여관을 팔아 그 돈의 절반으로는 도슨에서 건물을 지을 수 있는 대지를 사놓았고 나머지로는 자기 것이 된 사광을 개발하는 일에 투자했다. 그러고는 허허벌판으로 떠나가 사광에서 살며 낙심하여 포기한 광부들로부터 사광을 사들인 다음 다른 사광하고 맞바꾸거나 싼값에 팔았다.

클론다이크에서 거의 10년을 지낸 후 티니는 상당한 재산을 가지고 돌아와 샌프란시스코에서 살았다. 1908년 나는 솔트레이크시티에서 그녀를 만났다. 마르고 굳은 표정에 옷차림은 매우 훌륭했고 태도는 지극히 겸손했다. 기이하게도 그러한 모습은 그 옛날 블랙 호크에서 그녀가 주인으로 모시고 일했던 가드너 부인을 연상시켰다. 그녀는 금광 지역에서 자신이 선택했던 아슬아슬한 기회를 몇 가지 나에게 들려주었지만 이미 진이 빠져 버리고 난 다음의 이야기들이었다. 이제는 돈을 버는 일 이외에는 아무것도 흥미가 없노라고 솔직히 말했다. 다소나마라도 정을 가지고 이야기했던 유일한 두 사람은 자기에게 사광 권리를 물려준 존슨이라는 스웨덴 남자와 레나 린가르드였다. 티니는 이미 레나에게 샌프란시스코로 와서 양장점을 해보라고 권했다.

「링컨 시는 레나에게 절대 맞지 않아요. 그런 크기의 소도시에서 레나는 항상 남들의 가십 대상이나 돼요. 샌프란시스코가 레나한테 어울리는 곳이에요. 직업도 아주 훌륭하고. 정말이지 레나는 옛날하고 달라진 게 조금도 없어요. 자기 멋대로 살아가지만 정신은 항상 똑바로 차리고 있거든요. 레나처럼 늙지 않는 사람은 처음 봤어요. 레나가 가까이 살면 나한테는 참 좋을 텐데. 삶을 즐기는 사람이 옆에 있기만 해도 즐거울 거예요. 내가 옷을 허술하게 입고 다니지 못하게 해요. 나한테 새 옷이 필요하다고 생각되면 한 벌 만들어서 보내 준다니까요. 거기에 대한 청구서는 또 얼마나 거창한지!」

티니는 걸을 때 다리를 약간 절었다. 헝커 강의 사광은 그 소유자로부터 나름대로의 대가를 받아 냈던 것이다. 가엾은 존슨 씨와 마찬가지로 티니는 갑작스러운 날씨 변화로 인하여 동상에 걸렸었다. 그리하여 한때 뾰족한 구두에 줄무늬 스타킹을 신고 블랙 호크를 돌아다니던 그 예쁜 발에서 발가락 셋이 떨어져 나갔다. 티니는 발가락 절단을 아주 무심히 언급했다. 그래서 그 일이 그녀에게는 아무렇지도 않은 듯이 보였다. 그녀는 자신의 성공에 만족하고 있었지만 우쭐해하지는 않았다. 어떻게 보면 그녀는 무슨 일에서고 흥미를 느낄 수 있는 능력이 쇠진해 버린 사람 같았다.

2

그해 여름 집에 돌아간 지 얼마 안 되어 나는 가족사진을 찍자고 할아버지와 할머니를 설득하여 마침내 어느 날 아침 두 분을 모시고 사진관에 갔다. 사진사가 현상실에서 나오기를 기다리는 동안 벽에 붙여 놓은 사진 속의 얼굴들을 구경했다. 졸업식 가운을 입은 여학생들, 서로 손을 잡고 있는 시골 신랑 신부들, 삼대가 한자리에 모인 가족사진 등등. 그러던 중 묵직한 사진틀에 들어 있는 사진 하나가 시선을 끌었다. 짧은 옷을 입고 눈이 동그란 아기의 모습이었다. 사진사가 나와서 억지 미소를 띠며 설명조로 말했다.

「안토니아 쉬메르다네 아기랍니다. 기억하시죠? 할링네에서 일하던 안토니아 말입니다. 참 안됐어요! 그래도 자기 아기는 무척 자랑스러운가 보죠? 아기 사진에 절대로 싸구려 틀을 끼우지 못하게 하더군요. 토요일에 사진을 찾으러 오빠가 들를 겁니다.」

안토니아를 다시 만나야겠다고 생각하면서 사진관을 나왔다. 다른 여자 같았으면 자기 아기를 남의 눈에 띄지 않도록 했겠지만 안토니아는 도금된 커다란 사진틀에 넣어 읍 사진관에 걸어 놓고 모든 사람이 보도록 해야 직성이 풀리는 여자였다. 그 얼마나 안토니아다운가! 그따위 싸구려 녀석한테 자신을 온통 바치지만 않았더라면 그녀를 용서할 수 있었을 거라는 생각이 들었다.

래리 도노반은 여객차 차장이었는데 손님 중에서 누가 자기에게 창문을 열어 달라고 청할까 봐 항상 꺼려하며, 어쩌다 그따위 비천한 일을 이행해야 하는 요구를 받을 경우에는 급사를 부르는 단추를 말없이 손가락으로 가리켜 보이는 부류의 귀족 승무원에 속하는 위인이었다. 래리는 자신의 존엄성을 손상시킬 창문이라고는 전혀 없는 길거리에서조차 열차 승무원으로서의 도도함을 과시했다. 자기 근무가 끝나는 지점에 이르면 승무원 모자를 벗어 악어가죽 가방 속에 넣은 다음 신사모를 쓰고 승객들과 함께 기차에서 무심히 하차하여 곧바로 역무실로 들어가 옷을 갈아입었다. 기차 밖에서 푸른색 유니폼 바지를 입고 있는 자신의 모습을 남에게 보여서는 절대로 안 된다는 것이 그에게는 지극히 중요한 일이었다. 일반적으로 남자들에게는 거리를 두고 쌀쌀맞게 대하는 편이었으나, 여자들에게는 누구에게나 말없이 심각하고도 다정한 태도를 보이면서 악수할 때는 의미심장한 눈빛으로 상대방을 바라보며 손을 잡았다. 그리고 여자를 만나기만 하면 기혼이든 미혼이든 가리지 않고 속마음을 털어놓았다. 자기가 교통부 열차과에 입사하지 않은 것이 그 얼마나 큰 실수였는지, 덴버 시 본부 사무실에서 현재 여객 주임의 직책을 맡고 있는 엉터리 녀석보다는 자기가 그 직책에 훨씬 더 적합한 인물이라는 둥, 온갖 잡소리를 지껄이면서 여인들과 더불어 달밤에 이리저리 거닐었다. 남들이 자신의 진가를 올바로 평가해 주지 않는다는 것이 래리가 자기 애인들에게 털어놓는 은밀한 비밀이었다. 어쨌거나 그에게는 어리석은 여인들을 자기 이야기에 가슴 아파하도록 만들어 놓는 재간이 있었다.

그날 아침 집에 거의 다 이르러 나는 할링 부인이 뜰에 나와 마가목 밑을 파고 있는 것을 보았다. 때는 가문 여름이었지만 이제는 자기를 도와줄 아들이 곁에 없었다. 찰리는 군함을 타고 카리브 해 어딘가를 항해 중에 있었다. 나는 그 집 대문 안으로 들어섰다. 그 시절에는 그 집 대문을 여닫는 일이 나한테는 그렇게나 기쁜 일이었다. 손안에 들어오는 대문 손잡이 감촉까지 마음에 들었다. 나는 할링 부인에게서 삽을 빼앗았다. 내가 마가목 언저리 흙을 일구고 있는 동안 부인은 계단에 앉아서 마가목에 보금자리를 튼 꾀꼬리 일가에 대한 이야기를 들려주었다.

「아주머니, 안토니아 결혼이 정확히 어떻게 해서 성사되지 못했는지 좀 알 수 없을까요?」

「네 할아버지 소작인 과부 스티븐스를 찾아가 보려무나. 그 일이라면 그 여자가 제일 잘 알고 있을 테니까. 안토니아 결혼 준비를 도와준 것도 그 사람이고, 다시 돌아온 안토니아를 맞아 준 사람도 바로 그 사람이거든. 아기가 태어났을 때도 안토니아를 보살펴 주었고, 그 여자라면 모든 걸 다 얘기해 줄 수 있을 거야. 게다가 그 사람, 말솜씨도 좋고 기억력도 굉장하단다.」

3

 8월 1일인가 2일에 나는 말 한 마리와 마차를 얻어 가지고 과부 스티븐스를 만나러 시골로 내려갔다. 밀 추수가 끝나고 지평선을 따라 여기저기 증기 타작기에서 뿜어내는 검은 연기가 뭉게뭉게 떠오르는 것이 보였다. 그 옛날 목초지는 이제 밀밭이나 옥수수밭으로 변해 있었고 붉은 풀은 사라져 가는 중이며 시골의 모습 전체가 변하고 있었다. 한때 낡은 토담집이 있던 자리에는 목조집과 작은 과수원과 커다란 붉은색 헛간이 들어서 있었다. 모든 변화는 행복한 아이들, 만족한 여인네들, 자신의 삶에서 행운의 결실을 얻은 남자들 등을 의미했다. 바람 부는 봄철과 찌는 듯이 무더운 여름철이 오고 가면서 저 고원 지대를 기름진 땅으로 만들었으며, 저 대지 속으로 흘러 들어간 인간의 모든 노고가 이제 결실을 맺어 기름진 밭이 길게 줄지어 뻗어 있었다. 그러한 변화는 아름답고도 조화롭게 보였다. 그것은 마치 위대한 인물이나 위대한 사상의 성장 과정을 지켜보는 것과도 같았다. 나무 한 그루, 모래밭, 울퉁불퉁한 언덕 등 내가 알아보지 못할 것들은 하나도 없었다. 사람들이 타인의 얼굴 형상을 기억하듯 나는 그 땅의 형태를 일일이 모두 기억하고 있었다.

 우리가 살던 집 풍차 방앗간에 이르자 과부 스티븐스가 나를 맞이하러 나왔다. 인디언 여인처럼 피부가 갈색에다 키가 크고 몹시 건강했다. 어렸을 적에는 그녀의 거대한 머리를 볼 때마다 항상 로마 원로원 의원의 머리가 떠올랐었다. 내가 찾아온 이유를 즉시 말했다.

 「지미, 오늘 밤은 우리 집에서 자고 갈 거지? 저녁 먹고 나서 얘기해 줄게. 할 일을 다 끝내고 나면 얘기하는 데 더 흥이 나거든. 저녁으로 따끈한 비스킷 먹는 데 이의 없지? 요즘엔 그런 걸 싫어하는 이들도 있더라.」

말을 제자리에 묶어 놓고 있으려니 수탉이 우는 소리가 들려왔다. 나는 시계를 들여다보고 한숨을 쉬었다. 때는 3시였고 6시에는 내가 저놈을 먹는다는 걸 알고 있었기에.

저녁 식사 후 스티븐스 부인과 나는 2층에 있는 옛날 거실로 올라갔고 그녀의 신중하고 조용한 남동생은 농장 신문을 읽으며 그대로 아래층에 남아 있었다. 창문들은 모두 열려 있었다. 여름 달빛은 하얗게 빛나고, 풍차는 미풍 속에서 게으름을 피우며 쿵덕쿵덕 돌아가고 있었다. 스티븐스 부인은 구석에 있는 등잔대에 등불을 켰으나 열기 때문에 심지를 낮추어 놓았다. 그러고는 자기가 좋아하는 흔들의자에 앉아 작은 걸상 위에다 피곤한 발을 편안히 올려놓았다.

「짐, 난 굳은살 때문에 고생이야. 이게 늙어 가는 징조라고.」 부인은 말하면서 가볍게 한숨을 내쉬었다. 그런 다음 마치 무슨 회합에라도 참석하고 있는 사람처럼 두 손을 무릎 위에 포개 얹어 놓았다.

「자아, 토니에 대해서 알고 싶은 거지? 그럼 사람은 제대로 찾아왔군. 난 그 앨 내 딸처럼 지켜보아 온 사람이니까.

그해 여름 결혼하기 전 토니는 바느질을 하러 시골집에 와 있었는데 거의 매일같이 여길 들렀어. 쉬메르다네 집엔 재봉틀이라는 건 있어 본 적도 없고. 그래서 옷을 전부 우리 집에서 만들었어. 휘갑 장식하는 법도 내가 가르쳐 줬고, 옷감 자르고 마르는 법도 도와줬지. 저기 저 창가에 놓인 재봉틀에 앉아서 페달이 부서질 정도로 밟아 댔지, 하도 힘이 세니까 말이야. 그 이상스러운 보헤미아 노랠 늘 부르며, 세상에서 제일 행복한 사람처럼. 〈토니, 재봉틀 그렇게 빨리 돌리면 안 된다. 그런다고 날짜가 빨리 당겨지진 않아〉라고 내가 말했지.

그러면 토니는 깔깔 웃으면서 잠시 동안은 속도를 좀 늦추다가 또 금방 까먹고 다시 페달을 밟아 대며 노랠 불렀어. 살림살이 준비를 제대로 해 가려고 그렇게나 열심히 일하는 여잔 내 평생 처음 봤다니까. 할링 집안에서 토니한테 아주 예쁜 식탁보를 줬고, 레나 린가르드는 링컨 시에서 훌륭한 선물을 보내왔어. 토니하고 나하고 둘이서 식탁보며 베갯잇이며 이불잇 가장자리에다 예쁘게 장식을 달아 놓았고, 쉬메르다 부인도 딸 속옷에 달아 주려고 레이스를 무던히도 길게 떠주었고. 토넌 자기 새집에다 모든 걸 어떻게 다 장만해 놓을지 나한테 말해 주더라. 은수저하고 포크까지 사다가 트렁크 속에 넣어 놓고 있더라니까. 그러고는 자기 오빠한테 우체국에 가보라고 항상 졸라 댔어. 애인이 편질 무척 자주 보내왔었거든. 자기 노선에서 기차가 멈추는 이 마을 저 마을에서 보내오는 편지였어.

토니를 걱정하게 만든 최초 사건은 그 남자가 자기 노선이 변경됐기 때문에 앞으로는 덴버에서 살게 될 거 같다는 편지를 보내왔을 때였어. 〈난 시골 여잔데 도시에서 내가 그일 위해 모든 걸 제대로 할 수 있을까요? 닭도 치고 소도 한 마리 기를 계획을 하고 있었는데〉라고 하더군. 그래도 곧 다시 명랑해졌지만.

마침내 남자한테서 언제 오라는 편지를 받았어. 그 말에 온몸을 떨더라고. 바로 여기 이 방에서. 기다리다가 지쳐서 겁을 먹고 있었구나, 하는 생각이 든 건 그때였지. 그 앤 절대로 그런 내색을 보이지 않았지만.

그러로 나서는 짐을 싸느라고 법석을 떨었어. 아마 3월이었지? 내가 제대로 기억하고 있다면 말야. 그래서 날씨는 춥고 길은 엉망으로 질퍽거려 그 애 짐을 읍까지 끌고 가느라 엄청 고생들 했지. 그런데, 내 한마디 하겠는데, 암브로쉬가 훌륭한 일을 하나 했어. 블랙 호크에 가서 자기 동생을 위해 보라색 벨벳 상자에 들어 있는 은 식기를 한 세트 샀는데, 토니 처지에는 대단한 물건이었지. 그리고 돈도 3백 달러나 줬고. 내 눈으로 그 수표 직접 봤어. 녀석은 토니가 처음 몇 해 동안 남의 집에서 일하며 번 돈을 모아 뒀던 거야. 잘한 짓이지. 내가 바로 이 방에서 암브로쉬 손을 잡고 흔들며 한마디 했지. 〈암브로쉬, 너 참 남자답구나. 네가 이렇게 행동하는 걸 보니 내 마음이 다 기쁘다〉라고.

아주 지독하게 추운 날이었어. 암브로쉬가 토니하고 트렁크 세 개를 블랙 호크까지 실어다 주고 덴버행 야간 기차에 태워 줬지. 상자들은 벌써 배로 부쳐 놓았고. 암브로쉬가 우리 집 앞에서 마차를 세우고, 토니는 안으로 뛰어 들어와 나한테 작별 인사를 하고. 양팔로 나를 껴안고, 키스를 하고. 내가 자기한테 해준 모든 일에 대해 고맙다고 하면서. 어찌나 행복해하던지 울다가 웃다가 정신없었어. 빨간 양볼은 비에 젖어 있었고. 〈넌 참말로 어느 남자한테도 손색없을 정도로 이쁘구나!〉라고 안토니아를 훑어보며 말해 줬어. 그 소리에 기분이 들떠서 깔깔 웃더니 〈안녕, 정다운 집아!〉 그렇게 집한테 작별 인사를 하고는 마차로 달려 나갔어. 이 집을 〈정다운 집〉이라고 부른 건, 나뿐만이 아니라 너하고 너네 할머니를 마음에 두고 한 말일 거야. 그래서 내가 너한테 이런 얘길

하는 거고. 이 집은 토니한테 늘 피난처 구실을 해왔거든.

며칠 후에 편지가 왔어, 무사히 덴버에 도착했고, 남자가 마중 나왔다고. 이삼일 안에 결혼하기로 되어 있다나. 토니 말에 의하면, 남자는 승진을 하고 나서 결혼을 하려고 한대. 난 그 말이 맘에 안 들었지만, 아무 소리도 하지 않았어. 그다음 주에 율카한테 엽서 한 장이 날아왔는데, 〈건강하고 행복하다〉는 말뿐이었지. 그 후로는 아무 소식도 없었고. 한 달이 지나니까 쉬메르다 부인은 초조해하기 시작했고, 암브로쉬는 마치 내가 그 남자를 골라서 토니하고 짝을 지어 놓기라도 한 거처럼 나한테 심술이 나 있었고.

어느 날 밤, 내 동생 윌리엄이 집에 오더니 하는 말이, 밭에서 돌아오는 길에 읍에서 오는 마차 한 대가 서쪽으로 달려가는 걸 봤다는 거야. 마부석 옆에 트렁크가 하나 있고 뒷자리에도 트렁크가 또 하나 있더라나. 그리고 뒷좌석에 웬 여자가 몸을 옷으로 푹 감싸고 앉아 있었는데, 얼굴을 가리기는 했지만 윌리엄이 보기에는 안토니아 쉬메르다 같더라는 거야. 아니, 이제는 안토니아 도노반이라고 해야 옳지.

그다음 날 아침, 동생한테 부탁해서 마차를 타고 쉬메르다네 집에 가봤어. 난 아직도 걸을 수는 있지만, 발이 예전 같지가 않아서 몸을 아끼려고 신경을 쓰고 있어. 쉬메르다네 집 바깥 빨랫줄에 빨래가 잔뜩 걸려 있더군, 주중인데 말이야. 그러다 가까이 다가가 보고서는 그만 가슴이 철렁 내려앉더라고. 우리가 그렇게 열심히 만든 속옷들이 전부 바람에 휘날리면서 빨랫줄에 걸려 있잖겠어. 율카가 비틀어 짠 빨래를 한 대야 가득 들고 나오다가 우리를 보더니 정말 보기 싫다는 듯이 쏜살같이 집 안으로 들어가 버리더라. 안으로 들어가 보니까 토니는 빨래 통에 구부리고 서서 커다란 빨랫감을 막 끝내고 있던 중이고, 쉬메르다 부인은 혼자 중얼거리면서 자기를 책망도 해가며 하던 일을 그냥 계속하는 거야. 내가 들어갔건만 한 번 쳐다보지도 않고. 토니는 앞치마에 손을 닦고 나한테 손을 내밀면서 그윽한 눈으로 날 바라보더라. 슬픈 눈빛으로 말이야. 그래, 내가 자길 껴안으니까 몸을 빼더군. 〈이러지 마세요, 아주머니. 이러시면 나 울어요. 난 울고 싶지 않아요〉라고 하더군.

같이 밖으로 나가자고 내가 귓속말로 소근거렸어. 자기 엄마 앞에서는 편히 말 못 할 거라는 걸 아니까. 토니는 머리에 아무것도 쓰지 않은 채 나하고 같이 밖으로 나와서 채마밭 쪽으로 걸어 올라갔지.

〈아주머니, 저 결혼 안 했어요.〉 아주 조용하게 아무렇지도 않은 듯이 말하더라고. 결혼했어야 하는 몸이지만.

〈아니, 저런, 대체 어찌된 일이지? 나한텐 어려워 말고 얘기해 봐.〉

그랬더니 언덕 위, 자기 집이 내려다보이지 않는 데 자리 잡고 앉아서 하는 말이, 〈그 사람 달아나 버렸어요. 나하고 결혼할 생각은 처음부터 없었던 거 같아요〉라는 거야.

〈아니, 그럼, 자기 일자리도 팽개치고 떠나가 버렸단 말이냐?〉 내가 물어봤지.

〈일자리는 있지도 않았어요. 표 값을 떼먹은 게 발각돼서 해고당했더라고요. 난 전혀 몰랐어요. 난 그이가 부당하게 취급받고 있다고만 생각했었으니까요. 내가 도착했을 때는 몸이 좋지 않더군요. 방금 병원에서 퇴원했다고 하대요. 그러고는 내 돈이 다 떨어질 때까지 나하고 같이 살았죠. 그런데 나중에 알고 보니 그동안 일자리는 찾을 생각도 안 하고 있었던 거예요. 그러더니 그냥 집에 오질 않더라고요. 그일 찾아 매일 정거장에 나가니까 거기서 일하는 어느 착한 사람이 나더러 단념하라고 하데요. 자기 생각엔, 래리가 일이 언짢게 되어 다신 돌아오지 않을 거라면서. 아마 멕시코로 갔나 봐요. 거기선 차장들이 부자가 된대요. 승객들한테 표를 반값에 팔고 회사에다가는 보고를 안 한다나 봐요. 그인 그런 식으로 돈 번 사람들 이야길 항상 했거든요.〉

왜 즉시 혼인 신고를 하자고 우기지 않았느냐고 물었지. 그랬으면 녀석을 붙들어 놓을 수 있었을 테니까 말이야. 그랬더니 두 손으로 머리를 잡고, 불쌍한 것 같으니라고, 글쎄 이러는 거야. 〈나도 모르겠어요, 아주머니. 너무 오래 기다리느라고 인내심이 다 없어졌나 봐요. 내가 그이한테 얼마나 잘해 줄 수 있는지를 보여만 주면 그이가 나하고 같이 살고 싶어 할 줄 알았어요.〉

지미, 나도 토니 곁에 그대로 주저앉아 한탄했어. 어린애처럼 울었다니까. 울지 않을 수가 없더라고. 가슴이 터지는 줄 알았어. 5월 청명하고 따뜻한 날이라 바람은 솔솔 불고, 망아지들은 초원에서 뛰어다니는데, 난 앞이 막막하더라고. 내 토니가, 그토록 선량한 것이 망신스러운 꼴로 돌아왔으니. 그런데, 그 레나 린가르드는, 자넨 뭐라고 할지 모르겠지만, 항상 고약한 계집애였는데, 이제 자수성가해서 해마다 여름이면 비단이랑 공단으로 휘감고 돌아와서는 자기 어머니한테 별별 걸 다 해드리고 있으니, 나 원 참. 칭찬받을 만한 일이면 나도 칭찬해 줄 줄 아는 사람이라고. 하지만, 그 두 여자애들이 가지고 있는 원리 원칙에는 엄청난 차이가 있다는 거, 그건 자네도 알지? 한데, 이제 재난을 당하게 된 게 착한 애라니! 난 토니한테 별 위로가 못 됐어. 어찌나 침착하던지 놀랐다니까. 같이 집으로 돌아가는 길에 잠시 멈춰 서서 빨래가 잘 말랐는지 만져 보더라고. 그러면서 빨래가 아주 희고 깨끗한 걸 자랑스러워하는 거 같더군. 벽돌집들만 있는 동네에서 사느라 빨래를 제대로 할 수도 없었다면서.

그담에 내가 토니를 본 건 걔가 옥수수밭에 나와서 밭을 갈고 있을 때였어. 그해 봄여름 내내 토니는 밭에서 남자들이 하는 일을 해냈지. 보아하니, 그렇게 하기로 되어 있었나 봐. 암브로쉬는 다른 일꾼을 고용하지 않더라고. 불쌍한 마렉은 증세가 심해져서 오래전에 정신 병원으로 보냈고. 토니 예쁜 옷들은 구경도 못 했어, 트렁크에서 꺼내지도 않았으니까. 걘 말없이 일만 했어. 그래, 모두들 토니의 근면을 존경하니까 마치 아무 일도 없었던 거처럼 그 앨 대하려고 했지. 아, 물론, 입들을 놀리기는 했지만. 그래도 혹시 걔가 거만하게 굴었을 때 떠들어들 댔을 거에 비하면 별것도 아니지. 본인이 하도 기가 죽어 말이 없으니까 아무도 그 앨 구박하고 싶어 하지 않는 것 같더군. 그 앤 아무 데도 가지 않았어. 그해 여름 내내 날 보러 단 한 번도 오지 않았다니까. 처음에는 그게 무척 섭섭했지만, 이 집은 그 애한테 너무 많은 일들을 상기시켜 줄 테니까 그랬을 거라는 생각이 들더군. 내가 형편이 되면 그 앨 보러 갔지만, 걔가 밭에서 돌아와 있을 시간이면 그땐 또 내가 여기서 바쁜 시간이라 말이야. 평생 다른 일엔 관심도 없는 사람처럼 곡식하고 날씨 얘기만 하더라고. 그리고 어쩌다 내가 밤에 찾아가 보면 완전히 녹초가 되어 있었고. 치통으로 고생하고 있었어. 이가 하나씩 썩어 들어가서 얼굴이 노상 퉁퉁 부어 있었어. 아는 사람들 만날까 봐 블랙 호크에 있는 치과 의사한테는 가려고 안 해. 암브로쉬는 이제 항상 찌푸린 낯이야. 언젠가 내가 그 녀석한테 말했지, 토니한테 너무 호되게 일 시키지 말라고. 그랬더니 〈그런 생각 토니 머릿속에 집어넣으려거든 다신 여기 오지 마세요〉라고 하더군. 그래서 그 이후로는 나도 그냥 그 집에 안 가.

토니는 추수기, 타작기, 내내 일만 했어. 너무 쑥스러워하는 바람에 처녀 시절처럼 이웃에 가서 타작 거드는 일은 하지 않았지만, 그해 늦가을 토니가 여기서 북쪽, 프레리도그들이 많은 사는, 그 벌판 쪽으로 나 있는 공터 있잖아, 그 공터로 암브로쉬 소들을 몰고 나올 때까지 나도 그 앨 별로 못 봤어. 어떤 때는 저기 저 서쪽 언덕으로 소들을 몰고 오곤 했는데, 그럴 때면 내가 달려 나가 그 애를 만나 가지고 북쪽으로 같이 산책도 좀 했어. 토니가 몰고 다녔던 소가 서른 마리나 돼. 가물어서 풀이 잘 자라지 못했지. 안 그랬으면 그렇게까지 멀리 몰고 나오진 않았을 텐데.

그해 가을은 청명하고 시원했어. 토니는 혼자 있는 걸 좋아했고. 소들이 풀을 뜯어 먹고 있는 동안 풀이 무성한 언덕에서 몇 시간씩 그냥 햇볕만 쬐며 앉아 있었지. 너무 멀리 있지 않을 때면 나도 가끔 나가서 만나 보곤 했어.

어느 날인가 이런 소릴 하더군. 〈나도 레나처럼 뜨개질을 하든가 레이스를 뜨든가 해야만 할 거 같아요. 일을 시작하면 자꾸 주위를 둘러보다 할 일을 잊어먹어요. 짐 버든하고 여길 뛰어다니면서 놀던 때가 바로 어제 같은데. 이 위에 있으면 우리 아버지가 서 계시던 자리를 정확히 찍어 낼 수 있어요. 어떤 때는 내가 아주 오래 살 것 같은 기분이 들어요.

그래서 이번 가을은 하루하루를 그냥 즐기고 있는 거예요.〉

겨울이 시작되고 나니까 토니는 기다란 남자 오버에다 남자 장화를 신고 넓은 차양이 달린 남자 모자를 쓰고 일을 했어. 그 애가 오가는 모습을 지켜보곤 했는데, 걸음걸이가 점점 무거워져 가는 걸 알겠더라고. 12월 어느 날 눈이 내리기 시작했어. 그날 오후 느지막해서 토니가 소를 몰고 언덕을 넘어 집으로 가는 걸 봤지. 눈은 휘몰아쳐 내리는데 눈발에 맞서 허리를 구부리고 있는 모양이 그날따라 더 쓸쓸해 보이더군. 〈저걸 어쩌나, 너무 늦게까지 나와 있었구먼. 우리에다 소들을 집어넣기 전에 어두워질 텐데〉 하고 혼잣말로 중얼거렸지. 너무 지쳐서 소들을 몰고 갈 힘도 없어 보이더라니까.

바로 그날 밤이야, 일이 일어난 게. 토니는 소들을 집에까지 몰고 가서 우리에 집어넣고, 집 안으로 들어가 부엌 뒤에 있는 자기 방으로 가서 방문을 닫아 놓고, 아무도 부르지 않고, 아프다는 소리 한 번 지르지 않은 채, 자리에 누워 아기를 낳았다고. 내가 저녁을 차리고 있는데 쉬메르다 할멈이 헐떡거리면서 지하실 계단을 달려 내려오며 소릴 지르더라고.

〈아기 나와, 아기 나와! 암브로쉬 아주 악마 같아!〉

내 동생 윌리엄은 정말이지 참을성도 많아. 밭에서 온종일 일하다 돌아와 따뜻한 저녁 식사를 하려고 자리에 앉으려던 참이었거든. 그런데 불평 한마디 없이 일어나서 헛간으로 가더니 말들을 마차에 연결해 놓더라고. 그러고는 할 수 있는 한 최대로 속력을 내서 우리를 그 집에 데려다 줬어. 난 곧장 토니 방으로 들어가서 보살펴 줬지만, 토니는 자리에 누운 채 눈을 감고서 내가 온 걸 모르는 척하고 있더라고. 쉬메르다 할멈은 갓난아기를 씻기려고 따뜻한 물을 한 대야 가득 떠가지고 들어왔어. 그 노인네가 하는 걸 보고 내가 고함을 쳤어. 〈쉬메르다 할멈! 그 독한 누런 비누, 아기한테 가까이 가지고 가지도 마슈! 그러다가 아기 연한 피부 물집 생겨요!〉 난 정말이지 그때 화가 났다니까.

 토니가 자리에 누워서 나한테 말하더군. 〈스티븐스 아주머니, 내 트렁크 맨 위 칸에 보면 좋은 비누 있을 거예요.〉 그게 토니가 한 첫마디였어.

 아기한테 옷을 입혀 밖으로 데리고 나가서 암브로쉬한테 보여 줬지. 녀석은 화덕 뒤에서 뭐라고 툴툴거리며 아기는 쳐다보려고도 안 했어.

 〈밖에 있는 빗물 통에다 갖다 넣어 버리시죠〉라고 하더라니까.

 〈이봐, 암브로쉬, 이 땅엔 법이라는 게 있다고. 그걸 잊지 마. 이 아기가 건강하고 튼튼하게 이 세상에 태어났다는 거, 내가 증인이야. 그리고 앞으로 이 아기가 어떻게 자라는지 내가 유심히 지켜볼 생각이야.〉 그렇게 내가 아주 딱 부러지게 말해 줬어. 녀석 기를 죽여 놓은 게 내가 생각해도 자랑스러워.

 글쎄, 자넨 아기들 얘기엔 별로 관심 없겠지만, 어쨌든 토니는 별일 없이 잘 지내고 있어. 손가락에 결혼반지라도 끼고 있는 여자처럼 처음부터 아기를 무던히도 귀여워했고, 또 절대로 수치스럽게 생각지 않았어. 이제 1년 8개월 됐군. 그리고 이 세상 어떤 아기도 이 아기보다 보살핌을 더 잘 받고 자라지는 않을 게야. 토니는 타고난 어머니더라고. 결혼해서 가정을 꾸릴 수 있으면 좋으련만, 그러나 이제 와 그럴 가망이 별로 없을 테지.」

그날 밤은 무르익은 밭의 향내를 실은 여름 바람이 창문으로 불어 들어오는 어린 시절 내 방에서 지냈다. 헛간과 볏단과 연못을 내리비추는 달빛과 푸른 하늘에 검은 그림자를 드리우는 풍차를 바라보면서 뜬눈으로 밤을 보냈다.

4

다음 날 오후 나는 걸어서 쉬메르다네 집에 갔다. 율카가 나에게 아기를 보여 주면서 안토니아는 서남쪽에 있는 밀밭에서 볏단을 가리고 있다고 일러 주었다. 내가 밭들을 가로질러 내려가자 아주 먼발치에서 안토니아가 나를 알아보았다. 쇠스랑에 몸을 기댄 채 쌓아 놓은 밀 짚단 옆에 가만히 서서 다가오는 나를 지켜보았다. 우리는 마치 옛날 노래에 나오는 사람들처럼 눈물을 흘릴 듯 아무 말 없이 서로를 맞이했다. 안토니아의 따뜻한 손이 내 손을 힘껏 잡았다.

「짐, 네가 올 거라고 생각했어. 어젯밤 스티븐스 아주머니 댁에 와 있었다는 소릴 들었거든. 그래서 오늘 하루 종일 네가 나타나기만 기다렸어.」

안토니아는 내가 알던 그 어느 때보다도 몸이 야위어 있었고 스티븐스 부인 말마따나 〈일에 짓눌려 있는〉 듯이 보였지만 얼굴 위로 나타난 신중함에는 일종의 새로운 힘이 담겨 있었다. 혈색은 뿌리 깊게 자리 잡고 있는 건강과 열정을 아직도 그대로 내보여 주었다. 아직도? 그동안 숱한 일들이 있었지만, 실은 스물넷이 채 안 된다는 사실이 언뜻 머리를 스치고 지나갔다.

안토니아는 쇠스랑을 땅에 꽂았다. 그리고 이야기를 나누기에 가장 적합한 장소로서 십자로 가에 놓여 있는, 인간의 손이 닿지 않은 그 풀밭을 향하여 걸어갔다. 우리는 쉬메르다 씨의 자리를 나머지 세상으로부터 격리시켜 놓은 축 늘어진 철망 담장 밖에 자리 잡고 앉았다. 철망 속에 있는 키가 크고 붉은 풀은 한 번도 사람의 손이 간 흔적이 없었다. 겨울이면 죽어 없어졌지만 봄이 되면 다시 싹이 나 마치 열대 화초처럼 무성하게 무럭무럭 자랐다. 나도 모르는 사이에 나는 안토니아에게 모든 것을 털어놓고 있었다. 내가 왜 법학 공부를 하기로 결정했었는지, 어쩌다가 뉴욕에 사는 외가 쪽 친척의 법률 사무소에서 일하게 되었는지, 지난 겨울 개스턴 클레릭 교수가 폐렴으로 세상을 떠난 일이며, 그의 죽음이 나의 인생에 미친 영향 등에 대해서도 이야기했다. 안토니아는 나의 친구들이 누군지, 나의 생활 방식은 어떤지, 그리고 나의 가장 간절한 소원은 무엇인지 알고 싶어 했다.

「그럼, 그건 네가 우리한테서 영원히 떠나게 된다는 말이구나.」 그녀가 말하면서 한숨을 지었다. 「그렇지만 그게 내가 널 잃게 된다는 건 아니야. 여기 있는 우리 아빠를 봐. 아빠가 세상을 떠난 지 여러 해가 됐지만, 그래도 나한테는 우리 아빠가 이 세상 누구보다도 더 생생하게 살아 있어. 아빠는 절대로 내 인생에서 떠나지 않는다고. 난 항상 아빠와 이야기하고 아빠와 의논해. 나이를 먹어 갈수록 난 아빠를 더 잘 알게 되고, 더 잘 이해하게지.」

그러고는 내게 거대한 도시를 좋아하게 됐느냐고 물었다.

「난 도시에서 살면 늘 불행할 거야. 아마 외로워서 죽을 거야. 볏단 하나하나, 나무 한 그루 한 그루 다 아는 낯익은 땅에서 사는 게 좋아. 난 여기서 살다가 죽고 싶어. 켈리 신부님이 그러시는데, 사람은 누구나 다 이 세상을 위해서 할 일을 가지고 태어난대. 그리고 난 내가 해야 할 일이 뭔지 알고 있어. 난 내 어린 딸이 장차 나보다 나은 인생을 살아가도록 보살펴 줄 테야. 짐, 난 내 딸을 제대로 돌봐 줄 거야.」

그렇게 하리라는 것을 알고 있다고 말해 주었다.

「안토니아, 내가 여길 떠난 후로 난 이 지방에 사는 다른 누구보다도 네 생각을 많이 했어. 내 애인이든지 아내든지, 아니면 내 어머니든지 누나든지, 어쨌든 한 남자에게 아주 소중한 여인으로 난 너를 생각하고 싶어. 너는 항상 내 마음속에 있어. 내가 좋아하는 것이나 싫어하는 것, 나의 온갖 취향이 나도 모르는 사이에 모두 네 영향을 받고 있어. 넌 정말 나의 한 부분이야.」

믿음이 가득 찬 빛나는 눈으로 나를 바라보는 두 눈에 서서히 눈물이 고였다.

「어떻게 그럴 수 있지? 넌 아는 사람들이 그렇게 많고, 또 난 널 그토록 실망시켰는데. 사람들이 서로에게 얼마나 소중한 사람이 될 수 있는지, 짐, 그런 걸 생각하면 참 신기하지? 우리가 어렸을 때 서로 알게 된 게 정말 기뻐. 내 어린 딸이 빨리 자라서 우리가 함께 놀던 이야기들을 그 애한테 모두 들려줄 수 있으면 좋겠어. 옛날 생각을 할 땐 항상 날 기억하겠지, 그치? 모든 사람들이 다 옛날 생각들을 할 거야. 가장 행복한 사람들까지도.」

밭을 가로질러 집으로 돌아올 즈음엔 태양이 서쪽 끄트머리에 거대한 황금 공처럼 걸려 있었다. 태양이 그렇게 걸려 있는데 동쪽에서는 수레바퀴만큼이나 커다란 달이 파리한 은

빛에 장밋빛 줄이 쳐 있는 비누 거품처럼 여린 모습으로 떠올랐다. 한 5분 동안, 아니, 한 10분 동안 두 개의 거대한 빛 덩어리들이 반듯한 대지를 사이에 두고 세상의 양쪽 끄트머리에 기댄 채 서로를 마주 보고 있었다.

그 특이한 빛 아래에서 작은 나무 한 그루, 밀알 한 톨, 해바라기 한 줄기, 산 위에 쌓인 눈 덩어리 하나하나가 모두 선명하게 자신의 모습을 드러냈다. 밭이랑과 흙덩이들까지도 선명하게 윤곽을 내보이는 듯싶었다. 나는 대지의 힘을, 저녁이면 저 들판에서 우러나오는 엄숙한 마력을 느꼈다. 다시 한 번 어린 소년이 될 수 있으면, 그리고 나의 삶이 바로 저기서 끝날 수 있으면 얼마나 좋을까!

우리 두 사람의 길이 갈라지는 밭 끄트머리에 이르러 나는 안토니아의 손을 잡고 그녀의 손이 한때 얼마나 억세고 다정스러웠던가를 새삼 느끼면서, 그리고 그 손이 나를 위해 해주었던 수많은 착한 일들을 떠올리면서 햇볕으로 갈색이 된 두 손을 가슴에 가져다 대었다. 아주 오랫동안. 사위가 점점 어두워지고 있어서 영원히 내 곁에 간직할 그녀의 얼굴은 자세히 들여다보아야만 보였다. 뭇 여인들의 얼굴들이 드리우는 그림자 아래에서 가장 친근하고 가장 생생한 얼굴로 나의 기억의 바닥에 남아 있을 그 얼굴을.

「난 돌아올 거야.」 부드럽게 스며드는 어둠 속에서 나는 진정으로 말했다.

「그럴지도 모르지.」 그렇게 말하는 그녀의 얼굴에 떠오른 미소가 눈에 보이지는 않았으나 가슴으로 느껴졌다. 「하지만 돌아오지 않는다 하더라도 넌 여기 있다고. 우리 아버지처럼. 그러니까 난 외롭지 않을 거야.」

그 낯익은 길을 홀로 걸어오면서 나는 한 남자아이와 여자아이가 풀 속에서 서로 속살거리고 깔깔거리며, 그 옛날 우리 둘의 그림자들이 우리를 따라왔듯이 내 곁을 따라 달려오는 것 같은 기분에 사로잡혔다.

제5부
쿠작의 아들들

1

 나는 안토니아에게 다시 돌아가겠노라고 말했었지만 삶이 이를 방해하는 바람에 약속은 그로부터 20년이 지난 후에야 지켜졌다. 그녀에 대해서는 이따금씩 소식을 들었다. 마지막으로 만난 지 얼마 지나지 않아 안톤 옐리넥의 사촌인 보헤미아 청년과 결혼했다는 소식도 들었고, 또 몹시 가난하며 식구들은 무척 많다는 소식도 들었다. 언젠가 외국에 나가 있을 때 보헤미아에 갔다가 프라하에서 안토니아의 고향 마을 엽서 몇 장을 그녀에게 보내 준 적이 있었다. 몇 달 후 보내온 답장에는 자기 아이들의 이름과 나이만 적혀 있었고 그 이외의 다른 말은 없었다. 그리고 편지 끝에는 〈너의 옛 친구, 안토니아 쿠작〉이라고 쓰여 있었다. 내가 솔트레이크에서 티니 소더볼을 만났을 때 티니는 안토니아가 〈잘 지내지 못한다〉고 알려 주었다. 안토니아의 남편은 강한 사람이 아니라서 안토니아가 무척 고생한다고 했다. 그토록 오랫동안 고향을 찾아가지 않고 지냈던 것은 어찌 보면 나의 소심한 성격 때문이었는지도 모른다. 사무적인 일로 매년 서너 번씩 서부 지역을 다녀와야 했으며, 언제고 안토니아를 만나 보러 네브래스카에 들러야겠다는 생각은 항상 머릿속에서 떠나지 않았었다. 그러나 계속 다음번 여행으로 미루어 오던 터였다. 나는 안토니아가 나이 들어 늙고 기가 죽어 있는 모습을 보고 싶지 않았다. 진정으로 그것이 두려웠다. 20년이라는 착잡한 세월이 흐르는 동안 숱한 환상들과 결별해야 했지만 어린 시절의 환상들만은 잃고 싶지 않았던 것이다. 어떤 추억은 현실이나 다름없으며 앞으로 우리에게 다시 일어날 수 있는 그 어떤 일보다도 더욱 소중하지 않은가!

마침내 내가 안토니아를 만나러 간 것은 레나 린가르드 덕분이었다. 2년 전 여름 샌프란시스코에 갔을 때 마침 레나와 소더볼도 거기 있었다. 티니는 자기 집에서 살고 레나는 티니 집에서 모퉁이 하나를 돌면 바로 보이는 아파트 건물에 양장점을 갖고 있었다. 아주 여러 해 만에 두 여자를 함께 보니 즐거웠다. 티니는 이따금씩 레나의 회계를 점검해 보고서 자기 돈을 레나의 양장점에 투자하기도 했다. 그리고 보아하니 레나는 티니가 지나치게 인색해지지 않도록 주의를 기울이는 것 같았다. 티니가 있는 자리에서 레나는 이렇게 말했다.

「내가 견딜 수 없는 게 있다면, 그건 거지처럼 입은 부자 여자야.」

이에 티니는 음울하게 미소를 지으면서, 레나는 결코 거지처럼 입지도 않을 것이고 또한 결코 부자도 되지 못할 것이라고 단언했다.

「되고 싶지도 않아.」 레나는 흡족해하며 응수했다.

레나는 안토니아에 대한 이야기를 밝고 명랑하게 들려주

면서 나한테 한번 찾아가 보라고 당부했다.

「짐, 정말이지 꼭 가봐야 해. 네가 가면 안토니아가 아주 좋아할 거야. 티니가 하는 말은 조금도 신경 쓰지 마. 쿠작은 이상한 데가 하나도 없는 남편이야. 너도 마음에 들어 할 사람이라고. 활동가는 아니지. 그렇지만 거친 남자였다면 안토니아한테 어울리지 않았을 거야. 아이들이 무척 귀여워. 지금쯤은 아마 열 명 아니면 열한 명일걸. 나라면 그런 대가족은 싫을 텐데, 이상하게도 안토니아한테는 딱 알맞아. 너한테 자기 아이들 보여 주고 싶어 할 거야.」

동부로 돌아가는 길에 나는 네브래스카 주 해스팅 역에서 내려 꽤 건장한 말들이 딸린 마차 한 대를 빌려 타고 쿠작 농장을 찾아 떠났다. 정오가 조금 지날 무렵 목적지에 가까이 와 있다는 것을 알았다. 오른쪽으로 나지막한 언덕을 등지고 자리 잡은 넓은 농가 한 채가 눈에 들어왔다. 빨간색 헛간, 물푸레나무 숲, 그리고 신작로까지 내리막길로 이어진 앞마당도 보였다. 우선 말고삐를 끌어당긴 후 안으로 들어가야 할지를 생각하고 있는데 낮은 목소리들이 들려왔다. 내 앞쪽으로 길가 자두나무 숲에서 사내아이 둘이 죽은 개를 들여다보고 있는 것이 눈에 띄었다. 너댓 살밖에 안 되어 보이는 꼬맹이는 무릎을 꿇은 자세로 두 손을 맞잡고는 바짝 깎아 버린 데다가 모자도 쓰지 않은 머리를 푹 수그린 채 무척 상심해하고 있었다. 큰 녀석은 옆에 서서 작은 녀석 어깨 위에 한 손을 얹고는, 내가 참으로 오랫동안 듣지 못했던 언어로 어린 동생을 위로하고 있었다. 그 맞은편에다 말을 세우자 큰 녀석이 동생의 손을 잡고 나를 향해 다가왔다. 큰 녀석 역시 침울한 표정이었다. 보아하니 그 두 녀석들한테는 지극히 슬픈 오후였다.

「너희들, 쿠작네 아들들이냐?」

작은 녀석은 올려다보지도 않았다. 녀석은 자기 기분에 푹 빠져 있었으나 큰 녀석은 영리한 회색 눈으로 나의 시선을 맞받았다.

「네.」

「너희 집이 저 언덕 위에 있는 거니? 난 지금 너희 어머니를 만나러 가는 길이란다. 이리 올라타려무나. 같이 가자.」

큰 녀석은 마음 내켜하지 않는 동생을 쳐다보면서 말했다.

「우린 그냥 걸어가겠어요. 대문은 열어 드릴게요.」

나는 옆길을 따라 마차를 몰았고 아이들은 뒤에서 천천히 따라왔다. 풍차 방앗간에 이르러 마차를 세웠더니 곱슬머리에 맨발인 또 다른 사내아이가 헛간에서 달려 나와 내 말들을 말뚝에 매어 주었다. 이 녀석은 미남에다가 희고 고운 피부에 주근깨가 나 있고, 뺨은 빨갛고, 숱이 많은 붉은 머리가 양털처럼 곱슬곱슬 말려들며 목을 타고 흘러내렸다. 녀석은 양손을 두 번 휘젓더니 어느새 내 말들을 매어 놓았고, 어머니가 집에 계시느냐는 질문에 고개를 끄덕였다. 그러고는 나를 힐끗 쳐다보더니 까닭 없이 즐거워하며 보조개를 지어 보이면서 버릇없어 보일 정도로 민첩하게 풍차 탑 위로 쏜살같이 올라가 버렸다. 내가 집을 향해 걸어가는 것을 그 위에서 내려다보려는 게 분명했다.

오리들과 거위들이 꽥꽥거리면서 내가 가는 길을 가로질러 달려갔고, 현관 계단에 놓인 노란 호박 사이에서는 흰 고양이들이 햇볕을 쬐고 있었다. 나는 철망을 통해서 흰 바닥에 밝고 넓은 부엌을 들여다보았다. 기다란 식탁과 벽에 나란히 기대어 놓은 의자들, 그리고 한쪽 구석에 있는 반짝거리는 화덕이 눈에 띄었다. 계집애 둘이 웃고 재잘거리며 개수대에서 설거지를 하고 있었고, 아주 어린 계집애 하나만 짧은 턱받이를 걸치고 의자에 앉아 헝겊 인형을 가지고 놀고 있었다. 어머니가 어디 계시느냐고 물으니까 한 애가 수건을 떨어뜨리고는 맨발로 소리도 내지 않으며 부엌 바닥을 가로질러 달려 나가 사라져 버렸다. 나이가 더 많아 보이고 구두와 양말을 신은 계집애가 문께로 나와서 나를 맞이했다. 통통하고 머리도 까맣고 눈도 까맸다. 그리고 아주 침착했다.

「들어오시겠어요? 어머니께서 곧 오실 거예요.」

내게 권하는 의자에 채 앉기도 전에 기적이 일어났다. 삶에서는 떠들썩하고 흥분된 일들보다 더 가슴을 조이게 하고 더 용기를 요하는 고요한 순간들이 있기 마련인데 바로 그런 순간이었다. 안토니아가 들어와 내 앞에 섰다. 건장하고 피부가 햇볕에 타서 갈색이고 가슴은 펑퍼짐하고 갈색 곱슬머리는 약간 회색을 띠고 있었다. 물론 충격이었다. 오랜 세월이 지난 후에 사람을 만난다는 것은, 특히 이 여인의 경우처럼 그동안 그토록 고되고 힘든 세월을 살아온 사람을 만난다는 것은 일종의 충격일 수밖에 없다. 우리는 서로를 마주 쳐다보고 서 있었다. 나를 열심히 뚫어지게 바라보는 그 두 눈은, 아! 그냥 안토니아의 눈이었다. 내 비록 그동안 수천 명의 얼굴들을 보아 왔지만 그 어느 얼굴에서도 내가 마지막으로 본 이 두 눈과 같은 눈은 한 번도 본 적이 없었다. 그렇듯 마주 바라보며 서 있자니 변한 모습은 점점 불분명해지고 그녀의 정체는 점점 더 명확해졌다. 비록 낡고 지치기는 했으나 사라져 버리지는 않은 활기찬 성격이 완전히 드러나는 가운데 안토니아는 거기 그렇게 서서 나를 바라보며 내가 너무나도 생생히 기억하고 있는 숨 가쁘고 쉰 그 목소리로 나에게 말했다.

「제 남편은 지금 집에 없는데요. 무슨 일이신가요?」

「안토니아, 날 모르겠어? 내가 그렇게 많이 변했나?」

비스듬히 들어온 햇살에 얼굴은 찌푸려졌고, 갈색 머리는 햇살을 받아 원래보다 더 붉은색을 띠었다. 갑자기 두 눈이 둥그렇게 커지면서 얼굴 전체가 환히 밝아졌다. 그러고는 숨을 훅 들이마시며 고된 일로 거칠어진 두 손을 내밀었다.

「아니, 짐 아냐! 안나, 율카, 짐 버든 씨가 오셨다!」 내 손을 잡기가 무섭게 표정이 굳어졌다. 「무슨 일이 있어? 누가 죽었나?」

나는 그녀의 팔을 토닥거려 주었다.

「아니, 이번엔 장례식 때문에 온 게 아냐. 해스팅 역에서 내려 마차 타고 왔어. 모두들 좀 만나 보고 싶어서.」

안토니아는 잡고 있던 내 손을 놓고 분주하게 돌아다니기 시작했다.

「안톤, 율카, 니나, 너네들 다 어딨니? 안나, 너 빨리 나가서 사내애들 찾아오렴. 그 개를 찾으러 어디로 나간 거라고. 그리고 레오를 불러라. 그 녀석 대체 어딨냐?!」

그러고는 여기저기 흩어져 있는 아이들을 마치 어미 고양이가 새끼 고양이들을 모으듯 모아 왔다.

「짐, 금방 떠나지 않아도 괜찮지? 큰아들은 지금 집에 없어, 제 아버지 따라 윌버에서 열리는 장에 갔거든. 루돌프하고 애들 아빠를 만나 보고 가야 돼. 그 전에는 안 보낼 테야.」 흥분하여 숨까지 헐떡거리면서 애원하는 눈빛으로 나를 바라보며 말했다.

시간은 충분히 있으니 염려하지 말라고 안토니아를 안심시키고 있는 사이, 밖에 있던 맨발의 사내 녀석들이 슬며시 부엌으로 들어와 자기들 엄마 곁에 둥그렇게 모여 섰다.

「자아, 이 아이들 이름이 뭐지? 나이도 가르쳐 줘.」

아이들을 하나씩 차례로 소개하다가 안토니아가 서너 번이나 아이들 나이를 잘못 말하는 바람에 아이들은 와르르 웃음을 터뜨렸다. 좀 전에 풍차 탑으로 잽싸게 올라갔던 녀석의 차례가 되자, 안토니아는 〈얘는 레오인데, 나이를 먹었으면서 나잇값도 못 한다니까〉라고 말했다.

녀석은 자기 엄마한테 달려들어 새끼 양처럼 장난스럽게 곱슬머리를 들이밀면서 필사적으로 외쳤다.

「엄마, 또 잊어버렸지?! 엄만 내 건 항상 잊어버린다고! 나빴어! 빨리 내 나이 말해 드려!」

녀석은 짜증이 나서 두 주먹을 불끈 쥐고 성급하게 자기 엄마를 올려다보았다. 안토니아는 집게손가락으로 아이의 노란 곱슬머리를 말아 당기면서 물었다.

「그래, 너 몇 살이냐?」

「열두 살!」 숨을 씩씩거리며 나를 보는 것이 아니라 자기 엄마를 쳐다보며 말했다. 「난 열두 살이라고, 그리고 부활절 날 태어났어.」

안토니아는 나한테 고개를 끄덕여 보였다.

「사실이야. 얘는 부활절 아기야.」

이 새로운 정보에 내가 놀라움이나 기쁨을 표시하기를 기대하고 있기라도 하듯이 일제히 나를 바라보았다. 아이들은 서로를 자랑스럽게 여겼고, 형제들이 그렇게 많은 것을 자랑스럽게 여기는 것이 분명했다. 애들이 모두 인사를 끝마치고 나자 문에서 나를 맞아들였던 안나가 동생들을 조용히 분산시켜 놓고 흰 앞치마를 가져와 자기 어머니 허리에 둘러 묶어 주었다.

「자아, 엄마, 자리에 앉아서 버든 씨와 이야기나 해요. 우리가 조용히 설거지하고 방해하지 않을게.」

안토니아는 무슨 영문인지 몰라 주위를 휘둘러보며 물었다.

「그래, 그런데 손님은 거실로 모셔야지. 이젠 우리 집에도 훌륭한 거실이 생겼는데, 응?」

안나는 활달하게 웃고 나서 나에게서 모자를 받아 들었다.

「엄마는 지금 여기 있잖아요, 그러니까 여기서 이야기를 하면 율카하고 나도 들을 수 있으니까 좋고. 거실은 나중에 보여 드리면 되고.」

안나는 나에게 미소를 지어 보이고는 율카와 함께 설거지를 시작했다. 헝겊 인형을 갖고 놀던 꼬마 계집애는 뒤쪽 층계 맨 아래 계단에 자리 잡고 발가락들을 위로 올리고 앉아 기대에 가득 찬 눈으로 우리를 바라보고 있었다.

「저 애는 니나야, 니나 할링 이름을 땄어. 눈이 꼭 니나 눈 같지? 정말이야, 짐, 난 그때 너희를 내 자식처럼 귀여워했어. 내 애들은 너하고 찰리하고 샐리에 대해서 모두 다 알고 있어. 같이 자란 사이들처럼. 난 지금 무슨 말을 해야 할지 정신이 하나도 없어. 너무 뜻밖에 이렇게 나타나서. 게다가 영어도 많이 잊어버렸어. 이젠 영어를 별로 안 써. 나도 예전엔 영어를 썩 잘했었다고 아이들한테 말하고 있는 형편이야.」

아이들은 집에서 보헤미아 말을 했다. 어린아이들은 영어를 전혀 못했고 학교에 가서 배울 때까지는 달리 영어를 배울 수도 없었다.

「네가 여기 내 부엌에 이렇게 앉아 있다는 게 도저히 믿기지가 않아. 넌 날 못 알아봤을 거야. 넌 여전히 젊어. 그대로야. 하긴 남자들한테는 그러기가 더 쉬울 거야. 내 남편 안톤도 나하고 결혼했던 날에서 지금까지 하루도 더 늙은 거 같지 않다니까. 그이는 이가 아직도 말짱한데 난 남은 이가 얼마 없어. 아, 이젠 그렇게 힘들게 일하지 않아도 돼. 거들어 주는 애들이 넉넉히 있으니까. 그런데, 짐, 넌 애들이 몇이지?」

나한테는 아이가 하나도 없다고 말했더니 안토니아는 당혹해하는 것 같았다.

「어머, 그거 참 안됐네! 내 애들 중에서 못된 녀석 한 놈 데려다 키울래? 저 레오 녀석 어때, 저 녀석이 제일 못된 놈인데.」 이렇게 말하고는 미소를 지으며 내게 몸을 기울여 낮은 소리로 덧붙였다. 「그런데 난 저 녀석이 제일 사랑스러워.」

「엄마!」 설거지를 하던 두 딸들이 나무라는 어투로 어머니를 불렀다.

안토니아는 고개를 젖히며 깔깔대고 웃었다.

「나도 어쩔 수 없구나. 내가 그 앨 제일 귀여워한다는 건 너희도 알잖니. 글쎄다, 부활절에 낳아서 그런 건지, 그건 나도 모르겠다. 어쨌거나, 녀석은 잠시도 말썽을 피우지 않을 때가 없다니까!」

나는 안토니아를 바라보면서, 예를 들면, 치아 따위가 얼마나 하찮은 것인가를 생각하고 있었다. 내가 아는 많은 여인들은 안토니아가 잃어버린 모든 것들을 지니고 있으면서도 내적 불꽃은 꺼져 있다는 것을 나는 안다. 다른 그 무엇이 안토니아에게서 사라져 버렸는지는 모르겠지만 생명의 불은 그대로 남아 있었다. 햇볕에 타서 검게 굳어진 피부는 생기가 은근히 말라붙어 축 늘어진 피부처럼 보이지는 않았다.

우리가 이야기를 하고 있는 사이 얀이라고 했던 꼬마가 부엌으로 들어와 니나가 있는 계단에 가서 옆에 앉았다. 녀석은 바둑무늬의 길쭉하고 우습게 생긴 앞치마를 마치 작업복이나 되는 듯이 바지 위에다 걸쳐 입었고, 머리는 어찌나 짧게 깎았던지 머리통이 허옇게 벌거벗은 듯이 보였다. 그리고 커다랗고 슬퍼 보이는 회색 눈으로 우리를 바라보았다.

「엄마, 얀이 개에 대해서 얘기하고 싶어 해요. 개를 찾아보니까 죽어 있더래요.」 안나가 우리 곁을 지나 찬장으로 가면서 말했다.

안토니아가 얀에게 가까이 오라고 손짓했다. 엄마 의자 곁에 서서 양쪽 팔꿈치를 엄마 무릎에 기대고 가느다란 손가락으로 엄마의 앞치마 끈을 비비 꼬면서 보헤미아 말로 조용히 개에 대한 이야기를 하는 동안 두 눈 가득 글썽거리던 눈물이 기다란 속눈썹에 매달렸다. 아이의 이야기에 귀를 기울이고 나서 어머니는 아이를 부드럽게 달래며 귓속말로 무엇인가를 약속하니까 아이는 즉시 눈물 어린 미소를 지어 보였다. 그러고는 슬며시 빠져나가 니나에게 바짝 다가앉더니 손으로 입을 가리고 자기 비밀을 소곤거리며 일러 주었다.

안나는 설거지를 끝내고 손을 닦은 다음 자기 엄마 의자 뒤에 와서 물었다.

「버든 씨한테 새로 생긴 과일 저장고를 보여 드리지 않을래요?」

우리는 마당을 가로질러 걸어갔고 아이들은 바로 뒤에서 졸졸 따라왔다. 사내애들이 개 이야기를 하면서 풍차 옆에 서 있다가 그중 몇 놈이 우리를 앞질러 달려가 광문을 열었다.

우리가 아래로 내려가자 사내애들도 우리를 따라 내려왔는데 여자애들 못지않게 과일 저장고를 무척 자랑스럽게 여기는 것 같았다.

자두나무 숲 옆길로 나를 인도해 주며 신중한 표정을 한 암브로쉬는 단단한 벽돌 벽과 시멘트 바닥을 특별히 주의 깊게 보여 주었다.

「실은 집에서 꽤 멀리 떨어져 있어요.」 그가 시인했다. 「하지만 겨울에는 우리 중 하나가 물건을 가지러 어차피 밖으로 나와야 해요.」

안나와 율카가 작은 나무통 세 개를 나에게 보여 주었다. 하나는 절인 오이로 가득 차 있고 또 하나는 썰어 놓은 오이 절임으로 가득 차 있었으며 나머지 하나에는 수박 껍질을 길게 잘라 절여 놓은 것이 가득 차 있었다.

「짐, 우리 애들을 다 먹여 살리는 데 음식이 얼마큼 있어야 하는지 아마 상상도 못 할 거야!」 아이들 엄마가 커다란 소리로 말했다. 「수요일하고 토요일에 집에서 빵 굽는 걸 한번 봐야 한다고! 애들 아빠가 부자가 될 수 없는 게 당연하지. 잼 만들 설탕만도 얼마나 많이 사야 하는데. 밀가루는 집에서 직접 빻지만, 그럼 내다 팔 수 있는 밀이 그만큼 적어지고.」

니나하고 얀하고 루시라는 이름을 가진 꼬마 계집애가 수줍어하면서 유리 단지들이 놓인 선반을 자꾸 손가락으로 가리켜 보였다. 아무 말도 하지는 않았지만, 나를 쳐다보며 병 속에 든 체리나 딸기나 능금 모양을 손가락 끝으로 유리병에 그려 보이면서 그것들이 얼마나 맛이 좋은지를 나에게 알려 주려고 환한 표정을 지어 보였다.

「엄마, 매콤한 자두 좀 보여 드려요. 미국 사람들은 그런 거 없다고요.」 나이 든 사내애 중 하나가 말했다. 「엄마는 그걸로 콜라취를 만들어요.」

레오가 경멸조의 보헤미아 말로 한마디 툭 내뱉었다.

나는 레오를 돌아보았다.

「어이, 넌 내가 콜라취가 뭔지 모른다고 생각하지? 이봐, 젊은 친구, 자네 생각은 틀렸어. 난 자네가 태어난 부활절 훨씬 이전에 자네 어머니의 콜라취를 먹어 본 사람이라고.」

「레오, 넌 항상 너무 버릇이 없다니까.」 암브로쉬가 어깨를 으쓱 들어 보이며 말했다.

레오는 자기 엄마 뒤로 뛰어가 숨더니 나를 보고 싱긋 웃었다.

우리는 돌아서서 지하실을 나왔다. 안토니아와 내가 먼저 계단을 올라갔다. 우리 두 사람이 밖에 서서 이야기를 하고 있는데 아이들이, 큰 아이, 작은 아이, 더벅머리, 금발 머리, 갈색 머리, 반짝이는 맨종아리들이 모두 한꺼번에 뛰어 올라왔다. 그것은 어두운 지하실에서 밝은 햇빛 속으로 터져 나오는 진정한 생의 폭발이었다. 한순간 나는 어지러웠다.

현관까지는 사내 녀석들이 우리 앞에서 걸어갔다. 나는 그때서야 처음으로 그 집의 정면을 보았다. 농장에서는 왠지 모든 일이 주로 뒷문을 통해 이루어지기 때문이다. 지붕이 하도 가파르기 때문에 처마가 키 큰 접시꽃나무 숲 위에서 얼마 떨어져 있지 않았다. 7월까지는 집이 온통 접시꽃나무에 파묻혀 있다고 했다. 보헤미아 사람들은 항상 접시꽃나무를 심었던 것이 생각났다. 앞마당은 가시투성이인 쥐엄나무 울타리로 둘러싸여 있었고 대문 옆에는 나방이처럼 은빛이 도는 미모사과에 속하는 나무 두 그루가 서 있었다. 집 앞에서 아래를 내려다보면 기다란 연못이 두 개 있는 가축 마당이 있고 추수 후 그루터기만 남은 넓은 밭 너머로 보이는 것은 여름이면 호밀밭이었다.

집 뒤로는 얼마 떨어진 곳에 물푸레나무 숲과 과수원 두 개가 있었는데, 하나는 버찌나무 과수원으로 주욱 늘어선 나무들 사이로 구스베리와 잔포도가 자라고 있었고, 다른 하나는 사과나무 과수원이라서 더운 바람을 막기 위해 높다란 울타리가 세워져 있었다. 나이 든 아이들은 우리가 울타리에 이르자 되돌아갔으나 얀과 니나와 루시는 자기들만이 알고 있는 구멍을 통해 기어 들어가서 가지가 작달막한 오디나무 덤불 아래로 숨어 버렸다.

기다란 파랑풀 속에서 자란 사과나무들 사이를 걸어가며 안토니아는 나무 하나를 지나칠 적마다 멈춰 서서 한 가지씩 이야기했다.

「난 나무들이 마치 사람인 것처럼 나무를 사랑해.」 손으로 나무껍질을 비벼 대면서 한 말이었다. 「우리가 처음 여기 왔을 때는 나무라고는 한 그루도 없었어. 여기 있는 나무는 하나같이 우리가 심은 것들이야. 물도 길어다 줘야 했었지, 하루 종일 밭에서 일하고 난 다음에 말이야. 안톤은 원래 도시 사람이라서 툭하면 낙담했어. 날씨가 가물 때는 아무리 몸이 피곤해도 이 나무들 때문에 걱정에서 벗어난 적이 없어. 이것들은 나한텐 자식 같았거든. 남편이 잠든 후 자리에서 일어나 밖으로 나가 물을 길어다 이 가엾은 것들한테 먹여 주었던 게 한두 번이 아니었어. 그리고 이제, 보다시피 이렇게들 훌륭하게 자랐잖아. 남편은 플로리다 오렌지밭에서 일한 적이 있어 접목에 대해서는 모르는 게 없지. 이 근처에서 우리 과수원처럼 수확을 많이 거두는 과수원은 없다고.」

과수원 한가운데에 이르자 포도나무 정자가 나타났다. 정자에는 의자들이 붙박이로 달려 있었고 판이 휘어진 탁자도 하나 있었다. 아이들 셋이 그곳에서 우리를 기다리고 있었다. 모두들 수줍어하며 나를 올려다보더니 자기 어머니한테 무엇인가를 요청했다.

「학교에서 매년 여기로 소풍 온다는 이야기를 너한테 해달래. 얘들은 아직 학교에 다니지 않기 때문에 학교라는 게 그냥 소풍 놀이라고 생각해.」

내가 정자 칭찬을 충분히 하고 나자 아이들은 석죽이 무성하게 우거진 공터로 달려가서 풀 속에 쭈그리고 앉아 끈을 가지고 땅을 재며 기어다녔다.

「얀은 자기 개를 저기다 묻고 싶어 해.」 안토니아가 설명했다. 「그래도 된다고 말하지 않을 수 없어. 그 애는 니나 할링을 닮았다니까. 니나도 하찮은 일들로 얼마나 가슴 아파했었는지 생각나지? 니나처럼 얀도 신기한 생각을 잘해.」

우리는 앉아서 아이들을 바라보았다. 안토니아는 테이블 위에다 팔꿈치를 올려놓았다. 과수원은 평화롭기 그지없었다. 삼중으로 울타리가 둘러져 있었는데, 맨 앞에 가시철망이 있고 그다음에는 가시투성이 쥐엄나무 울타리가 있고 또 그다음에는 여름철 더운 바람을 막아 내고 겨울철 보호막이 눈을 보존하기 위한 오디나무 울타리가 있었다. 울타리들이 어찌나 높은지 헛간 지붕도 풍차도 하나도 보이지 않고 오직 드높은 푸른 하늘만 보였다. 오후의 햇살이 말라 가는 포도나무 잎사귀 사이로 우리에게 쏟아져 내렸다. 과수원은 마치 컵처럼 햇살을 가득 담고 있었고 나무에 달려 있는 잘 익은 사과에서는 향내가 풍겨 왔다. 붉은 보랏빛 능금들은 희미한 은빛으로 반짝이며 줄에 끼워 놓은 구슬처럼 가지마다 빽빽하게 매달려 있었다. 암탉과 오리 몇 마리가 울타리 안으로 기어들어 와서 떨어진 사과들을 쪼아 먹고 있었다. 수오리는 분홍빛 도는 회색 몸통에, 머리와 목에는 공작 목덜미 털처럼 무지갯빛을 띤 초록색 털이 수북하게 덮인 아주 잘생긴 녀석들이었다. 안토니아는 수오리들을 보면 늘 병정들이 생각난다고 했다. 어렸을 때 보헤미아에서 본 적이 있는 어느 군복을 연상시키기 때문이었다.

〈메추라기들이 아직도 남아 있나?〉라고 물으면서 우리 집이 읍으로 이사 가기 전 마지막 여름에 우리 둘이서 함께 사냥 다니던 일을 상기시켜 주었다. 「총 쏘는 솜씨가 아주 나쁘지는 않았었는데. 찰리 할링하고 나를 따라 오리 사냥 가려고 집에서 몰래 빠져나가고 싶어 했던 일 지금도 생각나?」

「그랬었지. 그런데 지금은 총 무서워.」 그러고는 수오리 한 마리를 집어 들고 손가락으로 초록색 머리 깃털을 헝클어뜨려 놓았다. 「아이가 생긴 후로는 뭐든 간에 죽이는 건 싫어졌어. 늙은 거위 목을 비틀어 죽이는 일은 생각만 해도 속이 메스꺼워. 이상하지?」

「이상할 거 없어. 이탈리아 젊은 여왕도 언젠가 내 친구한테 너하고 똑같은 말을 했대. 한때는 사냥을 무척 즐겼었는데 지금은 너처럼 기분이 달라져서 진흙으로 만든 비둘기만 쏜대.」

「그렇다면 그 여잔 분명히 좋은 엄마야.」

안토니아는 농촌의 땅값이 저렴해서 쉽게 지불할 수 있는 할부로 농토를 살 수 있었을 때 남편하고 함께 이 새로운 지역으로 옮겨 왔던 경위를 나에게 들려주었다. 첫 10년은 무척 고생스러웠다. 남편은 농사일에 대해서는 아는 것이 거의 없었기 때문에 자주 낙심하곤 했다.

「내가 이만큼 튼튼하지 못했었더라면 우린 절대로 견뎌 내지 못했을 거야. 하느님 덕분에 난 몸은 항상 건강해서 애를 낳기 직전까지도 남편을 도와 일을 할 수 있었어. 우리 집 애들은 서로 돌보는 일을 아주 잘해. 마사는, 갓 낳았을 때 네가 본 아이가 마사야, 나한테 무척 큰 도움이 됐었지. 그리고 동생 안나를 자기처럼 되도록 훈련시켜 놓았거든. 지금은 결혼해서 제 아기도 하나 있고. 짐, 생각 좀 해봐, 신기하지?

정말야, 난 절대로 낙심하지 않았어. 남편은 좋은 사람이야. 그리고 난 애들을 사랑했고 자라서 올바른 사람이 될 거라고 항상 믿었어. 난 농장에 속하는 사람이야. 여기서는 도회지에 있었을 때처럼 외롭지가 않아. 내가 이따금 무척 슬퍼했던 거 생각나? 뭐 때문에 그러는지 나도 모르면서 말이야. 여기 와서 살면서부터 그런 건 한 번도 겪지 않았어. 난 일 좀 하는 건 아무렇지도 않아. 외롭고 슬픈 걸 참아야 하는 일만 없다면.」

그런 말을 하는 동안 내내 안토니아는 손으로 턱을 받치고서 햇살이 점점 더 황금빛으로 변해 가고 있는 과수원을 내려다보고 있었다.

「안토니아, 넌 아예 읍에 나가지 말았어야 했어.」

그녀의 생각이 어떨지 궁금해하면서 말했는데 그 말에 얼른 나에게로 얼굴을 돌렸다.

「아냐, 가길 잘했어! 읍엘 가지 않았더라면 음식을 만들고 살림을 하는 법을 하나도 몰랐을 거야. 난 할링 씨 댁에서 여러 가지 좋은 것을 많이 배웠기 때문에 아이들을 훨씬 더 잘 키울 수 있었어. 우리 애들이 너 보기에도 시골 아이들치고는 퍽 예의가 바르다고 생각지 않아? 힐링 부인한테 배운 게 없었더라면 난 아마 애들을 산토끼처럼 길렀을 거야. 정말야. 난 배울 기회가 있었던 걸 기쁘게 생각해. 그렇지만 내 딸애들은 하나라도 남의 집에 일하러 갈 필요가 없는 걸 고맙게 여기고 있어. 나는 말이지, 짐, 내가 사랑했던 사람은 도저히 나쁜 사람으로 생각할 수가 없어. 그게 내 문제야.」

함께 이야기를 하는 동안 안토니아는 내가 그날 밤을 자기 집에서 묵고 가도록 해줄 수 있노라고 다짐하듯 말했다.

「여유는 얼마든지 있어. 사내애들 둘은 날씨가 쌀쌀해질 때까지 건초 더미에서 자기는 하지만 자리가 없어 그러는 건 아냐. 레오는 건초 더미에서 자게 해달라고 항상 졸라 대는 형편이고. 암브로쉬는 레오를 보살피느라고 따라가서 같이 자주는 거야.」

나는 사내애들하고 같이 건초 더미에서 자고 싶다고 말했다.

「너 하고 싶은 대로 해. 장롱에 새 담요가 잔뜩 있어. 겨울에 쓰려고 치워 놓은 것들이야. 이젠 돌아가 봐야 해. 안 그러면 딸애들이 일을 다 할 테니까. 네 저녁은 내 손으로 직접 해주고 싶어.」

집으로 돌아가는 길에 우유 통을 들고 소들을 찾아 나선 암브로쉬와 안톤을 만났다. 나는 그들과 합세했고 레오는 저만큼 우리 앞에서 달려가다가는 섬꼬리풀 덤불에서 펄쩍 뛰쳐나오며 〈난 산토끼다!〉, 〈난 왕뱀이다!〉라고 소리를 질러 댔다.

나는 사내아이들 중 나이가 많은 애들 둘 사이에 끼여 걸어갔다. 녀석들은 체격이 훌륭하고 자세가 똑바르며 머리도 좋고 눈도 맑았다. 나한테 자기들 학교와 새 선생에 대해서 이야기했고 곡식과 추수에 대한 이야기도 들려주었으며 그해 겨울 먹여 살려야 할 말들이 몇 마리인지도 말해 주었다. 내가 오래된 — 그러나 너무 늙은이는 아닌 — 집안 친구인 듯이 나를 편히 대하면서 집안일들을 털어놓았다. 그 녀석들하고 함께 있으니까 나도 소년이 된 기분이 들면서 그동안 잊고 있었던 나의 관심사들이 모두 되살아났다. 지는 해를 곁에 두고 가시철망 울타리를 따라 붉은 연못을 향하여 걸어가면서 바싹 깎인 풀밭 위 내 오른편으로 움직이는 나의 그림자를 구경하는 것이 어쩐지 지극히 자연스럽게 느껴졌다.

「아저씨가 엄마 고향에서 보내 주셨던 사진들, 엄마가 그거 아저씨한테 보여 드렸어요? 사진틀에 넣어서 거실에 걸어 놓았거든요. 그 사진들 받고 얼마나 기뻐했는데요. 엄마가 그렇게 기뻐하는 건 처음 보았어요.」 암브로쉬가 말했다.

그렇게 말하는 암브로쉬의 음성에는 감사의 뜻이 담겨 있어서, 좀 더 빨리 보내 주지 않았던 것을 후회하며 암브로쉬의 어깨에 손을 얹고 말했다.

「너네 어머니는 우리 모두한테서 무척 사랑을 받았단다. 아주 아름다웠지.」

「아, 우리도 알아요!」 둘이 동시에 말했다. 내가 그런 말을 할 필요가 있다고 생각했다는 사실에 오히려 약간 놀란 듯이 보였다.

「모든 사람들이 우리 엄마를 좋아했었죠, 그렇죠? 할링네 식구들하고 아저씨 할머니, 그리고 읍 사람들 모두.」

「남자애들한테는 자기네 어머니가 한때는 젊고 예뻤다는 사실이 떠오르지도 않는 경우가 있단다.」 내가 한마디를 불

쑥 건넸다.

「아, 우리는 알아요!」 둘이 다시 열을 내며 말했다. 「엄마는 지금도 그렇게 늙지는 않았어요. 아저씨보다 나이가 별로 더 많지 않아요.」 암브로쉬가 한마디 덧붙였다.

「어쨌든, 너희가 어머니한테 잘하지 않았더라면 아마 내가 몽둥이로 너희 모두를 후려 팼을걸. 너희가 어머니 걱정을 하지 않았다든가, 어머니를 그냥 너희 뒤나 보살펴 주는 사람으로 여기고 있었다면 내가 절대로 가만히 있지 않았을 거다. 실은, 난 한때 너희 어머니를 굉장히 사랑했던 사람이라서, 그런 여인은 또 없다는 걸 잘 알고 있단다.」

둘 다 소리 내어 웃었고, 내 말에 기쁘기도 하면서 어색하기도 한 듯싶었다.

「그런 말은 우리한텐 한 번도 안 했는데요.」 안톤이 말했다. 「하지만 아저씨 말씀은 항상 했고, 두 분이 옛날에 재밌게 놀던 이야기도 많이 들었어요. 엄마는 언젠가 시카고 신문에 나온 아저씨 사진을 오려서 가지고 있어요. 그래서 아저씨가 풍차 쪽으로 마차를 몰고 오셨을 때 레오가 아저씨 얼굴을 알아보았다고 하던데요. 하긴 레오 말이니 알 수 없지만요. 그 녀석은 혼자 똑똑하고 싶어 할 때가 종종 있으니까요.」

우리는 소들을 헛간에서 가장 가까운 모퉁이까지 몰고 왔고 사내애들은 밤이 될 때까지 소젖을 짰다. 모든 것이 옛날이나 다름없었다. 밤이슬 속에서 풍기는 해바라기와 섬꼬리풀의 강한 향내, 밤하늘의 맑은 파랑과 황금색 초저녁 별, 우유 통 속으로 우유가 좍좍 흘러내리는 소리, 저녁밥을 서로 먹겠다고 꿀꿀 꽥꽥 싸우는 돼지 소리. 해야 할 잡일들은 끝도 없이 반복되는데 세상은 그지없이 멀리 떨어져 있는 듯이 여겨지는 저녁녘 농가의 소년에게 찾아드는 외로움을 나도 느끼기 시작했다.

우리 모두가 앉은 저녁 식탁은 볼만했다. 등불 아래 두 줄로 길게 줄지어 앉은 머리들이 계속 움직이고, 안토니아가 식탁 머리에 앉아서 접시에 음식을 담아 아이들 쪽으로 보내자 수많은 눈들이 반색을 하며 바라보았다. 아이들은 일종의 시스템에 따라 앉아 있었다. 어린아이 옆에는 나이 든 녀석이 앉아 어린것의 예의범절도 지켜보고 어린것이 자기 몫의 음식을 제대로 얻어먹도록 보살펴 주는 역할을 했다. 안나와 율카는 이따금씩 자리에서 일어나 새 접시에 콜라취를 더 담아오거나 우유를 더 가져왔다.

저녁 식사 후에 우리는 율카와 레오가 나를 위해 연주하는 것을 듣기 위해서 거실로 갔다. 안토니아가 등불을 가지고 제일 먼저 갔다. 거실에는 의자 수가 모자라서 어린아이들은 맨바닥에 앉았다. 밀 값을 90센트 받으면 응접실 양탄자를 사기로 했노라고 꼬마 루시가 나에게 귓속말로 소곤거렸다. 레오는 대단히 수선을 피우면서 바이올린을 꺼냈다. 그 바이올린은 돌아가신 쉬메르다 노인의 유물로 안토니아가 항상 보관해 오던 것인데 레오에게는 너무 컸다. 레오는 자기 혼자 힘으로 배운 것치고는 퍽 잘했으나 율카의 노력은 그리 성공적인 것이 못 되었다. 그들이 연주하는 동안 꼬마 니나가 구석에서 일어나 거실 한가운데로 나오더니 맨발로 간단한 춤을 귀엽게 추었다. 모두가 니나한테 관심을 기울여 주었고 춤이 끝나자 니나는 소리 죽여 자기 자리로 돌아가 오빠 옆에 앉았다.

안토니아가 레오에게 보헤미아 말로 뭐라고 하자 레오는

얼굴을 몹시 찡그렸다. 자기 딴에는 심술 난 표정을 지어 보이려는 것 같았으나 그런 시도는 얼굴에서 가당찮은 부분에 보조개만 만들어 놓을 뿐이었다. 바이올린 줄을 다시 맞추고 나서 레오는 보헤미아 노래를 몇 곡 연주했는데 오르간에 맞추지 않고 자기 멋대로 하니까 오히려 더 듣기 좋았다. 녀석이 잠시도 가만히 있지를 않고 까불어 대는 통에 그 이전까지는 미처 얼굴도 제대로 볼 틈이 없었으나 나의 첫인상이 옳았다. 정말로 목신처럼 생긴 녀석이었다. 귀 뒤로 머리통이 밋밋하고 황갈색 머리털이 목 뒤로 수북하게 흘러내려 있었다. 다른 사내애들과는 달리 레오의 눈은 두 눈 사이가 넓지 않고 깊숙이 들어앉았으며 색깔은 금빛 도는 초록색으로 빛에 몹시 예민한 것 같았다. 애 어머니 말에 의하면, 녀석은 다른 아이들이 다친 횟수를 모두 합한 것보다도 더 많이 다쳤다. 망아지가 채 길이 들기도 전에 타려고 애를 쓰는가 하면, 칠면조를 놀려 대며 장난치기도 하고, 황소가 얼마나 화를 내는지 보려고 약을 올리고, 새로 사 온 도끼가 얼마나 잘 드는지 도끼날을 시험해 보기도 했다.

음악회가 끝난 후 안토니아는 사진이 가득 담겨 있는 커다란 상자를 가져왔다. 그중에는 결혼식 예복을 입고서 남편 안톤의 손을 잡고 찍은 사진도 있고, 오라버니 암브로쉬와 그의 대단히 뚱뚱한 아내 사진도 있었다. 암브로쉬의 아내는 자기 소유의 농장도 있으며 남편을 마음대로 휘두른다고 했다. 그 말을 듣고 나는 은근히 기분이 좋았다. 그리고 보헤미아의 세 메리와 그들의 대가족 사진들도 있었다.

「세 명의 메리가 얼마나 착실한 여자들로 변했는지 아마 믿지 못할걸. 메리 스보보다는 이 고장에서 제일 훌륭한 버터

제조업자로, 공장 경영도 아주 잘해 나가고 있어. 아이들도 장래가 아주 유망해.」

안토니아가 사진들을 넘기고 있는 동안 쿠작네 어린아이들은 엄마가 앉은 의자 뒤에 서서 어깨 너머로 흥미진진한 표정을 지으며 구경했다. 니나와 얀은 자기들보다 키가 큰 아이들 틈에서 사진을 보려고 애쓰다가 아무 말 없이 의자 하나를 가져다 그 위로 올라가 둘이 바싹 붙어 서서 구경했다. 꼬마 녀석은 수줍음도 잊고 낯익은 얼굴이 눈에 띄면 반가워하면서 씨익 웃어 보였다. 안토니아를 둘러싼 그 집단 속에서 나는 일종의 육체적 조화의 존재를 의식했다. 그들은 이리저리 몸을 기울이면서 서로 몸이 닿는 것을 꺼려하지 않았다. 모두들 흡족해하며 사진들을 열심히 들여다보았고 어떤 사진을 볼 때는 마치 자기네 어머니의 소녀 시절에 등장하는 이 사진 속 사람들이 무슨 대단한 인물이라도 되는 듯이 감탄해 마지 않으며 쳐다보았다. 영어를 모르는 어린애들은 자기네의 풍부한 모국어로 서로들 뭐라고 중얼거렸다.

안토니아는 지난해 크리스마스 때 샌프란시스코에서 보내온 레나의 사진을 내밀어 보이며 말했다.

「레나는 아직도 정말 이렇게 보여? 지난 6년 동안 고향에 한 번도 오질 않았다고.」

그렇다. 레나는 지금도 꼭 그 사진과 같다고 나는 말했다. 잘생긴 여자, 약간 통통한 편이고 약간 큰 모자를 쓰기는 하지만 그래도 게으른 눈빛은 옛날이나 다름없고, 옛날의 그 보조개가 파이는 순진한 모습은 아직도 입가에 그대로 어리어 나타났다.

내가 생생하게 기억하고 있는 고리단추 달린 승마복을 입은 프랜시스 할링의 사진도 한 장 있었다.

「히야, 정말 멋있다!」 여자애들이 감탄했고 모두들 이에 동의했다. 이 집안에서는 프랜시스가 여장부로 대접받고 있다는 것을 쉽게 알 수 있었다. 유일하게 레오만이 아무런 감흥도 보이지 않았다.

「그리고, 여기, 할링 씨다. 근사한 털외투 입었어. 이 사람 굉장히 부자였지, 그치, 엄마?」

「록펠러는 아니야.」 레오가 나지막한 목소리로 한마디 곁들였는데 그 소리를 들으니 언젠가 쉬메르다 부인이 우리 할아버지 보고 〈예수는 아니다〉라고 했던 어투가 생각났다. 레오의 습관성 의구심은 그의 외할머니한테서 곧바로 물려받은 것 같았다.

「얄미운 소리 집어치워.」 암브로쉬가 엄하게 말했다.

레오는 암브로쉬를 향해 빨간 혀를 쏙 내밀었으나, 다음 순간 불편하게 앉은 두 남자와 그 사이에 헐렁한 옷을 입고 서 있는 어색한 표정의 사내아이를 담은 철판 사진이 나오자 낄낄거리며 웃었다. 제이크와 오토와 나였다! 내가 네브래스카에 간 후 첫 번째로 맞이한 7월 4일 독립 기념일에 우리 모두 블랙 호크에 갔을 때 찍었던 사진이라는 것이 생각났다. 제이크의 빙긋 웃는 모습과 오토의 고약한 콧수염을 다시 보니 반가웠다. 쿠작네 아이들도 이 두 남자에 대해서는 아주 잘 알고 있었다.

「이 사람이 할아버지 관을 만들었지, 그렇지?」 안톤이 물었다.

〈짐, 이 사람들 정말 착한 사람들이었어〉라고 말하는 안토니아의 눈에는 눈물이 그득히 고였다. 「내가 제이크하고 그런 식으로 말다툼했던 일이 지금도 부끄러워. 레오, 네가 가끔 남한테 하듯이, 난 옛날에 제이크한테 건방지고 무례하게 대했단다. 누가 내 버릇을 고쳐 주었더라면 좋았을 텐데.」

「아저씨는 아직 끝난 게 아녜요.」 그들이 나에게 경고했다. 그러고는 내가 대학에 가기 직전 찍은 사진 한 장을 꺼내 놓았다. 줄무늬 바지에 밀짚모자를 쓰고 느긋하면서도 멋있어 보이려고 애쓰는 키 큰 젊은이 사진이었다.

「아저씨, 그 얘기 좀 해주세요.」 찰리가 말했다. 「프레리도 그들이 사는 들판에서 아저씨가 잡아 죽인 방울뱀 이야기요. 그 뱀 얼마나 길었죠? 엄마는 어떤 때는 1미터 80이라고 했다가 또 어떤 때는 1미터 50센티미터래요.」

쿠작네 아이들이 자기네 엄마 안토니아를 대하는 태도는 수십 년 전에 할링네 아이들이 안토니아를 대했던 태도와 똑같아 보였다. 그녀에 대해서 느끼는 자랑스러운 기분도 동일한 것 같았고, 그녀가 재미있는 이야기를 해주기를 바라는 것도 예전의 우리들과 흡사했다.

밤 11시가 되어서야 나는 내 가방과 담요를 집어 들고 사내애들과 함께 헛간으로 갔다. 안토니아가 문까지 우리를 따라 나왔고 우리는 달빛 속에 잠들어 있는 연못 두 개와 흰 가축우리를 바라보고, 별이 총총한 하늘 아래 널리 펼쳐져 있는 목장을 바라보느라고 문가에서 잠시 지체했다.

사내애들이 나더러 건초 더미에서 내 마음대로 자리를 고르라고 하기에 날씨가 따뜻해 활짝 열어 놓아 별들이 내다보이는 커다란 창문 옆에 누웠다. 암브로쉬와 레오는 처마 밑 건초 더미 속에서 몸을 웅크리고 누워 간질이면서 장난치느라 몸을 뒤척이고 뒹굴며 소란을 피웠다. 그러더니 갑자기 마치 총에 맞은 듯이 잠잠해졌다. 킬킬거리는 웃음소리와 곤한 단잠 사이는 단 1분도 채 못 되었다.

서서히 움직이는 달이 창문을 지나 드높은 창공으로 떠오를 때까지 나는 오랫동안 잠을 이루지 못했다. 나는 안토니아와 그녀의 아이들을 생각했다. 엄마를 생각하는 안나의 사려 깊은 마음씨, 암브로쉬의 진중한 애정, 시기심이 깃든 동물적인 레오의 사랑 등을 떠올리고 있었다. 지하실 광에서 아이들이 한꺼번에 밝은 햇살 속으로 몰려나오던 그 순간은 누구나 먼 길을 와서라도 한번 구경해 볼 만한 광경이었다. 안토니아는 다른 사람의 마음속에서 사라지지 않는, 시간이 흐를수록 더욱 강해지는 모습을 남겨 놓는 여인이었다. 나의 기억 속에는 그러한 모습들이 마치 초등학교 1학년 국어 교과서에 나오는 목판화처럼 여러 개가 차례로 찍혀 있었다. 뱀을 잡아 가지고 의기양양해서 집으로 돌아올 때 맨발로 내 망아지 옆구리를 걷어차던 안토니아, 검은 숄과 털모자를 쓰고 눈보라 치는 속에서 자기 아버지 무덤 옆에 서 있던 안토니아, 저녁 지평선을 따라 소 떼를 몰고 돌아오는 안토니아. 그녀는 우리 모두가 보편적인 진리라고 본능적으로 깨닫고 있는 태고로부터 이어 오는 인간의 자태를 보여 주는 인물이었다. 나의 생각은 틀리지 않았었다. 이제는 고생으로 찌든 여인이고 이미 아름다운 젊은 여자는 아니었지만, 그럼에도 불구하고 그녀에게는 아직도 상상의 날개에 불을 붙여 주는 신비한 힘이 있었으며, 평범한 것들 속에서도 의미를 보여 주는 눈짓 하나 혹은 몸짓 하나로 상대방을 순식간에 사로잡는 힘을 여전히 지니고 있었다. 과수원에 서서 작은 능금나무에 손을 얹고 능금을 올려다보기만 해도 그러한 그녀의 모습은 나무를 심는 일과 가꾸는 일과 마침내 수확을 거둬들이는 일에 대해 선량함을 느낄 수 있도록 해주었다. 가슴속의 강렬한 힘과 지칠 줄 모르고 아낌없이 베푸는 관대한 마음씨가 모두 그녀의 육신에서 나왔던 것이다.

안토니아의 아이들이 모두 의젓하고 곧게 자라고 있는 것은 지극히 당연했다. 마치 초창기 종족들의 창시자처럼 그녀는 생명의 풍요로운 광산이었다.

2

아침에 눈을 뜨니 긴 햇살이 창문으로 들어와 사내애들 둘이 누워 있는 처마 밑까지 닿아 있었다. 레오는 완전히 잠이 깨어 가지고 건초 더미에서 뽑아낸 마른 솔방울로 형의 다리를 간질이고 있었다. 암브로쉬는 레오를 발길로 걷어차고 돌아누웠다. 나는 눈을 감고 자고 있는 척했다. 레오는 반듯하게 눕더니 한쪽 발을 들어 올리고 발가락 운동을 시작했다. 발가락으로 마른 꽃들을 집어 햇살 속에서 발을 마구 흔들어 댔다. 그런 식으로 한동안 혼자 놀고 나더니 한쪽 팔꿈치를 짚고 일어나 햇빛에 눈을 깜빡거리면서 처음에는 나를 조심스럽게 훔쳐보다가 나중에는 비판적으로 바라보았다. 표정이 익살스러웠다. 〈이 늙은 친구도 다른 사람들과 다를 게 없어. 내 비밀을 모른다고〉라고 결정을 내리고 나를 대수롭지 않게 취급해 버리는 표정이었다. 자기는 남들보다 더 재미있게 살 줄 안다고 생각하는 듯이 보였으나, 눈치가 하도 빨라 신중한 판단은 안달이 나서 도저히 해내지 못했다. 어쨌거나 특별히 생각을 하지 않아도 자기가 원하는 것이 무엇인지는 항상 알고 있는 친구였다.

건초 더미에서 옷을 입고 나서 풍차 방앗간에서 냉수로 세수를 했다. 부엌으로 들어가니 아침 식사가 이미 준비되어 있었고 율카는 와플을 구워 내고 있었다. 큰 사내 녀석들 셋은 일찍 밭에 나가고 없었다. 레오와 율카는 정오 기차로 윌버에서 돌아오는 아버지를 마중 나가려고 읍으로 마차를 타고 갈 참이었다.

「정오에는 간단한 점심을 먹고, 애들 아빠하고 함께할 저녁 식사에는 거위를 요리할게. 마사가 와서 너를 만나 볼 수 있으면 좋으련만. 마사네는 이제 자동차가 있으니까 예전처럼 그렇게 멀리 떨어져 사는 것같이 느껴지지가 않아. 그런데 그 애 남편이 농사에 미쳐 있는 데다가 매사를 완벽하게 해야만 하는 사람이라, 일요일이 아니면 아무 데도 못 나가는 형편이야. 남자가 아주 잘생겼어. 그리고 언젠가는 부자가 될 사람이야. 하는 일마다 모두 다 잘되거든. 부부가 아기를 여기로 데리고 와서 포대기를 풀어 보여 주는데, 꼭 어린 왕자같이 생겼더라고. 마사가 아기를 어찌나 잘 보살펴 키우는지 말이야. 지금이야 그 애가 먼 곳에서 사는 데에 익숙해졌지만, 처음에는 그 애를 관 속에라도 집어넣는 것처럼 무척이나 울었어.」

양철통에다 우유를 붓고 있는 안나를 제외하고 부엌에는 우리 둘뿐이었다. 안나가 나를 올려다보았다.

「정말이에요, 엄마가 정말 그랬어요. 우린 창피해서 혼났어요. 마사 언니는 굉장히 행복해하는데, 그리고 우리도 모두 기뻐하는데, 엄마는 그냥 울면서 다니는 거예요. 형부가 정말이지 엄마를 꽤 잘 참아 주더라.」

안토니아는 고개를 끄덕여 보이며 혼자 빙그레 웃었다.

「분별없는 짓인 줄은 알면서도 어쩔 수가 없더라고. 난 마사가 여기서 살기를 바랐거든. 그 애는 태어나서부터 단 하룻밤도 내 곁을 떠난 적이 없었어. 마사가 아기였을 때 안톤이 마사에 대해 문제를 삼았다거나 애를 우리 어머니한테 맡기기를 바랐다면 난 결혼하지 않았을 거야. 아니, 할 수가 없었을 거야. 하지만 안톤은 마사를 항상 친자식처럼 사랑했어.」

「마사 언니가 내 친언니가 아니라는 걸 언니가 약혼하고 난 후에야 알았어요.」 안나가 말했다.

오후 3~4시쯤 되자 아버지와 맏아들이 탄 마차가 들어왔다. 나는 과수원에서 담배를 피우고 있다가 그들을 맞으러 나갔고, 안토니아는 집 안에서 달려 나와 마치 몇 달 만에 돌아온 것처럼 두 남자를 껴안았다.

〈아빠〉에게 나는 첫눈에 흥미를 느꼈다. 그는 큰아들 녀석보다도 키가 작았고 허름한 복장에 뒤축이 닳아빠진 장화를 신고 한쪽 어깨를 다른 쪽보다 높이 올리고 다녔다. 그러나 무척 민첩하게 움직였으며 쾌활하고 활기차 보였다. 건장하고 불그레한 혈색에 숱이 많은 검은 머리는 약간 회색이 감돌고 곱슬곱슬한 콧수염에 입술은 빨갰다. 미소를 지어 보이면 그의 아내가 무척이나 자랑스럽게 여기는 건강한 치아가 드러나 보였으며 나를 쳐다보는 장난기 어린 눈은 자기가 나에 대해서 이미 모든 것을 알고 있노라고 말해 주었다. 그는 마치 삶의 무거운 짐에 억눌려 한쪽 어깨가 기우뚱 추어올려진 채 가능한 때마다 삶을 즐기며 살아가는 익살맞은 철학자처럼 보였다. 나를 맞으러 앞으로 다가와서 햇볕에 붉게 탄 털투성이 투박한 손을 내밀었다. 주일 복장을 하고 있었는데 그때 날씨에 너무 두꺼워 보이는 양복을 입고, 풀을 먹이지 않은 흰 셔츠에다 어린애나 매는 것 같은 커다랗고 하얀 점박이가 박힌 파랑 넥타이를 리본으로 매어 늘어뜨리고 있었다. 쿠작은 즉시 자기 여행에 대해 이야기하기 시작했는데, 예의를 지키느라고 영어로 했다.

「여보, 밤거리에 느슨한 쇠줄을 타고 춤추는 여자를 당신도 보았으면 좋았을 텐데. 사람들이 그 여자한테 밝은 불빛을 비쳐 주고, 그 여자는 허공을 둥실둥실 떠다니는 거처럼 보이더라고, 꼭 새처럼. 춤추는 곰도 있어, 옛날 우리 고향에서처럼 말이야. 회전목마도 두어 개 있고, 풍선 타는 사람도 있고, 그리고 커다란 바퀴…… 어, 루돌프, 그걸 뭐라고 하지?」

「회전식 관람차라고 해요.」 루돌프가 굵은 바리톤 음성으로 대화에 끼어들었다. 1미터 90센티미터쯤 되는 키에 젊은 대장장이 같은 가슴을 지닌 청년이었다. 「어젯밤 아버지하고 같이 살롱에 가서 커다란 홀에서 춤췄는데요, 어머니, 난 거기 있던 여자들하고 전부 춤을 췄고, 아버지도 그러셨어요. 그렇게 많은 예쁜 여자들은 평생 처음 봤어요. 보헤미아 사람들 무리였어요, 틀림없어요. 길에서 영어라고는 한 마디도 못 들었어요, 쇼단에 있는 사람들을 제외하고는. 그렇죠, 아버지?」 쿠작은 고개를 끄덕였다.

〈그리고 당신한테 안부 전하는 사람들이 퍽 많아, 여보〉라고 말하면서 나에게 〈죄송합니다, 아내한테 좀 전하겠습니다〉라고 덧붙였다.

우리 모두가 집을 향해 걸어가면서 쿠작은 그동안 있었던 일들과 부탁받은 안부 등을 자기가 유창하게 하는 말로 전해 주었다. 나는 조금 뒤에 떨어져 걸으면서 그들 부부의 관계가 어떤지 알고 싶어졌다. 두 사람은 유머가 담긴 친숙한 사이 같았다. 아내는 추진력이고 남편은 제재력인 것이 분명했다. 비탈길을 올라가면서 남편은 아내가 자기가 말하는 요점을 이해했는지, 자기 이야기를 어떻게 받아들이는지 보려고 아내를 자꾸만 곁눈으로 훔쳐보았다. 나중에 알고 보니 쿠작은 항상 사람을 곁눈으로 쳐다보았다. 마치 마차를 끄는 말이 자기와 멍에를 같이 쓴 말을 쳐다볼 때 곁눈으로 보듯이. 부엌에서 내 맞은편에 앉았을 때조차도 쿠작은 고개를 일부러 시계나 난로 쪽으로 약간 돌리고서 나를 곁눈으로 바라보았지만 그래도 눈빛은 솔직하고 선량했다. 그의 이런 습성은 이중성이 있다거나 비밀을 감추려는 의도를 나타내는 것이 아니라 마차를 끄는 말의 경우와 마찬가지로 단순히 오래된 습관에 기인한 것이었다.

그는 안토니아의 사진 수집을 위해서 루돌프와 함께 찍은 철판 사진을 한 장 가지고 왔고 아이들을 위해서는 사탕을 서너 봉지 사왔다. 내가 덴버에서 사온 커다란 사탕 상자를 안토니아가 보여 주니까 좀 실망하는 표정이었다. 안토니아는 그 전날 밤에 아이들이 사탕 상자에 손도 대지 못하게 했다. 쿠작은 자기가 사온 사탕을 〈나중에 필요할 때를 위해〉 찬장 안에 넣고 나서 내가 사온 사탕 상자를 힐끗 보더니 킬킬 웃으며 〈우리 식구가 적지 않다는 소리를 들으셨나 보군요〉라고 말했다.

쿠작은 화덕 뒤로 가서 자리 잡고 앉아 아내를 포함한 큰 딸들과 어린아이들을 양쪽 다 재미있어하며 바라보았다. 그들이 모두 다 예쁘고 또 모두 다 재미있다고 생각하는 것이 분명했다. 젊은 여자들과 춤을 추면서는 자신이 늙은이라는 사실을 잊고 있었다가 이제 자기 가족들의 존재에 퍽 놀란 듯이 보였고, 그 많은 아이들이 모두 자기 자식들이라는 사실이 재미있고도 우습다고 생각하는 것 같았다. 나이 어린 녀석들이 슬그머니 다가오자 주머니에서 싸구려 인형들, 나무로 만든 어릿광대, 호루라기로 불어 부풀어 오르게 하는 풍선 돼지 등등의 물건들을 계속 꺼내 놓았다. 그리고 꼬맹이 얀을 가까이 오라고 손짓으로 부르더니 귓속말로 뭐라고 소곤거리고는 종이 뱀 한 마리를 꺼내어 아이가 놀라지 않도록 조심스레 건네주고는 아이 머리 너머로 나를 쳐다보면서 〈이 녀석은 수줍음을 잘 타요. 그래서 아무것도 얻어 갖지 못하기 십상이랍니다〉라고 말했다.

쿠작은 보헤미아 말로 된 그림 신문을 한 뭉치 사 가지고 왔다. 신문을 펼쳐 놓고 아내에게 뉴스를 이야기하기 시작했는데 뉴스의 대부분이 주로 어느 한 인물에 관한 것인 듯싶었다. 그가 대단한 관심을 가지고 〈바사코바〉라는 이름을 여러 번 되풀이하기에, 혹시 가수 〈마리아 바사크〉에 대해서 이야기하고 있느냐고 물어보았다.

「당신도 아세요? 혹시, 노래도 들어 보셨나요?」 그는 믿기 어렵다는 듯이 물었다.

들어 본 적이 있노라고 말했더니 쿠작은 바사크의 사진을 손가락으로 가리키면서 그녀가 알프스 산을 오르다가 다리가 부러져 공연 계획을 실행할 수 없게 되었노라고 일러 주었다. 내가 런던과 비엔나에서 그녀가 노래하는 것을 들은 적이 있다고 말하자 쿠작은 무척 반가워하며 파이프를 꺼내 우리 이야기를 더욱 즐기려고 담배에 불을 붙였다. 바사크도 자기처럼 프라하 출신으로 한때 같은 지역에서 살았었으며, 바사크가 학생이었을 때 자기 아버지가 늘 그녀의 구두를 수선해 주었단다. 그러고 나서 그녀의 외양과 인기와 음성에 대해 물었고, 특히 그녀의 발이 얼마나 작은지 내가 눈여겨보았는지 궁금해하였으며 또 내 생각에 그녀가 돈을 많이 모았을 것 같으냐고도 물었다. 그녀가 물론 사치스럽기는 하지만 그래도 늙었을 때 한 푼 없는 빈털터리가 되지 않기 위해서 있는 돈을 전부 낭비하지 않기를 바란다는 말도 했다. 젊은 시절 쿠작 자신이 비엔나에서 일을 한 적이 있었는데 그때 늙고 가난한 예술가들을 무척 많이 보았으며, 그네들은 저녁 내내 맥주 한 잔을 가지고 아껴 마셔야 하는 형편이었고 〈그건 그렇게 좋아 보이지 않았다〉고 말했다.

사내애들이 젖소에서 우유도 짜내고 가축들에게 먹이도 준 다음 집으로 돌아왔을 즈음엔 기다란 식탁이 이미 차려져 있었고 사과로 속을 넣어 갈색으로 요리한 거위 두 마리가 지글지글 탈 듯이 뜨거운 채로 안토니아 앞에 놓여 있었다. 안토니아가 거위를 자르기 시작했고 옆에 앉은 루돌프가 접시들을 돌렸다. 모두한테 음식이 돌아가고 나자 루돌프가 식탁 맞은편에서 나를 바라보았다.

「아저씨, 최근에 블랙 호크에 가보신 적 있으세요? 혹시, 커터네 소식 들으셨나 해서요.」

아니, 그들에 대해서는 전혀 들은 바가 없었다.

「그렇다면, 루돌프, 네가 이야기 좀 해드려야겠다. 식탁에서 하기에는 끔찍한 이야기이긴 하다만. 자아, 모두들 조용히 해라, 루돌프가 그 살인 이야기를 할 테니까!」

「신난다! 살인이다!」 아이들이 모두 흥미진진해진 표정으로 웅성거렸다.

루돌프는 간혹 어머니나 아버지로부터 보충 설명을 받아 가면서 아주 상세하게 그 사건에 대해 이야기했다.

웍 커터와 그의 아내는 안토니아와 내가 너무도 잘 아는 바로 그 집에서 우리가 너무도 잘 아는 식으로 살고 있었다. 그들은 아주 늙을 때까지 살았다. 안토니아의 말에 의하면 커터는 아주 쭈글쭈글하게 오그라들었는데 수염하고 머리 색깔이 전혀 변하지 않았기 때문에 꼭 조그맣고 늙은 노란 원숭이 같아 보였단다. 커터 부인은 우리가 알고 있던 그대로 변함없이 붉은 혈색에 사나운 눈을 지니고 있었으나 세월이 흐르면서 중풍에 걸려 이따금씩 고개를 까닥거리던 것이 노상 까닥거리게 되었다. 손도 심하게 떠는 바람에 사기그릇에다 그림을 그려 그릇을 흉하게 해놓던 일도 더 이상 할 수 없게 되었다. 커터 내외는 늙어 갈수록 자기들 〈재산〉의 최종 처분 문제에 대해서 점점 더 자주 말다툼을 했다. 네브래스카에서 새로이 통과된 법에 의하면 남편이 죽은 후 아내는 무조건 남편 재산의 3분의 1을 물려받게 되어 있었다. 커터는 자기 아내가 자기보다 더 오래 살게 될까 봐, 그리하여 결국에는 자기가 항상 그토록 격렬하게 증오해 왔던 처가 〈인간들〉이 자기 재산을 물려받게 될까 봐 지독히 고통스러워했다. 이 문제로 그 둘이 싸우는 소리는 빼곡히 들어찬 삼나무 울타리 밖으로 새어 나갔고 누구든지 그 집 앞에서 얼쩡거리며 귀를 기울이면 얼마든지 싸움 소리를 들을 수 있었다.

2년 전 어느 날 아침 커터는 철물점에 가서 자기가 개 한 마리를 쏘아 죽이려고 한다며 권총 한 자루를 산 다음 한마디 덧붙였다. 〈기왕 총으로 쏘아 죽이는 김에 늙은 고양이 한 마리도 쏘아 죽일 생각이다.〉 (이 말에 아이들이 숨을 죽이고 킬킬거리는 통에 루돌프의 이야기가 잠시 중단되었다.)

커터는 철물점 뒤로 나가 과녁을 세워 놓고 1시간 남짓 사격 연습을 하고 나서 집으로 돌아갔다. 그날 저녁 6시, 남자들 서너 명이 저녁을 먹으러 집으로 가는 길에 커터네 집 앞을 지나가다가 권총 소리를 들었다. 걸음을 멈추고 의아해하며 서로 마주 보고 있는데 2층 창문이 깨지면서 또 한 번 총소리가 났다. 집 안으로 달려 들어가 보니 웬 커터가 목이 찢겨 벌어진 채 2층 자기 침실 소파에 누워 있었고 머리 옆에 둘둘 말아 놓은 홑이불 위로는 피가 흘러내리고 있었다.

「들어오시오, 여러분.」 커터가 힘없이 말했다. 「난 살아 있소, 보시다시피. 그리고 정신도 멀쩡하오. 당신들은 내가 내 여편네보다 더 오래 살았다는 것을 입증해 줄 증인들이오. 내 여편네는 자기 방에 있소. 지금 당장 가서 살펴봐 주시구려. 전혀 착오가 없도록 말이오.」

그 자리에 있던 사람들 가운데 하나가 전화로 의사를 불렀고, 그러는 동안 나머지 사람들은 커터 부인의 방으로 가보았다. 부인은 실내복 차림으로 침대에 누워 있었다. 심장에 직통으로 총알을 맞고서. 낮잠을 자고 있는 사이 남편이 들어와서 권총을 가슴에 들이대고 쏘았던 것이 분명했다. 실내복이 화약으로 인해 타 있었다.

사람들은 겁에 질려서 다시 커터에게 달려갔다. 커터는 눈을 뜨고 또렷하게 말했다.

「여러분, 내 여편네는 완전히 죽었소. 나는 이렇게 의식이 있고. 이제 나의 업무는 정리되었소.」

그리고 나서 루돌프가 말했다.

「커터는 더 이상 버티지 못하고 그 자리에서 죽어 버렸어요.」

검시관은 커터의 책상 위에서 그날 오후 5시에 쓴 것으로 날짜를 밝힌 편지 한 장을 발견했다. 편지에다 커터는 자기가 지금 아내를 쏘아 죽였노라고 기술했고, 아내가 자기보다 먼저 죽었으므로 그녀가 살아생전 비밀리에 만들어 놓았을지도 모르는 그 어떠한 유서도 무효라고 지적했다. 그가 써놓은 대로 그는 6시에 자신을 쏘았고, 혹시 기운이 남으면 유리창에 대고 한 방 쏘아서 지나가던 사람들이 집 안에 들어와 자신의 〈목숨이 꺼지기 전에〉 자기를 보아 주기를 바랐다.

「글쎄, 그 사람이 그토록 잔인한 사람이라고 생각이나 했겠어?」 이야기가 끝나자 안토니아가 나를 돌아보며 한 말이었다. 「자기가 죽은 후에 그 불쌍한 여자가 자기 돈으로 조금이라도 편하게 살까 봐!」

「아저씨, 남한테 덕을 베풀지 않으려고 자기가 죽어 버리는 사람 이야기, 이것 말고 또 들어 본 적 있으세요?」 루돌프가 물었다.

나는 들어 보지 못했노라고 인정했다. 변호사라면 누구나 증오라는 것이 그 얼마나 막강한 동기가 될 수 있는지 수없이 배우게 되지만, 내가 기억하고 있는 법적 사건들 가운데 커터의 경우에 대응할 만한 것은 하나도 없었다. 커터의 재산이 얼마나 되느냐고 루돌프에게 물었더니 10만 달러가 조금 넘는다고 했다.

쿠작이 곁눈질로 나에게 눈을 찡긋해 보였다. 「변호사들, 그이들이 그 돈의 상당한 액수를 먹었을 겝니다. 분명해요.」

10만 달러, 그렇게 힘들게 긁어모아 오다가 결국에는 커터 자신이 목숨까지 희생한 재산이었다!

저녁 식사 후 쿠작과 나는 과수원에서 산책을 하고 나서 담배를 피우려고 풍차 방앗간 옆에 앉았다. 그는 내가 자기 인생을 알아 두어야만 한다는 듯이 자기가 살아온 이야기를 들려주었다.

쿠작의 아버지는 구두장이였고 삼촌은 모피공이었는데 쿠작 자신은 맏아들이 아니었기에 삼촌 밑에서 모피공의 견습공이 되었다. 그러나 친척들을 위해 일을 하다가는 장래라는 것이 없을 터였으므로 견습 기간을 마치자 비엔나로 가 커다란 모피상에서 일하며 돈을 많이 벌었다. 하지만 놀기 좋아하는 젊은이라면 비엔나에서는 도저히 돈을 저축할 수 없었다. 젊은이가 낮에 번 돈을 매일 밤 써버릴 수 있는 즐거운 방법이 너무도 많았다. 3년 후에 그는 뉴욕으로 갔다. 피혁 공장 노동자들이 파업 중이라 공장 측에서는 높은 임금을 지불하고 있었던 것인데 쿠작은 공장 측이 이길 것이라는 소리를 주워듣고 피혁 공장에서 일을 시작했다.

파업자 측이 이겼고 그와 동시에 쿠작은 블랙리스트에 올랐다. 수중에 2~3백 달러가 아직 남아 있었으므로 플로리다로 가서 오렌지를 재배하기로 결정했다. 그는 자신이 오렌지를 재배하고 싶어 한다고 항상 생각해 왔던 것이다! 2년째 되던 해 지독한 서리로 어린 나무들이 모두 죽어 버렸고 그는 말라리아에 걸렸다. 그 후 사촌 안톤 옐리넥을 만나서 무슨 일거리라도 찾을 수 있을지 알아보려고 네브래스카에 왔다. 그리고 주위를 둘러보기 시작했을 때 안토니아가 눈에 띄었으며 안토니아야말로 항상 찾고 있었던 여성형이었다. 둘은 즉시 결혼했다. 결혼반지를 사기 위해서 사촌한테 돈을 꾸어야 했었지만.

「무척 힘든 일이었죠, 여기 이 땅을 갈아 처음으로 곡식을 자라게 하는 일 말입니다.」 모자를 뒤로 밀어젖히고 희끗희끗한 머리를 긁으면서 계속 말을 이어 나갔다. 「가끔 이 땅에 너무 화가 나서 끝을 내고 싶었지만, 아내가 끝까지 가자고 늘 말했어요. 아기들은 아주 빠르게 생기고, 그래서 어차피 다른 곳으로 옮기기도 힘들고요. 아내 말이 옳았어요, 아주 옳았어요. 이젠 여기 완전히 우리 겁니다. 그 당시 1에이커에 20달러를 주고 샀는데 지금은 1백 달러에 사겠다는 사람이 있어요. 10년 전에 땅을 또 샀는데 그거도 이제 거의 다 갚았고요. 우리는 사내애들이 넉넉해서 밭일도 많이 할 수 있어요. 참말이지, 안토니아는 가난한 남자에게는 아주 좋은 아내지요. 나한테 잔소리를 심하게 하지도 않고요. 어쩌다 내가 읍에 가서 맥주를 너무 많이 마시고 돌아와도 아무 말 하지 않아요. 아무것도 묻지 않고요. 우리 부부는 처음 사귀었을 때처럼 항상 사이가 좋아요. 아이들 때문에 우리 부부가 다투는 일도 없고요. 다른 집들 보면 가끔 그런 일도 있던데.」 이쯤에서 파이프를 새로 붙여 만족스레 뻐억뻐억 빨았다.

쿠작은 함께 시간을 보내기에 참으로 즐거운 친구였다. 나의 보헤미아 지방 여행에 대해서, 비엔나와 링스트라세 거리와 극장에 관해서 많은 질문을 해댔다.

「어유! 거기 다시 가보고 싶어요. 사내애들이 농사를 지을 나이가 되면요. 어떤 때는 고국에서 온 신문을 읽으면 그냥 그대로 달아나고 싶어져요.」 짤막하게 웃음을 터뜨리며 고백했다. 「내가 이렇게 자리 잡고 안정된 생활을 할 줄은 꿈에도 몰랐습니다.」

쿠작은 안토니아의 말마따나 아직도 도회지 사람이었다.

하루 일이 끝난 후 그는 극장 구경, 불 밝은 밤거리, 음악, 도미노 게임 등을 즐겼다. 그의 사교성은 물욕에 대한 본능보다 더 강했다. 그는 여러 사람들과 어울려 즐겁게 그날그날을 하루씩 살아가고 싶어 했다. 그러나 그의 아내는 그를 여기 이 농장에다, 이 세상에서 가장 쓸쓸한 장소에다 붙들어 놓는 일에 성공했다.

이 자그마한 남자가 저녁마다 여기 이 풍차 옆에 앉아 파이프를 피우며 주위의 정적에 펌프 돌아가는 소리, 꿀꿀거리는 돼지 소리, 간혹 쥐한테 놀라 요란하게 꼬꼬거리는 암탉 소리에 귀 기울이는 모습을 눈앞에 떠올릴 수 있었다. 내가 보기에 쿠작은 안토니아의 특별한 인생 목적을 달성하는 데 필요한 도구 역할을 해온 것 같았다. 지금의 생활도 물론 훌륭한 삶이었지만, 그것은 쿠작이 원했던 종류의 삶은 아니었다. 한 사람에게는 알맞은 삶이 두 사람을 위해서도 과연 알맞은 삶이 될 수 있을는지 궁금한 생각이 들었다.

자신이 항상 익숙해 있었던 재미있는 친구들과의 교류 없이 살아가는 것이 힘들지 않으냐고 물어보았다. 그는 파이프를 기둥에다 두들겨 재를 떨어내고 한숨을 내쉬더니 파이프를 주머니에 넣었다.

「처음에는 너무 쓸쓸해서 미치는 줄 알았습니다.」 그가 솔직하게 말했다. 「하지만 아내가 무척 다정한 여자라서, 항상 있는 힘을 다해 나를 편하게 보살펴 주었지요. 이제는 별로 나쁘지 않아요. 아들 녀석들하고도 같이 재밌게 어울릴 수 있으니까요. 벌써 그렇게 됐군요!」

집으로 같이 걸어오면서 쿠작은 모자를 쾌활하게 한쪽 귀 뒤로 갸우뚱 젖히고는 달을 올려다보았다. 그리고 마치 방금 잠에서 깨어난 사람처럼 나지막한 소리로 중얼거렸다.
「허! 내가 고향을 떠난 지가 어느새 26년이 되었다니!」

3

다음 날 점심을 먹고 난 후 나는 작별 인사를 하고 블랙 호크행 기차를 타러 해스팅 역으로 마차를 타고 떠났다. 떠나기 전에 안토니아와 아이들이, 꼬맹이들까지도, 내 마차를 둘러싸고 모여 정다운 얼굴로 나를 올려다보았다. 레오와 암브로쉬는 먼저 달려가서 대문을 열었다. 언덕 밑에 이르러 뒤를 돌아다보니 모두들 그대로 풍차 옆에 모여 서 있었다. 안토니아가 앞치마를 흔들어 보였다.

대문에서 암브로쉬는 마차 바퀴에 팔을 얹고 머뭇거렸다. 레오는 울타리로 빠져나가 벌판으로 달려갔다.

「레오는 저런다니까요.」 형인 암브로쉬가 어깨를 흠칫해 보이면서 말했다. 「저 앤 미친놈 같아요. 아마 아저씨가 떠나는 게 섭섭한가 봐요. 아니면 샘이 나서 저러는지도 모르고요. 저 녀석은 어머니가 수선을 피우면서 반기는 사람에 대해선 시기를 한다니까요. 신부님한테까지도요.」

나는 머리도 좋고 맑은 눈에 듣기 좋은 목소리를 지닌 이 젊은 친구와 헤어지기가 싫었다. 햇볕에 탄 목과 어깨하며 셔츠가 바람에 날리면서 모자도 쓰지 않은 채 거기 그렇게 서 있는 암브로쉬의 모습은 아주 의젓한 남자로 보였다.

「너하고 루돌프가 내년 여름에 나하고 같이 나이어브래라로 사냥 가기로 한 거 잊지 마라.」 내가 말했다. 「추수 후에 너회를 보내 주겠다고 너네 아버지가 허락하셨으니까.」

「제가 잊어버릴 리가 있나요. 그렇게 근사한 약속은 처음 받아 보는걸요.」 그가 말하면서 빙그레 웃었다. 그러고는 한마디 덧붙이면서 얼굴을 붉혔다. 「아저씨가 우리한테 왜 이렇게 잘해 주시는지 모르겠어요.」

「아니, 알아. 넌 알아!」 말고삐를 모아 쥐면서 내가 대꾸했다.

그는 나의 이 말에 아무런 대답도 하지 않고 다만, 기쁨과 애정을 숨기지 않은 채 멀어져 가는 나에게 미소를 보냈다.

블랙 호크에서 보낸 하루는 실망스러웠다. 대부분의 옛 친구들은 이미 세상을 떠났거나 다른 곳으로 이사해 버리고 없었다. 지나가는 길에 보니 나에게는 전혀 아무런 의미도 없는 낯선 어린아이들이 할링네 커다란 마당에서 놀고 있었고 백양나무는 베어져 없어졌고 대문을 지키며 서 있던 커다란 포플러는 그루터기만 덩그러니 남아 있었다. 나는 서둘러서 할링네 집을 지나갔다. 나머지 오전 시간은 안톤 옐리넥과 함께 그의 술집 뒷마당에 있는 사시나무 아래에서 보냈다. 호텔에서 점심을 먹다가 아직도 개업을 하고 있는 옛 친구 변호사 한 명을 만나 그의 사무실로 가서 커터 사건을 이야기했다. 그와 헤어진 후 야간 급행열차가 도착할 때까지 무엇을 하면서 시간을 메울지 막막했다.

읍의 북쪽으로 땅이 너무 척박해서 한 번도 경작되지 않아 옛날 그 길고 붉은 풀이 언덕과 골짜기에 아직도 무성히 자라고 있는 벌판까지 걸어갔다. 거기 그 벌판에 이르자 비로소 다시금 마음이 평온해졌다. 머리 위 하늘은 가을의 형언할 수 없는 푸른색으로 구름 한 점 없이 밝고 에나멜처럼 단단해 보였다. 남쪽으로는 예전에는 그토록 커 보였던 암갈색 강벼랑이 내려다보였고 내가 생생히 기억하고 있는 그 연한 황금빛 옥수수밭이 끝없이 펼쳐져 있는 광경도 눈에 들어왔다. 러시아 엉겅퀴가 바람결에 언덕 위로 불어와 가시 철망에 바리케이드처럼 쌓여 있었고, 소들이 다니는 길을 따라 미역취 풀이 벌써 금빛 줄무늬를 띠고 부드러운 회색빛으로 시들어 가고 있었다. 어느새 시골 읍에서 느꼈던 그 기이한 우울감에서 벗어나 마음은 즐거운 생각으로 가득 찼다. 쿠작네 사내애들을 데리고 배드랜드를 거쳐 스팅킹워터까지 올라갈 계획인 여행을 떠올렸다. 쿠작 집안에는 내가 앞으로 퍽 오랫동안 함께 놀 수 있는 아이들이 넉넉하게 있었다. 사내애들이 모두 어른이 된 후에도 언제나 나의 벗이 될 쿠작이 있지 않은가! 나는 쿠작과 같이 불 밝은 밤거리를 끝없이 거닐 생각이었다.

그 거친 벌판을 배회하다가 블랙 호크에서 북쪽으로 뻗어나 우리 할아버지 농장으로 이어지고, 다시 쉬메르다네 집을 지나 노르웨이 부락으로 통하던 최초의 신작로 일부를 우연찮게 발견했다. 다른 곳은 고가 도로가 생겼을 때 모두 경작지로 변해 버렸고, 목초지 울타리 안으로 1킬로미터가 채 못 되는 이 지역만이 사냥개한테 쫓기는 산토끼처럼 정신없이 구불구불 맴을 돌면서 그 넓은 벌판을 들짐승같이 가로질러 이어졌던 그 옛날 신작로 중 아직까지 남아 있는 유일한 부분이었다.

평지에는 신작로의 흔적은 거의 모두 사라져 버렸고 풀숲에 희미한 자국만 남아 있어서 낯선 사람이라면 도저히 알아볼 수 없게 되었다. 그러나 신작로가 골짜기를 가로질러 간 자리는 쉽사리 눈에 띄었다. 비가 마차 바퀴 자리를 깊숙이 파놓아서 골이 파인 자리에는 풀이 자라지 않기 때문이었다. 농가의 마차들이 미끈한 말 엉덩이 근육이 뭉클거릴 정도로 말고삐를 거세게 잡아당겨서 도랑을 비틀거리며 벗어나 경사 길을 오르던 등성이에는 마차 바퀴 자리가 거대한 곰의 발톱이 할퀴어 놓은 흔적처럼 보였다. 나는 그 자리에 앉아 기울어 가는 햇빛 속에서 장밋빛으로 변하는 건초 더미를 바라보았다.

이 길은 그 옛날, 그날 밤, 안토니아와 내가 블랙 호크에서 기차를 내려 어디로 가는지도 모르는 채 궁금해하며 밀짚 위에 누워 마차를 타고 지나가던 바로 그 길이었다. 지금도 눈만 감으면 어둠 속에서 덜거덕거리며 달리던 마차 소리가 들리다가 다음 순간 그 소리는 모든 것을 지워 버리는 신기한 망각의 세계로 사라지고 만다. 그날 밤에 느꼈던 감정들은 너무도 생생해서 손만 뻗으면 어루만질 수 있을 정도였다. 나는 비로소 나 자신으로 되돌아온 기분이 들었으며, 한 인간의 경험의 범주가 그 얼마나 작은 원을 그리고 있는지 깨달은 느낌이었다. 안토니아와 나에게 이 길은 운명의 길이었으며 또한 우리 모두에게 우리의 앞날을 미리 결정해 주었던, 어린 시절의 온갖 시간들을 가져다준 길이기도 했다. 이제 나는 바로 이 길이 우리를 다시 연결시켜 주고 있다는 것을 깨달았다. 우리가 잃어버린 것이 무엇이었든, 우리는 말로는 전달이 불가능한 그 소중한 과거를 함께 소유하고 있었다.

역자 해설
틀 없는 세계

  윌라 캐더는 버지니아 주에서 태어나 열 살 때 네브래스카로 이주하여 황량한 대초원에서 유년 시절을 보냈다. 대학 입학 전까지의 이 기간 동안 캐더는 스웨덴, 덴마크, 노르웨이, 보헤미아 등 유럽 각지에서 이민 온 이웃들과 함께 지냈고, 그들로부터 들은 여러 이야기들을 훗날 자신의 장편소설 주제로 사용한다.

  녹색을 즐길 수 있었던 버지니아에서 〈철판 같은〉 땅덩이뿐인 네브래스카로의 전이를 캐더가 반갑게 받아들이지 못했던 것은 이상할 것이 전혀 없다. 이상한 것은, 그렇게 네브래스카를 떠나고 싶어 했던 캐더가 자신의 여러 대표작 속에서 네브래스카의 황량한 초원에 큰 몫을 부여하고 있다는 사실이다. 작가는 황량한 초원의 아름다움, 황량한 초원에 내재된 고귀함과 숭고함을 〈대지의 의인화〉라는 과정을 통해 불굴의 정신으로 고통과 난관을 감내하며 꿋꿋이 살아가는 이민자들과 중첩시킨다. 그렇게 해서 〈네브래스카 소설〉이라 불리는 거작들이 탄생한 것이다. 버리고 떠났으나 끝내는 품어 안게 된 네브래스카는 이렇듯 작가의 내면의 뿌리가 되었다.

캐더는 치열한 작가이다. 대학 시절부터 시작된 글쓰기는 서평, 수필, 단편, 시 등을 거쳐 소설로 이어진다. 〈소설을 쓴다는 것, 소설을 쓸 수 있도록 해주는 삶을 산다는 것······ 그것 이외에 중요한 일이라고는 아무것도 없다*Nothing mattered··· but writing books, and living the kind of life that made it possible to write them*〉라고 캐더는 말한다.

일상의 삶도 평범하지 않았고, 타협과 중용이 들어설 자리가 없어 보였다. 배우 이사벨 맥클룽Isabelle McClung과 40여 년간 연인 관계와 유사한 관계를 이어 갔고, 『에브리워먼*Everywoman*』의 편집인 이디스 루이스Edith Lewis와의 우정도 1947년 캐더가 세상을 떠날 때까지 40년간 계속되었다. 여성들과의 이같이 각별한 친분 관계는 캐더의 레즈비언 가능성과 연결되고 있으며, 『퀴스토리*Quistory*』에 의하면 캐더는 일생 동안 레즈비언이었다고 한다.

〈네브래스카Nebraska〉는 북미 인디언 언어에서 〈평평한 강〉이라는 의미를 지니고 있다. 그리고 네브래스카 주의 속칭은 〈콘허스커 주The Cornhusker State〉이다. 이 둘을 합치면, 네브래스카는 평평하게 펼쳐진 끝없는 초원과 끝이 없어 보이는 옥수수밭을 떠올리게 하는 지역이다. 바로 여기가 『나의 안토니아*My Ántonia*』의 출생지이며 캐더가 안토니아 쉬메르다를 심어 놓은 곳이다.

옥수수 심고 밀 타작하고, 또 옥수수 심고 밀 타작하고······ 노동을 삶의 젖줄로 받아들이며 살아가는 평범한 미국인들과, 근거가 희박한 희망을 품고 고국을 떠나 척박한 땅에 온몸을 던져야 하는 이민자들 중에서 캐더는 후자를 주인공으로 선택한다. 당연한 선택이다. 〈물 건너온〉 개척자들과 자국내에서 거주지를 옮겨 온 개척자들 사이에는 엄청난 차이가 있다. 이민자들의 개척 과업에는 거친 땅을 일구어 내는 데 필요한 육체적 노동의 투자 이외에, 낯선 문화 속에서 낯선 사람들과의 관계를 일구어 내는 힘겨운 정신적 노동이 요구되기 때문이다. 작품의 주인공은 그러므로 〈물 건너온〉 안토니아여야 했다.

『나의 안토니아』는 흔히 전통적이라 불리는 형식으로 전개되지 않는다. 〈서문〉이라는 장치를 설정해 놓고 대변인 짐 버든을 통하여, 안토니아에 대한 이야기에는 〈일정한 형식도 없을〉 것이라고 못 박아 놓음으로써, 캐더는 〈전개의 틀〉로부터 자유로워진다. 그리하여 혹독한 겨울과 무서운 굶주림이 반복되는 초원의 단조로움을 불시에 깨뜨릴 수 있도록 기겁할 생뚱한 에피소드들을 임의로이 삽입하는 것이 가능하며, 그러는 가운데 자살로까지 이어질 만큼 비참한 이민자들의 처절한 생활사는 슬며시 모든 〈틀〉을 떨쳐 버리고 오로지 〈생명의 힘〉으로 〈대지와 인간의 관계〉, 〈인간과 인간의 관계〉 속에 자연스럽게 엮여 들어간다.

『나의 안토니아』는 캐더가 체험한 내용을 바탕으로 하고 있다. 안토니아의 원형은 캐더의 친구인 보헤미아 출신 애니 살리덱이고, 안토니아의 아버지 쉬메르다 씨의 권총 자살은 (자살 장소인 헛간까지도 동일하게) 애니의 아버지 살리덱 씨의 권총 자살을 재현하고 있으며, 애니가 마이너 씨 집에 하녀로 들어가듯이 캐더는 안토니아를 할링 씨 집의 하녀로 들여보낸다. 음악가는 아니지만 음악을 생활에서 떼어 놓지 못하는 할링 부인은 음악 애호가로 알려진 캐더의 일면을 대변하고 있다. 그리고 짐 버든의 할아버지는 (캐더 집안의 종교인)

침례교회 집사이고, 짐 버든이 (캐더와 비슷한 나이에) 시골집을 떠나 옮겨 간 〈블랙 호크〉는 캐더가 (짐 버든과 비슷한 나이에) 웹스터 카운티를 떠나 옮겨 간 〈레드 클라우드〉이다.

한 소년이 열 살 때 열네 살 먹은 한 소녀를 마음에 들어 한다. 〈마음에 들어 하는〉 그 마음은 소년이 중년의 신사가 될 때까지 이어진다. 그 과정에서 일어나는 잔잔하고 애잔하고 아름다운 이야기들이 『나의 안토니아』 안에 들어 있다. 읽는 이가 이 작품을 영원히 잊지 못하는 까닭은 초원의 황폐함과 숭고함이 이 사랑을 요약하는 상징이기 때문이리라. 모든 사랑이 그렇듯이.

전경자

윌라 캐더 연보

1873년 출생 12월 7일 미국 버지니아 주 윈체스터 부근의 윌로우 쉐이드 농장에서 보안관 대리 찰스 F. 캐더Charles F. Cather와 버지니아 보크 캐더Virginia Boak Cather 사이 7명의 자녀 중 맏이로 태어남.

1883년 10세 친할아버지의 농장이 있는 네브래스카 주 웹스터 카운티로 캐더 일가가 이주함(새로운 삶을 시작하려는 개척자들이 스웨덴, 독일, 보헤미아 등 유럽 각지에서 미국 서부 지역으로 이민을 오던 시기).

1884년 11세 네브래스카의 레드 클라우드로 이사. 이곳은 이후 그녀의 여러 소설들에서 자주 언급되는 배경이 됨. 부친이 보험사 겸 부동산 사무실을 개업함. 초등학교 교육은 할머니에게서 사사함. 이 시기에 자주 말을 타고 우편물 배달 심부름을 하면서 이민자들의 삶을 직접 관찰함. 1921년 인터뷰에서 캐더는, 여덟 살에서 열여섯 살까지는 작가의 삶을 형성하는 지극히 중요한 시기이며 자신의 경우는 〈네브래스카로의 이주〉가 이에 해당한다고 하였음.

1890년 17세 가을 네브래스카의 링컨으로 가서 네브래스카 대학교의 예비 학교Latin School에 입학하여 어학 공부를 함.

1891년 18세 3월 토머스 칼라일Thomas Carlyle에 관한 논문이 링컨 시의 신문 「네브래스카 스테이트 저널Nebraska State Journal」에 게재됨. 이를 계기로 자연 과학에 대한 취미가 문학으로 전향됨. 네브래스카 대학교 영문과 입학.

1892년 19세 보스턴 잡지 『마호가니 트리*The Mahogany Tree*』에 단편소설 「피터Peter」 게재. 이 단편은 후에 『나의 안토니아*My Ántonia*』의 일부로 사용됨.

1894년 21세 네브레스카 대학교 영문과 졸업. 학생 잡지 『헤스퍼리안*Hesperian*』에 시, 비평 등을 발표하기 시작하며 학생 신문 칼럼니스트로 활동. 1896년까지 레드 클라우드에 있는 집에 머묾.

1896년 23세 1897년까지 펜실베이니아의 피츠버그에 머물며 잡지 『홈 먼슬리*The Home Monthly*』 편집자로 일함.

1897년 24세 1901년까지 피츠버그의 『데일리 리더*Daily Leader*』에서 편집자 겸 드라마 평론가로 일함.

1899년 26세 유명 배우 이사벨 맥클룽Isabelle McClung과 피츠버그에 거주.

1901년 28세 1902년까지 피츠버그의 센트럴 하이 스쿨Central High School에서 학생들에게 영어와 라틴어를 가르침. 여가 시간에는 단편과 시를 씀.

1903년 30세 시집 『4월의 황혼*April Twilights*』 출간. 피츠버그의 앨리게니 하이 스쿨Alleghany High School에서 교사 생활을 함.

1905년 32세 『매클류어스 매거진*McClure's Magazine*』에 「조각가의 장례식The Sculptor's Funeral」과 「폴의 경우Paul's Case」가 게재됨. 단편집 『트롤 요정의 정원*The Troll Garden*』 출간.

1906년 33세 5년여의 교사 생활을 마침. 1912년까지 『매클류어스 매거진』에서 편집인으로 일함. 미국 동부에서 교세가 커지기 시작한 신흥 기독교인 크리스천 사이언스Christian Science의 창시자 메리 베이커 에디Mary Baker Eddy의 전기 집필을 위해 보스턴의 한 호텔에 머물면서 취재 활동을 함. 그 전기가 『매클류어스 매거진』에 게재되어 선풍적인 인기를 끌고 후에 단행본으로 출간됨. 이 기간 중 뉴잉글랜드 지방

주의 작가 세라 온 주잇Sarah Orne Jewett을 만나 문학적 조언을 받게 되는데, 그녀는 캐더에게 잡지사를 그만두고 글쓰기에 전념하라고 충고함.

1908년 35세 평생 친구인 이디스 루이스Edith Lewis의 아파트로 이사, 이후 40년간을 뉴욕의 아파트에서 함께 삶.

1912년 39세 첫 장편소설 『알렉산더의 다리*Alexander's Bridge*』 출간. 이 처녀작 출간을 계기로 캐더는 잡지사를 그만두고 전업 작가 생활을 시작함.

1913년 40세 『오, 개척자들이여!*O Pioneers!*』 출간.

1915년 42세 『종달새의 노래*The Song of the Lark*』 출간. 캐더에 의하면, 이 제목은 시카고 미술관에 전시된 「이류 그림」 화폭에 담긴 〈들판에서 새소리에 귀를 기울이는 시골 처녀의 모습〉에서 유래했다고 함.

1917년 44세 모교인 네브래스카 대학교에서 그동안의 문학적 업적으로 명예 문학 박사 학위를 받음. 이후에 미시간, 캘리포니아, 컬럼비아, 예일, 프린스턴 대학교에서도 각기 명예 문학 박사 학위를 받음.

1918년 45세 『나의 안토니아』 출간.

1920년 47세 단편집 『젊음과 빛나는 메두사*Youth and the Bright Medusa*』 출간.

1922년 49세 『우리 중의 하나*One of Ours*』 출간. 12월 27일 영국 국교로 귀의함.

1923년 50세 『방황하는 부인*A Lost Lady*』 출간. 이 작품은 1925년과 1934년에 영화로 만들어짐. 『우리 중의 하나』로 퓰리처상 수상.

1925년 52세 『교수의 집*The Professor's House*』 출간.

1926년 53세 『나의 철천지원수*My Mortal Enemy*』 출간.

1927년 54세 뉴멕시코 일대의 웅대한 자연환경을 그린 『대주교에게 죽음이 오다*Death Comes for the Archbishop*』 출간.

1930년 57세 『대주교에게 죽음이 오다』로 미국 예술원으로부터 하웰스상 수상.

1931년 58세 『바위 위의 그림자들*Shadows on the Rock*』 출간.

1932년 59세 단편집 『보이지 않는 운명*Obscure Destinies*』 출간. 뛰어난 문학적 업적으로 프랑스 문학상인 페미나상 수상.

1935년 62세 『루시 게이하트*Lucy Gayheart*』 출간.

1936년 63세 평론집 『40세 이하는 아니다*Not Under Forty*』 출간.

1940년 67세 마지막 장편소설 『사파이러와 노예 소녀*Sapphira and the Slave Girl*』 출간.

1944년 71세 미국 국립 예술원으로부터 일생에 걸친 문학적 업적을 표창하는 예술원상 수상.

1947년 74세 4월 24일 뉴욕의 자택에서 뇌출혈로 세상을 떠남. 당시 미혼이었음. 뉴햄프셔 주 제프리 묘지에 매장. 네브래스카 최초의 여성 유명 인사였던 윌라 캐더의 묘비문에는 〈당신의 작품은 이 나라와 온 국민에게 주는 불후의 선물이며 그 안에 담겨 있는 광대한 정신의 진실과 박애는 길이 보전될 것입니다〉라고 새겨져 있음.

1948년 사후 소설집 『늙은 미인*The Old Beauty*』 출간.

1949년 평론집 『윌라 캐더: 평론집*Willa Cather: On Writing*』 출간.

1955년 레드 클라우드에 〈윌라 캐더 재단〉 설립. 재단 설립의 목적은 캐더의 삶과 작품 연구를 지원하고 그녀의 고향 레드 클라우드의 여러 유적지를 관리 및 보존하는 것임.

1973년 미국 우정국에서 캐더의 얼굴을 담은 우표 발행.

1981년 미국 조폐 공사에서 캐더의 얼굴을 담은 반 온스 금화 메달 제조.

1986년 네브래스카 대학은 기숙사 건물을 〈캐더와 파운드〉라 명명함(일생을 영문학과 교수로 지낸 루이즈 파운드는 대학 시절 캐더의 절친한 친구였음).

열린책들 세계문학 195 나의 안토니아

옮긴이 전경자 1945년 서울에서 태어났다. 성심여자대학교 영어영문학과를 졸업하고 미국 텍사스 오스틴 대학교에서 문학 박사 학위를 받았으며 현재 가톨릭대학교 명예 교수로 있다. 1995년, 1989년 한국문예진흥원 한국문학상 번역 부문에서 각기 대상과 장려상을 수상하였으며, 이 밖에도 〈코리아 타임즈 한국문학번역상〉을 세 차례 수상한 바 있다. 저서로 시집 『아무리 아니라 하여도 혹시나 그리움 아닌가』가 있고 옮긴 책으로 『붉은 왕세자빈』, 『사랑하는 사람을 사랑하는 방법』, 『메카로 가는 길』, 『위안부』(공역), 『광막한 사르가소 바다』, 『우리가 얼굴을 가질 때까지』, 『멀리 울리는 뇌성』, 『나르니아 연대기』(전7권), 『헤아려본 슬픔』, 『스크루테이프 편지』, 『죽으며 살리라』, 『파리 대왕』, 『여자가 이별을 말할 때』, 『네토츠카의 사랑』, 『마르셀 프루스트』 등 다수가 있으며 영역으로 『손님 *The Guest*』(공역), 『『총독의 소리』 외 현대 한국 단편선 *The Voice of the Governor General and other Stories of Modern Korea*』, 『『나의 가장 나종 지니인 것』 외 박완서 단편선 *My Very Last Possession*』, 『불놀이 *Playing with Fire*』, 『무기의 그늘 *The Shadow of Arms*』, 『태평천하 *Peace Under Heaven*』, 『천둥소리 *The Sound of Thunder*』, 『회색인 *A Grey Man*』, 『이어도 *Iyo Island*』 등이 있다.

지은이 윌라 캐더 **옮긴이** 전경자 **발행인** 홍예빈·홍유진
발행처 주식회사 열린책들 **주소** 경기도 파주시 문발로 253 파주출판도시
전화 031-955-4000 **팩스** 031-955-4004 **홈페이지** www.openbooks.co.kr
Copyright (C) 주식회사 열린책들, 2011, *Printed in Korea.*
ISBN 978-89-329-1195-3 04840 **ISBN** 978-89-329-1499-2 (세트)
발행일 2011년 12월 25일 세계문학판 1쇄 2022년 12월 15일 세계문학판 5쇄

이 도서의 국립중앙도서관 출판예정도서목록(CIP)은 서지정보유통지원시스템 홈페이지(http://seoji.nl.go.kr)와 국가자료공동목록시스템(http://www.nl.go.kr/kolisnet)에서 이용하실 수 있습니다.(CIP제어번호:CIP2011005389)

열린책들 세계문학
Open Books World Literature

- 001 **죄와 벌** 표도르 도스또예프스끼 장편소설 | 홍대화 옮김 | 전2권 | 각 408, 512면
- 003 **최초의 인간** 알베르 카뮈 장편소설 | 김화영 옮김 | 392면
- 004 **소설** 제임스 미치너 장편소설 | 윤희기 옮김 | 전2권 | 각 280, 368면
- 006 **개를 데리고 다니는 부인** 안똔 체호프 소설선집 | 오종우 옮김 | 368면
- 007 **우주 만화** 이탈로 칼비노 단편집 | 김운찬 옮김 | 416면
- 008 **댈러웨이 부인** 버지니아 울프 장편소설 | 최애리 옮김 | 296면
- 009 **어머니** 막심 고리끼 장편소설 | 최윤락 옮김 | 544면
- 010 **변신** 프란츠 카프카 중단편집 | 홍성광 옮김 | 464면
- 011 **전도서에 바치는 장미** 로저 젤라즈니 중단편집 | 김상훈 옮김 | 432면
- 012 **대위의 딸** 알렉산드르 뿌쉬낀 장편소설 | 석영중 옮김 | 240면
- 013 **바다의 침묵** 베르코르 소설선집 | 이상해 옮김 | 256면
- 014 **원수들, 사랑 이야기** 아이작 싱어 장편소설 | 김진준 옮김 | 320면
- 015 **백치** 표도르 도스또예프스끼 장편소설 | 김근식 옮김 | 전2권 | 각 504, 528면
- 017 **1984년** 조지 오웰 장편소설 | 박경서 옮김 | 392면
- 019 **이상한 나라의 앨리스** 루이스 캐럴 환상동화 | 머빈 피크 그림 | 최용준 옮김 | 336면
- 020 **베네치아에서의 죽음** 토마스 만 중단편집 | 홍성광 옮김 | 432면
- 021 **그리스인 조르바** 니코스 카잔차키스 장편소설 | 이윤기 옮김 | 488면
- 022 **벚꽃 동산** 안똔 체호프 희곡선집 | 오종우 옮김 | 336면
- 023 **연애 소설 읽는 노인** 루이스 세풀베다 장편소설 | 정창 옮김 | 192면
- 024 **젊은 사자들** 어윈 쇼 장편소설 | 정영문 옮김 | 전2권 | 각 416, 408면
- 026 **젊은 베르테르의 슬픔** 요한 볼프강 폰 괴테 장편소설 | 김인순 옮김 | 240면
- 027 **시라노** 에드몽 로스탕 희곡 | 이상해 옮김 | 256면
- 028 **전망 좋은 방** E. M. 포스터 장편소설 | 고정아 옮김 | 352면
- 029 **까라마조프 씨네 형제들** 표도르 도스또예프스끼 장편소설 | 이대우 옮김 | 전3권 | 각 496, 496, 460면
- 032 **프랑스 중위의 여자** 존 파울즈 장편소설 | 김석희 옮김 | 전2권 | 각 344면
- 034 **소립자** 미셸 우엘벡 장편소설 | 이세욱 옮김 | 448면
- 035 **영혼의 자서전** 니코스 카잔차키스 자서전 | 안정효 옮김 | 전2권 | 각 352, 408면

037 **우리들** 예브게니 자먀찐 장편소설 | 석영중 옮김 | 320면
038 **뉴욕 3부작** 폴 오스터 장편소설 | 황보석 옮김 | 480면
039 **닥터 지바고** 보리스 파스테르나크 장편소설 | 홍대화 옮김 | 전2권 | 각 480, 592면
041 **고리오 영감** 오노레 드 발자크 장편소설 | 임희근 옮김 | 456면
042 **뿌리** 알렉스 헤일리 장편소설 | 안정효 옮김 | 전2권 | 각 400, 448면
044 **백년보다 긴 하루** 친기즈 아이뜨마또프 장편소설 | 황보석 옮김 | 560면
045 **최후의 세계** 크리스토프 란스마이어 장편소설 | 장희권 옮김 | 264면
046 **추운 나라에서 돌아온 스파이** 존 르카레 장편소설 | 김석희 옮김 | 368면
047 **산도칸 – 몸프라쳄의 호랑이** 에밀리오 살가리 장편소설 | 유향란 옮김 | 428면
048 **기적의 시대** 보리슬라프 페키치 장편소설 | 이윤기 옮김 | 560면
049 **그리고 죽음** 짐 크레이스 장편소설 | 김석희 옮김 | 224면
050 **세설** 다니자키 준이치로 장편소설 | 송태욱 옮김 | 전2권 | 각 480면
052 **세상이 끝날 때까지 아직 10억 년** 스뜨루가쯔끼 형제 장편소설 | 석영중 옮김 | 224면
053 **동물 농장** 조지 오웰 장편소설 | 박경서 옮김 | 208면
054 **캉디드 혹은 낙관주의** 볼테르 장편소설 | 이봉지 옮김 | 232면
055 **도적 떼** 프리드리히 폰 실러 희곡 | 김인순 옮김 | 264면
056 **플로베르의 앵무새** 줄리언 반스 장편소설 | 신재실 옮김 | 320면
057 **악령** 표도르 도스또예프스끼 장편소설 | 박혜경 옮김 | 전3권 | 각 328, 408, 528면
060 **의심스러운 싸움** 존 스타인벡 장편소설 | 윤희기 옮김 | 340면
061 **몽유병자들** 헤르만 브로흐 장편소설 | 김경연 옮김 | 전2권 | 각 568, 544면
063 **몰타의 매** 대실 해밋 장편소설 | 고정아 옮김 | 304면
064 **마야꼬프스끼 선집** 블라지미르 마야꼬프스끼 선집 | 석영중 옮김 | 384면
065 **드라큘라** 브램 스토커 장편소설 | 이세욱 옮김 | 전2권 | 각 340, 344면
067 **서부 전선 이상 없다** 에리히 마리아 레마르크 장편소설 | 홍성광 옮김 | 336면
068 **적과 흑** 스탕달 장편소설 | 임미경 옮김 | 전2권 | 각 432, 368면
070 **지상에서 영원으로** 제임스 존스 장편소설 | 이종인 옮김 | 전3권 | 각 396, 380, 496면
073 **파우스트** 요한 볼프강 폰 괴테 희곡 | 김인순 옮김 | 568면
074 **쾌걸 조로** 존스턴 매컬리 장편소설 | 김훈 옮김 | 316면
075 **거장과 마르가리따** 미하일 불가꼬프 장편소설 | 홍대화 옮김 | 전2권 | 각 364, 328면
077 **순수의 시대** 이디스 워튼 장편소설 | 고정아 옮김 | 448면
078 **검의 대가** 아르투로 페레스 레베르테 장편소설 | 김수진 옮김 | 384면

079 **예브게니 오네긴** 알렉산드르 뿌쉬낀 운문소설 | 석영중 옮김 | 328면

080 **장미의 이름** 움베르토 에코 장편소설 | 이윤기 옮김 | 전2권, 각 440, 448면

082 **향수** 파트리크 쥐스킨트 장편소설 | 강명순 옮김 | 384면

083 **여자를 안다는 것** 아모스 오즈 장편소설 | 최창모 옮김 | 280면

084 **나는 고양이로소이다** 나쓰메 소세키 장편소설 | 김난주 옮김 | 544면

085 **웃는 남자** 빅토르 위고 장편소설 | 이형식 옮김 | 전2권, 각 472, 496면

087 **아웃 오브 아프리카** 카렌 블릭센 장편소설 | 민승남 옮김 | 480면

088 **무엇을 할 것인가** 니꼴라이 체르니셰프스끼 장편소설 | 서정록 옮김 | 전2권, 각 360, 404면

090 **도나 플로르와 그녀의 두 남편** 조르지 아마두 장편소설 | 오숙은 옮김 | 전2권, 각 408, 308면

092 **미사고의 숲** 로버트 홀드스톡 장편소설 | 김상훈 옮김 | 424면

093 **신곡** 단테 알리기에리 장편서사시 | 김운찬 옮김 | 전3권, 각 292, 296, 328면

096 **교수** 샬럿 브론테 장편소설 | 배미영 옮김 | 368면

097 **노름꾼** 표도르 도스또예프스끼 장편소설 | 이재필 옮김 | 320면

098 **하워즈 엔드** E. M. 포스터 장편소설 | 고정아 옮김 | 512면

099 **최후의 유혹** 니코스 카잔차키스 장편소설 | 안정효 옮김 | 전2권, 각 408면

101 **키리냐가** 마이크 레스닉 장편소설 | 최용준 옮김 | 464면

102 **바스커빌가의 개** 아서 코넌 도일 장편소설 | 조영학 옮김 | 264면

103 **버마 시절** 조지 오웰 장편소설 | 박경서 옮김 | 408면

104 **10 1/2장으로 쓴 세계 역사** 줄리언 반스 장편소설 | 신재실 옮김 | 464면

105 **죽음의 집의 기록** 표도르 도스또예프스끼 장편소설 | 이덕형 옮김 | 528면

106 **소유** 앤토니어 수전 바이어트 장편소설 | 윤희기 옮김 | 전2권, 각 440, 488면

108 **미성년** 표도르 도스또예프스끼 장편소설 | 이상룡 옮김 | 전2권, 각 512, 544면

110 **성 앙투안느의 유혹** 귀스타브 플로베르 희곡소설 | 김용은 옮김 | 584면

111 **밤으로의 긴 여로** 유진 오닐 희곡 | 강유나 옮김 | 240면

112 **마법사** 존 파울즈 장편소설 | 정영문 옮김 | 전2권, 각 512, 552면

114 **스쩨빤치꼬보 마을 사람들** 표도르 도스또예프스끼 장편소설 | 변현태 옮김 | 416면

115 **플랑드르 거장의 그림** 아르투로 페레스 레베르테 장편소설 | 정창 옮김 | 512면

116 **분신** 표도르 도스또예프스끼 장편소설 | 석영중 옮김 | 288면

117 **가난한 사람들** 표도르 도스또예프스끼 장편소설 | 석영중 옮김 | 256면

118 **인형의 집** 헨리크 입센 희곡 | 김창화 옮김 | 272면

119 **영원한 남편** 표도르 도스또예프스끼 장편소설 | 정명자 외 옮김 | 448면

120 **알코올** 기욤 아폴리네르 시집 | 황현산 옮김 | 352면
121 **지하로부터의 수기** 표도르 도스또예프스끼 장편소설 | 계동준 옮김 | 256면
122 **어느 작가의 오후** 페터 한트케 중편소설 | 홍성광 옮김 | 160면
123 **아저씨의 꿈** 표도르 도스또예프스끼 장편소설 | 박종소 옮김 | 312면
124 **네또츠까 네즈바노바** 표도르 도스또예프스끼 장편소설 | 박재만 옮김 | 316면
125 **곤두박질** 마이클 프레인 장편소설 | 최용준 옮김 | 528면
126 **백야 외** 표도르 도스또예프스끼 소설선집 | 석영중 외 옮김 | 408면
127 **살라미나의 병사들** 하비에르 세르카스 장편소설 | 김창민 옮김 | 304면
128 **뻬쩨르부르그 연대기 외** 표도르 도스또예프스끼 소설선집 | 이항재 옮김 | 296면
129 **상처받은 사람들** 표도르 도스또예프스끼 장편소설 | 윤우섭 옮김 | 전2권 | 각 296, 392면
131 **악어 외** 표도르 도스또예프스끼 소설선집 | 박혜경 외 옮김 | 312면
132 **허클베리 핀의 모험** 마크 트웨인 장편소설 | 윤교찬 옮김 | 416면
133 **부활** 레프 똘스또이 장편소설 | 이대우 옮김 | 전2권 | 각 308, 416면
135 **보물섬** 로버트 루이스 스티븐슨 장편소설 | 머빈 피크 그림 | 최용준 옮김 | 360면
136 **천일야화** 앙투안 갈랑 엮음 | 임호경 옮김 | 전6권 | 각 336, 328, 372, 392, 344, 320면
142 **아버지와 아들** 이반 뚜르게네프 장편소설 | 이상원 옮김 | 328면
143 **오만과 편견** 제인 오스틴 장편소설 | 원유경 옮김 | 480면
144 **천로 역정** 존 버니언 우화소설 | 이동일 옮김 | 432면
145 **대주교에게 죽음이 오다** 윌라 캐더 장편소설 | 윤명옥 옮김 | 352면
146 **권력과 영광** 그레이엄 그린 장편소설 | 김연수 옮김 | 384면
147 **80일간의 세계 일주** 쥘 베른 장편소설 | 고정아 옮김 | 352면
148 **바람과 함께 사라지다** 마거릿 미첼 장편소설 | 안정효 옮김 | 전3권 | 각 616, 640, 640면
151 **기탄잘리** 라빈드라나트 타고르 시집 | 장경렬 옮김 | 224면
152 **도리언 그레이의 초상** 오스카 와일드 장편소설 | 윤희기 옮김 | 384면
153 **레우코와의 대화** 체사레 파베세 희곡소설 | 김운찬 옮김 | 280면
154 **햄릿** 윌리엄 셰익스피어 희곡 | 박우수 옮김 | 256면
155 **맥베스** 윌리엄 셰익스피어 희곡 | 권오숙 옮김 | 176면
156 **아들과 연인** 데이비드 허버트 로런스 장편소설 | 최희섭 옮김 | 전2권 | 각 464, 432면
158 **그리고 아무 말도 하지 않았다** 하인리히 뵐 장편소설 | 홍성광 옮김 | 272면
159 **미덕의 불운** 싸드 장편소설 | 이형식 옮김 | 248면
160 **프랑켄슈타인** 메리 W. 셸리 장편소설 | 오숙은 옮김 | 320면

161 **위대한 개츠비** 프랜시스 스콧 피츠제럴드 장편소설 | 한애경 옮김 | 280면

162 **아Q정전** 루쉰 중단편집 | 김태성 옮김 | 320면

163 **로빈슨 크루소** 대니얼 디포 장편소설 | 류경희 옮김 | 456면

164 **타임머신** 허버트 조지 웰스 소설선집 | 김석희 옮김 | 304면

165 **제인 에어** 샬럿 브론테 장편소설 | 이미선 옮김 | 전2권 | 각 392, 384면

167 **풀잎** 월트 휘트먼 시집 | 허현숙 옮김 | 280면

168 **표류자들의 집** 기예르모 로살레스 장편소설 | 최유정 옮김 | 216면

169 **배빗** 싱클레어 루이스 장편소설 | 이종인 옮김 | 520면

170 **이토록 긴 편지** 마리아마 바 장편소설 | 백선희 옮김 | 192면

171 **느릅나무 아래 욕망** 유진 오닐 희곡 | 손동호 옮김 | 168면

172 **이방인** 알베르 카뮈 장편소설 | 김예령 옮김 | 208면

173 **미라마르** 나기브 마푸즈 장편소설 | 허진 옮김 | 288면

174 **지킬 박사와 하이드 씨** 로버트 루이스 스티븐슨 소설선집 | 조영학 옮김 | 320면

175 **루진** 이반 뚜르게네프 장편소설 | 이항재 옮김 | 264면

176 **피그말리온** 조지 버나드 쇼 희곡 | 김소임 옮김 | 256면

177 **목로주점** 에밀 졸라 장편소설 | 유기환 옮김 | 전2권 | 각 336면

179 **엠마** 제인 오스틴 장편소설 | 이미애 옮김 | 전2권 | 각 336, 360면

181 **비숍 살인 사건** S. S. 밴 다인 장편소설 | 최인자 옮김 | 464면

182 **우신예찬** 에라스무스 풍자문 | 김남우 옮김 | 296면

183 **하자르 사전** 밀로라드 파비치 장편소설 | 신현철 옮김 | 488면

184 **테스** 토머스 하디 장편소설 | 김문숙 옮김 | 전2권 | 각 392, 336면

186 **투명 인간** 허버트 조지 웰스 장편소설 | 김석희 옮김 | 288면

187 **93년** 빅토르 위고 장편소설 | 이형식 옮김 | 전2권 | 각 288, 360면

189 **젊은 예술가의 초상** 제임스 조이스 장편소설 | 성은애 옮김 | 384면

190 **소네트집** 윌리엄 셰익스피어 연작시집 | 박우수 옮김 | 200면

191 **메뚜기의 날** 너새니얼 웨스트 장편소설 | 김진준 옮김 | 280면

192 **나사의 회전** 헨리 제임스 중편소설 | 이승은 옮김 | 256면

193 **오셀로** 윌리엄 셰익스피어 희곡 | 권오숙 옮김 | 216면

194 **소송** 프란츠 카프카 장편소설 | 김재혁 옮김 | 376면

195 **나의 안토니아** 윌라 캐더 장편소설 | 전경자 옮김 | 368면

196 **자성록** 마르쿠스 아우렐리우스 명상록 | 박민수 옮김 | 240면

197 **오레스테이아** 아이스킬로스 비극 | 두행숙 옮김 | 336면

198 **노인과 바다** 어니스트 헤밍웨이 소설선집 | 이종인 옮김 | 320면

199 **무기여 잘 있거라** 어니스트 헤밍웨이 장편소설 | 이종인 옮김 | 464면

200 **서푼짜리 오페라** 베르톨트 브레히트 희곡선집 | 이은희 옮김 | 320면

201 **리어 왕** 윌리엄 셰익스피어 희곡 | 박우수 옮김 | 224면

202 **주홍 글자** 너새니얼 호손 장편소설 | 곽영미 옮김 | 360면

203 **모히칸족의 최후** 제임스 페니모어 쿠퍼 장편소설 | 이나경 옮김 | 512면

204 **곤충 극장** 카렐 차페크 희곡선집 | 김선형 옮김 | 360면

205 **누구를 위하여 종은 울리나** 어니스트 헤밍웨이 장편소설 | 이종인 옮김 | 전2권 | 각 416, 400면

207 **타르튀프** 몰리에르 희곡선집 | 신은영 옮김 | 416면

208 **유토피아** 토머스 모어 소설 | 전경자 옮김 | 288면

209 **인간과 초인** 조지 버나드 쇼 희곡 | 이후지 옮김 | 320면

210 **페드르와 이폴리트** 장 라신 희곡 | 신정아 옮김 | 200면

211 **말테의 수기** 라이너 마리아 릴케 장편소설 | 안문영 옮김 | 320면

212 **등대로** 버지니아 울프 장편소설 | 최애리 옮김 | 328면

213 **개의 심장** 미하일 불가꼬프 중편소설집 | 정연호 옮김 | 352면

214 **모비 딕** 허먼 멜빌 장편소설 | 강수정 옮김 | 전2권 | 각 464, 488면

216 **더블린 사람들** 제임스 조이스 단편소설집 | 이강훈 옮김 | 336면

217 **마의 산** 토마스 만 장편소설 | 윤순식 옮김 | 전3권 | 각 496, 488, 512면

220 **비극의 탄생** 프리드리히 니체 | 김남우 옮김 | 320면

221 **위대한 유산** 찰스 디킨스 장편소설 | 류경희 옮김 | 전2권 | 각 432, 448면

223 **사람은 무엇으로 사는가** 레프 똘스또이 소설선집 | 윤새라 옮김 | 464면

224 **자살 클럽** 로버트 루이스 스티븐슨 소설선집 | 임종기 옮김 | 272면

225 **채털리 부인의 연인** 데이비드 허버트 로런스 장편소설 | 이미선 옮김 | 전2권 | 각 336, 328면

227 **데미안** 헤르만 헤세 장편소설 | 김인순 옮김 | 264면

228 **두이노의 비가** 라이너 마리아 릴케 시선집 | 손재준 옮김 | 504면

229 **페스트** 알베르 카뮈 장편소설 | 최윤주 옮김 | 432면

230 **여인의 초상** 헨리 제임스 장편소설 | 정상준 옮김 | 전2권 | 각 520, 544면

232 **성** 프란츠 카프카 장편소설 | 이재황 옮김 | 560면

233 **차라투스트라는 이렇게 말했다** 프리드리히 니체 산문시 | 김인순 옮김 | 464면

234 **노래의 책** 하인리히 하이네 시집 | 이재영 옮김 | 384면

235 **변신 이야기** 오비디우스 서사시 | 이종인 옮김 | 632면
236 **안나 까레니나** 레프 똘스또이 장편소설 | 이명현 옮김 | 전2권 | 각 800, 736면
238 **이반 일리치의 죽음·광인의 수기** 레프 똘스또이 중단편집 | 석영중·정지원 옮김 | 232면
239 **수레바퀴 아래서** 헤르만 헤세 장편소설 | 강명순 옮김 | 272면
240 **피터 팬** J. M. 배리 장편소설 | 최용준 옮김 | 272면
241 **정글 북** 러디어드 키플링 중단편집 | 오숙은 옮김 | 272면
242 **한여름 밤의 꿈** 윌리엄 셰익스피어 희곡 | 박우수 옮김 | 160면
243 **좁은 문** 앙드레 지드 장편소설 | 김화영 옮김 | 264면
244 **모리스** E. M. 포스터 장편소설 | 고정아 옮김 | 408면
245 **브라운 신부의 순진** 길버트 키스 체스터턴 단편집 | 이상원 옮김 | 336면
246 **각성** 케이트 쇼팽 장편소설 | 한애경 옮김 | 272면
247 **뷔히너 전집** 게오르크 뷔히너 지음 | 박종대 옮김 | 400면
248 **디미트리오스의 가면** 에릭 앰블러 장편소설 | 최용준 옮김 | 424면
249 **베르가모의 페스트 외** 옌스 페테르 야콥센 중단편 전집 | 박종대 옮김 | 208면
250 **폭풍우** 윌리엄 셰익스피어 희곡 | 박우수 옮김 | 176면
251 **어센든, 영국 정보부 요원** 서머싯 몸 연작 소설집 | 이민아 옮김 | 416면
252 **기나긴 이별** 레이먼드 챈들러 장편소설 | 김진준 옮김 | 600면
253 **인도로 가는 길** E. M. 포스터 장편소설 | 민승남 옮김 | 552면
254 **올랜도** 버지니아 울프 장편소설 | 이미애 옮김 | 376면
255 **시지프 신화** 알베르 카뮈 지음 | 박언주 옮김 | 264면
256 **조지 오웰 산문선** 조지 오웰 지음 | 허진 옮김 | 424면
257 **로미오와 줄리엣** 윌리엄 셰익스피어 희곡 | 도해자 옮김 | 200면
258 **수용소군도** 알렉산드르 솔제니찐 기록문학 | 김학수 옮김 | 전6권 | 각 460면 내외
264 **스웨덴 기사** 레오 페루츠 장편소설 | 강명순 옮김 | 336면
265 **유리 열쇠** 대실 해밋 장편소설 | 홍성영 옮김 | 328면
266 **로드 짐** 조지프 콘래드 장편소설 | 최용준 옮김 | 608면
267 **푸코의 진자** 움베르토 에코 장편소설 | 이윤기 옮김 | 전3권 | 각 392, 384, 416면
270 **공포로의 여행** 에릭 앰블러 장편소설 | 최용준 옮김 | 376면
271 **심판의 날의 거장** 레오 페루츠 장편소설 | 신동화 옮김 | 264면
272 **에드거 앨런 포 단편선** 에드거 앨런 포 지음 | 김석희 옮김 | 392면
273 **수전노 외** 몰리에르 희곡선집 | 신정아 옮김 | 424면

274 **모파상 단편선** 기 드 모파상 지음 | 임미경 옮김 | 400면
275 **평범한 인생** 카렐 차페크 장편소설 | 송순섭 옮김 | 280면
276 **마음** 나쓰메 소세키 장편소설 | 양윤옥 옮김 | 344면
277 **인간 실격·사양** 다자이 오사무 소설집 | 김난주 옮김 | 336면
278 **작은 아씨들** 루이자 메이 올컷 장편소설 | 허진 옮김 | 전2권 | 각 408, 464면
280 **고함과 분노** 윌리엄 포크너 장편소설 | 윤교찬 옮김 | 520면
281 **신화의 시대** 토머스 불핀치 신화집 | 박중서 옮김 | 664면
282 **셜록 홈스의 모험** 아서 코넌 도일 단편집 | 오숙은 옮김 | 456면
283 **자기만의 방** 버지니아 울프 지음 | 공경희 옮김 | 216면
284 **지상의 양식·새 양식** 앙드레 지드 지음 | 최애영 옮김 | 360면